· NEW笔记 ·

烂漫长醉

陆春祥 ◇ 著

作家出版社

序

自己的花园

这里是富春江畔、寨基山下的富春庄，地图上却找不到。

墙上方主标题为：我们将整个世界视为自己的花园。

庄里有一面数十平方的手模铜墙。五十五位作家的铜手模，在正午的阳光下，会发出耀眼的光芒，看模糊了，再看，那些手模，竟然如灿烂的花朵一样。

好大的口气！

嗯。目标还是要有的，万一实现了呢？

所有的优秀写作者，不都是将整个世界视为自己的花园吗？

我们将整个世界视为自己的花园。

这个标题中有三个关键词。

"我们"，是主角，是观察的人，是写文章的人，但仅仅是我们吗？

"我们"还是"他们""你们"。"他们""你们"，是没写文章的绝大多数，是阅读者，是倾听者，是家人，是朋友，"他们""你们"构成了这个社会的主体，而"我们"，只是极少数表达者。

"我们"还是"它们"。"它们"，是动物，天上飞的、地上跑的、水中游的，脊椎、无脊椎，形形色色；是植物，有种子的、无种子的，种子有果皮包被的、无果皮包被的，有茎叶、无茎叶，一片子叶、两片子叶，有根的、无根的，琳琅满目。"它们"以自己的方式交流、对话、思考，"我们"观察"它们"，"它们"也同样与"我们"对视。"我们"与"它们"同属一个星球，同享一个太阳，共照一个月亮，"我们"与"它们"，其实在同一现场。1789年，英国博物学家吉尔伯特·怀特在《塞尔彭自然史》中这样说：鸟类的语言非常古老，而且，就像其他古老的说话方式一样，也非常隐晦。言辞不多，却意味深长。

"整个世界"。是重要的辅助，是"我们"的观察对象。世界之大，无奇不有，写作者要寻找的就是这个"奇"字，"奇"乃不一样，奇特、奇异、怪异。奇人、奇事、奇景，总能让"我们"兴奋，激动，灵感爆发。

这个世界说大也大，说小也小，千变万化，"奇"也复杂，那些表面的"奇"，一般的人也能观察到，但优秀的探索者，往往能将十几层的掩盖掀翻，从而发现自己独特的"奇"。不奇处生奇，无奇处有奇，方是好奇、佳奇。

"自己的花园"。有花就会有园，你的、我的、他的，关键是"自己的"。一般的写作者，很难形成自己的花园，东一榔头西一棒槌，学样，跟风，别人家的花长得好，自己也去弄一盆，结果，东一盆，西一盆，南一盆，北一盆，表面看是花团锦簇，细细瞧却良莠不齐。其实，植物的每一种生动，都有着各自别样的原因，个中甘苦，只有种植人自己知道。

契诃夫说世界上有大狗小狗，它们都用上帝赋予自己的声音叫唤。那么，"我们"，面对"整个世界"，就照着自己的内心写吧，脚踏实地去写，旁若无人地写，春种一粒粟，秋收万颗子，直到"自己的花园"鲜花怒放。

　　啰啰唆唆说了不少，并将其当作《烂漫长醉》的自序，其实是想让亲爱的读者具体化一下，并配合我想象，心在富春庄里徘徊，人却是满世界乱跑的，那些山水，那些历史，那些人文，都一起涌到富春庄来了。

　　自己的花园，无拘无束，可以烂漫，可以长醉。

目　录

乙卷——山水有烂B

丙卷——漫辞A

丁卷——漫辞B

甲卷——山水有烂A

居延在斯

居延在何处?

我从杭州直飞银川,沿京藏高速一路奔驰,一个半小时后到达内蒙古阿拉善盟首府巴彦浩特镇,这里也是阿左旗的旗府所在地,第二日六百公里行至阿右旗,第三日再五百公里行至额济纳旗,1698年以前,这里叫居延海,或者称居延泽,西蒙古土尔扈特部的阿喇布珠尔率五百多部众,从伏尔加河流域东归至此,这一带的荒漠和草原,就成了他们生活的家园,清廷特设额济纳旧土尔扈特特别旗,不过,人们依然习惯叫它居延海。

1

居延,匈奴语为"幽隐之地",额济纳旗面积11.46万平方千米,比浙江省还大,人口却只有3.3万,对来自东部人口密集地区的我来说,的确够幽隐了,茫茫戈壁、草原和沙漠,无穷无尽。

不过,这个幽隐之地,并不因为地广人稀、生态恶劣而人迹罕至,相反,居延文明曾经在中华民族绵绵历史长河中,占有一席重要之地。

额济纳博物馆,居延文明为我们展开了她那长长的瑰丽画卷。

考古证明，夏商周时期，居延就有人游牧，史称"流沙""弱水""大泽"。祁连山孕育了众多的河流，弱水（额济纳河）就是其中之一，它自南向北而至居延，形成了多个湖泊，居延海最为有名。《山海经》中的一段记载表明：流沙之外，有居鲧国与月氏、大夏等部落相邻，后迁徙于大泽一带。秦汉时期，北方游牧的匈奴人占据于此，"居鲧"就成了"居延"，或许，"居延"的意义太重要了，族名、地名、湖名，均以此命名。

刘邦虽然灭了秦，然而，大漠深处或者广阔草原上的多个游牧部落，并没有完全归顺，相反，他们凭着牧骑的优势，常常扰得汉朝不安宁。汉武帝元狩二年（前121），霍去病率军深入河西，大军一路浩荡，击败了匈奴在河西地区的统治力量，匈奴浑邪王兵败降汉，汉王朝先后设立武威、张掖、酒泉、敦煌四郡，史称"河西四郡"，河西走廊从此并入汉王朝的版图，而居延，就属于张掖郡下的一个县治所。

我几次去三亚，天涯海角名人雕塑园中，路博德印象深刻。他随霍去病征匈奴，战功卓著，被封侯，后又以伏波将军的身份，征岭南。汉朝的将军名都挺有意思，戈船将军、楼船将军，率领战船的；伏波将军，是要去征服波涛的；下濑将军，征服急流，这就是古代海军中的各个将领设置呀。路博德这次征战又立下了不小的战功，但后来，他因儿子犯下重罪受牵连而被削爵。在额济纳博物馆，我又看到了路博德。汉武帝太初三年（前102），路博德被派往居延做了强弩都尉，职责很明确，修建居延要塞。路都尉在居延，守塞开边，屯田垦殖，置县移民，尽心尽职，防卫和发展生产相结合，一直到去世。在我心中，路博德很好地践行了他的姓氏，他是海南、居延的开路先锋，从南到北，两千多年来，人们依然在深切纪念他。

居延的风沙烈日，挡不住捍卫领土者的决心。自汉以后，两晋、南北朝，一直到隋到唐，居延都成了重要边塞的代名词。这里，我必须提及两位唐代诗人，在他们的笔下，居延不仅是边地，还有着无限的阔大与丰富的诗意。一位是陈子昂，初唐诗领袖之一，他的朋友乔知之（排行十二），以文辞出名，比他年长十来岁，乔十二北征边地，到了居延，陈子昂写下《居延古城赠乔十二知之》，诗倒没有什么特别之处，不外乎感叹一下华发早生、戍边之苦，但他们毕竟在居延城生活过一段时间，否则，陈子昂不会有另外一首《居延海树闻树莺同作》：

> 边地无芳树，莺声忽听新。间关如有意，愁绝若怀人。
> 明妃失汉宠，蔡女没胡尘。坐闻应落泪，况忆故园春。

"我"子昂居住在居延，突然听到了从来没有听到过的莺鸣，实在有些惊讶。但他依然是借了由头，借了人，来释放自己的忧愁。王昭君、蔡文姬，她们为了国家，都是忍辱负重之人，子昂"我"在此，自然也有不一样的意义。

王维的诗，不仅仅有咏山吟水的闲适，更有金戈铁马的雄伟，读着"居延城外猎天骄，白草连天野火烧"（《出塞行》）的诗句，我心中就认定，王维也一定是到过居延海的：

> 单车欲问边，属国过居延。征蓬出汉塞，归雁入胡天。
> 大漠孤烟直，长河落日圆。萧关逢候骑，都护在燕然。

王维为我们画出了一幅宽阔的长卷。大军守边，朝廷派出人员去慰问，沙漠里的蓬草，马蹄轻踏而过，长空漫漫，大雁在振翅翱翔，此时，中国边塞诗歌中最著名的意象诞生了：大漠孤烟直，长河落日圆。而居延，就成了大军的必经之地。宁夏沙波头的沙山上，王诗人临风高立，脚下是曲折的黄河与如织的游人，名句诞生的时空，虽然已经完全不同于一千三百多年后，但依然给人以阔大和苍凉之感。

不过，那时候的居延，生态虽不是绿洲如茵，却也有成片而挺拔的胡杨，坚忍而扶疏的红柳，梭梭也会在阳光下和疾风中显示出一种别样的生存能力。

2

博物馆中的居延汉简，一直让我流连徘徊，思绪万千。

我对简牍一向着迷。除甲骨以外，简牍是纸张出现以前的重要书写材料，竹制的叫竹简，木制的称木牍，两者合称简牍。虽然鲁共王想强拆孔子的老宅，但也算是一场考古发现："武帝末，鲁共王坏孔子宅，欲以广其宫，而得古文《尚书》及《礼记》《论语》《孝经》，凡数十篇，皆古字也。"（《汉书》卷三十《艺文志》），从孔家老房子墙壁的夹洞中发现了重要文献，我想象，当时鲁共王面对这些简时，估计吓得够呛，扩大花园事小，弄坏经典事大。秦始皇焚书坑儒，那些经典都差不多烧光了，眼前这些古书，得好好保留。孔夫子墙壁中藏经典，似乎有先见之明。

鲁共王自然不算考古，顶多是无意中发现，而历史上的无意发现也不少，比如竹书。西晋咸宁五年（279），在汲郡那个地方，就是今天的河南省汲县，西晋政府在战国墓中，就出土了

《竹书纪年》《穆天子传》等大量竹书，这些竹书我们今天称之为汲冢书。

在居延汉简以前，各地发现的汉简，不断刺激着人们（尤其是专业研究者）兴奋的神经。二十世纪初，斯文·赫定等探险家，在尼雅、楼兰、敦煌等古城遗址和烽燧中，就发现了大量的汉晋简帛。我系统读过赫定的考察游记，里面有不少记载，比如，他在楼兰，以现场诱人的奖金方式，鼓劲全方位无死角搜寻。

回到居延汉简。

1930—1931 年，年轻的瑞典考古学家贝格曼，跟随赫定的西北科学考察团，在额济纳河流域汉代烽燧遗址中，发现了一万余枚木牍（含少量竹简），是已经发现的敦煌汉简的十倍，世界的目光为之聚焦。1973—1974 年，居延考古队，又在这一地区发现了木牍（含少量竹简）近二万枚。这三万余枚居延汉简，成为中国简书极其重要的组成部分。

博物馆的陈列柜中，居延汉简，细条隔行排列，每片简，长约 23 厘米，宽约 1.2 厘米，厚度只有数毫米。我看这些居延汉简，脑子里立即出现了好几个字词的原义：一个是"尺牍"。真的很标准，简的长宽尺寸相当于汉代的一尺和五分，细数一枚枚尺牍，平均能写 30 个字左右，这些字体，就是现今的隶书，字体扁平，是为了尽最大可能多写几个字。边上有人玩笑，一个写自由夸张的行书，一个写规矩规范的隶书，两者至少相差十个字。我于是看到了古人的这种用心，这种两行的尺牍，写的字就可以翻倍了。还有"册"。写一篇文章，记一件事，有时，一枚或数枚尺牍，远远不够，那么，就连续写，写完了，将多枚尺牍用细麻绳编成竹帘一样的形状，这就是"册"，或者"策"。通常的简牍用两编，即上下两处用细绳编缀起来。居延汉简大量的是木牍，也有不少竹简，而用竹制，那就需要用火烤炙，除去竹片中的汁液，这不就是"杀青"或者"汗简"嘛。呀，这把带圆环的铜柄小刀，干什么用呢？书刀！想着前面的那些字词，"刀笔吏"就形象地站在了你的眼前，这是一般的下级官吏，他们平时随身就带着书刀，字写错了，削掉重写，或者，这些简牍都已经完成了它的使命，那么，全部削掉，就可以重新书写了。哈，应该让小学生来参观，他们看了这些简，许多字的原义就会如烙铁一般印在脑子里了。

静静的居延汉简，其实充满着无限的智慧，眼前这几枚四棱柱、六棱柱的简牍，让人大开眼界，他们将简的材料发挥到了极致，两行简，虽然多了一倍字，但毕竟有限。为了多写，古人将简牍的宽度和长度都按比例增加，再将木材削成多边形：四棱柱形、六棱柱形，这样，各个侧面都可以书写。

自斯坦因发现敦煌汉简后，沙畹、罗振玉、王国维等人就开始了研究。我读史学大家劳干研究居延汉简的著作，他将居延汉简分成文书、簿录、信札、经籍、杂类五大类，文书类又细分为书檄、封检、符券、刑讼四小类，簿录类比较多，主要有烽燧、戍役、疾病死伤、钱谷、器物、车马、酒食、名籍、资绩、簿检、计簿、杂簿十二小类。我以为，这些汉简，和我读的那些历代笔记性质差不多，都可以作正史的有益补充。不过，我以为，给简分类其实不难，关键是要从具体的简牍中研究出时代和各种层面，比如由文书和账簿等构成的行政关系，比如屯田，可以推断出俸给、物价等经济关系，因此，我比较关注那些汉简的细节，如果没有这些基础材料，许多研究都只能是推断。我从日本学者永田英正的《居延汉简研究》中，找到了文书和簿录类的不少有趣细节，兹举几例病卒名籍简如下：

> 第廿四燧卒高自当以四月七日病头痛，四节不举；
> 第二燧卒江谭以四月六日病苦心服丈满；
> 第卅一燧卒王章以四月一日病苦伤寒；
> 第卅三燧卒孙谭三月廿四病两胅菿急未愈；
> 第卅一燧卒尚武四月八日病头痛寒炅①饮药五剂未愈。

张掖郡下有两大军事基地，一个是设在北边的居延都尉府，另一个是设在南边的肩水都尉府，主要任务都是防御匈奴和守卫边境。居延都尉府的管理结构大致是这样的：都尉是主要长官，都尉府下有候官，候官下再配置候、燧，燧应该是最基层的单位。在烽燧的史卒，主要任务就是警戒，燧的本义就是守卫烽火，敌人来了，放火为号；另外，他们还要巡视天田。我在敦煌阳关的汉代烽燧，一位朋友向我介绍过巡天田：在烽燧周围一定范围内或者说是必经之处设定沙地，守卒每天都要用耙子将天田耧平，耧之前要观察前一天的天田，根据天田所留下的足迹、方向等来判断，夜间是否有敌人接近，及其人数、方向，也用此来判断是否有逃脱者。而这些巡视日志，每天必须写在简上，向上级报告。上面那些病卒名籍简、所在燧名、身份、姓名都有，还注明了其发病日以及所患的病名，并且记录了其后的病状和经过等。那么，我们可以断定，这是一份下级向上级的报告书。病卒

---

① 炅：热。

多，同时也暗示，居延前线将士们恶劣的生存环境。

三万余枚居延汉简，内容丰富博杂，远不止字面上的意义所能解释，它连接着一个朝代、数个民族的兴衰，还有无数个悲情的家庭，大漠与长空，风沙与冰雪，血与火，两千多年的居延汉简，无声胜有声。

3

居延如果没有居延海，就如同人没有了眼睛一样。

额济纳河，古称弱水，这名字也真让人怜惜，都说水能载舟，而弱水却是水弱不能胜舟，在西北戈壁和沙漠，不少所谓的河流，都命悬游丝，流着流着就断了，一断就是几百上千年。额济纳河的终端，就是大名鼎鼎的苏泊淖尔，汉语俗称东居延海。

从额济纳旗府所在地达来呼布镇的陶来宾馆出发，穿胡杨林、柳林，扑面而来的是大面积戈壁，约四十分钟，就到达居延海，我到的时候，数百只鸽子，正和游人嬉戏，上下翻飞，游人欢叫。这样的场景，许多热闹旅游景点都有，威尼斯的广场，那些鸽子，甚至都有些油腔滑调，它们会和人开玩笑，你如果不满足它，它就会捉弄你。不过，显然，鸽子只是为了营造氛围的宠物，它们不是居延海的主要鸟类。

居延海的蓝天，如电脑屏般的纯蓝，蓝得让人心旷神怡，那些白云，都化作了淡淡的底色，是蓝的配角，洁静天空的下面，是一片在沙漠中泛着晶光的大泽。有水就有鸟，这里有多少鸟类？我顺着海边长长的木走廊的介绍框一只一只看过去，有图有文字：黑鹳、遗鸥、白琵鹭、疣鼻天鹅、凤头麦鸡、黑鸢、鹗、蓑羽鹤、卷羽鹈鹕、乌雕。居延海的鸟一定不止这十种，那些芦苇丛中，我就发现有不少野鸭，不过，即便是这十种，它们展翅奋飞的场景，也都热闹极了，要知道，这里可是沙漠深处。

"遗鸥"，我很好奇，我知道鸥鸟至少有几十种，我家门前运河里也常有鸥鸟掠过，"遗"是什么意思？蹲下细看，果然让人振奋：1931年，瑞典自然博物馆馆长隆伯格，在额济纳采集到了一些鸟类标本，并使用了"*Larus relictus*"的学名，意思为"遗落之鸥"，遗鸥从此被科学界认识。

1931年，这个年份好熟悉呀，这不就是贝格曼发现居延汉简的年份吗？我迅速查了著名的"中瑞西北科学考察团"的名单，大名单中，中方十六人，以北京大学教授徐炳昶为团长，西方十八人，以斯文·赫定为团长，但没有隆伯格的名字，西方代表团后来又增加了六位地质学家、人种学家、天文学家，也没有隆伯格，那么，我这样推断，因为斯文·赫定一行的考察，使神秘的中国西北名扬世界，于是，追着他们脚步来中国西北探险的科学家也越来越多，这隆伯格就是其中的一位。

1944年，二十七岁的董正均受命对额济纳旗做农业调查，历时八个月，他写出了调查纪实《居延海》，其中湖泽一节，这样写：

> 居延海周约百五十市里，蒙民云为驼走一昼夜之程。水色碧绿鲜明，味咸，含大量盐碱，水中富鱼族，以鲫鱼最多。一九四三年春，开河时大风，鲫鱼随浪至海滩，水退时多留滩上干死，当时曾捡获干鱼数千斤，大者几斤。鸟类亦多，天鹅、雁、鹈、水鸡、水鸭等栖息海滨或水面，千百成群，飞鸣戏泳，堪称奇观。

董正均骑着驼，行走在居延海岸，时见马饮水边，鹅翔空际，鸭浮绿波，碧水青天，马嘶雁鸣，并缀以芦苇风声，他真以为是到了人间天堂，一点也不觉得有长征戈壁之苦。

嗯，居延海确实非常美好，自古以来就美好。

可惜的是，二十世纪八十年代末，黑河水量锐减，居延海干涸。有幸的是，新世纪初，政府实施黑河水统一调度，干涸十多年的居延海又重现烟波茫茫。

面对眼前的阔大，我放眼四望。

阳光下，远处看居延海的水，似乎墨绿，风过处，微波涌起，海边的成片芦苇，将居延海围得严实。那些芦苇，高的足有三米，身材极细，也有不到一米的，身材矮壮。九月中旬，这个季节的芦苇，其实不是最好看，芦花还硬硬的，一点也没有想飘逸起来的感觉，芦苇的叶子也还是青色。不过，一阵风吹来，那些芦苇倒也是千姿百态，不缺妩媚，或许，居延海并不需要芦苇的纤软，反而，它更需要芦苇的百折不挠，以及青葱勃发的旺盛，在这里，生存乃第一道理。

陈子昂在居延海看过风景，王维在居延海看过风景，斯文·赫定在此惬意荡舟，我不知道还有多少文人墨客吟咏过居延海，但她不应该仅仅是边塞诗人眼里的荒凉和穷困，还有宽阔的博大和无限的诗意。我断定，居延海边发生的故事，一定如它的广大和深邃，至少，居延汉简是书写不下的。

而遗鸥在居延海的出现，似乎也是一种暗喻，两千多年的居延文明，曾经被淹没和遗忘，风沙掩盖了她的面纱。

4

额济纳河，它还有个很响亮的名字——黑水。白山黑水，指的是东北地区的长白山和黑龙江，而这个黑水，也叫黑河，却是中国西北地区的第二大内陆河，它从祁连山北麓迤逦而来，至额济纳的居延海为终点。

额济纳，西夏语叫亦集乃，公元1030年后，西夏统治者在此建立了城郭，城为正方形，面积约5.7万平方米，它是西夏十七监军司之一的黑水镇燕军司的驻守之地，所以这座城也叫黑水城，它周围广阔的灌溉农地，使这座城市欣欣向荣。居延自古以来就是交通要道，它连接着欧亚大陆东西陆路交通，也是丝绸之路干线与连接西藏、蒙古南北交通线的交接点。也就是说，西夏控制了居延，国内生产的药材和畜产品就可以出售给各国，西域产的宝石等也可以转卖给北宋和金国，转口贸易会给他们带来大量的金银。

公元十一世纪至十三世纪的这一段历史，纵横交错，波澜壮阔，北宋、女真、契丹、党项、南宋、蒙古人，最后，蒙古人自然是大赢家，西夏的黑水镇燕军司也变成了哈日浩特（蒙古语"黑城"之意）的总管府。《元史》卷六十《地理志三》有如下记载：

> 亦集乃路，下。在甘州北一千五百里，城东北有大泽，西北俱接沙碛，乃汉之西海郡居延古城，夏国尝立威福军。元太祖二十一年内附。至元二十三年，立总管府。

　　按照元史的描述，我们可以将黑城的历史沿革描绘如下：汉代建居延城，西夏设置威福军（其实是镇燕军司），在成吉思汗统治的第二十年（1226），黑城被蒙古人攻破，公元1286年，忽必烈设置了掌管地方一般行政的总管府。

　　但现代专家经过考古发掘，对元史的说法，有了纠正，并形成了新的共识，主要是黑水城的概念和建设时间：居延城并不就是黑水城，它是个广义的概念，额济纳的核心地区，都可以称居延；汉代建设的城也不在黑水城，黑水城遗址中，东北角有小城，小城大部分倒塌，仅在地表上留有遗迹，小城为西夏人建设，整个大城为蒙古人建设，城墙现存高度为六至十米，城墙顶部宽度为四米，四角设角楼，整个城的面积达16万多平方米。

　　戈壁中，一条长长宽宽的青砖甬道伸向前方远处沙漠，那些城墙，连着沙，在空旷的天空下，显得极矮小，如果不指明是黑城遗迹，或许，根本就不会想到它曾经的繁荣。城垣西北方向有五座大小不一的佛塔，塔尖指向蓝天，算是高耸之物。额济纳旗文化旅游局的那仁巴图告诉我，佛塔的建设时间应该为元代，他又指着右手那个圆顶的建筑说，那是回族人的礼拜寺，那个时候的黑城，各族人杂居。

　　黑城的入口处，地上全是沙，木板隔出一条道，我们小心行进，城墙的剖面上，有砖，大部分是黄泥，墙中还不时能看出没有捣烂的草影。那仁巴图说，那是芨芨草，牧民造房子常用，古代烽燧的墙也用这种草掺进泥里。也有墙洞，洞中的木头似乎都已硅化。进入城中，放眼四野，能看到完整的城墙轮廓，不过，墙脚大半都被沙掩盖着，内城有几处被围栏围起来的残壁，一些残瓷碎片，在阳光下倒也生动，不时有光闪起。

如果没有标志碑，我们根本不清楚，这是什么地方，因为遗址的大部分地方都是沙。我们在一块石碑前站定，上标"在城站遗址"。那仁巴图毕业于上海大学文学院，对黑城的历史了如指掌，他解释说，在黑城，元政府共设立八个军情驿站，这是其中一处驿站遗址。看着这石碑，看着被沙完全掩盖的遗址，耳边似乎响起了驿站的马嘶人喊，一片繁忙之音。边上数个小沙丘隆起，一块空地上又看见石碑。我知道，又是一个建筑了。呀，这是一座佛寺，这是黑城众多佛寺中的一座，坐北朝南，面阔三间，进深五间，殿内曾绘有人像和壁画。历史上，印度、尼泊尔、于阗、元朝等，都尊佛教为国教，西夏王国也是如此。李元昊自己就是个虔诚的佛教徒，他建立的王朝，一开始就向宋朝寻求佛经、佛僧，并将从其获取的汉文佛经翻译成西夏文。一群游客从我们身边经过，那仁巴图提高了声音：黑水城从众官员到一般老百姓，大多是佛教徒，佛寺也特别多，居延众多的佛塔，就是明证。

走过东街遗址，走过广积仓遗址，还走过不少遗址，有好些记不住了，其实皆是沙漠和戈壁，阳光热烈，还有热风吹来，空旷中，我们想象着黑水城原来的繁华，舟车往来，人群熙攘，吆喝声还价声此起彼伏。自明朝军队用断水的方法将黑水城攻破后，因无水源，无法驻守，他们也放弃了这座城市，明军将城内主要建筑焚毁，居民迁往内地，黑水城就成了一座孤城，最终成为废墟。所有的时光都成了过往，无所不至的黄沙，将黑水城掩得严严实实。

必须要说科兹洛夫，这个名字，和斯坦因一样，都是和中国近代史中的伤痛连接在一起的。

　　俄国人科兹洛夫的探险队，1907—1909年两次对黑城遗址调查采集，说白了，就是疯狂盗掘，五百多种、数千卷的西夏文、蒙古文等珍贵民族文献被运走。

　　额济纳博物馆，我从居延汉简的兴奋中，到了一个特别区域，黑水城文物图片展示，心情一下子沉重起来，这是收藏在俄罗斯科学院东方研究所圣彼得堡分所的黑城西夏文献图片，共有两千余卷。1993年，中国社会科学院民族所、上海古籍出版社和俄方签订合作协议，联合整理，将俄藏黑城文献在中国出版，至今，已经出版了十三卷《俄藏黑水城文献》。

　　我在《番汉合时掌中珠》前久立，它是一本西夏文字词典。一般人看西夏字，远看都认识，近看一个也不认识，必须借助字典词典，与此同类的西夏字词典，还有《文海》《音同》《五音切韵》《要集》《义同》《圣立义海》等，这一些都被科兹洛夫弄走了。

　　还得插几句讲讲西夏文字。

　　李元昊在建朝的前两年，就命大臣野利仁荣创制西夏文字，但要在短时间内，创制一套可以使用的文字，这样的工程，实在不是件容易的事。于是，六千多西夏文字，大量的是对汉字偏旁的换位和借用，这成了西夏文字的主要特点，在此基础上，再造出独特的西夏独体字、合成字。

　　一种民族的文字承载着一个民族的全部文化，如果没有这些西夏字词典，那我们面对西夏文献时，真的只有靠猜了。

　　西夏国王像、稀世珍宝描金彩绘泥塑双头佛、木星图、水星图、水月观音丝绸卷轴、大势至菩萨丝绸卷轴、《西夏译经图》卷首版画、关羽像、四美图，看着这些精美的藏于冬宫的图片，感叹和惋惜同时涌出，五味俱全。

5

刚到达巴彦浩特的那天晚上，我就沿着土尔扈特大街来回走了一遍。土尔扈特，一个特别的名字，我却对它印象深刻。我边走边想去承德避暑山庄宗圣庙看过的那两块碑：《土尔扈特全部归顺记》《优恤土尔扈特部众记》，汉、满、蒙、藏四种文字，庄严得很。那段历史，我详细了解过。1771年的冬春之季，土尔扈特部首领渥巴锡，破釜沉舟，率本部十七万人东归，八个月的磨难，大半死亡，当七万多土尔扈特人归清时，乾隆也感动了，他在避暑山庄接见了渥巴锡，并立碑纪念。

我在额济纳的三天时间里，那仁巴图一直陪着我，他就是土尔扈特的后人，不过，他的先祖东归，却要早于渥巴锡七十三年，人数也不多。说起这段往事，那仁巴图也是如数家珍。这段历史很长，但那仁巴图叙述得很简洁明白：

清康熙三十七年（1698），在伏尔加河流域游牧的蒙古族土尔扈特部落首领阿喇布珠尔，率部众十三家族七十多户五百余人，远赴西藏熬茶礼佛，归路被准噶尔部叛乱所阻，阿首领就遣使进京乞请内附。康熙四十三年，清朝赐牧地党河、色腾河一带（今甘肃嘉峪关至敦煌附近）。阿首领去世后，他的儿子丹忠继位，为避免侵袭，再乞请内徙。雍正九年（1731），土尔扈特人迁至阿拉善右旗境内，后来，又逐渐移牧到额济纳草原。乾隆十八年（1753），清王朝在威远营正式设置额济纳旧土尔扈特特别旗。

我好奇：十三家族，有那么多族吗？其实，这是以他们从事的工种和技能来区分的，下面我按那仁巴图提供的资料，详细介绍一下这十三个家族，我以为，它是一个民族在艰难恶劣的生存条件下合作协调的良好范本。

护旗家族：负责举旗、护旗、祭旗；

工匠家族：负责制作各种武器、生活用具，以及金银首饰的打造等；

搬运家族：迁徙行程中，负责用骆驼、马匹、牛搬运蒙古包和日常生活用具；

巫师家族：施魔法保护部落，替部落祈祷，操控大自然和解释恐惧现象；

探听家族：消息灵敏，探听各种信息；

礼仪家族：主持部落中官员上任、活佛转世、寿辰典礼、婚礼、乌日斯乃日（那达慕）等仪式；

占卜家族：用胡日胡森（牛粪）、羊肩胛骨、钱币、石头等占卜；

医师家族：懂医、行医；

狩猎家族：组织狩猎，分配猎物，保障部落生计；

星象家族：看星座、风水，观察天象，预知气候变化；

勇士家族：配备刀枪、弓箭，勇敢无畏，冲锋杀敌；

偷袭家族：勇敢和敏捷，用计谋袭击盗掠对方的马匹牲畜，打击对方；

护卫家族：护卫部落首领的神射手、狙击手。

这种分工，专业化程度已经极高，涉及生存、生活、发展的方方面面，一个人，一户人家，几户人家做不到的事，分工协作就可以做得极好，根据特长，各司其职。如探听家族，看似简单，其实需要智慧的累积和精准的判断。

七〇后的那仁巴图，我目测身高最多一米七，戴着眼镜，身板不是我想象中蒙古族牧民那般壮实，人也文气。我笑着问他是哪个家族，他腼腆地答不知道，他正在采访一些老人，想弄清自己的家族。我觉得，如果能找到家族根源，这也如同汉人的家谱寻踪，是一件非常有意义的事。

将要离开额济纳旗时，旗常委、宣传部长马布仁送来两大本足有十斤重的额济纳旗志，虽然沉，但这是两千年的历史啊，我得将这份厚重带回杭州。我查了最新的旗志修订本，现今的额济纳旗，土尔扈特人，人口两千多，占整个旗总人口的十分之一左右。相较原来的五百多人，我以为还是太少了，循着历史的线索，游牧的迁徙自然是其中的重要原因，在一个地方久住，已经是现代社会的概念了。

在额济纳旗建旗三百多周年的今天，土尔扈特依然是一个重要的符号。它犹如那些在苍穹下挺立不倒的胡杨，它也如久久长长的居延海，都是额济纳的旗标和旗杆。

6

我看过不少古树，日照莒县的四千年银杏树，它是齐鲁会盟的见证之树；泉州安溪清水岩的大樟树，每一根树枝都朝向北边，这种枝枝向北，传说是向英雄岳飞致敬，其实南面是山，无法伸展，这是植物和自然抗争的结果。这一回，看完了居延海，我就去达来呼布镇北，看望一棵三千年的胡杨神树。

我们一行人在神树前仰望，天空的背景依然和居延海一样，洁净的蓝，絮状的白，流畅干净，二十七米高的胡杨，确实需要抬高头景仰。仔细巡视一圈，你会发现，整棵树身其实有好多个树的小团体，一团团，一丛丛，一层层，从上到下，向着各自的方向伸展，也有不少枯枝倒挂着，有生有死，神树的大家庭，小团体的生长和衰亡，极为正常。

神树已经用围栏圈住，那仁巴图指导我们，沿着顺时针方向，绕神树三圈，心里默念祈祷，念什么自己想，神树的枝干可以抚摸。我们慢行，一圈，算是第一次拜访吧，见一位三千岁的老人，亘古未有的事，必须严肃庄重。厚厚的灰褐色树皮上，有深深的裂缝，相互交错隆起，我觉得用"支离破碎"形容树皮也很合适，但我知道，这只是它的表面而已，它内心一定完整而强大，2.07 米的直径，需要六至八人才能合抱。又一圈，第二次绕行，我特意抚摸了一下它伸出的一根枝干，紧紧地抚摸，为的是感受它曾经消失的心跳，枝干已经枯了，我不知道它枯于什么时候，或许是，土尔扈特人进入额济纳草原后，天降大火，草木皆焚，唯神树毫发未损，不过，卷起的满天大火，说不定也燎着了神树的一些枝干，然而，这些枯枝，却始终不离神树，它们死了，可以一千年不朽！我觉得，我抚摸的不是树枝，而是钢铁般的意志！第三圈，我将带来的蓝色哈达，恭敬地献给了刚刚抚摸过的那根枯枝，向它学习如何坦然对待荣和枯。

额济纳的树种，除了红柳、梭梭，就是满天满地的胡杨，四十五万亩的天然胡杨林，叶子黄了的时候，会让额济纳成为一片金黄的天地。胡杨叶的金黄和沙子的本色黄，组成了额济纳的基本色。我到的季节，虽看到只有寥寥的几片黄，却使我重新认识了它，这不一般的沙漠使者。

我住陶来宾馆，陶来，蒙语就是胡杨的意思，所以这里将胡杨又称作陶来杨。胡杨属杨柳科杨属，木材类似梧桐，河西人也称之为梧桐，因其生在北方，又称胡桐，复因其属杨类，故亦称之为胡杨。呵，绕了一圈，这么复杂。

我好奇的是，能活这么久的胡杨，它是怎么生长出来的。那仁巴图指着胡杨树下那些小灌木说，那就是胡杨，胡杨树有籽，极细极小，幼时为灌木，多枝条，叶互生而细长，宽约半厘米，三厘米左右长，形状如柳叶，色绿；高过一丈时，有主干，此后渐长，树身渐粗而高，细枝条逐渐减少，等长到几丈以上时，它树身的上部开始中空了。

中空？你是说胡杨树身的中间是空的？我满眼疑问。

是的，不过空的地方都储存着水，那仁巴图很肯定地答道。胡杨虽为沙漠之树，但也需要较多水分，胡杨树的根极深，可直达沙底，吸收地下水分，老树枯死，幼树于附近又会丛生。老年胡杨树，外表虽茂盛，其实内部已经空枯，底部往往有大洞。胡杨树中碱分颇多，树干裂处常分泌一种碱液结晶，保护伤口，这种碱质量极好，可以用来发面，吃了不上火，解放以前有人放火烧胡杨取碱，现在都保护不准烧了。

神树边上有两座雕塑：一座是马头琴，蒙古民族的符号之一；另一座主题为"母爱天下"，妈妈面带笑容，左手紧挽着孩子的身体，右手托着孩子的小脚，孩子依偎在妈妈胸前，甜蜜酣睡。

适者生存，老树、音乐、孩子，沙漠戈壁中也是乐土。

然而，有荣就有枯，黑城边上的怪树林，就让我感到了死亡的震撼。

那些死去不知道多少年的胡杨树，在荒漠中呈现出的状态，让人感觉壮观的同时也顿生悲凉。它们"陈尸"遍野，枯枝向天，极少的几片绿叶，仅存一线生机。这里原来是茂盛的原始森林，气候干旱，地下水位下降，胡杨就成了枯杨。"生而不死一千年，死而不倒一千年，倒而不朽一千年"，这个"三千年胡杨"，人们耳熟能详，但如果不到现场，一定不会有震撼人心的生死体验。人们欢乐地造型、拍照，枯了的胡杨林的确是好道具，照片几乎张张让人满意，虽如此，我依然喜欢它们生前青春勃发的样子，如那棵神树，要好过眼前的风景千百倍。

在额济纳胡杨林二道河景区，我买了一支胡杨手杖，寄给远方的年长文友蒋子龙老师。我的祝福语是：愿先生如胡杨般长寿健康，愿先生的作品如胡杨般经典流传。

居延在斯，居延在苍天般的阿拉善，居延就在中国雄鸡的鸡冠下。

阿拉善乐章

羊粪城堡

如果恩克哈达不告诉我那些陈旧的块状城垛是用羊粪堆起来的，我绝对不会有那样的想象力。在牧区，牛粪贴在墙上，或者堆成垛，不稀奇，羊粪，细黑豆粒，如何能成墙？

羊软软的咩咩声，将我牵引进那几个外表看起来如旧城堡的羊圈。戈壁沙滩上，那些细黑豆粒星星点点，多得真如天上的星星。我走近墙，仔细看羊粪如何成为城垛的。大块的墙脚如普通的泥城，扎实地堆叠在这片戈壁上，墙有十几层，每一层往上的城砖（就是羊粪），都略显小一些，这些羊粪墙，外表泛着旧的黄色，呈千疮百孔的沙粒状，仿佛高原上的黄土被流水冲刷留下一道道的痕迹，左看右看，就是不见羊粪的影子。

然而，这确实是羊粪。贴近了仔细观察，那些上层破碎了的垛块，里面有小颗粒显现，那是因为风，或者雨水，将原本紧密一体的羊粪砖扒散了，破碎的地方，还露出了杂木杆，还有芨芨草。哦，这就清楚了，牧民们将羊粪收集起来，中间加进适量的芨芨草，再挤压成块，再晒干成砖形，然后，一砖一砖地垒起来，墙块之间还会加进柳条等杂木，互相牵制，以增加牢固程度。

恩克哈达是蒙古族诗人，从小生活在牧区，他告诉我，这些羊粪城堡至少有六七十年的历史了，有一些时间更久，内蒙古阿拉善地区，这样的羊粪城堡，有不少，但完整且仍在使用的已经不多。

大自然将整个地球制造得五花八门，海洋和陆地，山水田园和荒漠戈壁，温和与恶劣，而人类也如那些动植物一样顽强，无论何时何地，生存力中都会爆发出无限的智慧。

于是，羊粪城堡、牛粪城堡（我没见过，但想象一定有），还有我在广东不少渔村看到的，用成千上万蚝壳砌成的坚硬而锐利的墙体，它们，显然不仅仅是聚沙成塔那么简单。

看着那些可爱的城堡，听着城堡里此起彼伏的咩咩声，宽阔的天空下，羊咩也挺美妙呀。我和恩克哈达相视而笑。

阿旺丹德尔故居

在去阿右旗的途中，恩克哈达一再推荐我去看一位哲人，阿旺丹德尔，阿拉善地区三百年来最有名的文化人，也是非常有影响的经学家。我答：必须去，风景乃过眼云烟，思想和哲人却是永恒的。

没多久，我们就到了阿旺丹德尔的故居。所谓故居，只是一个遗址而已，不过，阿旺丹德尔的雕像及后面的八座经幡白塔，在空旷的草原上，却醒目挺立着。

1840年，这个年份，简单的数字却摸得着深深的惨痛，12月3日，寒冷中国的大地上，哲人离世，显然，活了八十二岁的哲人离我们并不遥远。哲人的原籍为阿拉善左旗巴彦诺尔公苏木（汉语乡镇的意思），藏族，精通藏、蒙及古梵文，国际学术界赞其为蒙藏语法大师、辞学家、翻译家、宗教哲学家、文学家等。

哲人十九岁告别故乡，在拉萨哲蚌寺学习二十四年，掌握了五明学，也就是说，他在佛学、语言学、数学、医学、逻辑学五种大学问上均有极高的造诣，全藏佛理大考，他一鸣惊人，第一名，被授予西藏佛学院制中的最高学衔拉隆巴。回到故乡的拉隆巴阿旺丹德尔，有如当年游历西域、天竺，带着满满学问回到唐朝的玄奘，译经、写书、授徒传经，成了他的终身事业。他用蒙、藏、古梵文完成的四十多部作品，为中国佛学史、语言学、文学理论等领域添加了许多重要的经典。

哲人的故居，一片沙土，几块石头上系着黄蓝不一的哈达，数丛针茅，叶条已经有些干枯，骆驼刺倒旺盛，数块大石头并排叠立，那应该是哲人家的羊圈后墙。哲人雕像的前面，是一个枯河床，河边有一棵三百多年的老槐树。恩克哈达说，这河以前的水很清澈，这树也很茂盛，哲人以前一定常在河边树下读书念经。我答，一定是的。我们下河床走了走，细沙板结，用力踩踩，想踩出几滴水来，似乎不可能。哲人故居的另一边，有一石碑，标示着"甘露井"，这是哲人家祖上的饮用水源，井上用砖盖着，恩克哈达掀开盖，井里真有水。还有旧马槽，长长的，至少三匹马可以同饮，原来这里是一个马圈遗址，不少枯树桩，上面围着铁丝，一只喜鹊停在桩头，一动不动。我甚是奇怪，它应该没有见惯人呀，见了生人怎么不飞走呢？远处，又一只喜鹊飞来，难怪不走，它在等它的先生或者太太吧。

回望风中伫立的阿旺丹德尔，他深邃的双眼，仰望着远方。哲人神秘而慈祥的诵经声，似乎贯耳袭来。

布仁孟和

我们绕行二十多公里，去曼德拉苏木的吉祥五珍驼奶基地，看望恩克哈达的学生布仁孟和，恩克哈达曾经做过二十三年的老师。

瘦高个，穿着一双雨靴，显然，布仁孟和刚刚还在工作着，见了我们，他一边腼腆地表示着欢迎，一边将我们往屋里引。他是内蒙古农业大学的高材生，1983年出生，大学毕业后，一直在阿右旗政府部门工作，去年从公务员队伍辞职，和他兄弟一起，贷款300多万，办起了这个驼奶场。问了一下规模，目前有200多头驼、牛马60多头、羊200只，他们的草场面积为1.7万亩。

布仁孟和给我们煮驼奶茶，先上来一杯甜奶茶，过了一会儿，又给我们端上一杯酸驼奶。桌子上几个盘子里，放着好几种驼奶糖，有纯的，也有加了药材锁阳的，这些都是基地自己生产。他不断劝我们尝尝，尝尝，我们于是边尝边聊。他的两个孩子，一个六岁，一个三岁，六岁的在外面跑，我侧面看过去，三岁的那个，在里屋床上正大字形状酣睡着。

我们一起去看布仁孟和的驼群，这些阿拉善双峰驼，是他的宝贝，见我们靠近，驼群躁动着，哼哧哼哧，低沉鸣叫着。驼的毛色油亮，丰满的体形，昂扬着头，一切都表明，这些驼生长良好。布仁孟和说，他们基地出产纯天然的驼奶，每头驼，一次可以挤一千克。嗯，真的不多。

布仁孟和家柴火熬制的驼奶灌装新品，马上就要上市。我说，我可以帮你推广一下。我们加了微信，回杭州一周后，他给我发来网店的链接，我在新浪微博、微信朋友圈、今日头条上都做了推荐。那一晚，正好是新年度的诺贝尔文学奖颁出，我先介绍一下布仁孟和，然后这样写道：从精神到物质，老夫诚心诚意推荐一个驼奶产品——格丽克的诗，布仁孟和家的驼奶，同样美妙！

这样的产品推荐，在我发的上千条微博中，从来没有过，不过，为了这位诚实善良的阿拉善蒙古族创业青年，我觉得值。

巴丹吉林沙漠

巴丹吉林是个沙漠地质公园，沙漠有多大？差不多半个浙江省。

进大门，往沙漠的深处走。两边的沙山，在夕阳下泛着金光，我的目光常常停留在那锐利的沙峰上，它们如巨鲸尖耸的背脊，沙山就是它的身体，它们气定神闲，威严地卧伏在海上。

半小时后，我看到了巴丹湖，它没有敦煌鸣沙山月牙湖那么著名，但它让我感到的惊喜，一点也不亚于第一眼见到月牙湖时的感觉。朋友们去登沙山了，我坐在湖边的长凳上看湖。风微起，有些凉意，湖水泛起层层涟漪，一圈又一圈，我在数那些波圈，我期望此时有一条鱼冲天而出，然而没有，它们在湖中安静地嬉游着。湖另一边的那一片密集的芦苇，偶尔有沙鸟掠起，飞鸟和湖水，和沙山，还有沙山上如豆点的人群，虽有嬉闹声传来，却让人觉得安静，湖水的清澈澄静，让人感觉出它的年轻活泼，而我知道，眼前这个湖，已经有数十甚至上百万年了，它也只是巴丹吉林沙漠一百多个湖中的一个而已。

湖边有一个特别的白墙金顶建筑群，那是始建于1755年的巴丹吉林藏传佛教寺庙，背依沙山，面临湖水，白塔无言，梵音阵阵。我想的是，大漠深处，无石无木，在这里建庙的难度，一定不比建造那些高楼大厦容易，它全靠人力和畜力的经年累积。于是感叹，是信念的力量，才有了这沙漠中的人文奇迹。

湖边沙中还有一座巨大的牧民半身雕像，颇有些王者气势，右手擎着一把叉戟，戟柄深插沙中，毡帽帽檐挺括，大脸巨眼，髯须粗密。我觉得这座雕像是有用意的，他是一个机警护卫者的象征，纵然茫茫大漠，亦是吾宝贵之土！

巴丹吉林沙漠有世界上最大的鸣沙区，200—500米的鸣沙山上，响沙如雷，沉闷深远，响彻十几里之外。

谛听，远处有雷声沉闷而来，恩克哈达笑着说：那声音，一定是鸣沙！

呼麦

黑夜笼罩大地，星星为我们点灯，在阿左旗的一户牧民家中，我们享受了一场独特的声音盛宴。

男女艺术家，一个个登场。

马头琴，激情澎湃，高昂和放恣，如万马奔腾；孤寂和悲凉，如衷肠泣诉。长调，舒缓流畅，似百灵鸟的吟唱，似鸿雁的长鸣。这些音乐，皆如灵魂的呼唤，它们汇聚成一个巨大的意象，鲜花次第盛开，骏马奋勇奔来。

重点说金达来。

这位阿拉善群艺馆的青年艺术家，盟级呼麦非遗传承人，个子修长，文质彬彬，说话慢条斯理，他一边介绍，一边为我们表演，都是独特的蒙古民族音乐。

嘴里略微鼓起，他要表演口弦琴了，右手快速拨弄，有共鸣声传出，风声、鸟鸣声、狼嚎，马蹄嘚嘚而来，又嘚嘚而去。

拿出一根长笛一样的东西，金达来说叫冒顿潮尔，这是一种边棱气鸣乐器。嘴角半含，竹笛斜着，两眼微闭，喉咙里发出的声音和笛声同时缓缓响起。我们都很安静地听着，我最喜欢听喉咙中发出的沉闷声，我以为这有相当难度，雄浑而低沉。恩克哈达和我低头耳语：冒顿潮尔，也叫胡笳，竹子木头都可以制作。我一下恍然的样子，我的眼前立即浮现出陈子昂居延诗中那个苦命而有才的女子——蔡文姬，她在逃难中被匈奴人掠走十二年，还生下了两个儿子，如果不是曹操用重金赎回，她可能就死在了塞外。她的《胡笳十八拍》，虽不是音乐，却使读它的人都要撕裂肝肠，滴下不少眼泪。

呼麦来了。简单地说，呼麦就是若干种声音同时响起，怎么做到的呢？我们盯着细看。金达来投入地拉着马头琴，这是伴奏，前序曲过后，他喉咙里就有声音发出，这个声音，和马头琴的伴奏必须同频。于是，我们听到了这种奇特的呼麦，温柔而低沉，忧郁而活泼，变幻无穷。

金达来在蒙古国国立文化艺术大学呼麦艺术班读了本科，接着读了艺术系的研究生，从小生长在音乐世家，又经长达七年的专业学习，造诣深厚。表演过后，金达来为我们解释，呼麦和语言表达有关系，七个声母，可用七种音调唱，于是，他一个音一个音地唱。我略知一些音乐，这类似于中国古典音乐中的宫商角徵羽，或者现代音乐中的调，我吹的萨克斯，就有十三个调。

我在呼伦贝尔，其实也听过呼麦表演，蒙古族朋友这样向我介绍呼麦美妙的产生过程：古代先民在深山中，见河汉分流，瀑布飞泻，山鸣谷应，动人心魄，声闻数十里，便加以模仿，遂产生了呼麦。

呼麦，蒙古语就是咽喉的意思。

咽喉模拟，将自身和大自然和谐地融合在一起，它是历史深处的久远回音。

茫茫大漠深处，我仿佛看见蔡文姬，坐在帐篷前，目视远方，吹着呼麦，孤独的思念，似乎要将大地上的悲愁，都融进那长长的木管里。

袁州长歌

1

元和十五年（820）四月下旬的一个柔夜，新月如锐钩，缀挂在天际，袁州府衙的幽静后院，昏暗而朦胧。一束灯光，细如豆粒，透过窄窄的窗户，映射出一位深思的身影，他时而低头疾书，时而擦拭泪眼，心中的悲愤与悲伤交织成一片苍凉：你临终时，连唤母亲数声，哀痛太过而又昏死过去；你苏醒后，又握着韩湘的手，安慰兄长不必悲伤。母子之爱之深，兄弟之情之厚，苍天啊，你为什么不眷顾这个年轻人，反而让他如此短命！我的韩滂侄孙，你才十九岁啊！你就与我们阴阳两隔，我们远离故乡，只好权且将你葬在这异乡。我们只能在你坟前洒一杯清酒，祭奠你的孤魂，希望你在另一个世界得到安宁。呜呼，呜呼！

不时抹泪的身影是韩愈，在那个沉重的夜晚，他的悲伤如泉涌，无法自抑。他正在写《祭滂文》，死去的韩滂，是他仲兄韩介的孙子，而此前，被贬潮州的路上，他年幼的四女儿挐不幸病逝，他只得将其草草埋葬在商南县层峰驿的山脚下，"数条藤束木皮棺，草殡荒山白骨寒"（韩愈《去岁，自刑部侍郎以罪贬潮州刺史，乘驿赴任，其后家亦遭逐，小女道死，殡之层峰驿旁山下，蒙恩还朝，过其墓，留题驿梁》），那是一个清冷的地方，野藤、薄棺，白发人埋黑发人，情何以堪。兄长断了子嗣，家族失去一大希望。一想起这些，韩愈又泪流满面，真是命运多舛！这是他到达袁州的第四个月，自上年十一月离开潮州后，到了韶州，身子骨较弱的韩滂就开始生病，到达袁州，恰是元和十五年的闰正月初八，袁州又连续干旱，天气干燥，加上严重的水土不服，韩滂很快就不治。

韩愈有三兄弟，长兄韩会，次兄韩介，早逝。韩愈出生只两个月，母亲去世，三岁，父亲也死了，养于长兄韩会处，韩会四十二岁卒，韩愈遂由寡嫂抚养成人。韩介有二子，百川、老成，老成过继给韩会，也生二子，长曰湘，次曰滂。韩愈兄弟人丁不旺，百川又早死，因此传承的责任重大，韩滂天资聪颖，博闻强记，韩愈极为偏爱，期望这个侄孙能振兴家业。

元和十四年的元月十四，已经五十一岁的韩愈，在刑部侍郎的任上提了不该提的意见，被唐宪宗贬到潮州做刺史。带着七八分的无奈和沮丧，告别了阴冷的长安，前往近八千里路外的贬谪地潮州。韩愈去潮州时，韩滂一直跟随着。而今，侄孙却离他而去，袁州府衙的这个夜晚，一切都那么静谧，空气中，似乎都弥漫着丝丝悲伤。

2

韩愈在潮州虽只有八个月，却干了四件大事情：祭杀鳄鱼，安顿百姓；兴办学校，开发教育；解放奴婢，禁止买卖人口；兴修水利，凿井修渠。

从正月跨进袁州的那一天起，韩愈的脑子里就是袁州了。

袁州，在博古通今的韩愈眼里，自然不陌生。他在由潮州前往袁州的道上，脑子里就经常闪现出一个镜头，他一直在感叹：难道这是命运的安排吗？

长镜头闪回到十二年前。

元和三年（808），韩愈的好友，翰林学士王涯，因外甥得罪当朝宰相李吉甫而连带被贬虢州司马，王涯不久后迁袁州刺史，两人灞桥折柳相别，韩愈有诗相送："淮南悲木落，而我亦伤秋。况与故人别，那堪羁宦愁。荣华今异路，风雨昔同忧。莫以宜春远，江山多胜游。"最后两句的意思是：您别以为宜春离京城太远，那里的风景却如画一般，希望您能舒心游赏。显然是安慰，那时，韩愈并没到过袁州。

或许这就是命运。十二年后，如今自己也将要去袁州。是不远吗？是真远啊！这两年来，他行程几乎万里，身疲惫，心更疲惫。而今，到了袁州，或许，那里风景如画的江山，可以疗伤。

韩愈一到任，就四下走访，了解民情。他沿着汉代灌婴筑就的城墙仔细察看，八百多年过去，城墙早就几度修葺。自汉高祖时置宜春县始，后来地名与归属不断变化，隋唐两代，由县升州郡，但一会儿叫宜春，一会儿叫袁州，天宝五载（746），改袁州为宜春郡，乾元元年（758），宜春郡又改回袁州。

韩愈想着这些变化，那不是主官的随意吗？就如他的命运，似乎也是如此，三次科举，均失败，第四次才终于登第。又三次参加博学宏词科考试，仍然失败，其间三次上宰相书，均石沉大海，中间他出任宣武节度使的观察推官，宣武军兵变，幸亏他先离开，否则小命不保。直到第四次，才通过吏部铨选。刚升为监察御史，就因讲真话而得罪人被贬连州阳山县令。韩愈说话坦率直爽，从不畏惧或者回避，却不善于处理一般事务，在不少岗位上都做得磕磕绊绊，令人替他着急，但他认为自己才学高深，只是与这个社会不合拍而已，屡遭贬，依然不改初衷，并常以文章来解怀。去年因谏迎佛骨被贬潮州，今年又量移袁州（唐朝因罪远贬的官吏遇到特赦调迁近处任职叫量移），量移就量移吧，袁州，可以疗伤，也是可以干一番事业的。

一想到这里，韩愈忘却了暂时的悲伤与不快，立即想要做的一件事，就是面见士子，与他们交流，鼓励学子们发愤学习，州府也会为他们创造最好的读书环境。是的，韩愈走到哪儿都重视教育。没有具体的办学记录，但从后面袁州人才辈出的现象推测，我们完全可以想象其中的细节，一个德高望重的领导，一位大唐文坛重量级的领袖人物，一个诗文俱佳的写作实践者，学子们望着一脸慈祥的韩大师，个个心中升腾起坚定的决心，以韩老师为榜样，努力学习，成就自己。

唐末五代王定保的笔记《唐摭言》卷四这样记载：

韩文公名播天下，李翱、张籍皆升朝，籍北面师之，故愈自潮州量移宜春郡，郡人黄颇师韩愈为文亦振大名。

名师自然会出高徒。李翱师从韩愈学古文，是中唐著名的古文家，著名诗人张籍，与李翱一样同为中唐古文大家的皇甫湜，他们皆是韩愈的高足。而韩愈在袁州收的学生，黄颇，会昌三年（843）进士，工文章，官至监察御史。

《宜春县志》载："袁自韩文公倡明道学，嗣是守郡者类以造就人才为心。宽刑禁，尚文学，悉奉昌黎为法。"又载："昔韩昌黎自岭南移守于此，教化既洽，州民交口颂之。"果然，十几年后，韩愈重视教育的成果开始显现，除上面提到的黄颇外，比黄颇更有名的是卢肇，他成为江西的第一个状元，紧随其后的有易重，江西的第二位状元，他们都是袁州士子。唐朝中后期，袁州考中进士三十多名，人誉"江西进士半袁州"。

癸卯初秋，我到袁州，寻找韩愈在袁州的足迹。下面这些街路，都沐浴过韩老师在袁州重视教育与人才的阳光。

去状元洲：体验卢肇、易重当时状元游行的辉煌。

走重桂路：易重有诗"故里仙才若相问，一春攀得两重桂"。恰逢桂香季节，丝丝沁入鼻孔。这香，似乎来自遥远的唐朝。

过黄颇路：一个有性格的读书人，即便是同乡卢肇，他也不买账——你这碑版写得也太差了，还头名状元呢！

进鹧鸪巷（现为宜春东风大街南段）：郑谷以《鹧鸪诗》闻名，故称之为郑鹧鸪。"相呼相应湘江阔，苦竹丛深日向西"，吱咕咕，吱咕咕，忽地传来几声鹧鸪，是我在思乡吗？不是，我才来袁州，但它极可能勾出贬谪者的思乡离别情绪。

我们去明月山洪江镇，仰山栖隐禅寺旁的郑谷草堂。

郑谷（约851—910），唐末著名诗人。他自幼聪明，七岁能诗，当时的著名诗人司空图见而奇之，拊其背曰："当为一代风骚主。"但及冠后参加进士考试，却接连考了十次，四十岁时，总算考上。郑谷的官做得不大，仕途却顺利，晚年索性到仰山建个草堂隐居起来，读书写诗，优哉游哉。自然，郑谷的草堂，绝不是杜甫"床头屋漏无干处"的草堂，一定舒适，因此，郑谷的诗也多以闲适为主，缺少杜甫的那种苦难与坚硬。

　　我眼中的郑谷，三件事可以概括：以《鹧鸪诗》闻名，《全唐诗》收其诗325首，还有一个就是指教别人的"一字师"：诗僧齐已携诗来仰山拜见郑谷，郑谷热情接待，两人一边吃茶一边谈诗。郑谷读《早梅》"前村深雪里，昨夜数枝开"，笑着对齐已说：数枝梅，不算早了，不如改为一枝梅。齐已听后，就地拜倒：郑老师啊，您真是我的一字师！

　　郑谷坐在窗前，读书写诗一天，伸了伸懒腰，忽然，仰山栖隐禅寺（沩仰宗祖庭）的晚钟声荡进了他的双耳，索性起身，出去走走，寺就在草堂边上，他要去看那两株银杏，才几十年工夫，已经高大茂密了。

　　禅寺的两株银杏树，叶片厚重青绿，虬枝依然自由伸向蓝天。我们坐在古树下看树说树，久久不肯起身。这银杏、郑谷的诗，都已经活过了一千多年。

<h2 style="text-align:center">3</h2>

　　一个夏日的傍晚，忙完了一天工作的韩刺史，在府衙后面的宜春台散步。忽然，一座屋檐下，有个骨瘦如柴、蓬头垢面的少女，蜷缩着身子。他走近一问，少女哆哆嗦嗦地告诉说，她是女奴，受不了主人的暴打，跑出来逃命。

　　韩愈听完少女的回答，立即想到，自己去年在潮州，就做过一件事：解放奴婢，禁止买卖人口。看来，这个问题，袁州同样存在，必须立即解决。他随即将少女带回府衙，供给其衣食，仔细盘问，掌握线索。次日，韩愈又召集部下，要求他们广泛调查，查清袁州到底有多少人因天灾人祸而被没入为奴婢。

　　韩愈做这件事，是有政策依据的，当时的政府规定：不许典贴良人男女作奴婢驱使。有了尚方宝剑，对确实违背法律的行为，必须立即纠正。

调查结果很快就出来了，袁州界内，一共有几百人，他们原本都是良人男女，或因家里遭到水灾旱灾，粮食歉收，无法度日，或因借债还不起，作为抵押品充当奴仆以偿债务。这些被抵押到大户人家做苦工的人，规定期限内不能赎回，被迫做了人家的奴婢。而一当了奴婢，就等于是卖给了人家，生死都掌握在别人手里，驱使鞭策，毫无尊严，悲惨得很。

事实一清二楚，韩刺史立即命令政府出台威严的决定：凡没入为奴婢的良家男女，从典押到主子家做苦工的第一天算起，还完债的，立即放人，没还完债的，可以补足差额，也立即放人，总之，奴婢均应放回，归之父母！这条政策，使731名奴婢又成了良家男女。据说，韩愈在宜春台发现的那个少女，因劳资抵债不够，父母双亡，便自己花钱将其赎出，妥善安置。

韩愈从袁州调回长安后，对解放奴婢这件事，依然放不下心。这种现象，潮州有，袁州有，何况这两个郡都地处偏僻，那么全国的其他地方，也一定存在，于是，他写下《应所在典贴良人男女等状》，向穆宗详细报告袁州的情况，并提出：此事须朝廷全面治理，严格执法，奴婢一律赦免，对隐漏违法者严惩不贷！

官员急百姓所急，想着百姓的苦难，这是为政的重要内容，也是官德所在。可以设想的场景是，那些数十万计被释放回家的奴婢，当他们欣喜回到原来的家时，他们的生命又得到了重生，他们的家庭又拾回了欢乐。活人命，胜造浮屠，仅此一项功德，韩愈就赢得了人们的长期尊敬。

4

韩愈自元和十五年闰正月初八到达袁州，当年九月，朝廷有诏，拜韩愈为朝散大夫、国子监祭酒。韩愈经行豫章、庐山、江州、随州、襄阳等地，年底到达长安。在袁州的九个月时间，韩愈留下了大约二十六篇文章，却没有留下一首诗。

韩愈现存诗文七百余篇，诗文各一半。对于随时作诗的大诗人，九个月只写文，不写一首诗，且，至袁州前有诗，离袁州后有诗，独独在袁州没有诗，"何事公无一句诗?"这确实让许多人费解。写到这里，我想起了在写作《天地放翁——陆游传》中的相类似的一个情景。

陆游由夔州前往南郑（今汉中）从军，一直处在亢奋中，八个月写下了一百多首诗，不幸的是，《剑南诗稿》中，我们只见卷三的十二首，且没有一篇是记述当时军旅生活的。这是一个谜，关于此，陆游自己这样解释：舟行过望云滩，坠水中，装诗的行李，被嘉陵江的急流卷走。

那么，我们也同样可以用遗失来解释韩愈在袁州没有留下诗。只是，还有疑问，会遗失得这么干净吗？总有寄友人答友人的呀。不再展开。这里只说韩愈在袁州的文章。

通读韩愈在袁州写下的二十六篇文，最值得一说的有三类文章：第一类，三篇祭雨文，即《祈雨告城隍文》《祈雨告仰山文》《谢雨告仰山文》。元和十五年初春至夏，袁州大旱，土地干涸，民生凋敝，韩长官就率州县士绅大规模祈雨，先求城隍，再求仰山神。这场景如同他在潮州祭鳄，对上苍也要软硬兼施，先检讨，再威吓，只要是为民，只要是为公，韩长官不怕天地的惩罚。从第三篇的标题看，祈雨行动，果然感动了上苍，天降喜雨，百姓欢呼。自此后，袁州的官吏每年春秋两季都要前往仰山古庙祭奠，这个风俗也在全国流行开来。

第二类，是为未到的三个地方写记写碑：应上司也是老朋友王仲舒之邀写《新修滕王阁记》；应好朋友广州刺史孔戣之邀写《南海神庙碑》；应处州刺史李泌之子李繁的请求写《处州孔庙碑》。未到达的地方也可以写出好文，究其因，韩愈的文名大，另外，都是好友，盛情难却。尤其是为处州孔庙写碑，彼时，应该正是韩愈在袁州大办书院教育士子的时候，感同身受，有感而发。

第三类，就是祭文，本文开头，韩愈祭侄孙韩滂文就是。这里重点说《祭柳子厚文》及《柳子厚墓志铭》。

元和十四年（819），唐宪宗大赦天下，十月，韩愈由潮州量移袁州。而此时，宪宗在宰相裴度的说服下，敕召柳州刺史柳宗元回京。裴度是七朝元老，四朝宰相，虽然宪宗下过诏，对柳宗元及另外的"八司马"永不量移，但裴宰相这个面子得卖。然而，十一月二十八日，四十七岁的柳宗元却病逝了。柳病逝时，韩愈应该正由潮州往袁州的路上。柳宗元自知来日无多，临死前写就的遗书中，有一封就是给韩愈的，他托付韩愈给他写墓志铭。柳宗元知道，两人的政治立场有分歧，但这不妨碍他们成为知心好友，柳宗元的"千万孤独"（《江雪》诗的起句连字）唯韩愈懂。

　　子之中弃，天脱馽羁；玉佩琼琚，大放厥词。富贵无能，磨灭谁纪？子之自著，表表愈伟。不善为斲，血指汗颜；巧

匠旁观，缩手袖间。子之文章，而不用世；乃令吾徒，掌帝
之制。子之视人，自以无前；一斥不复，群飞刺天。

　　宦途中你被斥逐，这是上天除去你的羁绊；你的文章如同美
玉制成的玉佩，晶莹剔透，极力铺陈。那些富贵而没有才能的
人，声名终将磨灭，但你的名声却越来越大，传得越来越远。不
擅用刀的人，一个闪失就会指头流血，而技术高超的工匠，却只
能两手缩在袖子里作旁观状。你的文章不为当世所用，竟让我们
这些无能之辈掌握大权。你一旦被斥逐，就再没有机会复官，而
朝廷里却充满了庸碌之辈。

　　韩愈果真懂柳宗元，他以真诚的友情、精炼的文辞，高度赞
赏柳宗元的文学才情，又悲柳宗元不为当世所用，长叹而扼腕。
而在《柳子厚墓志铭》中，韩愈则用较长的篇幅，淋漓尽致地追
叙柳宗元一生中的重要事迹，柳宗元高洁的人品、极高的文学天
赋都得到突出抒写。

　　长歌当哭，韩愈的碑文为何无人能超越，一个重要原因，我
以为是字字都融入了他个人独特的体验，只有自己痛到骨髓，他
的才情才会高度驾驭文字，爆发出超人的能量，将人心击痛，甚
至击碎。

5

　　宜春的老城中心，有宜春台，其实是座小山，只有百米来
高，西汉时，宜春侯刘成，在城中及周边设五台，五台以宜春台
居中，自然是风景最胜者。宜春台树木茂盛，枝枝交盖，不少老
树，虬枝四散，沧桑的树身上长有毛茸茸的白菌，有些老人在树

下打牌走棋。

宜春台的东南侧，有昌黎书院，这里原是宜春四中的校园，现在校园整体搬迁，而新的昌黎书院，正在全面建设中，预计年底就可以落成，呈现出它古典大气的书卷气风貌。

如同韩愈离开潮州，人们将当地的山水命名为韩山韩水一样，袁州人民也一直以自己崇敬的方式纪念韩愈。

韩愈离开袁州后，继任者将府衙后堂辟作"景韩堂"，此堂一直到明朝改为"仰韩堂"，尽管名称略有变化，但景行行止，高山仰止，意思却没有大的区别。北宋皇祐五年（1053），袁州知府祖无择，在袁州府学明伦堂的西侧兴建"韩文公祠"。祠颇有规模，韩愈的塑像立在祠堂正中，祠内大量展示韩愈的诗文、生平功绩，韩愈的高足李翱、皇甫湜，受韩愈影响的袁州名人卢肇、郑谷，两边配享，每年春秋举行两次祭祀。祖知府还亲自撰写《建韩公祠记》，高度赞扬韩愈的功绩及文学成就。韩文公祠内，平时就常有学子来参观瞻仰，逢祭祀日，更是人潮涌动，士人学子纷至，他们以韩愈为袁州作的贡献而骄傲，他们为乡贤所取得的成就而自豪，奋发澎湃之心油然而生。

至元末，韩文公祠毁于兵火。明正统十四年（1449），韩文公祠又择地宜春台右侧重新修建，一百年后，明嘉靖二十八年（1549），韩文公祠再修葺，并扩大为昌黎书院，由袁州一府四县集资兴办，办学的原则与方针，参照的就是著名的白鹿洞书院。彼时的书院，规模颇具，学生数百人以上，有韩文公祠、明伦堂、四宜堂、原道阁、魁星阁、上谕亭、书房，据记载，清同治十一年（1872），昌黎书院有学田一千二百十九亩，折银六百多两，书院修建、老师工资、学生食宿，都有了充分的保障。

至清末，昌黎书院改为袁州学堂，民国时改为宜春中学。时光如过隙之白驹，二十世纪八十年代末，昌黎书院旧址成为宜春四中的校园，遗存在校园内的部分书院房舍，系清朝嘉庆十五年（1810）修建的砖木结构房。2015年7月，昌黎书院进行了简单的修复，设有韩文公祠、明伦堂、乡贤祠，同年，宜春四中同时挂牌"昌黎中学"。而这一次，是昌黎中学的整体搬迁，在旧址重新修筑更大规模的昌黎书院。

从韩文公祠到昌黎书院，再到袁州学堂，其间重修、重建达几十次之多，长盛的原因，只有一个，皆因韩愈。伫立瞻望眼前的昌黎书院，看着表情有些凝重的韩愈石雕像，百感交集：一座城，因一个人的功绩而绵延千年，他是这座城市的思想灵魂。建筑虽未完工，但已呈现象，我想象着它不久后的盛大与辉煌。

从昌黎书院往上至宜春台顶部，间有石级台阶，松柏、梧桐、樟树、槐树，层次相依，休息亭中有石桌、石凳，台阶渐至顶部时，有两道长长的折叠弧形，在春台阁前合而为一，春台阁台基下是一个微型广场，松柏相绕。彼时，刘成建宜春台的时候，还是有些远见的，它比江南三大名楼都早，比滕王阁早八百年，比岳阳楼早五百年，比黄鹤楼早三百年。宜春台台顶，原先是祭祀仰山神龙的地方，我眼前的春台阁，则是一栋飞檐翘角的三层楼阁，东西还各连着一座附楼。

走进宜春台，第一层，虽一百平方不到，却因四面通透，视野开阔，悠悠踱步，四面景色皆入眼底。踏着木梯上二层，木柱走廊，门窗皆镂空雕花，可南北观景。三层全为木制，内间空间较狭窄，外间则环圈皆可观景。

登台望远，角度极重要。

"远望宜春台，巍然凌百尺。高城俨弹丸，烟火千家积"。清代著名诗人江皋从化成岩望过来，叠翠的顶台，虽然不大，却像高楼上铺着的一颗弹丸，弹丸之地，那就是小了。然而，现在，我从台上朝城中看，则是烟火人间。三层观景，各有视角。我猜测，那些游人，特别喜欢选择阳光晴好的傍晚登台，夕阳西下，炊烟袅袅，鸡犬相闻，人小如粒，奔跑穿行街巷中。

若是满怀豪情的诗人，宜春台顶，一定会使其激情勃发。

明正德元年（1506）冬，王阳明上书弹劾宦官刘瑾，被廷杖四十，由兵部主事被贬贵州龙场驿丞，途经袁州时，应该是春草疯长的明媚春天了，他自然要登这宜春台。满腹心事，行行复行行，上得台来，景色果然好：

> 宜春台上还春望，山水南来眼未尝。
> 却笑韩公亦多事，更从南浦羡滕王。

不过，王阳明却不能专注于景色，美景匆匆入眼不入心，他由眼前景立即联想到了韩愈：韩愈也真是多事，皇帝老儿他要迎佛骨，那就让他去迎嘛，谏他干甚？王阳明只是说韩愈多事吗？恐怕是在说他自己，一样的脾性，眼睛里容不得沙子。不过，多事归多事，韩愈依然勤勉努力，在潮州、袁州都留下了好名声，还是要向韩文公学习，即使被贬，也要为百姓谋福利。

宜春台往东北，是状元洲。往南几十里，是著名的仰山。宜春台下，宜春主要的商业街中山中路、东风大街环绕。宜春台往北，是袁山公园，袁山顶上，有昌黎阁，三层檐角飞翘，瓦都是金黄色，阁凌风屹立，清风从昌黎阁吹过宜春台，耳中似乎传来韩愈送王涯的话语：王涯兄啊，我没骗你吧，宜春确实不错！

6

东晋名将谢玄，因淝水之战大胜而被封为康乐公，食邑万载。此万载，便是宜春市下属的万载县。谢灵运深得谢玄欢喜，于是孙承祖爵，八岁的谢灵运就承袭为康乐公，食邑万载两千户，世称谢康乐。在万载境内，以谢灵运之封号命名的祠、堂、桥、水不下十多处，仅"康乐祠"就有三处。万载县的前身叫"康乐县"，时间长达三百多年。万载县城目前的所在地，就叫康乐镇。

韩刺史知袁州，他内心里对谢灵运也充满崇敬，不知道他有没有去过谢灵运做永嘉太守时到过的江心屿，反正，韩愈写过一首《题谢公游孤屿》：

朝游孤屿南，暮嬉孤屿北。
所以孤屿鸟，尽与公相识。

宋真宗天禧五年（1021）十一月十三日，临江军署院内，王安石出生。因其父王益时任临江军判官，而临江军的治所就在清江县，即今宜春市下属樟树市的前身。

我在樟树市博物馆，看到一组雕像，小王安石手握书卷，站在父亲面前，父亲则双手捧着摊开的书本，面容和蔼，这应该是一个日常的教育场景。王安石在临江军生活了七年，可以想象，这里打下扎实的童子功，让王安石如鱼得水。

上春台，草陆离，寻老屋，拜昌黎。

在宜春的几日，心中一直惦念着韩愈，韩愈所崇敬的谢灵运，韩愈之后的卢肇、易重、郑谷，再是王安石等，这些名字，或多或少都能与韩愈相连，这皆缘于他播下的读书种子。

秀江静潜向前，月光如水流淌，深巷中有悠扬的古琴声传出，"不独此邦人仰止，泰山北斗古今同"（明高琬诗句），韩愈在袁州奏出的长歌，千年后仍有深深而久久的回响。

朱学士遗风

1

绍兴府萧山县城东郊坛里金村（曾名城郊村，现杭州市萧山区新塘街道朱家坛村），萧绍运河的支流穿村而过，河不宽，水却深，航船直接拐进运河，再达西陵驿古渡，从那儿可以抵达任何目的地。那个渡口，唐朝文学的全盛期间，全唐诗2200多诗人中的550多位都来此乘船，往浙东的天台山方向而去，古渡是他们文学朝圣的起点。河岸两边，星散着各式农屋，百姓日日依河傍河，务农经商，各自忙碌。

看坛里金村名，应该是金姓人居多，百姓以同姓族居而命村名，到处都是。但这坛里金村，也生活着不少朱姓人家，朱姓的先祖叫朱寿，据说是元末避乱到此。完全有可能，暗黑的天空，必定有人会去打破，各地抗元组织风起云涌，但战火四起，百姓却遭殃，躲的躲，逃的逃，活命要紧。朱寿随身的布包里，揣着几本经书，还有一本《文公家训》，他这位文公的七世孙，必须带着家训。朱寿从江西婺源出发，跋山涉水，一路行到萧山，眼前这萧绍平原，田野一望无际，他感觉，这里是他成家立业的好地方。有学问的后生，人家都喜欢，朱寿做了金家人的上门女婿。这就很有趣了，坛里金是朱家子孙的外婆家，外婆，无比亲切的词，一个温暖的怀抱。

坛里金的朱姓，自朱寿开始，耕读传家，开枝散叶。"寿生三子，广一、昌二、明三。广一生端仪。端仪生存德。存德生大宾。大宾生珊。珊生执庆。执庆生得贵。得贵生士芳。士芳生显学。显学生如龙。如龙生国球。国球生鉥。鉥生治。治生凤楼、凤标、凤梯。自文公传至此为二十一世"。

文公是谁？大名鼎鼎的朱熹。上面这段世系谱，是文公的第二十五世孙朱家潘所撰，他接着写道：先高祖讳凤标，生于嘉庆五年八月廿二日巳时，卒于同治十二年闰六月初九日午时，葬于萧山所前山里沈。

朱凤标出场。

2

朱凤标，字建霞，号桐轩，嘉庆五年（1800）八月廿二日出生。当坛里金村朱治家老二降临人世时，朱家门外的广阔田野上，霞光早已散去，晴阳当空，朱治异常高兴，今天又是好日头，中秋佳节刚过不久，成熟而丰收的季节，阳光热烈而温暖，希望儿子有个好的未来。

十九世纪初，大清一直增速的经济渐渐缓慢，甚至已经开始出现了颓势，但广大农村似乎感觉还不明显，百姓依然紧紧凑凑过日子。对于耕读之家的朱家来说，创造一切条件，培养孩子们读好书，乃头项大事，唯有读书才能有进取的机会，才有可能更好地实现先祖的"忠孝节廉"遗训。

朱凤标就在这样的环境中慢慢成长。

距朱家百来尺远，河的另一边，有一座万寿庵，庵门向东，门前就是广阔的田野。大地上，除了农人农忙季节清晨就开始忙碌，平时皆安静安详。朱凤标的青少年，就常年寄居在这座庵中，不为别的，就是看中此地读书的好环境。

凌晨，雄鸡发出第一声的啼鸣，就是朱凤标的起床号令。无论寒暑，无论风雨，不用人催，简单洗漱后，桌前就端坐着一个认真阅读的学子了。他打开书卷，前一晚临睡前留下的笔记小札，再看一眼，咦，怎么还有一个错字呢？或许是昨晚太迟了，一不小心的笔误，但也不允许，朱凤标轻轻在心里责备了一下自己，读书务求细而真，立即又投入新的课业中去了。万寿庵前的田野，稻作的颜色，从青到壮，到黄，大地从寒冷中睡去，又从春风中醒来，四季轮替，一年又一年。朱凤标从少年读到青年，他的学问，如那矗立的高塔，从塔基到塔身，再慢慢达塔顶。数十年如一日，意志与毅力都坚如磐石。每有倦怠，桌前墙壁上自己恭敬抄录的《文公家训》就会如狂鞭一样抽来，还有那些祖训、诫、家则、先则遗训，皆一起挤涌到眼前，皆幻化成一位严厉的长者嘱咐他：勤学不辍，日积月累，修身律己，做一个真正的君子！

梅花香自苦寒来。

道光八年（1828），二十九岁的朱凤标乡试中举。道光十二年（1832），三十三岁的朱凤标在殿试中，一举夺得榜眼，消息一下子震动了整个绍兴府及浙江。比起有些人的少年得志，而立之年，其实并不年轻。在此之前，没有朱凤标参加乡试及会试的记录，我猜测他应该去考过，而且还不止一次。延续了一千多年的科考体制，不是所有有才能的人都能如意的，不过，考生得适应它。朱凤标一甲第二，是他在万寿庵苦读数十年的丰厚回报。整个坛里金沸腾了，万寿庵，好地方，乡人索性将其改作雄鸡庵。

在所有的进士中，只有一甲三人直接进入翰林院，状元授翰林院修撰（从六品），榜眼、探花授翰林院编修（正七品），二三甲的进士，还要通过朝考，入选庶吉士，再在翰林院深造三年，通过散馆之试，才能按成绩授职。

翰林院编修朱凤标，美好的前程正以十二分的热情迎接着他。他也信心满满，自觉从此可以为国家做些大事。然而，两年后，朱凤标母亲去世，他丁忧回家。

朱凤标的爷爷，当年在江苏开丝绸作坊，赚了不少钱，回家就造了东西两处墙门屋。朱凤标中得榜眼后，并没有回乡大搞建设，那块"榜眼及第"匾，他嘱咐家人，就将其挂在他出生的西墙门老屋上，榜眼旗杆也只是竖在朱家祠堂前。

丁忧的这三年，除了为母亲尽孝，朱凤标依然没有闲着，学无止境，学习是终身的事，翰林院编修，也不等于是国内最有学问的人。他还常常去雄鸡庵，庵里的一切，都能勾起他深深的回忆。又一个雄鸡欢鸣的清晨，朱凤标忽然灵感急涌，他要为这座庵写一篇碑记。《永远碑记》，我们现在只能看到这碑记的标题，碑中字迹，却因保存不当或者别的什么原因，已经漫漶不清了。

雄鸡庵前，田野依旧广阔，只是，朱凤标的眼光常常穿过田野，到达北京城。此时的清帝国，列强环伺，已经内忧外困，如汪洋大海中的一条船，随时都可能沉没。一想到此，朱凤标就忧心忡忡。

3

《清史稿》卷三百九十有长长的《朱凤标列传》，他长达四十多年的任职经历中，主要有直上书房、湖北学政、国子监司业、侍讲庶子，侍读学士，授七皇子读，内阁学士，礼部、兵部、户部侍郎，左都御史，太子少保，大理寺少卿、通政使、左副都御史，上书房总师傅，工部、刑部、户部、兵部尚书，吏部尚书协办大学士，兼翰林院掌院学士，武英殿总裁，体仁阁大学士。同治十一年夏，以病辞官，翌年夏逝世，追赠太子太保，谥文端。

雄鸡庵中苦读打下的坚实基础，使朱凤标在长长的政治生涯中，有与别的官员不一样的另一种辉煌：凡充殿试读卷官6次，朝考阅卷大臣5次，乡会试复试阅读大臣9次，庶吉士散馆阅卷大臣3次，大考翰詹阅卷大臣1次，考试试差阅卷大臣6次。国史馆副总裁、武英殿总裁、会试正考官、阅卷大臣，均需要经年持久的学问累积、公正而客观的胸怀，换句话说，一个学问深厚、为官清廉又公正客观的人，皇帝才能放心让其担当这些重任。

朱凤标清介有守，廉政有威，各项业绩都不错，道光二十八年（1848）两件事的处理，足见他处理政务政事能力的杰出。

制定规程，使海上漕运走上正轨。运河淤塞，正常的漕粮北运受到严重阻滞，道光皇帝开始试行海运。但海运风险大，运户不愿意承办。道光二十八年正月，户部右侍郎朱凤标、仓场侍郎德诚，奉命前往天津查验海运漕粮。他们查明运船亏短米石的真相后，两次向上奏言，并很快拿出了方案，与船户订立《分赔独赔章程》，允许损耗的范围，需要赔偿的数量，相关官员及漕运船户所承担的责任明确，押运漕粮官员、船户都接受了这个方案。海运由此开始稳定，朝廷正常的财政收入有了很大的保障。

清查整顿山东盐务。同年的十一月，道光皇帝连下两旨，着耆英与朱凤标一起查办山东盐务积弊。"惟除弊，缉私最为先务"，朱凤标查出借银7万余两，责令赔缴。藩库积存减平及扣还军需行装等款30万两，拨解部库；全山东尚未收齐白银41万两，缺谷37.38万石，命限八个月弥补。朱凤标这个清查报告打给道光皇帝，皇帝欣喜若狂，这么多年的问题，总算抠出眉目了，一切照朱凤标建议的执行！另外，修改盐务条例，对盐贩子严厉查处，严防各级官员在盐务上收受好处。此番整顿，山东盐务有了极大的新起色。

先祖朱文公的"忠孝廉节"，从少年开始的熏陶，一直到他为官时的践行，均能看到朱凤标的努力与约束。奉命授七阿哥读，讲习勤恳，用自身的言行，影响皇子，为皇室效忠。

七阿哥就是道光皇帝的七子奕譞，醇郡王，后加封亲王，字朴庵，号九思堂主人，又号退潜主人，咸丰帝的异母弟，光绪帝的生父，光绪初年军机处的实际控制者。朱凤标先后两次做奕譞的老师，时间接近二十年，可用"专"与"久"两个字概括，"专"，一人授书，讨论、诵读，还有其他课程，都是朱凤标一个人负责；"久"，开始教的时候，奕譞只有六岁，一教十几年，成年后又教。奕譞曾这样自述，"余自幼迄今，与师相依，如负冬日，不可暂离；又如行悬崖，傍深渊，不敢旁移跬步"（奕譞《朴庵丛稿·竹窗笔记》）。朱老师对小皇子有多重要？毫不夸张地说，寸步不离。奕譞平时对朱老师极其尊敬，平时称呼，必曰"吾师"，间涉文字，必曰"师训"。朱凤标逝世后，奕譞在其府中正院之西，建造了一座厅，专门供奉老师的遗像和存贮遗札。

奕譞在主持朝政时，先后完成了六大政治举措：比较稳妥地处理了中法越南交涉的和战问题；新疆、台湾建省，巩固了国家的统一；建成了北洋水师；支持李鸿章修建中国第一条铁路；支持张之洞创办汉阳铁厂；电报事业延伸到边陲，清王朝一时出现"同光中兴"局面。奕譞自身的能力与远见自然是最重要的，但实事求是地说，与老师朱凤标的悉心教导也有着密切的关系。

4

朱凤标的五世孙朱家溍，显然对《清史稿》这样记载他高祖的功绩不甚满意，他长期供职故宫博物院，他的《朱凤标列传稿本》这样补充：二次鸦片战争时期，先高祖是积极反侵略的主战派，但列传中，他的两个奏议都未得到反映。

掀开背景。

"亚罗号"其实是一艘中国货船，为了走私方便，在香港英国当局注册，但在咸丰六年（1856）十月，注册期已过。广东水师逮捕了船上有走私嫌疑的水手，理应是中国内政，但英国却以此为由，挑起了战争。英国还联合法国，借马神甫事件（在广西作恶多端被处死刑），制造事端，联合出兵侵华。

清政府也知道，洋人入侵，盖因胃口越来越大，然而，经历第一次鸦片战争后，清王朝就如一个极度虚弱的病者，看着胖，实际上已经没有什么还手之力。咸丰六年的十二月二十八日，英法联军炮轰广州城，次日即失守，清军将领有被俘的，更有投降的，虽然百姓奋力抵抗，但是广州城依然很快被侵占。英法联军接着北上，俄、美也挤进来分肉，当密集的炮火射向大沽口时，设施陈旧而简陋的炮台很快被摧毁，大沽失陷，英法联军溯白河而上，侵入天津城郊，北京城岌岌可危。侵略者要的就是这个效果，你胆战心惊，朝不保夕，他们提出的要求才有可能实现。果然，清政府被迫与英法俄美四国分别签订了《天津条约》，增开十几个通商口岸，传教士自由传教，商船自由往来，减轻商船吨税，赔款，共有四十几款内容。咸丰帝看了条约，后怕得不行，想毁约修改，这又触发了第二次大沽口之战。这一次，清军指挥得当，火力充分，或许是英法联军的轻敌，总之，英法联军惨遭失败，这也是清政府鸦片战争以来的唯一一次胜利。

侵略者早已看透了清王朝虚弱的本质，失败并没有让他们停息和反思，反而集结起更多的部队，实行大规模的报复。而此时的咸丰帝，并没有抓住战机及人民抵抗的情绪，反而惧怕得汗出如浆，连发谕旨，不得抵抗，以免惹出更大的祸端。侵略者长驱直入北京城，肆意劫掠后，在圆明园三天三夜腾空火焰的亮光中，侵略者又发出了狰狞的恐吓：我们还要烧紫禁城！接下来的结果是，已经签订的《天津条约》不仅要承认，还补签了《中英北京条约》《中法北京条约》。更有俄国，实际上是第二次鸦片战争最大的赢家，他们一直以调停人的身份出现，不断提出领土要求，清政府数次割让，共达150万平方千米，相当于三个法国的面积。

这些历史，任何时候回忆，都惨痛难忍，而对于历史进程中的当事人来说，这种感觉，尤其如此。面对日渐破碎的国家，作为朝中重臣，朱凤标不仅时刻关注局势，更要提出他的建设性意见。

在广州城被侵略者占领期间，当地人民反侵略斗争不屈不挠。广州附近，义民在佛山镇成立团练局，集合数万人，御侮杀敌。香港、澳门等地区的爱国志士也纷纷罢工，以示抗议。朱凤标的奏议是这样的：侵略者顽冥狡诈，百姓群起抗之，我们千万不要阻止百姓抗击，如果阻止，则政府与百姓也要结怨，反而会激起更大的民变，我们应该与百姓合力抗击，且对英勇有功者迅速奖励施恩，国家根本全在民心，英夷所畏亦即于此。

侵略者船只闯入天津，节节北上，朱凤标则给出了具体的制敌对策：夷人所依靠的就是船舰，但他们最担心的就是河道缺水而搁浅，针对此，在他们直抵北仓之际，应该减北运河之水，使之受阻，再减卫河、西河之水，海河干涸，则夷船断难驾驶，那么，我们就可以趁机打击，退潮时开炮，就是置敌于死地的最好机会。

即便议和，也是能战才能有议和的主动权。朱凤标将国家的命运放在第一位，言他人之不敢言，屡上奏章，主张抗击侵略者，爱国之心拳拳。然而，吓破胆的咸丰皇帝，已经以打猎的名义逃往热河，赶紧下旨阻止：朱凤标不清楚具体情况，条约已经签订，夷船已经陆续离开，广州城也答应退还，无须再加攻击。

5

客观地说，不能将第二次鸦片战争的失败完全归结于咸丰一个人，他为了挽救危机，除弊求治，任贤去邪，企图重振纲纪，朝政改革还是大手笔的。然而，如前所述，严重的内忧及外患，清王朝已经奄奄一息，处处被动挨打，咸丰根本无力挽救，他自己也于第二次鸦片战争结束的次年七月去世。

此时的朱凤标，处乱不惊，在两宫太后先离承德的情况下，稳住局势，顺利将咸丰的遗体运回京城，并不遗余力协助两宫太后安定局势。同治朝初定，他连升两级，任吏部尚书、上书房总师傅。

同治七年（1868）四月，朱凤标授体仁阁大学士，武英殿大学士曾国藩也同时兼任，不过，次年，曾国藩即专任武英殿大学士。

清朝初年，大学士设置为"四殿二阁"，满汉各二人：四殿是保和殿、文华殿、武英殿，中和殿；两阁为文渊阁、东阁。乾隆年间，撤销中和殿，增设体仁阁，变成"三殿三阁"，殿阁不分先后，皆官居一品。

明清两代，一般尊称内阁大学士和军机大臣为拜相，朱凤标就被当朝人亲切地称为"萧山相国"。

同治十二年（1873）闰六月九日午时，"萧山相国"在北京去世。朝廷追赠太子太保衔，谥号"文端"。同治皇帝派肃亲王代表吊祭，并三次赐祭文，褒奖的语句有："老成端谨，学问优长"；任所有职务均能"恪恭将事，克称厥职"；"朝门邀策骑之荣，弥励靖共于一德；讲帷饬鸣鸾之度，泂推领袖于群仙"，"朕惟钧衡辅治，眷硕德于老成。钟鼎铭勋……尤重楷模于吉士"，等等，评价极高。灵柩归葬故里，同治帝下圣旨一道，要求沿途官员严加护佑。

"非义之财勿取""勿私积货财""勿好尚纷华""勿思占便宜""修身勤学""清白风流"，朱氏家训条条贯耳于他，时时警钟长鸣。所以，朱凤标一生，并没有置办什么贵重的产业。

因为官清廉，能力突出，朱凤标曾被御赐在近光楼居住十余年。此楼地处澄怀园内，游廊曲折，三面环水，幽静闲适。澄怀园也称翰林花园，离圆明园不远，是专为南书房和上书房大臣所设的寓所。朱凤标好读书并收藏，书越藏越多，数十年下来，近光楼就藏有大量珍贵书籍。可清咸丰十年（1860）十月，侵略者肆意劫掠后的那一场大火，圆明园成为废墟，澄怀园也成为废墟，朱凤标多年来费尽心血所藏的珍贵书籍与近光楼一道化为灰烬。所幸，朱凤标在东交民巷还有一处住宅，宅邸有御赐匾额"台衡介祉"，"介祉堂"的书房里，还有一部分藏书。可叹的是，"介祉堂"也没能保住，它被毁于光绪二十六年（1900）八月八国联军的炮火中。

朱凤标的家风极好，儿子朱其煊（1838—1915），也以为官清廉著称。朱其煊曾任户部郎中、四川嘉定知府、湖北荆襄兵备道、福建按察使等，光绪三十四年（1908），他任山东布政使，在山东任内，朱其煊将津贴五万两以充费用，受到皇帝嘉奖。泰山升仙坊南，有"绝顶云峰"四个大字石刻，题跋这样写："宣统元年四月，奉命告祀泰山，遂登岱顶，遍历幽胜，俯览沧瀛，泐石以记鸿雪。萧山朱其煊题。"原来，新皇登基，按例要在泰山神生日（阴历四月十八）遣官员祭祀。

朱其煊之子朱有基，曾任九江知府、川东道台。

朱有基之子朱文钧，光绪年间留学欧洲，毕业于牛津大学，辛亥革命后，任财政部参事、盐务署厅长，后脱离政界，致力于文物收藏与鉴定。

朱文钧生有四子：朱家济、朱家濂、朱家源、朱家溍，父子个个饱学，皆是顶级文艺大家，每个人都是一部大书。

6

从小浸染着朱氏的家风，朱凤标的后人，对读书及文物收藏几乎都着迷。

朱文钧，工书善画，学识渊博，著有《左传杜注补正》《倚山阁诗文存》《萧山朱氏藏书目录》等十五种著作，无日不披览群籍，动不动就读到午夜。十万册藏书及七百多种精品或孤本碑帖，花去了他一生的绝大部分收入。这些碑帖，几乎囊括了中国书法史上的名作，启功先生评价"近代石墨之藏，无或逾此完且美也"，如北宋拓本《集王羲之书圣教序》和《九成宫醴泉铭》、北宋拓汉《鲁峻碑》、北宋拓《云麾碑》、宋拓《崔敦礼碑》和《麻姑仙坛记》及明拓《石鼓文》等。十万册藏书，中多善本，包括《李长吉文集》《张文昌文集》《许用晦文集》等宋蜀本唐人文集六种，皆为藏书界弥足珍贵的极品，为此，朱文钧还将他的书斋命名为"六唐人斋"。

故宫博物院成立之初，朱文钧被聘为特约专门委员，负责文物的审查鉴定。故宫博物院前院长马衡深知朱藏之价值，曾经提议以十万大洋收购其碑帖收藏，朱文钧却笑着表示，日后将以所藏文物全部无偿捐献，然而，1937年朱文钧去世，后又卢沟桥事变，一直到二十世纪中后期，朱文钧夫人张宪祗女士率四子，才将全部藏品无偿捐献。其中七百余件碑帖藏入故宫博物院，两万余册古籍善本和二十余件明清黄花梨、紫檀木家具，在中国社会科学院历史研究所图书馆、承德避暑山庄博物馆、浙江省博物馆分处收藏。萧山朱氏，以一家之力，保存挽救如此众多的国宝级文物，令世人赞赏不已。

朱文钧长子朱家济，毕业于北京大学，浙江美术学院（今中国美院）书法与古典文学教授，楷、行、草三体皆擅，书法理论亦影响深远。

朱文钧次子朱家濂，毕业于北京大学，著名版本目录学家。

朱文钧三子朱家源，毕业于清华大学，著名的宋史专家。

朱文钧幼子朱家溍，毕业于辅仁大学国文系，继承家学，现代文物鉴定泰斗。著有《故宫退食录》《中国古代工艺珍品》《春秋左传礼徵》《碑帖浅说》《历代著录法书目》等几十种专著。

1914年出生的朱家溍，北京人称"朱四爷"，得多说几句。

家庭勤学风气的浸染，朱家溍幼年时就习字绘画、读书作文，还对戏曲里的京剧、昆曲极感兴趣，国学功底深厚。1935年考入北京大学历史系，抗战爆发，北大南迁，父亲去世，他居家守丧没能同去，1937年才进入辅仁大学学习。抗战时，他在重庆参加故宫南运文物整理、保护工作，抗战结束，正式调入故宫，成了故宫里的"火眼金睛"。故宫文物的整理、征集、研究、鉴定与宫殿的复原陈列，朱家溍付出了毕生的精力。

朱家溍是博学大家，博学到什么程度？萧山博物馆原馆长施加农先生，曾拜朱家溍为师，数十年接触，印象深刻，他向我这样介绍他的老师：

举凡书画、青铜、竹木牙雕、漆作、家具、珐琅彩、文房用具等文物，他都有极深的研究，而且，明清宫廷史、中国戏曲史、戏曲服饰，他也研究得极深，他对溥仪的《我的前半生》一书作了大量的史实订正，著名的文物学家王世襄曾戏说：朱家溍比溥仪还溥仪。

"还有呢。"施加农加重了语气：

朱家溍先生曾受著名的京剧武生杨小楼亲传，自幼便粉墨登场，昆曲、京剧，文武均佳。梅兰芳《舞台生活四十年》一书，朱先生是记录和整理者之一。用"京剧名票，故宫国宝"赞美朱家溍，非常贴切。

朱家溍的住所，在北京东城的一处平房院内，两间耳房，纸糊墙顶，四壁萧条，老木地板高低不平，启功先生题字为：蜗居。而捐赠给故宫的七百多种历代碑拓，媒体用"捐献文物三个亿，收藏家一世清贫"作了报道，朱家溍却看得很淡：一个中国人，无论拥有多么巨大的财富，经历过多少磨难坎坷，他都是中华大地滋生出的儿女，他都会热爱着自己的故乡和祖国。尤其让施加农感动的是，自1996年起，朱家溍不顾年高，担任了萧山博物馆顾问，连续四年，专程赴萧山博物馆无偿鉴定藏品，数目累计达两千余件。

身虽蜗居，胸怀宽广，枯燥的文字赞美，朱家潜的形象已如线条般清晰，这一个朱四爷，学养深厚比鸿儒，看轻外物，活得潇洒。朱凤标在长空中笑了，他大声念着"种树类培佳子弟，拥书权拜小诸侯"。我朱文公家风，代代长传。

7

城东村因为朱凤标而改成了朱家坛村。朱凤标故居在村中心位置，有东西两座墙门，为他爷爷经商发家时营建，面积两千余平方，目前已经修旧如旧。青砖黛瓦，木刻石雕，廊檐牛腿，幽静而简朴。我对第二进门坊北镌刻的"为善最乐"四字印象最深。为善的意义广阔，《尚书》曰："我闻吉人为善，惟日不足。"行善的人行善，发自内心，是经年养成的自觉行动，唯恐时间不够。或许，这就是萧山朱氏家风传承的本质内涵所在。东西两墙门后，就是本义开头说的可以通往运河的支流，小河上有一座精致的小石拱桥，河岸的石磡上，还有当年朱家停船钉柱系绳的牛鼻栓。

一个场景浮现在眼前：道光十二年冬日的清晨，已经顺利考取举人的坛里金青年朱凤标，正踌躇满志，他背着简单的行囊，在凌厉的寒风中站上小桥，朝老墙门看了看，又搭手朝万寿庵方向望了望，瞬间思绪万千，责任如山，他内心顿时充满力量，明年四月的京城殿试，必须加倍努力！然后，跳上早已等候的乌篷船，往前方而去。

所前镇越王村山里沈自然村，"太子太保体仁阁大学士朱文端公凤标之墓"就坐落在那里，墓碑由朱家潜所书。墓前一个祭台，墓地两侧有石羊和石虎守护，墓后是大片低矮的茶山。我伫立良久，忽然觉得，勤政报国，厚德传家，朱凤标生前的荣光，与这青山绿水是相符的，萧山朱学士，清白长风流。

周柏第一章

1

我是晋祠一株活了三千年的周朝柏树,我没有虚报年纪,是专家们用碳十四断代法测出的。现在,我要将那些多如云彩般的故事说与你听。

故事从武王姬发开始说起。

周文王的好儿子,有为的君王姬发,不仅灭了无道的商纣,还创建了繁荣昌盛的西周王朝。据说,当时,他所向披靡,讨伐了99个国家,共有652个国家向武王臣服!姬发有五个儿子,老大姬诵继王位为周成王,老二姬虞,母亲邑姜生下他时,手掌心里有个像"虞"字一样的纹路,那就叫"虞"吧,姬虞在唐地封国,史称唐叔虞,唐叔虞死后,儿子燮父继位,迁居晋水旁,改国号为晋。顺理成章的是,唐叔虞就成了晋国的始祖。

姬虞被封唐国,完全是一个偶然事件。姬诵继位时还是个十四岁的少年,一干政事皆由叔父周公旦主持。那日,姬诵与姬虞,小哥俩正在宫中院子里玩游戏,一阵风过,一棵梧桐树上,突然落下几片树叶,姬诵捡起一张大梧桐叶,正反看了看,找来一把剪刀，随手剪了个玉圭的形状，见弟弟盯着他看，或许是姬诵已经习惯了发号施令，或许是叔父刚派人打下唐国不久，姬诵拿着剪好的梧桐圭，一脸认真地对弟弟姬虞说：这张桐叶圭，你拿着玩，我将唐国（古音桐唐同音）分封给你，玉圭就是信物！小弟只是好奇，并不太明白分封的具体含义。然而，不离左右的史官却是认真的：那就请成王择日立姬虞为唐侯吧。姬诵一愣，随即答道：啊哈，我只是和弟弟开个玩笑罢了，这不是朝堂，不要这么认真。史官立即跪在成王面前，严肃地说：天子无戏言，言则史书之，请礼成之！请乐颂之！一个即兴小游戏，姬虞就这样成了唐国的君主，唐叔虞。

两千多年前的某一天，我已经快一千岁了，那个汉朝的年轻作家司马迁，围着我转了好几圈。他显然是将晋国的来龙去脉弄得一清二楚了，这回是来实地考证的，看他在《晋世家》中，将这个"桐叶封弟"的故事讲得栩栩如生。国人于是到处传诵，一代代地讲，是啊，这个故事涉及信义、情义，异常美好。

事实上，姬诵的这个游戏决定没有错，日后姬虞分封就位，短时间就将唐国治理得极成功，我周柏就是见证者。

唐国地处夏人旧墟，方圆只有百里，四周皆为戎狄部落。姬虞初任，"启以夏政，疆以戎索"，就是用夏朝的理念治国，用戎人的制度划分土地，以管理那里的老百姓，兴修水利，农业、牧业都得到显著发展，而且，这一治国方针，还成了晋国后代的传统国策。唐叔虞去世后，人们在晋水源头筑祠庙祭祀，这就有了唐叔虞祠。

燮父继位后，因境内有晋水，河水汤汤，人民安康，就将国号改为晋，唐叔虞成了晋国的第一代国君，叔虞祠也就叫晋王祠了，晋祠横空出世。

我经风，我沐雨。日出日落，风风雨雨，晋祠的兴兴衰衰，我一一收入眼底。

北魏郦道元来了，他的《水经注》这样写："沼西际山枕水，有唐叔虞祠。"北齐魏收来了，他的《魏书·地形志》这样写："晋阳（太原）西南有悬瓮山，一名龙山，晋水所出，东入汾，有晋王祠。"

晋王祠、圣母殿、读书台、望川亭、难老泉亭，晋祠游人如织。

2

隋大业十三年（617），我周柏已经是一千七百岁的老者了。

寒冬的太原，凌厉的风依然刮得人脸上生疼。某日，太原公子李世民到晋王祠来了。他是留守李渊的二儿子，从小生活在太原城，我见过好几回了，他从少年长成了青年，风度翩翩。这一回，他与父亲一起，带着不少亲兵，急匆匆进了唐叔虞祠，他们跪在像前，嘴中念念有词，看他们一行的样子，绝对有事，我知道，他们已经准备了好久，大隋的天下已经乱作一团。果然，他们要起事，他们在向唐叔虞祈祷，保佑他们起事成功。

事毕，太原公子一只脚刚跨出祠门，一阵狂风就向他刮过来，他倒吸一口冷气，这风，是有什么另外的含义吗，还是警告？我周柏知道，这风是悬瓮山上的地形风，那风也只是好玩，说好久没集聚了，说今日祠中热闹，想去看看来了什么人，到底要干什么，仅此而已。它们从我身边刮过，还鼓动让我给它们加把劲，我正色劝它们：你们别玩了，千万别吓着太原公子，他可是要成大事的！

接下来的事，你们都知道了，太原公子，迅速募兵一万，他们父子在太原起兵，剑指杨氏朝廷，当年十一月，就攻取了长安城。唐叔虞，唐朝，此唐真是糖啊！甜心，甜到心里，就用唐作国号，向唐叔虞致以崇高的敬礼！

唐贞观十九年（645）正月，已经做了十九年皇帝的李世民，应新罗国王请求，远征高句丽。起先节节胜利，没想到在安市（今营口）被十五万高句丽援军阻挡，两月不能克城。时间迅速流逝，辽左早寒，草枯水冻，军粮将尽，士马难留，远征军斗志迅速下降，唐军不得不班师回朝，途中又遇不少波折，军队死伤不计其数，李世民大病一场。这一年的年底，李世民到太原城养病。其间，他率群臣重游晋王祠，旧地重游，百感交集，此地是大唐的福地，王业所基呀，次年的正月二十六日，太原公子李世民写下了1203字的《晋祠之铭并序》，并亲自书法刻碑。

那几日，太原的气温寒冷，但皇帝的御房内，灯火辉煌，太原公子身体虽疲惫，脑子却文思泉涌。周室栋梁，晋国先祖，唐叔虞的功绩必须赞扬；晋祠的山光水色，晋祠山水的坚毅不拔，晋祠建筑的雄伟高大，这一切，都是为了衬托唐叔虞的伟大与传奇。隋炀帝的暴政也必须揭发，神人共愤，四海腾波，他们父子起兵反隋，是顺天应民，达于天命。唐室政权，天命所归，人心所向，我太原公子要感谢您，再次感谢您，亲爱的唐叔虞！

那么多人，都去看太原公子的那块碑，一千三百多年过去了，此碑依然能辨出绝大部分的字迹，周柏我听到最多的惊叹是：这碑上的文采，啧啧！这碑上的书法，啧啧啧！这太原公子的书法也太好了吧，至少帝王中第一。

3

太原确实是个好地方，周柏我，对太原城里发生的一切，也了如指掌。

战国时代的赵襄子，汉文帝刘恒，北齐高洋父子，唐朝李渊父子，五代李存勖、石敬瑭、刘知远，他们均从太原起家，此地，绝对的龙兴之地！

转眼间就是大宋。赵匡胤、赵光义兄弟，三下河东，攻伐太原城后，将太原城火焚水灌，夷为废墟。为嘛这么干？他们就是要捣毁龙脉！但令人不解的是，赵光义们一边毁太原城，一边又大修晋祠，前者斩龙脉，后者说是要积功德，保大宋江山万万代。

大宋最初的百余年时间里，晋祠可热闹了，他们如太原公子一样，也立碑，也写记，题目就叫《新修晋祠碑铭并序》；又追封，唐叔虞变为汾东王；还加祀，叔虞母亲邑姜加封为"昭济圣母"，"圣母殿"于是诞生。又有善男信女，募集资金造铁人，以壮圣母威仪。

舜有五臣，周武王却说：他有乱臣十人。中国文字真是奇妙，"乱臣"，就是能臣。"乱"为什么有治理的意义？"乱"的本义是理丝，丝易乱，人以一手持丝，又一手持互以收之，上下两手在整理架子上散乱的丝，则有条不紊，故字训治理。事实证明，周武王就是理丝能手。

那周武王的十位人才是谁？

一般都认为是：周公旦、召公奭、太公望、毕公、荣公、太颠、闳夭、散宜生、南宫适、邑姜。周公、召公、姜太公，人人皆知。周公、召公、太公、毕公、荣公，都属于长辈、同胞亲人类；太颠、闳夭、散宜生、南宫适（孔子的侄女婿也叫南宫适），为武王的四友，或营救，或助战，皆为军事人才；邑姜是姜太公之女，武王之妻，九人管外，邑姜管内。

这邑姜，确实是个女中豪杰，周成王之母，唐叔虞之母，无愧圣母。

又一阵风刮来，周柏抖了抖身上的叶子说："圣母殿"中有不少好东西呢。

加祀完全正确。姬虞的出生，还有传说，说是邑姜怀孕时，曾梦见儿子被封于唐，醒来后，与姬发说了这个梦，还说这个儿子的名字会叫"虞"，《左传》中记载了这个著名的梦。有了娘亲的这个梦，姬诵桐叶封弟事件也就偶然成必然了。

前临鱼沼飞梁，后依悬瓮山主峰，左边善利泉，右为难老泉。这圣母殿，是晋祠最古老、最壮丽的大型建筑，也是宋代建筑的佼佼者。

邑姜的故事也多，最有名的应该是胎教：她怀第一个儿子周成王时，严格克制自己，站时腰板笔直，坐时神态端庄，说笑时不喧闹，独处时不随地蹲坐，即便发脾气，也从不骂人。

周柏极耐心，指点着陆布衣们：那些塑像，你们可要看仔细了，我知道你们喜欢这些！

陆布衣抬头朝周柏拱拱手，连连嗯嗯。

头戴凤冠，身着蟒袍，优雅端庄，神态安详，是圣母邑姜最完美的呈现。

邑姜周围，左右各21尊宋代侍女塑像，个个传神。细数，5名宦官，4名穿男服女官，33名侍女。这就是圣母身边管理人员的全部班底了，她（他）们负责圣母的日常起居、音乐歌舞、文印翰墨。

为什么是42人？猜测这或许就是彼时王太后级人物的顶格配置吧。

侍从像右八：年纪很小，衣衫明显宽大，与身材有点不相符，似乎刚进宫不久，但圆润的脸上，有一双透亮的大眼，几分稚气，几分调皮，对未来充满幻想。

侍从像右二：宽前额，锐双眼，红衣蓝带，相貌平常，神情有点严肃，两手上下姿势，似乎是在掐指算着什么。与圣母相依，运筹帷幄，出谋划策，绝对的管理骨干。

侍从像左五：正面看，高红发髻，相貌清秀，右手捏着绢巾，含羞带笑。侧面观，眼睛却又有些红肿，眼角含泪，神情悲苦。是不是刚为圣母演出了一出悲情戏，角色还没有转换过来？

侍从像左十九：左手托着一个黑色药罐，右手轻扶罐沿，面容忠厚，这应该是个负责看病、煮药的医生。圣母的御前医，医术自然要高明，为人也得淳朴善良，人命关天，来不得半点马虎。

周柏自言自语：圣母殿，是晋祠最热闹的地方。这些侍女像，可都是活生生的人噢，天天交头接耳，我甚至都能听得见她（他）们的嬉笑与叹息。

4

悬瓮山的断层中，有泉流出，那流泉声，虽细细汩汩，我周柏却听得入耳，真是悦耳，清如碧玉，不舍昼夜，这可是晋水之源头呀。晋水北面的那座城，就是大名鼎鼎的晋阳（太原）。

我清楚地记得，北齐时，有人取《诗经·鲁颂》中"永锡难老"之句，给此泉取名"难老"泉。晋水的浪花，永远翻滚着，青春不老。

晋祠八景之一：难老泉声。陆布衣驻足细观，晋水从清潭西壁半腰间的汉白玉龙口中喷涌而出，跃入下面潭中，争先恐后，形似白练展飞，声如琴筝合鸣，泉水澄澈而洁静。泉水淌过石坝，漾出一片湖面，碧波泛光，绿荷青碧，柳叶垂杨，风动波动，风情万种。

难老泉水量丰沛，旱不少水，涝不成灾，"晋阳第一泉"，名副其实。

司马光这样为朋友描绘难老泉水的美好：山寒太行晓，水碧晋祠春（《送裴中舍赴太原幕府》）。

范仲淹就站在难老泉边咏叹：神哉叔虞庙，地胜出嘉泉。一源其澄静，数步忽潺湲。……千家溉禾稻，满目江乡田（《晋祠泉》）。

见陆布衣一行在细看难老泉亭中匾额，周柏笑着告诉：自然，太原城中的傅山，他题的"难老"匾最著名。不要怪我偏心呀，因为，他也为我题写了大书："晋源之柏第一章"。我前面说了，我们周柏，原来有左右两株，同年所植。傅山之子傅眉还专门为我们写了一首《古柏歌》：

> 晋祠众木临水多，青杨白柳交枝柯。不能老大作妖媚，此两柏树可奈何。
>
> 左柏劫铜纽铁起，老龙出没教其子。攫云搏雨岩阿幽，解牙蜕角风尘里。
>
> 造物怒恚其笃生，旁人诋媒为半死。右柏绝倒人莫嗔，

材与不材稳放身。

重根拗捩通心直，小节脱略碍眼新。自是气力凭压物，岂其颓委依倚人。

左柏右柏幽影寒，客子徘徊于其间。右柏左柏幽影淡，客子歌罢高云散。

不幸的是，左柏，清朝道光年间，身上长出了一颗毒瘤，百姓们怕连理相通殃及我，被砍伐。我是幸存者，就是那右柏。我身高18米，腰围5.6米，主干直径1.8米。没有左柏，我的身子开始向南倾斜，不过，我只斜了45度，我被年轻的后生"撑天柏"给托住了。

陆布衣问我：老人家的身子咋横卧着呢？他低头看了一会儿说：噢，卧龙之柏。嗯，我默默地答。事实上，这种姿势，还是舒服的，就好比，我换了个半躺的姿势，斜看日月星辰，卧观人间万事。

人们如此赞扬：难老泉、周柏、宋代侍女像，晋祠的三绝。这话我爱听。

5

明朝嘉靖《太原县志》记载：席公，并州人，与尧同时代，作《击壤歌》：

日出而作，日入而息。

凿井而饮，耕田而食。

帝力于我何有哉！

东汉王充《论衡·艺增篇》："传曰：有年五十击壤于路者，观者曰：'大哉，尧德乎！'击壤者曰：'吾日出而作，日入而息，凿井而饮，耕田而食，尧何等力！'"远古时代，五十岁（也有说八十）自然是老人了。这老人心态极好，在大路边玩击壤游戏。

如果将两者连起来，那么就可以这样叙述：这个与尧同时代的玩击壤游戏的人，叫席公，他原来是晋阳人，并州人，也就是现在的太原人！

这或许是中国最古老的游戏了。

壤是什么？就是特制的木块。人们将木头制成前阔后窄，形状如鞋子一样的木块，木块长一尺四寸，阔三寸。先用力远远地丢出一壤，至少三四十步远，然后，用手中的壤，再去打击地上的壤，击中者为赢。这有点像现在的打高尔夫球，只是高尔夫球要落进洞中。击壤的场景甚为有趣，一边玩，一边唱：日出而作，日入而息。凿井而饮，耕田而食。帝力于我何有哉?!

玩游戏谁不会？再难的游戏也会有人学得起来，关键的关键是，要有这种玩游戏的氛围与时代。那可是尧时代噢。

此时，周柏我又站出来说话了（哈，我总是关键时刻站出来）：并州好像是有这么个叫席公的人，不过，我也只是听说，因为告诉我事情的那棵树，早已经化作尘埃，它就是我的先祖，它比我大一千多岁。我猜测，尧与席公说不定熟悉，你想呀，一个是亲民的天子，一个是玩游戏的高手，尧的封地就在唐，即今天的太原，尧有号为陶唐氏。司马迁也这么说。

呵，打住打住，我今天与你陆布衣说得够多了。不过，相比太原城，相比晋祠，我说的只是九牛一毛，真的真的，光是与我一样的树，晋祠还有长龄柏，后生者还有隋槐、唐槐、松、柏、楸、复生槐、银杏，人类只要善于倾听，它们都会说话。

谢谢傅山，"晋源之柏第一章"，过奖过奖，我争取活得更久一些。

谢谢陆布衣，耐烦倾听我的诉说，希望我的故事传得更远一点。

附：我写《周柏第一章》

第一次来太原是十几年前，一大群人，是个考察团，转了一天就离开，没什么印象。这次来太原，时间依然紧，但必须写一点，我想只有晋祠可以找到适合我的东西。

近年来我做散文讲座，总是强调"写散文从做学问"开始。对于晋祠这样的大题材，自然要事先做一些功课，方方面面的。机会总是会留给有准备的人，我一直相信这样的俗话。

安排的参观时间只有短短的一个小时，跟着大部队听讲解，我自己又泡了两个小时，慢腾腾地转悠。在晋祠，我差不多转了半天时间，看树看匾看碑，细看各种塑像，试图打通晋祠几千年的时空。其间，我走进了一个四合院样的建筑，里面正传出一个浑厚的男声，隐约听见他在讲什么武王伐纣，见没人拦着，索性进去听一听。原来，这是晋祠景区里的一场讲座，讲课者是晋祠的金牌导游，听讲座的都是晋祠景区各部门的导游。坐下来认真听了十几分钟，金牌导游显然成竹在胸，晋祠的前世今生娓娓道来，下面听讲座的，笔记也记得认真。不过，对我来说，他讲的，我大多知晓，我要感受一下这里的气氛，晋祠能如此重视员工的培训，一定可以将故事讲得更精彩。

我们去晋祠的途中，徐剑兄曾向我建议：陆兄，我们索性写个同题晋祠吧。我笑笑，他太强，没敢答应，主要是没底。

说实话，晋祠可以写的东西实在太多了，随便哪一点，深入一下，都可以成文。但要稍微写得像样一些，就没那么简单。半天时间，基本没找到感觉。

最后一次转到周柏前，看着它倒在另一棵树的半臂中，我愣了一下，就在刚进来的时候，我和徐剑还在它前面拍了合影，那时，我只当它是棵长寿树。而现在，周柏忽然活了过来，哎呀，这不就是位三千岁的老人嘛，他可是见证者，晋祠的一切，他都清清楚楚！就借他来讲述晋祠的故事吧，而自然，晋祠三绝是重中之重，正好，周柏就是代表之一，那么，就是周柏了，请他替我讲晋祠三千年的故事。

第一人称的拟人叙述并不新鲜，我却很少用，但我觉得，用在周柏身上，却是自然。于是一件件地讲，其间的起承转合，并不是什么难事。也是凑巧，主办方事先发给我的《锦绣太原文丛谈》一书，居然还有《击壤歌》，这让我很兴奋，这就是文章的结尾了，借席公《击壤歌》，勾勒出一种场景，前后贯串，也别有新意，现时代的太原，不是正需要这种闲适吗？一座几千年的古城，环境优美，人民安居乐业，古老深厚中透出勃勃的生机。

对我来说，写作《周柏第一章》本身也是一个逐渐感悟的过程，历史已经永远定格，不会变，但写作者，却随时可以有新的发现角度，前提是仔细观察以及各种经验的有效打通。

岭外玉岩

惟有文字性，万古抱根柢。（黄庭坚《次韵秦觏过陈无己书院观鄙句之作》）

——题记

我在广州黄埔的玉岩书院，突然想起了黄庭坚写书院的诗句，我理解，只有好的文字（可泛指一切书院的学习），才是成就事物的本源或基础。

1

后周显德七年（960）正月初一，陈桥驿，天寒地冻，赵匡胤被温暖的黄袍加了身。虽是蓄谋已久，部下拥立，赵皇帝还是有点担心，国家初建，四周还有后蜀、南汉、南唐、吴越、北汉等许多双眼睛盯着，统一乃当务之急。

面如白玉，唇齿如丹，樱桃小口，眉目清秀，这不是美女，而是一位男儿，这位神仙中人叫潘美，与他的同宗先人潘安一样貌美，不过，潘美不仅人长得帅，还是一位有名的武将。潘青年时起就做过柴荣的侍从，柴荣继位成周世宗，潘又成了供奉官，跟着柴荣南北征战，自然，他也是殿前都点检赵匡胤的好朋友。

宋太祖开宝三年（970），赵皇帝将潘美招呼到眼前，吩咐道：潘爱卿，前些年，平定李重进扬州叛乱，平定汪端湖南叛乱，你都立下了汗马功劳。尤其是你任潭州（今湖南长沙）防御使以来，南汉几次犯桂阳、江华等地，你都狠狠地将他们打退。现在，我们消灭南汉的机会到了，我任命你为行营诸军都部署，尹崇珂做你的副手，南下消灭刘𬬭！

关于潘美战绩的细节，我们不一一细说了，只说最关键的一仗。

潘元帅率军一路横扫南汉，刘𬬭拼死抵抗，在离南汉都城广州一百二十里地的栅头，山深沟阔，南汉15万大军，在刘𬬭弟弟的率领下筑起防线，阻击宋军，他们准备以逸待劳，既坚守，又可以消灭宋军有生力量。潘与尹副手观察过地形后召开军事会议，如此计划：南汉军队用竹木编起栅栏，这就给了我们一个火攻的机会，一边火攻，一边用精锐部队夹击，南汉军一定阵脚大乱，他们的防线就可以轻松突破。战事也正如潘元帅判断的那样，古老的火攻依然奏效，南汉军大败，宋军一路追杀，长驱直入扑进广州城。刘𬬭被俘，南汉宣告国灭。

南汉的都城广州，迅速成为宋朝的一个州。潘美与尹副手，同知广州兼市舶使，紧接着，潘美又兼山南东道节度使，两年后，潘美又兼岭南道转运使。

对潘美这样的军事大才，赵皇帝自然不会让他闲着，还有南唐，还有北汉，还有吴越，一个个都要收入大宋囊中的。潘美自己也感觉，他随时都有可能被赵皇帝招呼到统一事业的前线去。

钟轼出场。

潘元帅打仗，自然不会仅仅是他自己冲锋陷阵，钟轼就是他军中的一员主要战将，他俩关系特别，是翁婿。潘美有九个女儿，钟轼在十九岁时就娶了潘家三小姐。潘家女婿，自然都不是一般的人物，最有名当数八小姐，她是宋真宗赵恒的第一任妻子，但她命薄，二十二岁就去世了，未留下子女，赵恒继位后，追册她为皇后，曰章怀皇后。

灭南汉，钟轼功劳也大，官升二品朝议资政大夫，留守广州。

开宝七年（974），潘美果然又有新的使命了，他要率军往江陵（湖北荆州）去，赵皇帝征伐南唐。临行前，他将钟轼招到帐前：我们要伐南唐，后面还有北汉、吴越，我和皇帝说了，你就留驻此地，谨防南汉死灰复燃，这里人稠地肥，是过日子的好地方。

2

> 钟轼，本邑马村堡龙腾里人，原河南开封长葛籍，唐参知政事钟绍京之八世孙也。以佐宋太祖勋官至防御使，娶相国谥氏武惠潘美之季女。开宝三年，奉命裨潘美征伪汉刘铄，越明年平之，得州六十、县二百四十，功加广州留守，因卜筑于古番龙腾遂家焉。至今子孙蕃衍，文雅翩翩，岂非戢乱、奠安斯民之报哉？署令萧大成尝记其事。

这是清雍正八年《从化县志》上"钟轼传"的记载。

从钟轼的小传上看，钟轼是唐朝宰相钟绍京的后人，这钟绍京，与李隆基一起助李旦上位，自然也被重用，他还是著名的书法家。钟轼这一留下，就在广州扎下了根，他选择了龙腾里（今从化太平屈洞村）定居，他的后代于是在此开枝散叶。

可以想象，钟轼与他的潘家三小姐一起，在龙腾里过起了幸福的晚年生活，他的三个儿子，各自成家立业，子又孙，孙又子，就如那蓬勃的荔枝树一样，在岭南的大地上生长得郁郁葱葱。北宋没了，南宋接着，这一下，就到了南宋隆兴元年（1163），钟轼的五世孙钟遂和，举家从赤坭迁到萝岗坑村的永保里。

说起钟遂和，故事一连串。

钟遂和经商，做官，都不说了，单说他的眼光。他的眼光焦点聚集在岭南大地的文化传承上。那岭南首第古成之，钟遂和从心底里佩服，名列第二，被同舍考生下了哑药，以至于次日廷对时发不出声被逐出大殿，但古成之没有申诉，三年后，重新凭实力考到第十九名（端拱元年只录取二十八人，称二十八宿）而成为宋朝岭南第一位进士。钟遂和清楚得很，与其他地区比，岭南考取的进士本来就少得可怜，而要多出几个古成之，只有让更多的孩子不断学习，才有日后参与全国科考的竞争机会。

在钟遂和当年迁家的路途中，他第四个儿子钟玉岩，只有八岁，玉岩睁着一双大眼，对周围景色非常好奇，一路跟着大人，无忧无虑，就如平时父亲带他出去游玩一样。钟遂和的脑子迅速转动起来，玉岩这孩子聪明，无论如何要让他多读书，日后更有能力报国。

伏虎山下有一座小山峦叫萝峰，山不高，风景却绝佳，树茂草盛，溪涧环流，曲径通幽，常年云雾缭绕，晴空时，登峰眺远，眼前景色尽收。每次打量萝峰山，钟遂和的眼光久久不肯离开，一个念头迅速升起：这绝对是读书的好地方。对，就在山麓办一个小书院！

读书的房子不需豪华，圆顶草屋也可以，只要窗明几净。

钟遂和将这个地方叫作种德庵。庵不是小庙，只是书斋，与此同时代的陆游，不也是将自己的书斋命名为"老学庵"嘛。万事德为首，修身如执玉，种德胜遗金。种德，修积德行，施恩德于人，于己，于人，皆为大善。

从此，无论晴雨，种德庵里书声琅琅。阳光与云雾一样调皮，它们常伴着那些童子，轻轻触摸着书卷。鸟鸣与流水，似乎有了极佳的对答。钟遂和与他请来的老师，皆严厉而和善。严师的身影，映射出无数乡邻儒子成长的道路。淳熙十二年（1185），八十岁的钟遂和去世，遵其嘱，钟家就将其葬于萝岗，或许，他心愿未了，他要日日在种德庵边听书声。没有受教于此学童的具体数字，但钟玉岩与崔与之，这两颗读书种子，终成南宋时空中的参天大树。

3

先说钟玉岩。

钟玉岩（1155—1225），字圣德，号玉岩。他入学种德庵时，已经十二岁了，老爹严格教导，学习刻苦勤奋，遍读典籍，但就是考试运气不好，每次大考，总是发挥失常，几乎落下考试恐惧症。可以这样认为，钟遂和去世时，真是有点不甘心，他家老四，已经而立之年，甚至都没能列为诸生。

然而，钟玉岩并没有过分气馁，他依然认真苦读不辍。有好同学崔与之的激励，或许，宋代的特奏名也给他某种鼓励，持续不断地考，活得久，十五六次以后，无论成绩如何，只要能参加考试，都会考中，虽然特奏名进士名声不如那些真进士，但终究还是进士。命运还是垂青了钟玉岩，南宋嘉泰四年（1204），已近知天命的他，终于举乡贡第二十四名。次年，钟玉岩带着胜利的喜悦，奋力一搏。京城临安的三月，春风骀荡，柳枝轻拂，钟玉岩盯着进士甲科榜上自己的名字，目不转睛。他太不容易了，这个榜，有他父亲的深深期望。他与崔与之一样，虽不是春风得意的年纪，但都是岭南学子努力的结果。种德庵，那里埋下的读书种子，终于长成了大树。

大器晚成也有好处，人毕竟成熟，做官得心应手。徽州府判，公正廉明，颇有政绩，三年后即升武昌同知。武昌虎患厉害，钟玉岩想方设法，穷杀猛打，虎患几尽根治，武昌百姓出行平安，后调福建参议。厦门沿海，倭寇常来骚扰，百姓闻倭色变，钟玉岩组织乡勇，数次打退来犯倭寇，百姓安居乐业。为此，又升户部度支判、敕进内直起居郎。

如果按照这样的升官进程，要不了几年，钟玉岩就会成为南宋政府的重要人物。然而，此时，大约是1216年（嘉定九年），宋宁宗时期，南宋政府已经如汪洋大海中的船一样，飘摇不定，危险时刻而至。成吉思汗刚刚攻下金人统治下的北京，设燕京路大兴府，而南宋政权内，既内斗得厉害，也抱着侥幸与天真，他们想联合蒙古人一起灭金。或许，钟玉岩升得太快了，招人嫉恨排挤，有人参奏他组织乡勇，开祸强邻，会引发事端。钟玉岩据理力争，幸亏宁宗还没有昏庸到不辨是非的程度，再次查明钟玉岩抗倭真相，不仅没治罪，反而升他为参议中书省兼知政事、朝议大夫。然而，经此事件折腾，钟玉岩对官场有些心灰意冷，他立刻想起了种德庵，年事也已高，那里才是他的好去处，他要像父亲那样，辞官归故乡，教书育人。

嘉定十二年（1219），带着仕途的荣耀光环，钟玉岩回到了萝岗故里。出去了十几年，眼光也开阔了，财力也有，钟玉岩将种德庵进行了扩建，似园、余庆楼、漱玉台，或许，种德庵已经容不下这些建筑了，索性将其改为"萝坑精舍"吧，功能依旧，延师讲学，八方士子可以在此纵情读书。

再说崔与之。

崔与之（1158—1239/1240），字正之，号菊坡。他小钟玉岩三岁，家贫，九岁进种德庵随钟遂和读书，他与钟玉岩亲如兄弟，称他为四哥。崔与之的考试运气比钟玉岩要好，但也好不到哪里去。南宋淳熙十六年（1189），在种德庵读书长达二十四年后，崔与之前往临安太学苦读，他立下宏愿：三年必须高中。三年里，崔与之两耳不闻窗外事，即便节假日，也不去街上走一下，他怕临安城繁华的烟火会冲淡他的意志，他必须专心致志。功夫终不负他的苦心，三年后，他考中进士，此时，已经三十六岁。

南宋政坛上，崔与之显然比钟玉岩得意，他历任广西提点刑狱、金部员外郎、秘书少监、成都路安抚使、四川制置使，著名的"八辞参知政事""十三辞右丞相"，就是由他制造的，可见他对归隐的坚决。嘉熙三年（1239），崔与之以观文殿大学士、提举洞霄宫致仕，数月后逝世，享年八十二岁。

崔与之政坛有成就，在学术上也有大建树。"菊坡学派"被认为是岭南历史上第一个学术流派，人们尊其为"岭南儒宗"。另外，他词章造诣颇深，有"粤词之始"之称。

钟遂和泉下有知，应该开心，他的两位高足，为种德庵挣足了面子。

4

2022年8月11日上午，我到达玉岩书院的时候，热烈的阳光已经将其披满，不过，萝峰山微风吹拂，依然给人别样的清凉。

山脚的那些古树，似乎是书院的守护。"人面子"树，我从来没看到过，驻足细观，绕圈，上下察，树如人，那么多的品种，认不过来也算正常。每次外出，都能认识不少新植物，这就好比每次活动都会认识一些新朋友一样，只是，许多人微信加上就没有联系了，而眼前的"人面子"必须多了解一下。常绿高大乔木，漆树科，花白，果扁，根皮、叶可入药，果肉可食，种子可制皂或润滑油。不少树就是这样，普普通通，全身却都是宝。为什么叫"人面子"树呢？说是果核的形状酷似人脸故命名。也是，西湖里有一种螃蟹，六月成熟，就叫六月黄，死贵。

整个书院，依山随势而筑，树茂叶阔，林木掩映，精致而扎实。说精致，是因为规模不大，各个功能分布却周到；说扎实，建筑群墙面皆用青砖，屋顶琉璃，檐口还有造型别致的各色灰塑，青石阶，不少台面都干净得发光，我知道，那是由无数学子足迹的时光打磨而成。

沿台阶而上，抬头就是玉岩书院匾额，二层楼上还有"余庆"匾，楼连楼，阁依阁，檐接檐，从高处俯视，书院的建筑，有点像杜牧笔下阿房宫的微缩版，虽没有覆压三百余里那种气势，却也是五步一楼，十步一阁，钩心斗角，隔天离日，建筑大多藏在树荫中。

钟玉岩去世后，他的儿子钟仕绅为纪念父亲的德行遗容，在萝坑精舍的正殿塑了父亲的像，并将整个建筑群正式改名为"玉岩书院"。宋代书院已经十分发达,全国共有四百余所,其中南宋占78%,但这些书院大多集中在江南人文荟萃之地,江西、浙江、湖南、福建等地最多,浙江就达一百九十余所。而岭南地区的书院并不多,从种德庵至萝坑精舍,再到玉岩书院,钟遂和及其子孙,他们就成了岭南粗壮文脉的培养者。

　　玉岩书院正门右边是"萝峰寺",书院的另一个名称;左边为"种德庵",乃书院的前身。"种德"两字厚重,对联也有意思:涧水流年月,山云无古今。洗心池,细泉叮咚,学子每日课前,洗手净心。玉漱石那边,每年的丰水期,山泉满溢,那些石头整日都被泉水轻刷着,涧水汩汩,时时都在轻声地陪伴着学子。催诗台前的那株荔枝树,已经一千零二十一年了,解说员说,这千年古荔枝树,广州最老,去年结了好多果,有桂味和山枝(野生)两种味道。我细看树身,这树明显遭遇过大难,我看过不少遭大难的古树,有的只剩小半身,也能茁壮。讲解员接着说:明代的时候,这棵树已经高数丈,需要两人合抱,但明朝嘉靖十六年(1537),番禺、南海一带大雪,满山树木大部分被冻死,这株古荔枝树也奄奄一息,不过,第二年春天,树茎底部依然长出了三枝嫩芽,重新活了过来。透过荔枝树身上空,白云在蓝天间静止不动,我看的云,与古代学子看的云,并不是同一片云,这对联,哈,应该改为"山云有古今"。

　　钟遂和建的种德庵,应该是一个小型的学堂,而眼前的种德庵,只是一间不大的屋,数张桌椅,也就能容纳十几位学生。我知道,这只是象征。钟遂和、钟玉岩、崔与之,这些身影又清晰起来。南宋优秀学子崔与之,他的座右铭,至今时时撞击人的心:无以嗜欲杀身,无以货财杀子孙,无以政事杀民,无以学术杀天下后世。四个"无以",就是警钟,修身、家教、从政、为学,时时警戒。

5

我们往玉岩书院深处去。

祠堂正中,钟玉岩高高坐着。每年的五月二十日,是玉岩诞,他的生日,他的子孙们都会齐聚于此,向他顶礼膜拜。我更关注祠堂的两侧"忠孝廉节"四个大字,我知道,这是朱熹在岳麓书院讲学后题的字。南宋乾道三年(1167),朱熹从福建抵达岳麓书院讲学两个多月,某天清晨,他脑中突然闪现出这四个字,他以为,忠、孝、廉、节这四个字,足以体现程朱理学全部的深刻内涵。其实,朱熹这四个题字木刻,何尝不是中国古代读书人要尊奉的道德标杆呢?文天祥就以他的生命谱写了可泣的悲歌。如今,只要留意,不少地方,都有这四个大字的木刻、石刻踪迹,有的家族宗谱上,干脆就以这四个字为家规。我觉得,钟氏后人,也是将这四个字作为家训而承传的。

明代的海瑞,曾为玉岩书院这样题联:"石磴泉飞山欲静,洞门云掩昼多阴。"萝峰寺是玉岩书院的另外一个名字,又是书院又是寺,我好奇个中原因。明中后期,曾四次禁毁书院,明代大儒湛若水的书院就遭嘉靖皇帝的警告而拆除。严嵩要禁书院,张居正也不赞同书院的开放思想,到了魏忠贤,更加肆无忌惮地毁书院,著名的东林书院,就被他拆得片瓦寸椽不存。钟家人为了保住书院,就改名为萝峰寺,请来僧人管理,还新建了观音堂、天尊殿、金花庙等。

如此说来,海瑞游玩书院,极可能就是改名后的萝峰寺了。

对联不太考究，只是一般的环境描写。海瑞生于1514年，海南琼山人。三十五岁时才中得举人，此后两次进京参加会试，均落榜。不知道海瑞何时到达此地，我猜应该是他进京考试或者返琼的空隙。海瑞的先祖曾在广州当过官，萝峰寺又在广州近郊，颇有名气，他慕名游寺不奇怪。海瑞有没有拜过文昌庙，不得而知，因为钟家修文昌庙，说是为了婉拒明代大儒湛若水择墓，你那么有名气，想在书院建墓，我们也不好拒绝，但我们在你看中的位置上修个庙，文昌庙，你还有什么话说呢。湛若水活到了九十五岁，他要早海瑞七十年，海瑞拜文昌庙完全有可能。

萝峰山萃，林深蔽日，涧流紧急，萝峰寺于树荫中时隐时现，当海瑞走在石蹬道上，往右边的文昌庙而去之时，玉漱石边的飞泉正向他迎面扑来，那副联于是在海瑞心中脱口而出。

"山高水长"亭。这几个字，太熟了，它们牢牢地拽着我的目光。

我家乡富春江边，严子陵隐居富春山，留下了一大串归隐的神话。范仲淹知睦州（严州）时，严祠已经十分破败，范知州命人大修，并且亲自写下《桐庐郡严先生祠堂记》，最著名的结尾："云山苍苍，江水泱泱；先生之风，山高水长。"如今，一进严子陵钓台，抬头就是"山高水长"的大石牌坊。

此刻，我眼前，一块匾额，一方石刻。匾额就是"山高水长"，原为湛若水亲题，后遗失，现存匾为湛若水十四世孙湛宴重书。到底是大儒，胸怀宽广，到书院赏梅爱上了这里，墓修不成，照样为你题字，此地风水确实够好。石刻，一方高大的碑，为清末名臣张之洞游萝峰山所写的诗文："涨海雪不到，腊花红如春。深崦闭香雪，别有桃源津。一白披层巘，杂村不乱群。种梅如种桑，衣食山中人。"1884年初夏开始，至1889年底，张之洞任两广总督，我对他印象最深的就是，行事果敢，有担当，五年半时间，他连续赶走三任法国驻粤领事。

湛若水赞钟家修书院，山高水长。张之洞冬日游书院，梅花盛开，香雪似海。

6

张之洞在萝岗赏梅，眼界大开，连绵绽放，洁白晶莹，飞雪透香，其实，这十里梅林，八百年前就很有名了，梅种就是钟玉岩告老还乡经过大庾岭时带回来的。

萝岗香雪的故事，在广州当地极有名。

或许就是1219年的年底，天寒地冻之时，告老还乡的钟玉岩朝着家乡方向一路南行，至大庾岭时，但见满山满岭梅花怒放，白如雪，香沁鼻，钟玉岩不禁感叹：这梅岭，果真名不虚传！反正不赶时间，眼前的梅花，要好好赏个够。读书人都爱梅，历朝历代，梅花诗也是海量。钟玉岩以为，那都只是纸上谈梅，没有深刻的体验，而眼前这无尽的梅海，绝对不能错过。迅速找一户农家住下，一连几天，尽情赏梅，还不时向农家主人请教关于栽梅养梅等学问。

这农家主人是位见多识广的老者，不仅盛情接待钟玉岩一家，还吩咐家人掘出百株梅苗赠送。钟玉岩望着略带些梅岭泥土的梅苗，开心极了，他仿佛看到了它们已经在种德庵前盛放喷香的场景。

接下来的情景我们可以适当想象。钟玉岩带着那些梅苗回到了萝岗，吩咐族人精心栽培，几年下来，梅花就成林了，又不断移植，数十年后，萝岗的梅花，就以洁白柔嫩的婀娜姿态，迎接着各路文人墨客。钟玉岩常在书院里，吟诗作句。好友崔与之回乡探亲，两人在梅树下一坐就是一天。洁白的梅花，不仅是德行品格的象征，更是一种暗喻，做官，择友，梅花就是极好的榜样。也只有在这干净的梅花树下，人事的纷扰、官场的烦恼，才会一抛而空。

十里香雪海，也使我深深迷恋。

庚子年末，我与友人正参加广州花城过大年活动，甫一踏进雪似的梅林，那一朵朵晶莹剔透的小人儿，瞬间将人的心柔化。它们在梅枝上，一个个蹲着跃着，全都做出随时扑向你怀中的调皮状。

梅朵们都化作精灵，附在耳边轻轻与你对答。

唐寅几杯酒下肚，顺手拿起笔，立即显现出原有的豪爽："对酒不妨还弄墨，一枝清影写横斜。"我答：画吧，赶紧画，画出你的唐伯虎！

王冕日日画梅，对着自家院子里洗砚池边的那几株梅，自豪地向人告诫："不要人夸好颜色，只留清气满乾坤。"嗯，确实，你家有好梅，好梅开好花，好花个个都像淡淡的墨痕。哇，你家梅花也能作画呀！

朱孝臧轻轻叹息："月寒江路唤真真，一缕清愁犹著故枝春。"哎，我的湖州老乡啊，你不是翰林院编修嘛，文学功底深厚，好好作词就是了，不要恼花，不要忧寒，不怕梅老，那梅骨朵，依旧是春天的使者。

陆游一生，借梅抒发了诸多的情怀，他赞梅的品格，同时也惜梅、怜梅、替梅发声，一树梅花一放翁，或许，他自己就是梅。淳熙五年（1178）年末，陆游到达提举福建常平茶盐公事任所时,那里的蜡梅正漫山遍野绽放。爱梅之人,见了如此别致的梅花,自己的心情也如梅花般盛开,他一口气写下十首咏梅诗。这梅花,是空谷佳人,是河洛之神,姿态曼妙优雅。自然,陆游是借此地梅花,赞他心中所有的梅花,蜀地梅花、临安梅花、山阴梅花、福建梅花,皆无意争春,任群芳嫉妒,尽管知道终要零落成泥成尘,依然香如故。那些苟且的主和派,我不会和你们同流的!

喧闹的人声,将思绪迅速拉回,陆游、钟玉岩、崔与之、王冕,他们咏梅的身影,正在梅骨朵的雪海上缓缓升腾开去,并留下一串串畅快的大笑声。

7

余庆楼的整体呈凹形,中间为一个长方形观鱼池,池中睡莲数株,有游鱼嬉其间。抬头望二层阁楼,便是有名的"七檐滴水",所谓七檐,玉岩堂一檐,余庆楼三边上下各两檐,下雨时,七个屋檐的雨水一起聚焦,滴落到观鱼池。

关于来历,当地友人说了一个故事:钟玉岩对宋理宗的三皇子有救命之恩,他去世后,三皇子命人仿皇宫"八檐滴水"重建萝坑精舍,礼制不能越,八檐变七檐。我立即条件反射:不可能!钟玉岩做官的时候是宋宁宗时期,理宗继位的次年,钟玉岩去世;另外,理宗只有一个儿子,出生数月后就夭折了。

不过,故事尽管来历不明,"七檐滴水"却是一处好景观。

忽然想,这不是殊途同归吗?"天下同归而殊途,一致而百虑"(《周易》)。道路不同,方向却是一个;思虑多种多样,目的却是一个。种德庵、玉岩书院、萝峰寺、钟遂和、钟玉岩、崔与之，无论什么名，无论什么人，聚徒讲授，研究学问，论道修身，都是为了文化种子的千年赓续。

一副古对联深深喜欢：世上几百年旧家无非积德，天下第一件好事还是读书。岭外玉岩，八百年时间与空间的美妙组合，最有力量的读书种子，往往在刹那间变成永恒。

况钟的笔

1

明洪武十六年（1383）八月初六，南昌府靖安县龙冈崖口村的大户黄仲谦家中，传出了男婴响亮的哭声。中秋佳节即将来临，儿子降生，中年黄仲谦脸上充满了喜悦。或许是受孩子哭声的启发，黄父将儿子取名为钟，钟鼎之家，富贵宦达，钟鸣鼎列，官高位重，黄钟，庄严、高妙，寓意更吉祥。不过，黄父此刻想着的是自己的原姓况，他原名况仲谦，时机成熟，一定要恢复况姓，振兴祖业。

眼前的喜悦，串起了长长的伤痛。仲谦六岁时，因况家帮助过红巾军，遭到赶来镇压的元军屠杀，全家除他躲过外，均被害。小仲谦被同是富户且与况家关系较好的黄胜祖收养，黄家视他如己出，因黄无儿，况仲谦被改姓为黄。黄仲谦长大娶妻，继承黄家家业，在崖口生活得一帆风顺。

江南一带都流行孩子"抓周"，孩子周岁时，在他眼前放一堆东西，那些东西基本象征着职业，主要有笔、墨、纸、砚、算盘、钱币、书籍、印章、吃食等，黄仲谦的大儿子黄钟前面，也放着这么一堆东西，一群人都在旁边紧张地等待着。小黄钟玩够了，牢牢地抓住一支笔，朝他娘爬去。黄母眼里笑出了花：这孩子，日后靠笔吃饭，读书写字，考功名当官，一定有出息！

小黄钟果然有出息，通读经史子籍，为文作诗均佳，尤其写得一手好字，楷隶行都见功力，四里八乡皆称其为"龙冈神童"。传来传去，名声传到新任县令俞益的耳朵中，二十四岁的黄钟，被选为县衙礼曹，他的书吏生涯开始了。长长的九年历练，京城吏部考核优等，再加上礼部尚书吕震的推荐，朱棣亲自面试，授予黄钟礼部仪制司主事，正六品，一个没有品级的小书吏，一下子被皇帝任命为这么高品级的官员，朝野轰动。仪制司负责朝廷日常事务，制定和布置一切重大典礼的仪式，工作烦琐、复杂，但是，黄钟在任主事期间，先后得朱棣嘉奖三十一次，可以想见，他出众的办事能力。主事任满，考绩又是特别优秀，新皇帝朱高炽越级提拔，升黄钟为仪制司郎中，正四品。有一件小事可见黄钟文笔之精练：午门大鼓敲破，需要有关部门制作，一些人怎么也拟不好公文，太监向黄钟求救，黄钟只写了八个字："紧绷密钉，晴雨同声。"鼓皮要绷得紧，钉子要钉得密，不管天晴下雨，声音都要响亮。方法、步骤、质量，清清楚楚，要言不烦，众人佩服得五体投地。

黄仲谦有两个儿子：黄钟、黄镛，临去世前，他将两个儿子叫到跟前，详细讲述了那段血泪史，并吩咐道：大儿黄钟日后有机会改回况姓，小儿黄镛继续姓黄，以报黄家恩情。宣德四年（1429）五月，礼部郎中黄钟想起了二十九岁以前的范仲淹原名叫朱说，觉得自己恢复况姓的时机已经成熟，就给皇帝写了一份请复姓奏，说明其中原委，这自然是高尚的敬祖行为，皇帝立即准许，黄钟于是成了况钟。这一年，况钟已经四十七岁。不仅如此，皇帝还一并批准将况钟父亲恢复况姓，况钟父母均追赠封号。

作诗作文，礼制规章，就业务能力来说，况钟的笔已经炉火纯青，接下来，他要奔赴更重要的岗位，任苏州知府去了。

2

苏州知府并不好做，赋役繁重，豪强猾吏互相勾结，问题成堆，"中使、织造、采办及购花木禽鸟者踵至，郡佐以下，动遭笞缚"（《明史·况钟传》），这些来苏州的宦官，一不满意，还要捆绑抽打苏州府及所属各县的官员，嚣张得很。皇帝大费周章选况钟，还特别给了敕令，允他随时紧急处置问题。

我细读《况太守集》，薄薄的两百页不到，兴革利弊奏疏，举劾官员奏疏，陈情奏疏，还有诸多规则或提醒式条谕，足见他的呕心沥血，自明朝开国，七十余年，苏州知府没有一个人能满任，而况钟却三离三留，他丰满而立体的青天形象也跃然纸上。

况钟甫一到任，就做下数十件惊天动地的大事：诛猾吏，劾贪官，请减浮粮，抛荒粮，积欠粮，运远粮，革抽船米，清军，召回逃民，定济农仓，立义役仓，均徭役，正婚葬，水灾奏免粮，旱灾备谷赈济，等等。一时间，苏州吏治与百姓的生存环境均发生了重大变化。

况钟要离任，苏州街头，年老的百姓都在唱："公政惠我，公恩息我。父母畜我，长我育我。我饥谷我，我困苏我。公去悒我，谁与活我？"百姓依依不舍他的恤民情怀。况钟又一次要离任，街头的男女儿童都在唱："况青天，朝命宣；愿早归，在新年！"百姓再次盼望他回来。而此时的况钟，也百感交集，正统四年冬考满赴京，面对送他到数百里外的百姓口占四首诗，其中之二为："清风两袖去朝天，不带江南一寸绵。惭愧士民相钱送，马前酾酒密如泉。"况太守，请喝我们一杯送行酒吧！人挨人的送别场景让况钟特别感动，真的是热闹。其实，他真不用惭愧，不带一寸绵，还有什么难为情的呢！

一切为了百姓，从生活、生产到秩序稳定，况钟皆身体力行。我们这样设想场景：况钟常常拖着疲惫的身体在工作，但只要听到堂上的鼓声响起，他就会精神十足，全力投入各个事件的处理上。况钟在书房退思斋中坐定，想起一些事情，有时还真难处理，知恩图报的人不少，唉，他只是依法办事呀，为什么要感谢他？也有些无缝不钻的刁奸之徒，会通过各种办法送钱送物，每逢此时，他常常抬头看着墙上的那副对联：收一文不值一文，行一善民受一善。看完对联，他释然一笑。

同时，他对家人也管教得极严，除随侍的儿子外，儿女们都生活在靖安老家。况钟心中，当官，只是为国家为百姓做好事而已。他还不放心，于是写下了长长的《示诸子诗》，谦虚地说自己"虽无经济才，尚守清白节"，苦口婆心地要求子女："非财不可取，勤俭用无竭。非言不可道，处默无祸孽……惟能思古道，方与兽禽别。"勤俭、本分、慎言、清白，都是为人的基本操守。

况钟那支笔，为公为民，清正公正。他的内署，不请幕客，一切奏疏、榜谕、谳案，都亲自撰写，言词质直、简劲严切，从不作软媚语。这实在是了不起，名府长官，诸事繁多，还如此亲力亲为。清白牢守心间，即便是身处佳丽地的苏州，况钟也是素敦俭朴，内署萧然，无铺设华靡物，每食一肉一蔬，家人及亲旧相对，尊酒数行，青灯夜话而已。

况钟的身体一日不如一日，几次请求退休，朱瞻基都不准，我甚至这样认为，况钟是累死的。吏治、税粮、水利、军籍、救灾，哪一样都不省心，还要完成皇帝派下来的另外任务。宣德九年七月初六，那喜欢蟋蟀的皇帝，居然给况钟发来这样一道命令：前次我派内官安儿、吉祥采办蟋蟀，数量少个头小，我很不满意，这一次命令你，要用心协同他们去采办，一千只，一只也不能少！皇帝的命令，谁也不敢不办，包括况钟。十天后，况钟这样简单回奏：除钦遵协同采办完备进贡外，原奉敕书专差县丞樊敏亲赍进缴，谨具奏闻。任务完成了，圣旨也一并呈上还给您。只两句话，毫无色彩，要是某些官员，一定会大大表功，而在况钟眼里，这样爱玩的皇帝，他内心或许是有抵触抗拒情绪的。

十三年的苏州知府，况钟因丁忧、考满，三次离任，苏州府先后有十三万五千余名百姓联名上书，请求夺情起复与留任。明正统七年（1442）十二月，六十岁的况钟，积劳成疾，卒于任上，苏州百姓罢市，如哭私亲，下属七县老少，都来哭祭，松江、常州、嘉兴、湖州等邻郡百姓，也纷纷赶往苏州吊唁。

况钟卒而归葬，舟中唯书籍及衣用器物，别无所有，苏人咸叹息。我也感慨万分，那支笔，随便画一下，几辈子都用不完，不过，倘如此，就没有况青天了。

3

然而，况钟最传奇的还是断案，或许，这更加符合青天的形象，包青天、海青天，断案均如神明。

况钟这回担任的是监斩。

串通奸夫杀父，十恶不赦。看着眼前这一对男女，况钟自然没有什么好感，不过，程序还是要过一遍。照例问话，问完话，再看看无锡县、常州府及巡抚府批下来的公文，已过三审，应该没什么问题，况钟手中的朱笔就要点下。

要杀头了。在熊友兰和苏成娟眼里，这位青天大老爷是他们的最后救命稻草。十五贯钱是老板交给熊友兰做生意的本钱，熊友兰和老板临分别前还在某旅社住过一夜；熊友兰和这女子并不认识，只是偶尔路过碰见，一个家住无锡地，一个家住淮安城，怎么发生奸情？熊友兰的两个问题，其实并不难解释，只要稍微调查一下，就可以得出结论。不要说况钟，一般的主审官听到如此矛盾的口供，一定也会生疑，况钟闻此，他手中的笔，于是放下。苏姑娘见事有转机，也立即大声哭诉：如果熊友兰是冤枉的，那她杀继父的理由也不能成立，酒醉继父要卖她，她去姨妈家躲躲，碰到熊友兰只是巧合，再说，那砍肉重刀，她也拎不动啊。

况钟细听申诉，心有些动了，可转念一想，他只是监斩，案子的发生地也不在他管辖的范围，况且，三审手续齐全，死囚利用最后的机会抵抗命运也属常理，罢罢罢，只怪这对男女犯下了事，他第二次拿起手中的朱笔。熊友兰和苏成娟见此，再次大声哭诉，不过，他们用的是激将法：都说你况大人是青天大老爷，如今看来也只是徒有虚名而已，眼见得我们都要被冤枉死，你却见死不救。况钟闻此，手中的笔又放下了，他们说得对，自己不就是忌讳官场的一些规矩吗？见死不救，明哲保身，这和他为官为人原则不合。立即派人调查，他自己也快马赶去见巡抚周忱。七磨八磨，好不容易说动周大人，赢下了半个月的审案时间。

偏偏无锡县知府过于执这样认为：继父被杀死，养女半夜出逃，还有偷情的男子，丢失的钱也正好对得上，天下哪有这么巧的事？偏偏常州府也这么认为，这样的事常见，只不过是又多了一桩而已。偏偏巡抚府主事官员粗心，一看县府两级审得这么确凿，也就盖章批准。这可是两条活生生的人命呀！可天下就有这么巧的事。况钟在现场发现尤葫芦床下散落的铜钱，被玩得光滑的骰子，心里就有了底，吃了上顿不接下顿的尤葫芦，断不会有乱丢的钱，熊友兰身上的钱可是整整十五贯；这光溜溜的骰子，一定是久赌之徒落下的，于是，好吃懒做且又反常的娄阿鼠就进了况钟的视野。

我用两个小时看完浙江昆苏剧团1958年拍摄的电影《十五贯》，不得不说，依然还有很强的可看性，不愧是经典。况钟手中的笔，每到关键处，总有些抖抖索索点不下去，我以为，那是心灵的召唤引发的。在况钟眼中，人命与乌纱帽相比，乌纱帽不算什么，它是可以丢到他家乡靖安崖口的大山中去的。

尽管《十五贯》是清初戏曲家朱素臣根据冯梦龙《醒世恒言》中的《十五贯戏言成巧祸》改编的，尽管在况钟审过的案子中并没有发现这个《十五贯》，但它却是况钟审过上千案子中的典型综合，真实得很。在《十五贯》中，在所有人命关天的案子中，况钟手中那支小小的朱笔，始终千斤重。

4

夜幕中，我们去况钟纪念馆，它就坐落在我住的宾馆隔壁。况钟铜像在夜空中高高伫立，我用手机照了照况青天，他眼神安详，左手轻据胸前，眼望远方，那个远方，我觉得应该是苏州，他在那儿倾注了为官的全部热情，真的做到了鞠躬尽瘁，死而后已。

纪念馆刘新宇馆长为我们介绍况钟，声音洪亮而自豪，他显然对这位乡亲的各种事迹熟得很。一块八角形的镂空立体大青石，中间刻着大大的"正"字，边上刻着"公、清、气、直"四个小字，它们与"正"字组成公正、清正、正气、正直四个清廉词语。刘馆长解构了这块石头的立意后，又加强了语气：这应该是况钟整个人品人格的精髓。

玻璃框中，有一组小雕塑，那是况钟三离三留的场景。况钟的面前，是无数的苏州百姓，他们都在挽留这位太守，他们觉得，况太守是自己的亲人，无论是他母亲去世，还是任满调官，苏州百姓都希望况钟不要离开他们。《明史》上也说，这样的苏州知府，只况钟一人。

一组真人蜡像前，不少参观者在指指点点，这个审判场景极熟悉：况钟正冠站着，右手拿着笔，左手拿着判决书，背景是明镜高悬牌匾，况钟面前跪着一男一女，皂隶拿着棍棒在一旁呵呵助势，这是《十五贯》中的典型镜头。有人问，怎么没有尤葫芦和娄阿鼠呢？哈，只有一个场景，自然挤不下那么多人，尤葫芦戏份尽管不多，却憨厚可爱，娄阿鼠在舞台上更是活灵活现。

两日后的夜晚，我又单独拜访了刘馆长，再聊况钟。我问他：在你的眼中，况钟最优秀的品质是什么？刘笑笑：那块"正"字石已经充分说明，如果再展开，我觉得，清廉、公正、能力，三方面相辅相成。刘馆长说到了况钟的墓。况钟去世，葬在了他的家乡高湖镇的崖口村，"文革"时期，红卫兵不相信封建官吏会是清官，就将他的墓掘开，结果除了衣服，只发现了一支金属发簪，什么值钱的东西也没有。

1983年，况钟诞辰六百周年，靖安县在县城东郊的森林公园中（后改况钟公园）为他建了一座衣冠冢。刘说，这个冢，就在纪念馆路边的山脚。他送我出馆的时候，夜已深，不过，我们还是去看了况钟家。手机电筒清晰地照出了墓的形制。刘说，此墓与高湖崖口的况钟墓差不多，墓后还有一块精制的墓碑。况钟卒后，归葬家乡崖口的神州山，礼部侍郎王志写了墓碑。我知道，眼前的墓，只是一个象征，它是家乡人民的深情纪念，也是向著名清官的深深致敬。

几年前，靖安当地作家凌云女士，写过一本《大明清官况钟》，我和她也有过一次交流。她告诉我，她外婆就是高湖人，她小时候去外婆家玩，知道了况青天这个大名，她是党校老师，平时基本写论文，促使她写况钟传记的最大动力，就是从小心中对况钟的敬重。她还去过苏州的况钟纪念馆，为的是实地寻找况钟在苏州任上的足迹与功绩，感受清官的人格魅力。

5

著名历史学家吴晗在《况钟和周忱》一文中这样称赞况钟：刚正廉洁，极重视细小事件，设想周密，不怕是小事，只要有利于百姓就做，对百姓有害的就加以改革。兴利除害，反对豪强，扶持良善，百姓敬他爱他，把他看作天神一样。

况钟手中那支笔，或举重若轻，或举轻若重，一切皆与国家、百姓紧相连。

我到高湖崖口的那个下午，一场雷阵暴雨突然袭来，雨倾盆，山如幕。暴雨过后，群山间飘荡着浓淡不一的云雾，它们继而又化成了多姿的花朵。山青如洗，晴空如碧，龙冈山上的文峰塔，大笔如椽，直插青天，我凝视着眼前的青色，觉得它们和况钟的青天名声是一样的，都让人有一种深深的向往。

千秋则

公元1040年二月，开封城依然天寒地冻，范仲淹的心情也和天气一样冰冷，越职言事，又被贬，为了国家，为了民生，他实在是不吐不快，倒不是在乎官位，但失去替百姓做事的权力，这令他伤心。尽管心情不佳，但好朋友相托的事，却一直没忘，自去年六月以来，他始终沉浸在悲痛与兴奋中，悲痛是因为好友去世，兴奋是因为回忆好友的点滴往事。

这位好朋友叫胡楷，北宋名臣胡则的长子，胡楷托老同学办的事是，替他已故父亲胡则撰写墓志铭，其实，胡则也是范的好同事和好朋友，情和理都催促着范仲淹必须花十二分的力气完成这件事，于是，《兵部侍郎致仕胡公墓志铭》横空出世，胡则的事迹也随着范公的铭文一起流芳千年。

1

公讳则，字子正，婺之永康人也……公少而倜傥，负气格。钱氏为国百年，士用补荫，不设贡举，吴越间儒风几息，公能购经史，属文辞。及归皇朝，端拱二年御前登进士第。

公元989年三月，北宋太宗朝新科进士放榜，永康人胡厕高中。胡则去考试的时候还是叫胡厕，他老家古山镇胡库村的传说是，胡则的母亲因生产匆忙，将他生在厕所里。而他爷爷认为，厕所乃五谷生长之必需，虽不雅，也没什么大不了的。于是，胡库村中，村民们经常会看到一个好学上进的叫胡厕的少年进进出出，英俊出众，知书达礼，未来看好。机会来了，宋太祖废除唐代科举考试中必须名人推荐才有机会的"公荐"制，任何平民都有通过考试成为"天子门生"的机会，二十七岁的胡则，积聚着蓄势已久的力量冲击皇榜，一举而中。

壬寅日这一天，汴京皇宫崇政殿张灯结彩，赵光义满脸笑容，他一个个接见新晋榜的进士们，姓什么，名什么，家在哪里，问到胡厕，笑容里有了一丝淡淡的皱纹：哎，小胡呀，你这个名，是不是有点那什么呢？我知道五谷离不开厕所，可你以后是朝廷命官，名字经常见报，去掉个厂吧。则，会意，从刀，古代的法律条文刻在鼎上，让人遵守，多好，而且，你自己也要成为老百姓的模范和准则。皇帝赐名，天上掉下来的好事，胡厕求之不得，从此，胡则，一个响亮的名字，开始在北宋的文化历史时空里不断被人传诵。

胡则中榜的消息传到家乡，整个永康沸腾了，准确地说，应该是整个婺州都沸腾了，胡则成了永康第一位进士，开宋代八婺科第先河。

"御苑得题朝帝日，家乡佩印拜亲时。小花桥畔人人爱，一带清风雨露随"（胡则《及第》诗）。宋代永康县城最繁华处当属大小两座花桥，店铺林立，车水马龙，行人川流不息，大花桥，就是今天胜利街上的和平大桥，以前叫仁政桥；小花桥，也在胜利街上，东距大花桥百余步，是一座单拱石板桥，架在与华溪

（永康江支流）平行的小河上，当地百姓叫小桥头。胡则中进士啦！我们永康人胡则中进士啦！破天荒的消息，人们奔走相告。"人人庆"，纯真的乡情，似乎在激励着胡则：一定要做一个好官，造福一方，否则对不起家乡人们的热情和期待！

在胡则的激励下，此后，在婺州，在永康，崇文向学之风大盛，仅胡氏后人，就出了五十多位进士，明清两代，胡库一地的举人、贡生、秀才有两百多人。

2

简单交代缘由后，范仲淹的碑文接下来高度概括了胡则的整个人生。

自授许州许田尉始，胡则为官凡四十七年，逮事三朝，十握州符，六持使节，两扶相印，以知杭州府加兵部侍郎致仕。其间，他将所有的精力和智力都交给了国家和人民：献策镇西，遣返役夫，整治钱荒，睦邻怀远，三保田庄，改革盐法，力治钱塘，奏免丁钱，兴教重才。一切的一切，都是为了泽被众生。

兹举两例：

睦邻怀远

天禧三年（1019），五十七岁的胡则任广南西路转运使，"有大舶困风于远海，食匮资竭，久不能进，夷人告穷于公。公命琼州出公帑钱三百万以贷之，吏曰：'夷本亡信，又海舶乘风，无所不之。'公曰：'远人之来，不恤其穷，岂国家之意耶？'后夷人卒至，输上之货，十倍其贷。朝廷省奏而嘉焉"。

宋朝的对外贸易已经相当发达，外国船只经常往来，有一天，某外国大船在远海搁浅，无法行动，食物和水用尽，老外向宋朝政府求救，一路汇报上来。胡则命令：属地的琼州府，你们拿出三百万钱借给他们吧，让他们渡过难关。下属极为担心：外国人没什么信用可言，那些海船什么地方都去，时间一长，人都找不到，怎么找他们要钱呢？胡则作出这个决定，显然不是拍脑袋，他是在长期观察和经验的基础上作出的。他以为，外国人从远道来我国做生意，将我朝的丝绸、瓷器等各种特产运到他们的国家，极为畅销，不用担心他们没钱，而且，从道义上讲，人有难，理应帮忙，这属于大宋国家形象。这样吧，我也不让你们为难，他们还不出，我来担保还！

结果皆大欢喜，一年后，外国商船以十倍价款还给琼州政府，朝廷也觉得甚有面子，既发扬了救难救急的人道主义精神，也大大增加了国家的货币储备，一举数得。我数着这几行墓志铭，翻来覆去读。我想找出是哪一国的商船，可惜，范仲淹没有写明，宋史也没有记载，按我的推算，当时和北宋有贸易往来的欧亚地区国家有近百个，广州、杭州、明州（今宁波）还有三个市舶司，专门负责对外港口贸易，外国船进来，中国船也出去，我猜，日本、高丽、大食、波斯，甚至更远的欧洲，都有可能。要是能清楚地知道哪个国家的海船，那么，我们现在和这个国家的友好交往就多了一条极好的文化史料，你们讲信用，我们更友善！

重辟平反

"又宜州系重辟十九人，时有大水，公不虑患，而特往辨之，活者九人焉。"表扬了胡则广阔的胸怀和敢于担当的精神后，范仲淹接着写到了胡则在同一年同一州的另一重大举动，重新审理重大案件，九人获活命。

对于要处决的重刑犯，胡则更是细心又细心。下属的一个州，一下子要处决十九人，这不得不引起他的警惕。他细翻案卷，发现很多疑点，对疑问绝对不能轻轻放过，虽然山高路遥，又遇上大洪水，但都阻止不了他去宣州复查案卷的决心。果然，十九人中，有九人虽有罪，但不致死。一下子救了九个人，这要胜造多少级浮屠呢？整整一千年过去，胡则重证据活人命，对当今的司法实践，都具有重大的借鉴意义。

<h2 style="text-align:center">3</h2>

公元1007年，胡则由浔州知州提举二浙榷茶事兼知睦州。

几乎所有做过睦州知州的官员，都要去拜望一下严子陵，他是文人雅士崇拜的偶像，也是富春江的精神灵魂核心。从梅城码头坐上小船，顺着富春江往桐庐方向激流而下，用不了半个时辰，就可以到严子陵钓台。自然，胡则也要去拜望精神灵魂。一个朗朗秋日，阳光温柔而暖怀，胡则从流漂荡富春江，望峰息心，灵感一下子涌了上来，遂以《题严子陵祠堂》明志：

> 占断烟波七里滩，渔蓑轻拂汉衣冠。
> 高踪磨出云涯碧，清节照开秋水寒。
> 泽国几家供庙食，客星千载落云墩。
> 我来亦有沙洲兴，愿借先生旧钓竿。

诗意算不上深远，但和到过钓台的文人一样，诗中基本上是借景抒情，表达着自己的政治志向。看着有点寥落的香火，胡则也有些感慨，近千年来，严光被人崇拜和祭祀，是因为他的高风亮节，不事权贵，品德高洁，这一切都触动着胡则的内心，归隐是一种方向，为民造福更是他的努力，做清廉人，干实在事，百姓才会记得他。

"性至孝，富宇量，笃风义，轻财尚施，不为私积。"

"铭曰：进以功，退以寿，义可书，石不朽，百年之为兮千载后。"

范仲淹的眼光极准确，一个轻财好施不私积的官员，坦荡磊落，无牵无挂，他只牵挂国家的事、百姓的事，千年之后自然会被人铭记。

庆历四年春，一个著名的日子，一篇文学史上的伟大作品即将诞生。胡则逝世也已经五年，范仲淹的好友滕子京建完岳阳楼，写信来请范好友写一篇楼台记。彼时，范并没有到过岳阳楼，但不妨碍他大发的文兴。写作过程中，他和胡则交往的轶事不断上涌，胡则的形象也越来越鲜明，范仲淹的思想完全和胡则融为了一体，"先天下之忧而忧，后天下之乐而乐"，范仲淹发出了所有正直有为官员的炽烈心声。

"噫，微斯人，吾谁与归?"是啊，除了这个人，还有谁与我有共同的理想呢? 范仲淹心目中的好官员，其实是一个集合体，但一定包括他在陈州府任通判时的好搭档知州胡则。范小胡则二十六岁，然而他们的政治抱负是一致的。

4

2019年9月19日上午十点，我到永康胡库村胡公故里拜望胡则。

　　胡公文化广场，是纪念胡则的中心。广场大牌坊上端，正反两面均有醒目的"赫灵"两字，那是赵构为胡公祠题写的额词。公元1162年，胡则逝世一百多年后，宋高宗赵构应百姓要求，题写了这两个字。我的理解，这既可以说胡公已经在多个场合多次显灵，拜胡公庙，用杭州话说：很灵光呀！也可以按字面的本义和引申义"盛大""显耀""光明"理解，这样的好官，对于惊魂未定的南宋王朝来说，更是需要，巧借民意，赵构乐而题之。

　　广场中心有一堵大大的红色照壁，"为官一任，造福一方"，毛泽东题写的八个大字，在秋阳下特别鲜亮。

　　时光闪回，好官的形象总是不断被人唤醒。1959年8月21日，毛泽东从庐山返京途经浙江金华时，在专列上召集地县负责人座谈。毛泽东问永康县委书记：你们永康什么最出名？显然，胡则的形象一直盘旋在毛泽东的脑海里，他是有备而问。五指岩的生姜很有名，这就像一场拉家常，永康书记脱口而答。毛泽东笑着摇头：不是五指岩生姜。你们那里不是有块方岩山吗？方岩山上有位胡公大帝，香火长盛不衰，最出名了！毛又接着解释：其实胡公不是佛，也不是神，而是人。他是北宋时期的一位清官，他为人民办了很多好事，人民纪念他。为官一任，造福一方，很重要啊！

　　毛泽东这一赞，六十年就倏忽过去了，这八个字，应该是任何时代为官的基本准则。则，已经千秋，则，将迎来下一个千秋。

　　胡公墓就坐落在广场的右侧雪松下，1992年由胡库村的胡氏后人所筑（胡公卒于杭州，原葬杭之钱塘县南山履泰乡龙井源），墓前有一对旧的石狮子，墓前的石阶也显得陈旧，这里应该是胡氏后人及众多慕名而来的游客参拜胡公的重要场所，胡公已经成为一个强大的精神象征。胡则第31世从孙胡联章先生告诉我，据他们胡公研究会的最新调查，金华就至少有102座胡公庙，历史上，"天下有胡公庙三千"，胡公大帝是浙江最重要的民间信仰神。

我一直在思考一个问题，由人变为神，其间最主要的原因是什么？不外乎两点，人本身具有的品格品行力量、为民造福的重要实践，两者缺一不可。民众选择神仙祈求，无非是保平安保幸福，而胡则为国为民办事的经历及逐渐被神化了的传说，都铸就了胡则成为胡公大帝的基本条件。

胡公纪念馆，胡联章高坐在厅堂上，给我们讲胡公的故事，声情并茂，抑扬顿挫，语气中满是自豪。讲台四周，摆放着一盆盆的兰花，兰叶修长，含苞待放，兰的清新和气质，似乎都在暗喻，胡公清廉和高洁的品格。

八十几年前，郁达夫先生上方岩山，他曾写下了《方岩纪静》，人们络绎不绝到胡公庙祭拜让他感慨。这三十几年里，我也曾三次上方岩山拜望胡公，每次均见旺盛的香火。胡公大帝的形象，已经如方岩山上那些粮仓似的岩石般坚硬，深深扎根于大地之中。

5

从永康回杭州的第二日中午，我就去了胡则的原葬地，杭州老龙井御茶园。

问胡公墓，保安手一指，十八棵御茶园往上，爬五分钟就到了。茶园下有一个大照壁，上有镂空线条画，简单勾勒出胡则的故事。照壁右边是胡公馆，门口有一四方形祭祀矮石几，中间香炉插满残香，两边烛台上有残烛。公馆正中，白色大理石的胡则像挺立着，像脚有一盆干花，像前有几个苹果和一些零食等供品，显然，这里比较冷清，一般人看完十八棵御茶后就走了。

照壁往左是胡公厅，大门敞开，门口堆着一大堆地板，看样子是在整修，估计，这里应该布置胡公的生平事迹和图片展览。

胡公厅往上，是辩才法师的墓和雕像，他是龙井茶的鼻祖，在以茶为生的龙井村，待遇似乎要好过胡公。转弯处，苏东坡右手捏着茶杯，和辩才坐在山脚的树荫下喝茶聊天，苏东坡有好多僧人朋友。浙西於潜人辩才，是有学问的高僧，他也有好多诗人朋友。东坡和辩才一见如故，留下了不少轶事，苏东坡的《次辩才韵诗帖》就记载了两人一段有趣的往事。但从时间上看，他们显然要晚于胡则，他们在此陪伴胡则，可以想见此处是个不错的地方。和苏、辩打过招呼后，再往上几步，就是胡公墓，胡则当初的安葬地。

胡则为什么葬在杭州呢？他曾两任杭州知府，也是在杭州知府兼兵部侍郎任上退休的，杭州就是他的第二个家。他在杭州，也留下了不少佳话。天圣四年（1026），六十四岁的胡则，以右谏议大夫知杭州，上任的第三天，就带人勘察钱塘江，治理江患。他发布的第一道市长令，就是修筑钱塘江堤防，"守杭有惠政，在郡时独无潮患"（《咸淳·临安志》），不是钱塘江潮神照顾胡则，而是他将钱江潮驯服了。一个让我感慨的细节是，在胡则生前，杭州百姓就建有他的生祠。为活人立祠，百姓的眼睛就是公平秤。

宋兵部侍郎胡公墓，墓碑简简单单，此地虽是胡则原葬地，但墓应该也是近几十年重修的，墓前的摆设类似胡公馆，只是，墓包比较高大，草木旺盛，上面还有一株长势良好的茶树。墓上茶树和墓后的一大片茶山的茶树应该是同一品种，随便哪一只飞鸟都可以来此撒下茶籽。

秋分虽已过，正午的阳光依然通透热烈，茶山寂静，山上有采秋茶的茶农的声音隐隐传过来，强光透过树缝，洒在胡公墓前的台阶上，细碎斑驳，偶尔还会随风移动。我双手合十，膜拜三下，以示对胡公的敬仰。

较方岩山上胡公庙里旺盛的香火，我喜欢作为人存在的胡公，这样更真实，更让我们接近他深邃的心灵。

老龙井偏隅西湖湖山一角，蝉噪鸟鸣，秋山夜静。

千年胡则，唯青山和清风长伴。

则诚的琵琶

则诚高明，南戏鼻祖。高明的《琵琶记》，自诞生的六百多年来，一直在中国戏剧舞台上散发着璀璨的光芒。

1

宋光宗赵惇的堂兄弟赵阆夫，他应该是主管京城文化事业的官员，某天，他下达了这样一道禁令：国朝广大地区之勾栏瓦肆间，近来有一些思想内容不健康的剧目比较火爆，比如《赵贞女蔡二郎》之类，当立即禁演！

凡禁演，必是触动了南宋统治者的一些神经。这部戏的主角，书生负心汉蔡伯喈，就是蔡二郎，最后结局为遭雷劈而死，原型居然是汉朝的名人蔡邕，蔡文姬的父亲。这对于大力提倡科考的大宋王朝来说，导向有问题。

这戏火到什么程度？

同时代的陆游，《小舟游近村，舍舟步归》（其四）云：

> 斜阳古柳赵家庄，负鼓盲翁正作场。
>
> 死后是非谁管得，满村听说蔡中郎。

其时的陆游，正闲居在山阴老家，门前镜湖边，坐上小船出发，随意东西，不会走远，就去赵家庄吧，盲翁正将鼓敲得咚咚响，他在说蔡二郎呢。乡下小村都如此热闹，更不要说大都市了。著名文学家蔡邕被董卓强行拉去做官，下狱死，但他并没干什么坏事，也没有重婚，都是后人强加上去的，身后的事谁说得清呢？其实，陆游一生不得志，虽是闲居诗，却也暗含着对当权者投降误国的讽刺。

宋室南渡，高宗赵构一路往南，陆路海路，一直疲于奔命，至温州，看着眼前的一片汪洋，他曾一度想将温州当作行在。自然，跟着皇帝一路跑的人不会少，一个悖论是，待稍微安定下来，人似乎就忘记了胆怯，精神需求接踵而至，北边的文艺人才，加上温州一带本来就盛行的杂剧，众多的村坊小戏，时光一点点融进百姓的多种智慧，高度铸合成南戏，一种全新的戏曲形式就诞生了。

我这么推断，赵闳夫下禁令，一定是南戏比较红火的时期。但无论如何禁，南戏在温州民间，依然发展得如火如荼。

2

公元1279年二月初六傍晚，崖山海域，暗红的天幕将浑浊的海浪渐渐笼罩时，陆秀夫双眼满噙泪，背着八岁的小皇帝赵昺，决绝地向大海猛烈一跃，南宋正式宣告灭亡，十万浮尸，场景惨烈，崖山成了南宋遗民的深深之痛。

2018年初秋，我去温州瑞安，阁巷柏树村（古称崇儒里）的集善院内，粗大的水杉相互掩映，工作人员在正堂停住，他指了指眼前说：这里，以前有一大块醒目的崖山之战刻石。我瞬间进入沉思，崖山战役四个字，让人心中顿时升起一股浓浓的悲凉。紧挨着集善院的，是高则诚纪念馆，馆内那些静静的图文，无声叙述着他的精彩人生。高则诚的墓也在院子左侧。我在想，原来的设计者还是用心，这崖山，与高则诚有联系，高的父辈就是南宋遗民，崖山之役二十多年后，小高就出生在飞云江畔的这个渔村。

高则诚的外公陈则翁，曾任南宋广东副使，南宋末期诗人，著有诗集《沧浪兴集》。高则诚的大舅陈昌时，曾中宏词科，任廉州路教授。小舅陈与时则成了他的启蒙老师。高则诚的爷爷、父亲都是当地著名儒生。而这眼前的集善院，就是陈则翁定居瑞安后创建的公益性书院，本乡本族的子弟，名师精心教导，如著名的笔记作家周密一样，南宋遗民中的士大夫，心中差不多皆怀有一种对旧朝深深的眷恋。这种情绪，自然也会影响身边的人。

高则诚在集善院学习的时光共有十来年，在这里，他不仅得到了良好的教育，也收获了爱情，小他一岁的表妹，陈昌时的女儿陈素，成了他的妻子。虽然高父英年早逝，但陈家温暖的怀抱，一直向高则诚敞开。很快，高则诚就成长为一个博闻多识的少年了，无论诗与词，皆高人一头。

高则诚出生前后，正值南戏盛行时光。温州的南戏博物馆，给我展现了这种立体多维度的戏曲表达形式，永嘉杂剧、温州鼓词等，内容极为驳杂，说的虽大多是前朝事、别家事，却让人有一种现今事、身边事的针对性；唱词雅俗共赏，唱腔时而幽怨，时而高亢，演出场地灵活机动，大舞台小场景皆宜。

在这样的大环境中，一个乡村少年，他的生活日常一定离不开戏文。村头村尾，商贸集镇，乃至瑞安城中，但凡有戏的地方，但凡有时间，高则诚一定会仔细欣赏。耳濡目染中，高则诚心中的戏曲种子也在慢慢生长，舞台上的各式人物，也会让他常常进入角色，仰望星空，仰头思量，或许，就在彼时，他心中已萌发了以后有机会一定要写大戏的宏愿。

3

机会来了。不过，这个机会是长久蓄积而成的。

四十岁前的高则诚，在考取进士以前，基本上在家设帐授徒。读书教书，写诗作文，这样的生活，平静而无波。看看高则诚的号"菜根道人"，似乎就能理解他比较淡薄的功名意识。菜根，喻清淡的生活，道人，同时代的黄公望、倪瓒、杨维桢，都加入了全真教，我不知道高则诚有没有加入，但至少思想上有这种倾向。元朝开科取士迟，给汉人考生设置的条条框框又多，故元朝进士极难考，但读书一辈子，不参加考试，似乎就不能很好地证明自己的学问。或许有无奈与压力，反正，元至正五年（1345），高则诚中了进士，随即被授处州录事，一个八品小官。录事、绍兴路判官、庆元路推官，高则诚十几年为官，多个岗位，对他的为官经历，用干练娴熟、清介廉明八字即可概括。这段经历，将其看作是创作《琵琶记》前的生活积累也未尝不可，对蒙元时代的黑暗，他有了更深刻的认识。

我去鄞州栎社星光村中街沈氏楼，寻访高则诚的踪迹。沈氏楼也叫瑞光楼，在宁波城南二十里，高则诚数年闭门写《琵琶记》的地方，不过，楼早已毁，只存一块故址碑。关于高则诚撰写《琵琶记》的地点，有多种说法，眼前这沈氏楼，是被许多专家公认的重要地点。高则诚本去福建任职，途经宁波，被方国珍强行堵住要他做官，虽力辞，却也走不脱，只好在沈氏友人的家里暂住再作打算。

高则诚在底层为官十来年，身心俱疲，是该坐下来好好歇歇了。不过，他一坐下来，心中那戏曲种子就忽地喷薄而出了。这么多年了，依然是赵贞女与蔡二郎的印象最深，但他不满意，特别是对那个书生蔡的命运安排，他早就不满意了，他要重新写一个。写出科举制度的弊端，写出仕宦道路的扭曲。《琵琶记》起首云："论传奇，乐人易，动人难。"

为了这"动人难"三个字，高则诚将心血全注。看三则明人的评价。

雪蓑渔者的《宝剑记序》这样评价："《琵琶记》冠绝诸戏文，自胜国已遍传宇内矣。高明闭关谢客，极力苦心，歌咏则口吐涎沫，按节拍则脚点楼板皆穿，积之岁月，然后出以示人。"徐渭的《南词叙录》则如此说《琵琶记》的用词："用清丽之词，一洗作者之陋，于是村坊小伎，进与古法部相参。"胡应麟的《少室山房笔丛》则高度赞美此剧被奉为"曲祖"，"演习梨园，几半天下""每奏一剧，穷夕彻旦，虽有众乐，无暇杂陈"。

这些评价，简单归结为三个层面：高则诚创作《琵琶记》，从唱词到唱腔，无不一一体验，反复推敲，唱得嘴上吐沫横飞，脚打节拍楼板也被踹破；《琵琶记》的表达，品质脱胎换骨，脱离了低级趣味，登上了大雅之堂；《琵琶记》风靡剧坛，没有哪个剧本可以匹敌。

确实，《琵琶记》一反传统，将一个无情郎，脱胎改造成了无奈郎，别看这一字之差，蔡中郎的戏剧形象却是一百八十度大反转，由此也奠定了高则诚在中国戏剧史上南戏祖师地位。连朱元璋也大为赞赏：五经四书，布帛菽粟也，家家皆有，高明《琵琶记》如山珍海错，贵富人家不可无！

赵贞女还是那个赵贞女，上京寻夫身上还是背着那把琵琶一路行乞。原剧中的赵贞女赡养公婆，竭尽孝道，公婆亡故，她以罗裙包土，修筑坟茔，但蔡二郎不仅不相认，还放马踩踏，最后天神震怒，暴雷劈死了负心蔡。高则诚保留了这个传奇女主角的基本框架，也就是说，赵贞女、赵五娘，有贞有烈，任劳任怨的贤孝妇形象，她在观众心目中已经烙印深刻。要变的是蔡伯喈，他入赘牛府是被迫，想辞婚牛丞相不从，他想辞官归里皇上也不从，他是被强权所压无可奈何，但他时时想念父母的衣食冷暖，时刻惦记着家中的糟糠之妻。

中国的读书人，自小接受传统的伦理教育，陈世美毕竟是少数，站在彼时高则诚的立场，从戏剧创新角度看，这种改变是符合普通大众人心的。即便是现今，思想内容，双线结构，戏剧人物的重塑、剧本的文采，高则诚的《琵琶记》都是不可多得的传世经典。

4

高则诚所留诗文大多散佚，作为一个戏剧大家，除了《琵琶记》，还见有一个剧本的名字——《闵子骞单衣记》。这个剧本已不存世，极有可能是他在青年时期拜大儒黄缙为师期间创作的。我写《论语的种子》里有这么一节，可以用来作高则诚的传奇大概：

二十四孝给闵子骞的颁奖词是：芦衣顺母。故事可以这样还原：闵损生母早死，父亲娶后妻，又生下两个儿子。继母（又是继母）经常虐待他，寒冷季节，弟弟们穿着用棉花做的冬衣，闵损却穿着用芦花做的棉衣。某天，父亲出门，闵损在前面牵车，因寒冷发抖，牵车绳掉到了地上。父亲见状就鞭打儿子，一鞭子下去，闵损的衣服被打破，芦花从衣缝里纷纷飞了出来。此时，父亲方知大儿受到了后母的虐待。愤怒的闵父立刻返家，要休了后妻。闵损却跪在父亲面前，请求父亲饶恕母亲：留下母亲，我一个人受冻；休了母亲，三个孩子都要挨冻。继母听说后，惭愧后悔，从此待闵损如亲儿。

闵子骞的孝心惊动了许多人，两千五百年来一直被传诵。

他的老家，安徽萧县西南方向十公里处的一个村，目前中国村名最长：孝哉闵子骞鞭打芦花车牛返村。整整十三个字。闵父鞭打儿子，芦花现，车牛返，闵父欲责妻，子骞求情，孝心显，整个事件齐全，记住了故事，也就记住了村名。但一般人，实在记不住，就简称为"车牛返村"。

有人如挑剔赵五娘愚昧顺从那样挑剔闵子骞的故事，说春秋时代，还没有种植棉花呢。这又有什么关系呢！我们只说孝心。若有机会，我一定要去中国村名最长村拜访一下闵孝子。有人说，将子女养大是责任，而孝顺父母却是人品德的体现。这或许就是高则诚想表达闵子骞最优秀品质的剧本的精华所在。

5

弦弦掩抑声声思，似诉心中悲与苦。赵五娘的琵琶声，还不断越洋跨海。

1924年，闻一多、梁实秋、冰心等留学美国，为推介中华文化，他们首选《琵琶记》改编。翻译、编剧、排练，1925年3月，波士顿大剧院，英语话剧《琵琶记》正式公演，梁实秋主演蔡伯喈，谢文秋、冰心饰演赵五娘和牛小姐，闻一多负责布景道具，尽管有诸多的稚嫩与笨拙，但台下依然轰动。

如果说，中国留学生自导自演，影响力有限，那么，美国专业人士的编与演，就纯粹是一种市场行为，它也标志着一部作品真正走向国际。

1946年2月，美国纽约，帕来茅斯剧院，百老汇演艺明星玛丽·马丁扮演的赵五娘，迤逦出场，细腻婉转的嗓音与独特的东方歌舞，一下子就牵引住了全场所有观众的目光。这是美国剧作家威尔·艾尔文与西德尼·霍华德联手，将《琵琶记》改编成英语音乐剧《琵琶歌》的首演，用全场震惊一点也不夸张，随后，百老汇连演142场。或许，改编后的《琵琶歌》，声光电俱佳，观众在新奇、惊艳、热烈中，有一种文化认同感被催发。确实，弘扬善良与鞭挞丑恶，皆为人类伦理的母题。

赵五娘没有羽翅，但她背着琵琶的凄美身影，却在六百多年的时空中上下肆意飞翔。无论中西，观众看完《琵琶记》都会发出一种如释重负的笑声。每见如此情景，飞云江畔，云端之上的高则诚，则拈须思索，一脸的严肃。

世间花费最少的旅行

——莫理循中国西部的百日之旅

莫理循其人。

乔治·沃尼斯特·莫理循（1862—1920），出生于澳大利亚。1897—1912年，任《泰晤士报》驻北京记者。1912—1920年，先后担任中华民国四位总统的政治顾问。自清末民初，一直活跃在中国的政治舞台，并对中国的政治产生过比较重要的影响，被称为"北京的莫理循"。

1894年，莫理循从中国的上海开始，沿长江一路西行，经武汉、宜昌、重庆、宜宾、昭通、大理、昆明，一直至缅甸的八莫，再到仰光。

本文记叙的，就是他在中国西部之旅的一些所闻所见所思。

1894年2月，中国的大部分地区，还是隆冬。澳大利亚人莫理循，正从上海到达汉口。他要从这里，前往中国西部旅行。

此刻的他，穿着中式棉布袄，头上戴着瓜皮帽，一根粗粗的假辫子垂在脑后，完全一副中国人的打扮，但他怀里，却揣着一本中国护照，他作为英国公民，可以持证在一年内游览湖北、四川、贵州、云南四省。

莫理循不带随从，也不懂中文，只会十几个简单的词，凭着他对中国的初步了解和骨子里的探险精神，就这样信心十足地出发了。

1

先要到重庆。

他开始的想法是，雇一个苦力，和他一起步行去重庆。但他在汉口海关的一个朋友旋即告诉他，坐小船去重庆，更方便快捷。朋友精心替他找了一条小船，一个船老板，四个年轻船员，要求他们在十五天之内，将莫先生送到重庆。

双方拟定了一个合同，主要有这么几项：所有费用为28000文（2英镑16先令），但有时间提前的奖励，12天到达，32500文，13天到达，31000文；如果船员尽心尽职，一切顺利，即便15天内到达，莫先生也要支付30000文；出发前预付现金14000文。

2月17日晚上，莫理循从汉口海关码头上了船。这是一条不大的小舢板，28英尺长，吃水8英尺，船的龙骨用轻巧的竹子制成，船像一只燕子一样轻巧，船老大用草席替莫在船中临时搭了一个舱。看着这局促的空间，莫有些担心，这样一条小船，能经受得住长江上激流险滩的考验吗？他的心一直悬着，但他看着那些年轻力壮的船工，又信心满满。他急于看到江两岸的景色，他急于看到沿途中的各种文化风俗，他很有兴趣和各式的中国人打交道。

一条小船，开始在滔滔大江里逆行，以每小时八海里的速度，你会看到什么样的景色呢？

两岸崇山连绵，连接云端，岸崖陡峭，巨石壁立，那些顺流而下的各式船只，特别是一些小舢板，一定是一千三百多年前李白看到的景象，在波涛中起伏的轻舟，瞬间过了万重山。但莫理循此刻，却躺在船头，晒着明媚的阳光，任小船上行，波平如镜，舢板点点，身边的渔船撒网捕鱼声都听得见。长江就是这样，许多江段，都温柔无比，两岸的舟楫往来，轻帆点点，这是一条充满诗意的大江。

2

莫理循认识中国人，是从船工开始的。

他从船工们一系列化险为夷的行动中判断出，这一群年轻人，冷静沉着，技术娴熟，勇敢无畏，他们凭着精湛的技艺，总能在恰当的时候，用恰当的方法，做恰当的事情，毫无差错。船老大只有二十岁，但体格健壮，相貌英俊，一定有许多少女对他怦然心动吧，莫理循按照自己的逻辑思索着。现在，他只能凭外貌判断，他不知道的现实是，中国的大多数苦力，要讨得一个好女子，也不是那么容易的，仅凭外貌，不太现实。

莫调侃自己说，他只会十二个中文词：米饭、面饼、茶、鸡蛋、筷子、鸦片、床、不久以后、多少、木炭、白菜、海关。非常巧合的是，船老大也只会十二个英文单词，还是洋泾浜英语：吃饭、最厉害、不好、上岸、坐下、不久以后、明天、火柴、灯、好吧、一块、该死。看样子，他们只有一个"不久以后"的共同语言，米饭、吃饭，中文看来都有饭，但英文却是两个。不过，这并不妨碍他们交流，大多数时候，用手势等身体语言，比画比画，大家都差不多明白了。

刚刚开始踏上旅途，他最不习惯被人围观，心里甚至充满了愤怒。万县，对他这个洋鬼子并不友好，一些男孩和流浪儿追着他大叫："洋鬼子！洋鬼子！"一群正在听说书的听众，看见莫，就像看见了稀有动物一样，大声地对他嘲弄着。莫用温和的英语和眼神告诉他们：这是一种缺乏教养的行为，我现在虽然不得不忍受，但借用你们的一句诅咒，你们下辈子要投胎做畜生的！显然，莫的威吓，根本不起作用，因为他们听不懂。

莫坦言，因为不懂中文，也吃了不少哑巴亏。

比如，在从东川到昆明的途中，他雇的伙计老王，早晨给他准备粥和煮鸡蛋，莫不喜欢吃煮得太熟的鸡蛋，但他又表达不出，每次吃鸡蛋都皱着个脸，有抱怨，但老王不明白。终于有个早上，莫用中文说了"我不喜欢"（估计是后面学的），老王似乎明白了，他很高兴地说：好的，好的！然后就很亲切地帮他将鸡蛋吃了。

莫和中国人交往，让他记忆深刻的是人们见面的相互问好。

一般的中国人，都会对下面这些问题关注：

"您贵庚？"

"敢问在何处高就？"

"请问贵姓？"

"请问家中几位公子？"

"请问家中有几位千金？"

问得越细，询问者就越礼貌。

中国人往往看着外貌问年纪，莫有位朋友，只有四十四岁，但中国人都像看佛祖一样尊敬地看着他，没有一个人觉得他小于八十岁。

莫自己却没留胡子，常常将脸刮得干干净净的，人们认为他很年轻，有人竟然猜只有十二岁，从来也没超过二十二岁。有一天，被问烦了，他就装出一脸的真诚告诉问话方：我有过两个贱内，现在是五个犬子和三个丫头片子的父亲。然后，莫叹口气：我这几个子女都不成器。这时，问话者的表情，都显出很崇敬的样子。

事实上，莫理循1912年才和他的秘书罗宾小姐结婚，当时他已经五十岁了，三个儿子都出生在北京。

显然，莫对中国人的卫生习惯有许多的不满意。旅行后半段行程中，莫理循经过湄公河畔的永昌镇一带，离开旅店时，他告诉店主人：他那一小块黑布，不能一整天都用来擦所有桌子、所有杯子、所有杯盖、所有盘子。同时，他也委婉地告诉店主人，挑粪的苦力，在客人吃饭的时间挑着粪筐从饭馆穿堂而过，似乎不太合适，而且，挑粪工还靠在桌边看陌生人吃饭。

他也常从外国人的嘴里听到对中国人的评判。在东川，他去拜访法国神父佩雷·梅尔，神父感叹再三：中国人？啊，没错，我爱中国人，因为我爱上帝创造的所有生灵，但他们都是骗子、贼，很多家庭皈依了，即使如此，也要到第三代才能算是真的基督徒！

难怪神父要发牢骚，外国传教士在大清传教，并不顺利，1893年，重庆教会竟未能使一个人皈依基督。

3

骨瘦如柴，四肢萎缩，步伐蹒跚，面黄肌瘦，声音微弱无力，眼神空洞呆滞，看起来让人觉得他是地球上最悲惨最可怜的生物。

上面这段话，常常被用来形容中国典型瘾君子的样子。

饥荒和瘟疫加一起，危害也没有鸦片大，莫理循耻于英国对中国不道德的鸦片贸易，所以大胆揭露。

第二次鸦片战争后，《中英通商章程善后条约》使得鸦片贸易在中国合法化，被称为"洋药"的进口鸦片，大肆横行中国各地，1850年，中国吸食鸦片者约为300万人，三十年后，则增加到2000万人以上，实际上，这只是官方的统计数据，中国大地的吸食人数远不止这个数。

不仅如此，同治光绪以来，中国自己种植的"土药"罂粟，也是遍地开花，已处于失控状态。1893年，进口到中国的鸦片只有4275吨，江苏、浙江、福建、广东四省使用印度鸦片，其余的14个省，一律使用本地种植的鸦片。这让他很愤慨，中国"土药"横行，原因究竟在哪里？

显然，责任在政府，清政府一边禁止，一边纵容，更多的是不法官员和奸商的勾结，为了巨大的利益，联合作案。虽然政府下令严禁种植罂粟，但是，莫从湖北一直到缅甸国境线，1700英里的路程中，到处都种植着罂粟。莫的观察没有错，这个时候，整个中国大地，种植罂粟的面积已经超过1330万亩。

莫理循一路行进在中国的西部，看到触目惊心的场景就是，随处可见的鸦片馆和吸食鸦片的人，成百上千的烟枪和烟灯。当时的重庆城内，大约有三万五千户，男性中的一半，女性中的二十分之一，每天都沉浸在鸦片的烟雾缭绕里。

4

鸦片在中国的大肆横行，一如莫理循所料，他其实就是想印证。而沿途看到更多的是各种惨不忍睹的场景，灾荒、流行病、清地方政府无人性的酷刑，都让他触目惊心。

云南昭通，连年灾荒，在莫理循到达的前后四年时间里，这个地方，庄稼一直歉收，最近刚刚下了雨，罂粟却长得异常出彩，但所有的东西都很贵，以前收成好的时候，一升大米卖35文，现在却要110文，玉米以前一升卖15文，现在卖65文，更糟糕的是，升的单位竟然从12斤一升，减少到5斤一升。

很多时候，肚子饿，人饿急了，就会出现两种情况。

一是卖孩子。

莫在昭通得到的消息是，在他到达的前一年，这里及周围，有三千多孩子被卖给了人贩子，主要是女孩。人贩子将孩子装在篮子里，像牲畜一样，运到省城售卖。然而，饥荒的岁月，没有几家能够安然度过，因此，这些孩子也成了滞销货，价格也极低，一个女童，只能卖一二两银子，想买多少就可以买多少，甚至可以和女孩子父亲商量，只要答应善待孩子，可以不要钱。

还有一种比较特别的卖女孩场景，这些女孩已经成人，最大的已经二十岁，她们的成交量相应比较好，看看面容长得好不好，脚小不小，然后确定一个价格，这个女孩就成了别人的填房，或者丫头。

另一种是杀婴。

没有避孕措施，只要怀上了，就得生下来。然而，父母看着孩子生下来就要过一辈子的苦日子，甚至过不下去，只有将婴儿弄死，要么沉进粪缸，要么用力摔死。因为中国人根深蒂固的观念，那些被杀死的，十有八九是女孩，如果是男婴，则会留下来延续香火。莫理循自己就碰到这样一个中国母亲，她自述，她已经前后闷死三个刚出生不到几天的女婴了，当第四个孩子出生时，她丈夫发现又是个女孩，盛怒之下，抓住婴儿的腿摔到墙上，把孩子当场摔死。莫在记叙这一细节的时候，似乎很平静，平静的原因，我猜测是他看多听多了这样的事，或者，他观察到那个母亲讲杀婴时，冷漠平常，如同做了一件很普通的事，并没有感觉在扼杀小生命，甚至远不如死了一只家禽来得心痛。

关于这个杀婴现象，中国自古以来就比较普遍。我在美国作家明恩溥的《中国特色》一书里，也看到他的观点：中国存在着严重的杀婴现象。而且，相当多的学者，将这一现象的泛滥，归结为政府的默许，以及大多数人的漠不关心。

莫理循是医学博士，所以，他对一路都能见到的流行病特别关心。在云南西部，从昆明到永昌期间，他的日记里，记录的全是甲状腺病（大脖子）：

一天下午，我们身边有80个甲状腺畸形的人经过；还有一天，有9个人在向我们下来的山上爬，其中6个甲状腺肿大；一个小小的村庄里，我在街上遇到了18个成年男女，15个都患有这种病。

例如5月5日这一天，山路异常崎岖，尽管可能只是巧合，但事实是我的差人是个"大脖子"，两个护送我的士兵也是"大脖子"。在我们用餐的黄连堡，饭馆老板娘也患有甲状腺肿大，都肿到肩膀了。她的儿子患有克汀病，智力只有动物的水平。我周围聚集的一大群人，他们眼神漠然，多多少少都有患病的迹象，并伴有些许精神问题。

除了甲状腺病、克汀病，还有"天花"（水痘）、鼠疫也是当时中国常见的流行病。莫得到的材料说，当时大理峡谷一年之内，就是两千人因患"天花"而丧生。

5

如前述，莫理循医生，自然关心他的同行，中国医生是如何诊病的。

在莫的记叙里，中医最大的特点就是望闻问切，中国医生最大的本事就是诊脉，看脉象，这是英国医生无法想象的。

莫还特别记载了五种预示死亡的脉象：

（1）脉搏如沸水烧开一般不规则地跳动，那么，早晨出现这一现象，晚上就会死去；

（2）脉搏如一条被按住头的鱼，尾部没规则地乱跳，那么离死不远了，这是由肾脏的病变引起的；

（3）脉搏如水滴透过裂缝滴进屋内，且回弹无力，散乱又无序，则已经病入膏肓，死期将至；

（4）脉搏如青蛙被困杂草丛中那样跳动，必死无疑；

（5）脉搏如鸟匆匆啄食样跳，也很危险，这是胃出了问题。

我想象着，莫记下这些脉象，一定是感觉有用，有助于增加自己对病状的判断才如此详细的，而且，他应该有中国医生详细向他讲述的病例，尽管这些病人都陌生，尽管中国医生讲得都有些神神秘秘，但他是一听就明白，中医里面，有许多都可以借鉴。

比如，中国医生向他讲述酸、苦、甜、咸等药材药理的时候，他虽将信将疑，但都认真记录：

所有的酸味药物都可以化滞、消肿、镇痛，苦味药可以通便、暖身、抗寒，甜味药可以强壮体魄、调和气血、暖身，咸味药可以降温，硬而无味的药，则可以通气排便。

莫理循一定不知道中药的博大精深，中国古人一向遵行"有食有用便是药"的原则。《山海经》中记载的药名就达350多种，即便是文学类的书籍如《楚辞》里，也记载有药名50余种。《黄帝内经》的中医养生学，已经相当丰富和成熟，中医的基础理论、诊疗方法、针灸导引、预防保健等，都可以在其中找到文献依据。因此，好多中医都能够将各种草药玩得很溜。

在云南昭通，这个中国中药材集散地，他很惊奇于中药品种的繁多，没有国家有比中国的药材资源更丰富的了。他从四川一路走来，脚夫们常背着成筐的豹骨、虎骨，都是上好的药材，药铺里甚至还有被拴住的活鹿。他可能不知道，在中医药里，鹿全身都是宝，许多时候，它就是及时救命的特效药，我们常看古代影视，那些王公贵族，临死前用的药，十有八九就是鹿制品。

莫理循观察到，在中国，各种治病防病方法，五花八门，让人很难理解：

中国的药神奇诡秘，甚至人的胆囊都有人吃，如果一个强悍的盗贼被处决，刽子手则会售卖他的胆囊赚外快，因为据说可以增加勇气（鲁迅的小说《药》中，华老栓则想用"人血馒头"来治华小栓的痨病）。

为了防止疟疾，昭通地区盛行这样的预防法：

在纸上写下八种疾病的名字，然后，和饼一起吃下，据说效果很好；每家每户的大门上都贴有门神，如果将门神画像上的眼睛挖下来吃掉，也可以治病，据说这个方法屡试不爽；总兵衙门前的大石头狮子，也常有人去祭拜和抚摸，他们认为，摸过了狮子强健的身体，就有了百病不生的免疫力。

莫可能也不能完全理解，强大的心理作用在中国百姓身上所起的作用：疾病嘛，我不怕你，将你一口吞掉，你就不能害我了；那门神，十有八九都是凶煞的钟馗，而钟大师火眼金睛，能一眼识穿恶魔；石头狮子，自然百病不侵了。

小时候，我们村某家婴儿常常夜里哭个不停，于是第二天，村边路旁的大树下就会出现这样的招贴：天皇皇，地皇皇，我家有个夜哭郎，过路君子念一遍，一觉睡到大天亮。而我们一群小屁孩，常常在嬉闹中配合，大声错杂地念上几遍。

后来我查资料，说这样的"夜啼帖"，源自早期的道教，其作用是安魂定魄。这种方法，中国各地都有，有的偏远农村现在还有人贴。

这再次证明，心理作用的无限强大，有时，完全能将不可能的事情变成可能。

6

也不尽是这么沉重的话题，莫理循一路行去，见到了各式新奇的事情。他会和各式人等打交道，大清政府的官员，就是观察大清的一个极好窗口。

鸦片战争后，大清政府自然低人一头，那些官员，见到了洋人，大多毕恭毕敬，他们认为，这个时候，能够到中国来的人，都是不一般的。也正因此，莫理循一开始进行中国之旅，内心里就想用装×来获得尊重。他深深知道，中国人骨子里的崇洋媚外，大多也没见过什么世面。

他的装×行为主要有：

在宾馆里，只住最好的房间，如果只有一个房间，他要求睡最好的床；吃饭时，要求坐最好的桌子，即便桌子上已经有客人，他也会向客人郑重示意要求坐，如果只有一张桌子，他只坐上座，坚决不坐其他位置。他扬扬得意，他没有武器，他没办法和人交流，但他从未遇到过任何困难。

在昆明，他见到了昆明最大的官，云南布政使李丕昌。这李大人，有七个儿子、四个女儿，整个家族成员约八十人，他有三个老婆，大老婆住长沙他的老家，二老婆去世了，三老婆随他住昆明。这三老婆并不是什么富家千金，而是一个地位低下的丫鬟，李对她却是一见钟情，这个年轻老婆，生育能力极强，一连给李布政使生了九个孩子，最后一次，居然还是双胞胎。

在大理的知府、道台、提台和县令四名主要官员中，莫这样描写他们：

> 提台是云南最高军事指挥官，有四个老婆，还有不少妾，提台衙门也远远超过道台衙门。县令是个沉迷鸦片的大烟鬼，还玩忽职守，对犯人异常残酷，有重刑犯被活活饿死的，监狱里罪犯处境悲惨，不断遭到殴打。

说到监狱，莫显然是将国外的监狱拿来和中国比了。他不知道的是，中国的监狱一向如此。《水浒传》里，即便那些英雄被冤入狱，也常有人帮着打点，否则，会被打脱几层皮。

在昆明电报局的院子里，莫理循发现了一根空心柱子，写了字的废纸都放在这里烧，这就是中国随处可见的惜字亭。中国人一向对字敬畏，这种敬畏，对一个外国人莫理循来说，可能无法理解，但中国人对字就是这么尊重的。如果有人用写了字的纸点火，就等同于犯了十宗罪，会生疥疮；如果有人把写了字的纸丢到脏水里，就等同于犯了二十宗罪，眼睛会疼痛甚至失明。相反，如果有人，将各种有字的废纸收集起来再焚烧，就相当于积了五千美德，可以积寿十二年，并会受人尊敬，获得财富，子孙后代也会善良和孝顺。

在中国许多地方的古村落中，现在都还能看到这种惜字亭。

在莫理循从昆明前往大理的途中，李布政使派了亲兵送莫。来的人中，有一个巨人，赤脚身高2.16米，巨人叫张岩民，三十岁，没结婚，工资每个月只有七先令。看着眼前的张岩民，莫马上想起了他见过的某美国巨人，张的身高和体型，要比美国巨人高和大，而那美国巨人，在世界各地巡回表演，工资和海军上将一样高。

这样的巨人，在一百多年前，还是比较稀少的，我看过一个材料，当时的中国北方男性，平均身高只有1.68米。

再插一个细节。

莫到了缅甸的仰光，他看到，那里的手工艺者大多是中国人，木匠无一例外是中国人，而且，中国男子对老婆都呵护备至，所以缅甸女人都想嫁给中国男人。莫这么武断地认为，如果缅甸女人要在自己民族以外的人当中寻找爱情，她们肯定会找中国人，为什么呢？中华民族和她们是同源的，辛勤劳作，省吃俭用，会讨女人欢心，对子女后代热爱。

说到这里，我脑子里浮现出了上海男人的形象，肯做家务，生活上会打算，对老婆也好，总之，脾气好。

梁代殷芸的笔记《殷芸小说》卷六记载，几个有志青年聚在一起，海阔天空谈理想。第一个人：我的理想是做一个扬州刺史，那样我就可以发挥从政特长，建设一个美丽而富饶的新扬州；第二个人：我只要钱多点财多点就行了，有了钱，有了财，什么事情办不了啊；第三个人：你们都太物质了，其实，人生活在这个世界上，并不要很多物质的，生活可以简单，精神追求却是最重要的，我希望我能骑着仙鹤到天堂去；第四个人：我的理想很简单，腰里别着十万贯钱，骑着仙鹤，到扬州去做刺史。

肯定有人说，第四个人最聪明，也最贪心。他什么都想要，要钱，要名，要官，要长生不老。显然，如此十全十美的好事，是不可能。

以前也看过一个段子：住英国房子，用中国厨师，娶日本女人，拿美国工资。想将世界上便宜占完，但从另一角度，也说明了各国有各国的特点。

在缅甸女人眼里，中国男人差不多就是殷芸笔记里的第四个人。

7

这一下，我们仍然要回到莫理循眼中的大理。

2004年夏天，我到大理的时候，停留了两天。

莫理循从南门进入大理，而我坐着租来的车，是从东门即洱海门进入大理的。

1873年1月15日，清军从回族占领者手里收复了大理，街上血流成河，当地五万居民中，有三万人被杀，大屠杀之后，清军装了24筐人的耳朵，运往昆明，用意就是，反抗者的下场。

关于这个细节，我查询了一些资料，大理的人文历史学者告诉我说，这应该是指云南回民在太平天国起义影响下掀起的大规模反清起事中的一次。咸丰六年（1856），在清朝地方官挑拨下，回汉百姓为争夺南安石羊银矿发生冲突，后迅速转化为起事。1831年初，清军兵临大理城下，起事领头人杜文秀服毒后出城与清军议和，被清军所杀，起事宣告失败。

我们坐在洋人街上喝茶，这里的茶馆、咖啡馆众多，就如一百多年前莫看到的一样。有一天，他正坐在大理观音堂附近的一家茶馆喝茶，听到了"一镯九命"的悲惨故事。我也深受震动，添油加醋地转述如下，故事的核心没变，只是我加了一点渲染，使情节更完整而已。

1892年4月，观音堂这里，举行了一场祭拜仪式，大理当地的高级官员几乎全部被邀出席，还有众多的捐钱和心怀虔诚的香客。熙熙攘攘中，一名小偷，趁乱从一个女子手上夺走手镯，女子奋力反抗，小偷迅速拿出刀刺倒女子，转身逃跑。但是，勇敢的人一会儿就将小偷抓住，将其带到提台面前，提台立即下令处死小偷。

原来以为，小偷被处死，事情也结束了，政府一向就是这么干的，也没什么人会提出异议。不幸的是，小偷被处死的过程中，故事朝着惊险而残酷的方向走了。处死小偷的是提台手下的士兵，也就是刽子手，手起刀落，但小偷的人头却没有落下来，于是，刽子手又补了好几刀。这一下，小偷的一批朋友愤怒了，什么样呀，他们的兄弟这么残酷地死去，他们要向刽子手报复。说干就干，当晚，小偷的一些朋友，埋伏在刽子手回城的必经之路上，用乱石将刽子手砸死。

这一下，捅了大马蜂窝了。这还了得，袭击我们的士兵，提台下令，全城搜捕。有五个人被抓，他们都对一起谋划和砸死士兵的事供认不讳，他们全被提台判了死刑。

又要执行了。

在前往刑场的路上，五个人并不甘心就这么死去。他们看着不断围观的人群，开始指认其他同伙，其中一人指出人群中的两人，发誓他们也一起参与了砸人行动，因此，那两人立即被捕，其中一人有罪也被判了死刑。

这一下，小偷、刽子手、五个砸刽子手的小偷朋友、被小偷举报的另一个小偷，一共八人，就这么死了。

那么第九人是怎么死的呢？

那六个罪犯，在被行刑的过程中，其中一个罪犯的母亲也在现场，母亲看到自己的儿子人头落地，大叫一声，倒地不省人事，最终死去。

而吊诡的是，那被刺的女子，也就是被小偷夺镯子的女子，却被抢救了过来。

我的《笔记中的动物》中有一篇《一鸟七命》，因为一只画眉鸟，而一连死了七个人，但情节曲折。而发生在大理观音堂的"一镯九命"，显然更简单。读者诸君，一看就可以读出，背后清朝地方政府对百姓人命的草菅，个别官员对法制的任意妄为。

8

莫理循一路走来，最后到了八莫，当时英国人的管辖地，一共花了一百天时间。从他颇为得意的叙述里我们可以感觉，这一路行程，其实用不了一百天，他是刻意等到一百天才完成自己的旅程。他对一路所雇用的中国人，高度称赞：中国人与生俱来的责任感，干活本分尽力，不遗余力完成工作。

然后，他洋洋自得地宣称，他从上海到八莫的旅行，总花费不到20英镑，因为其中还包括他购置的一套颇为像样的中国式行头。实际上，他认为，旅行的总费用不会超过14英镑。于是，他向全世界宣布：穿越中国的旅行，是世间花费最少的旅行！

莫理循一路西行，尽管记录了不少贫穷和陋俗，但中国西部美丽的山川和热情的人民，却是他整个旅行的最真实感受。

9

2016年12月，我因会在北京饭店住了八天，饭店边上就是王府井大街。会议之余，常去逛王府井。那时，我已经开始关注莫理循了。我知道，这王府井大街，袁世凯称帝后，为感谢他的外籍政治顾问莫理循，赐给了一个洋名"莫理循大街"，以前来华的外国人都称为"莫理循大街"，1949年以前，王府井大街的墙上，还镶嵌着"Morrison Street——莫理循大街"的英文路牌。

这老莫是个北京通、中国通，他在那些高官与富人间游刃有余，他自己也拿着近四千英镑的巨额年薪。1902年，他买下了王府井大街中段路西边的一所大四合院居住，并重新彻底改造，改为有五个院落的住宅，共有三十多间房，他还专门辟出北厢房创建了比较像样的图书馆，莫理循叫它"亚细亚图书馆"，吸引了众多的中外人士。自1893年第一次踏进中国的土地以来，二十多年间，他一直致力搜集关于中国的各种外文书报刊，主要是欧洲各国语言的，内容涉及政治、军事、外交、历史、地理、考古、地质、动植物等多个领域，已达二万四千多册。非常遗憾的是，1917年，这些图书，最终被日本三菱财团买走，成为东京东洋文库的前身。

这真是大憾事，否则，我一定能读到更多的，关于十九世纪末二十世纪初东亚、中国重要的真实史料。

莫理循的故居地，东查西查，七问八问，总算找到了，王府井大街275号，原来是100号，离北京饭店不远，王府井百货大楼附近，现在是北京市亨得利钟表总店，一个豪华的奢侈品店。莫理循也许不会预料到，七八十年后，他的居住地，会变得如此繁华，那些巨大的建筑，直冲天空。我想努力地寻找图书馆的影子，只是，蓝色的天际下，那些幕墙玻璃，将我的双眼晃得生疼，我立即将眼光移开。

2017年9月，我去英国，因时间匆忙，没到过萨塞克斯郡，那里是莫理循的逝世地。我在资料上看到，他的墓地，由一圈中式汉白玉栏杆环绕，上面刻着英文的"北京的莫理循"。

莫理循是一本大书，一本和中国近代史紧密相连的大书。

莫理循的这一辈子，他注定会和北京、中国相连。

参考资料：

[1]莫理循.1894年，我在中国看见的.江苏文艺出版社，2014.

[2]窦坤.莫理循与清末民初的中国.福建教育出版社，2005.

[3]西里尔·珀尔.北京的莫理循.檀东鍟，窦坤译.福建教育出版社，2003.

[4]莫理循.《泰晤士报》驻华首席记者莫理循直击辛亥革命.窦坤等译.福建教育出版社，2011.

乙卷——山水有烂B

三沙九章

云雨相生，生于大海而归于大海。

南海的岛屿，新新不停，生生相续。

一、南海屏藩

当东印度公司走私的鸦片船在广州港不断卸货时，这种乌黑黑的软膏类的毒品，一下子就让中国的瘾君子上瘾了，没几年，局面就有些不可收拾，清政府做壮士断腕状，派出钦差大臣林则徐，前往虎门禁烟。

林则徐是果敢的，1839年6月3日燃起的那一把大火，火焰一直持续整整23天，至6月26日，两万箱鸦片（约237万斤）化为乌烟腾空而去。人心大快，清政府也稍稍喘了口气，以为国威可以大振。没料到，英军凶悍的坚船利炮如利刃，刺进了清廷已日渐衰弱的胸膛，几乎是不堪一击，为了苟活，只有向英政府割地、赔款。道光皇帝还拿林则徐做了替罪羊，革职，降级，直至将林发配新疆。

1841年7月，五十六岁的林则徐从虎门出发，前往新疆的伊犁。8月的一个夜晚，途经镇江，与小他九岁的魏源，在一间旅舍里彻夜长谈，两位思想者的交流，将在中国文化史上留下重要的篇章。魏源的父亲曾是林的部下，魏与林早就认识，对朝廷，对局势，他们都有着清醒的认识。此前，林则徐主持编译了英国人慕瑞的《世界地理大全》，润色、编辑、编撰成具有中文特色的《四洲志》出版，引导人们睁眼看世界。但对这本书，林则徐显然不太满意，《四洲志》只是节译，而第一次鸦片战争，更让林则徐认识到了解世界的重要性，于是，他拜托魏源：以此为基础，再广泛搜集材料，编撰《海国图志》。

1843年初，五十卷本的《海国图志》出版，这是中国最早系统研究世界历史、地理、文化、科技的专著。序言中，魏源明确表达了编撰意图："为以夷攻夷而作，为以夷款夷而作，为师夷长技以制夷而作。"他还在书中特地注明"时林公嘱撰《海国图志》"以纪念。1847年，魏源将《海国图志》扩充为六十卷。1852年，魏源吸收徐继畬《瀛环志略》中的部分精华，将《海国图志》增补为一百卷，翌年刊行。

《海国图志》的图册部分，将南中国海区域，明确标注了"千里石塘"（南沙群岛）、"万里长沙"（西沙群岛）。"石塘"指的是环礁，"长沙"指的是灰沙岛。

其实，从秦汉，一直到《海国图志》，南海诸岛这辽阔的海疆，都在中国的历朝历代管辖范围中：

秦汉称南海诸岛为"崎头""珊瑚洲"，唐宋称西沙为"九乳螺洲"，明清则如《海国图志》上的称呼。

1945年8月15日，日本天皇宣布无条件投降的声音迅速传遍全球，中国人民十四年抗战，艰苦卓绝，根据《开罗宣言》与《波茨坦公告》，日本占据的南海岛礁，全部由中国战区接收。

这一年，有一位叫林遵的海军军官，被委任为中国驻美国大使馆海军上校武官。他籍贯福建，是林则徐的侄孙。父亲林朝曦，林则徐侄子，曾供职于北洋海军，先后担任过海军的艇长、海军电雷学校的学监，并参加过中日甲午海战。这一年的12月，林遵获得"六等云麾勋章"，次年便再次担任海军驻美国舰队指挥官，负责将哈瓦那附近基地的八艘美国援中舰艇带队回国。1946年4月，林遵率领这八艘军舰（太康、太平、永泰、永兴、永胜、永顺、永定、永宁）起航回国，并于7月顺利抵达上海吴淞口海军基地。

还没来得及休整，林遵又接到紧急命令，立即率舰队前往南中国海，执行收复西沙、南沙诸岛的任务。这个特殊的舰队由四舰组成：坦克登陆舰"中建号"与"中业号"，巡逻舰"永兴号"，护卫驱逐舰"太平号"。

南中国海万里无垠，海鸥在行进的舰船上空自由翻飞，舰船在碧波上犁出层层白色浪花。伫立舰首，总指挥林遵百感交集，他的思绪如眼前的海波一样翻滚，这南海自古以来就是中国领土，先民们在不少岛屿上烙下深深的生产与生活烙印，他的叔祖林则徐抗击侵略者的英雄气概及深谋远虑，一直让他无限敬佩。他也深知，这宽阔的海域，不少外人伺机侵犯，一个不留神，就溜上岛，宣称岛屿是他们的了。林遵生于风雨飘摇的晚清，1907年夏，在他还是三岁的时候，一名日本商人就带着一帮人侵占了东沙岛，攫取那里丰富的鸟粪资源。

确实，南海一向风不平浪不静。1933年，法国就是以安南（今越南）宗主国为由，占领了西沙群岛的九个岛屿。1939年，日本人又驱逐了法国人，独霸南海。林遵他们此次的任务，就是两个字：收复！收复被侵占的南海疆土！

前方就是甘泉岛，林遵的脑海里又映出一段光辉的历史：1909年5月25日，广东水师提督李准，率三艘军舰组成的舰队，载着近两百位官兵、医生、工程师、测绘员，在南海巡疆。这个甘泉岛，就是因为在岛上掘出清甜的泉水而被命名的。李准在二十二天的巡疆中，登上了十五座岛屿，命名、升旗、鸣炮，他们以这种方式再一次向世人宣示中国对南中国海有着无可争辩的主权。

1946年的11月至12月期间，南沙与西沙四个较大的岛屿，以四艘舰的名字先后被命名：太平岛（黄山马峙岛）、中业岛（铁屿岛）、永兴岛（猫岛）、中建岛（螺岛）。

林遵的舰队登岛后，实施了连续的维权行动，摧毁日本人所筑的各种设施，树立中国主权的各种标志，官兵与各路代表一起，举行隆重而庄严的接收仪式。

比如太平岛：岛西南，立"太平岛"石碑，岛东，立"南沙群岛太平岛"水泥钢筋石碑，石碑背面刻"中华民国三十五年十二月十二日重立"，左旁刻"中业舰到此"，右旁刻"太平舰到此"。

比如永兴岛：岛中，立水泥材质石碑，正面为"南海屏藩"，背面为"海军收复西沙群岛纪念碑"，旁署"中华民国三十五年十一月二十四日 张君然立"。

张君然是当初登永兴岛时的随行上尉参谋，1947年5月，被任命为第一任海军西沙群岛管理处主任，当时只有三十岁。因原碑损毁，张君然又重新立碑。1986年11月，南沙群岛、西沙群岛收复四十周年，中国政府举行了隆重的庆祝活动，年近古稀的张君然，应邀重返西沙。当他再次登上永兴岛时，百感交集，他在接受媒体采访时说了这样一段话：

　　我从1949年6月离开永兴岛，迄今三十八年了，现在旧地重游，感慨良多——西沙现在已经成为我国南海诸岛的政治和经济中心，也是我们今后开发和建设南沙群岛的重要基地，它将真正成为我们的"南海屏藩"！

　　2023年7月28—31日，我与几位文友上了永兴岛，与它有了四天时间的亲密接触。

　　夜晚，我独自散步到西沙收复纪念碑前。

　　哗，哗，哗，大海的波涛声从远处袭来，海风拂过，椰子树的叶子卷起发出一阵阵沙沙响，偶尔有锻炼者小跑经过，月光清澈明亮，一棵粗壮的榄仁树下，张君然所立之碑，像一个无声的守卫者，默默地伫立着。日复一日，夜复一夜，它却每时每刻都在诉说，向风诉说，向树诉说，每一个经过它面前的人，它都会向你诉说着那一段被侵占的屈辱历史。

二、独活

　　永乐路、宣德路、中山路、北京路、海南路、永兴路、万长路、广金路、机场路、环岛公路、北京一横路、北京二横路。炽烈的阳光，高大的椰子树，椰果挤挤挨挨藏在枝头，草海桐、三角梅、高山榕、黄葛树、龙舌兰、剑麻、蒲葵、厚藤，植被茂密。行走，观赏，永兴岛上每一条路的命名，永兴岛上每一种植物的生长，都让人感觉含义深刻。

　　一个大四方形的木头框架，正上方有一条鱼指着方向，木刻鱼，中间是一块长方形的木板，底色有些斑驳，板上的白底字清晰，这是一块公交站牌。我在"气象局"站牌下看公交车的走向。

1路车：下一站是水产楼，接下来的站点是，永兴港务综合楼、环保中心、空管站、气象台、候机楼、双拥广场、粮站院内、市公安局、永兴工委、永兴学校、西沙宾馆。

2路车：下一站是西沙宾馆，接下来的站点是，粮站院内、永兴学校、永兴工委、市公安局、双拥广场、候机楼、气象台、空管站、环保中心、永兴港务综合楼、水产楼。

29日晨六时，我沿着1路车的方向，绕岛步行。30日晨六时，我沿着2路车的方向，绕岛步行。绕岛一圈，差不多一个小时，天空开阔，空气平静，沿途触及的每一片叶子，似乎都染上了鲜亮的晨光。听着各种鸟鸣声以及偶尔传来的波涛声，与数百种植物匆匆招呼而过。

拣几种主要的说。

榄仁树。人行道两旁都是，有大小叶两种。我的视线自然落在大叶榄仁上。它树皮褐黑，多呈纵裂剥落状，树枝平展，一眼看去，榄仁树的叶片给人的感觉有些夸张地大，但它与其他树木之大叶有些不同，榄仁树的大叶几乎都密集于枝顶，叶片肥厚，倒卵形状。我甚至想，如果突然遇雨，摘几张这样的叶子，叠成草帽，是可以遮雨的。

木麻黄。一上永兴岛，就与它照面了。树干通直，幼树的树皮呈赭红色，较薄；老树则皮粗糙，深褐色，枝条纤细，柔软下垂，风一吹，如草原上骏马的长鬃在疾风中抖动。去海岛，初见这种树，以为是普通的松树，细看又不像，后来就记住了这个名字。它是海防林的主要树种，我去浙江舟山、玉环、洞头等地的岛上，到处都是，海岸沙地疏松，必需木麻黄一类的树，抗风耐盐耐旱。看着永兴岛上的木麻黄，就如同见到了老朋友那样，不住地与它们打招呼：卫士们，辛苦了，辛苦了！

鸡蛋花树。我住的房间窗外就有两株。枝条粗壮，叶厚纸质，叶子呈长圆状的倒披针形，也有长椭圆形的，它们的叶子，像极了枇杷树的叶。植物学家告诉我们，这种鸡蛋花树，喜欢高温、湿润、阳光充足的环境，它们简直就是为西沙群岛而生。

草海桐。永兴岛的海岸边，满地都是。叶片青厚肥壮，呈螺旋状排列。看着这些在海岸石砾沙土上也能长得这么茂密的小灌木，忽然心生感慨：它们就像一群无忧无虑的孩子，无论环境多么恶劣，却日日戏玩，互相打闹，健康成长。

这些树，长相不同，功能都一样，皆是海岸防护的卫士。说到这里，自然，还有一位高大的卫士不能不说，它就是椰子树，不能以为它只是经济树种，椰风海韵添情调，这种高大乔木，往往是海岸不可或缺的主要风景。在永兴岛，道路两旁，有粗壮的椰子树，一排排的，它们伫立恭候着每一位上岛者。西沙海洋博物馆边上，还有一片特别的椰林——"西沙将军林"，有五六百平方。1982年1月，杨得志将军栽下第一棵椰苗，意在勉励守岛官兵扎根西沙，爱岛建岛，如今，数千棵椰子树，已经高大挺拔，蔚然成林。追着"将军林"成长的，还有"青年林""老兵林""扎根林"。海南林业部门有个调查数据，如今西沙群岛的三十多座岛屿上，共生长着植物一百七十多种。

永兴岛上的每一种植物，似乎都是久未见面的老朋友，它们也如这里的人一样，虽生活在万里之遥，却独自摇曳。

突然，看着这些茂盛的植物，我想到了另一种植物——独活，独活是一味极好的中药材，祛风除湿，通痹止痛。而我更喜欢它的生存状态：有风不动，无风自摇。我坚定地以为，独活，几乎可以形容目前岛上所有生存植物的状态。

三、鸟粪故事

30日上午，我又一次去看收复纪念碑，因纪念碑旁边，是日军雕楼旧址。前一晚有点暗，没能上得雕楼，白天可以上楼细观。

1917年，日本商人平田末治率队侵入了西沙群岛，他的目的就是探查资源。1939年3月20日，日军占领西沙群岛，并在岛上修筑工事，企图长期占有，同时疯狂攫取磷矿资源，仅在永兴岛盗采的鸟粪就达20余万吨。

这座方形雕楼，高九米，三层砼结构，四面开大窗户，楼顶垛墙开满花窗。猫腰钻进雕楼，逐层而上，一步一步，心情随着陡峭狭窄的钢梯而沉重，这雕楼虽窄，却是日本人曾经插在中国南海版图上的一枚钢针呀。

北京一横路，永兴社区，11—21单元，冯明芳家的店门口，海滨木巴戟树与枇杷树下，他坐在一张木沙发椅子上，我与他聊天。

冯明芳今年五十九岁，手上戴着一串檀木珠子，头发直竖，操着海南万宁口音，茶几上放着一杯茶、一包烟，小孙子在他身边绕来绕去跑着玩。

冯明芳说，他有四兄弟，他上面还有个哥哥，他家老三在万宁当老师，他和弟弟生活在永兴岛上，他弟弟在岛上粮站当站长。

为什么会来永兴岛生活？

他说，这与他母亲有关。

大背景是，新中国成立后，南海自由航行，广东、海南的渔民，在南沙、西沙、中沙的若干岛屿上自由来往。南海诸岛上，栖息着无数的鸟类，这些以鱼为主食的海鸟，排泄着大量的粪便，许多岛上的鸟粪，堆积成山，厚达数米，这是富含磷的高效肥料。1955年11月，海南供销社专门成立了海口鸟肥公司，两百多名工人开赴西沙，冯明芳的母亲就是鸟肥公司的员工之一。

冯明芳的母亲，在永兴岛上工作了一年多，后来又从鸟肥公司下放到农村。二十世纪八十年代初，落实政策，他随母亲迁了户口，1990年上了永兴岛，成了近几十年来最早上岛的渔民。

聊起刚上岛时的生活，冯明芳摇摇头叹息：条件异常艰苦，喝的是雨水，屋顶接雨水，水池里还有各种跳虫，没有水果，没有蔬菜，一个星期都不拉大便！他们是渔民，主要靠渔获，但他们打鱼，并不像别的地方用网，而是钓与捉。渔猎活动多在夜晚，夜晚的鱼，停在浅礁盘上，用电筒一照，呆头呆脑，容易抓，运气好的话，一天能捕一百多斤，石斑鱼居多，还有各种螺。2005年，冯明芳买了第一艘玻璃钢渔船。2006年，永兴岛成立村委会，后来又改居委会、社区，他一直担任负责人，安全生产，民兵训练，文体活动，各种活动都要管。

店门口叠着一大堆椰子，还有各种商品，我在他的小店里买了一只椰子喝。冯明芳的儿媳妇在店里忙着做生意，他指了指店：这上面两层住人，底层开店，房子都是政府统一建设，我们每年只交一元房租。这椰子，从海口由供给船运来，五元一只批发进，十元一只卖出，小店收入还不错，楼下没有门，这里夜不闭户！

不时地，冯明芳会点上一支烟，悠悠地吸着，再拿起茶杯喝上几口，见茶杯中浓浓的，不像是茶水，问他什么茶，他答茶加咖啡。这喝法新鲜，他说已习惯喝，味道独特。他还指了指海滨木巴戟树道：这诺丽果，晒干切片，是炖汤、降三高的好东西。

又说起他母亲。冯明芳说，他母亲目前住在万宁，每月拿着七千多的退休金。他还说，他母亲单位的一个老领导，今年已经九十岁了，他们还经常联系。我们于是联系了那位老人。电话接通，老人自我介绍，声音洪亮而清晰，他说他叫陈朝，是原来鸟肥公司的计划股长。问陈老以前的事，陈老说，每年七八月，工人们会上岛，岛的西北部，树林间，都是厚厚的干鸟粪，装袋挑走就是。我在《南海天书——海南渔民的"更路簿"文化诠释》一书中还读到这样一个细节：一位叫王诗桃的老人说，他们八十多人去永兴岛挑鸟粪，每袋一百多斤，谁挑得多，就评谁为冠军。鸟粪现在还被称为"白色黄金"，富含氮磷钾，是一种极好的有机肥料。

谈着鸟粪，我忽然想起，那些日本商人，当初上岛，就是为了鸟粪。这还仅仅只是表面上的资源，有限得很，更多的是大海中及大海底部，丰富的鱼类，丰富的燃气，难怪，周边的一些国家如此日日觊觎。

抬头朝冯明芳房子的二楼望，忽然发现了两个蜂箱一样的桶，好奇地问他：这岛上也有蜜蜂？答曰：当初岛上的茄子、黄瓜、辣椒、番茄等蔬菜不结果，后来引进蜜蜂授粉才挂果，我这木桶就是养蜂用的，一年要养十几桶蜂。说到这里，冯明芳语气自豪：我们岛上的蜂，四季都可以酿蜜，而且，蜂也不用管，随它跑多远，它们都在岛上，岛上椰树多，花卉四季开，蜜蜂自然四季采，没有污染。问冯明芳：您这蜜很贵吧？他答：去年收蜜几十斤，两百块左右一斤，贵是贵了点，可我这是百花蜜！

我忽然想到了爱因斯坦的著名预言：人类如果离开了蜜蜂，只会剩下四年的光阴。为什么呢？人类利用的一千三百多种植物中，有一千余种需要蜜蜂去授粉！

蜜蜂追着蜜蜂，百花蜜、椰花蜜，海岛、蓝天，诗意油然生发。

四、博物馆的奥秘

海洋的神秘，除它的深不可测外，还有它繁多的各种生物，许多都极为神奇。在西沙海洋博物馆，不起眼的珊瑚虫，让我们知道了它的诸多超凡功能。

珊瑚分造礁珊瑚与非造礁珊瑚。造礁珊瑚有骨骼，它只生活在水深不超过三十米的海域。非造礁珊瑚则是软体动物，它们生活在深海直至六千米的深处。

造礁珊瑚体内会分泌出一种石灰质，形成它的外骨骼。造礁珊瑚不断死亡、新生，遗骸越来越多，越堆越高，再加上泥沙、贝壳及其他生物骨骼的堆积，就形成了磨子般的礁盘。经过千万年的堆积，有一天，珊瑚礁终于露出了水面。这就是海中的珊瑚岛（另外也有火山喷发岩浆形成的火山岛，如北海的涠洲岛）。南海海域，就有许多由珊瑚堆成的小岛。2017年，我去的鸭公岛，面积只有零点零一平方千米，却完全由珊瑚堆成。

博物馆讲解员细致解释，我豁然开朗，我们所处的永兴岛及东岛、中建岛等其实都是一个大珊瑚礁盘上露出海面的部分。

千年珊瑚万年红，红珊瑚，珊瑚中最宝贵，眼前这棵红珊瑚，足有五六十厘米高，超大冠幅。

我吹萨克斯，《珊瑚颂》常吹，特别喜欢这四句主旋律词：

一树红花照碧海，一团火焰出水来。

珊瑚树红春常在，风波浪里把花开。

我知道，歌词是隐喻，借红珊瑚的珍贵赞美渔家妹的品德，但确实写出了生长在深海之中的红珊瑚，形似树枝，骨骼坚定，颜色鲜丽，异常珍贵。而此《珊瑚颂》的旋律，结构简单，节奏轻快，优美深情，久吹不厌。

珊瑚的颜色，多姿万变，一路上让我们惊叹：

白色多枝珊瑚，玉树琼花；粉色仙人掌珊瑚，浮花浪蕊；太阳花珊瑚，含苞欲放；黑珊瑚，火树银花；蓝珊瑚，青蓝冰火。

太多了，它们的品种细微到不能形容。一种珊瑚，就创造出这么多的神奇，那么，海洋博物馆内一千多种海洋生物标本，一定会让生养它们的海洋充满魔幻。

西沙的海产类异常丰富，据不完全统计，鱼类有五百多种，仅在珊瑚礁中生活的观赏鱼类就达百种以上。贝类也有五百多种，海参二十多种。

海螺、海贝，就如稀世珍宝。

我书房中的柜子上，陈列着砗磲、鹦鹉螺、唐冠螺，还有一些小贝壳。一走进博物馆，自然就十分关注它们，不过，我的收集，与眼前博物馆所藏相比，实在有点孤单。

砗磲：白色，类似蚌壳，外壳呈垄状，如车辙印迹一般，故曰砗磲。这是海洋中最大的贝壳，眼前这个大的砗磲，估摸长达一米，宽有六七十厘米，活体应该可达百千克以上。全世界目前共发现九种砗磲，中国就有六种，西沙群岛、南沙群岛上都有。

鹦鹉螺：螺旋盘状，两两相交。外壳乳白，粗色火焰纹；嘴部黑色，钩状，像鹦鹉嘴；眼部像涂上了珍珠釉，闪着银色的光。讲解员说，它十分古老，有四点五亿年的年纪。我想起来了，凡尔纳的小说《海底两万里》中，那艘神奇的潜艇就叫"鹦鹉螺号"。由美国通用电船公司建造的世界第一艘核潜艇，1954年服役，1980年退役，它的名字也叫"鹦鹉螺号"。我想，这样命名，或者都是因为鹦鹉螺的古老与神奇吧。

唐冠螺：它的得名是因为像唐朝僧人戴的帽子。该螺外壳厚重，螺口橙红，内唇向外翻，犹如帽子的舌头，整个螺体闪耀着淡淡的金色。由唐冠想唐僧，如果唐僧头上顶着这么重一个螺，他就知道人生该有多艰难，而不会一不满意就念那劳什子的紧箍咒，整得孙悟空死去活来。

西沙博物馆展陈的螺与贝标本，多达二百种以上，莲花螺、百眼宝螺、海兔螺、水字螺、蜘蛛螺、虎斑贝、希尔宝贝、鼹贝等等，直让人看得目不给视。

西沙海洋博物馆的前身是海军西沙海洋博物馆，并不是什么专业人士弄的，而是由一个守岛战士发起建设的，这个战士名叫王三奇，人称海博士。

讲解员是位军人，个子高高，一脸的西沙黑，他讲到王三奇，显然比较兴奋。

1976年，湖北青年王三奇成了守卫永兴岛的一名战士。起先，他对海边那些贝壳、海螺壳、珊瑚石，只是好奇。这大海就是万花筒，海浪冲击沙滩，沙滩上每日都会变化出不一样的东西，太好玩了，随便捡几个，放到陈列架上，都非常好看。没多久，王三奇就认识到，这些东西都是"海之恩赐，国之宝藏"，于是变成自觉的搜罗行动。日日去，天天捡，到处搜集，数十年的累积，那些大小不一、形态各异、五颜六色的海中物，将他的屋子装点得像个童话世界。

一个场景可以设想，当初次上岛的新战士，看了王三奇的收藏，一定会大吃一惊：就眼前这片海，无穷无尽的海，深不可测的海，还有这么丰富的储藏！

是的，这些东西，都是宝贝，都是我们万里海疆所产，保卫祖国领土的决心于是在新战士的心中不知不觉升腾起来。

为什么不利用这些收藏，建设一个海洋博物馆呢？

当王三奇的搜宝行动，变成要建设一座小型海洋博物馆决策的时候，其他战士也都加入寻找宝贝的行列中来了。既然是海洋博物馆，那各种标本的视野就扩大了，不仅要有贝类、螺类，还得有鱼类、龟类，鱼可以钓，可以向渔民买，各种渠道统统打开。彼时的王三奇，劲头更大了，他几乎跑遍西沙群岛、南沙群岛能上得去的所有岛屿，不知历尽多少艰辛，冒过多少风险，一件件比较，一件件搜集。搜集的规律一般是，越到后来，发现得越难，这需要持久的热爱与恒心。但王三奇苦中有乐，他在自己的屋前写下这样一副对联："国之最南人家，西沙人乐天涯"。十几年的努力，王三奇搜集到的海洋生物标本及为此拍下的照片多达四万多件（幅）。1989年，由刘华清题写的西沙海洋博物馆终于开馆。受馆容限制，展出的鱼类一百余种，贝类二百余种，海石花类一百余种，龟虾类三十余种，总数在千余种以上。虽然不大，但它作为南海上的第一个博物馆，意义却相当重大，由标本识海洋，这是一个极好的爱国主义教育基地。

现在，我们进入的这个西沙海洋博物馆，里面已经陈列着两万多件展品，有西沙各种海洋动物、植物标本，有琳琅满目的贝壳等。

在海龟、龙虾馆，我看到一只巨大的玳瑁标本，它是南海发现的最大海龟之一，有两百多岁了。讲解员给我说了这只玳瑁的故事：

西沙海龟多，很多岛屿，它们每年都要光顾产卵。有一天，某岛守卫战士在海滩上发现了一只受了重伤的大海龟，连忙将其抬回营房，并请军医为其治伤。战士们悉心照顾，没多久，大海龟的伤口就愈合了。放龟的过程，甚是有趣，战士将龟抬进大海，没多久，它又游回来了。再放，再回，战士只好一直将龟送到远海，才放生成功。不承想，一次大台风之后，巡逻的战士又发现了这只大海龟，彼时，大海龟已经遍体鳞伤，奄奄一息。大家判断，或许就是这次大台风的狂风巨浪，将在礁石上歇息的大龟推来砸去，不断敲击，而大龟在生命将要终止的时刻，拼尽最后一丝力气，游回到了它曾经疗伤的海滩。战士们找到王三奇，于是就有了眼前我们看到的这个标本。

玳瑁，其身似龟，首、嘴如鹦鹉，是海龟科玳瑁属爬行动物，主要以珊瑚礁为食，已经列入中国国家重点保护的野生动物名录的二级，因其体型大，爬行速度慢，极易被人类捕杀。

李时珍《本草纲目》介部第四十五卷介第一有"玳瑁"条：

> 其功解毒，毒物之所娼嫉者，故名。

读音有点像"毒目"（古音），这倒有趣，是因为它解毒的功能效果好，被毒物所嫉而如此命名吗？

李时珍又转引范成大《虞衡志》云：

> 玳瑁生海洋深处。状如龟鼋，而壳稍长，背有甲十三片，黑白斑文，相错而成。其裙边有花，缺如锯齿。无足而有四鬣，前长后短，皆有鳞，斑文如甲。海人养以盐水……

但老者甲厚而色明，小者甲薄而色暗。世言鞭血成斑，谬矣。取时必倒悬其身，用滚醋泼之，则甲逐片应手落下。

范成大的这则笔记，道出了玳瑁的另一个名字"十三鳞"。古人如何取它的鳞片呢？将它倒过头来，用滚烫的醋浇上去，甲片会完整地一片一片掉落。为了取药，简直残忍之极。

从保护层面说，西沙群岛上的这个海洋博物馆，就是一座无言的警钟：无论动植物，无论数量的多与少，资源都极其有限，无限脆薄，尤其是在这南海之小岛上，生态异常脆弱，它们以美丽的残骸告诉人类，它们需要尊重与保护，如人类一样。

五、在赵述岛

永兴港湾，墨绿的海波，海浪高度起伏，快艇转了一个圈，调整了一下方向，就直冲前方了。哒、哒、哒，快艇在墨波上划出一大片白浪，我们往赵述岛去。

阳光高悬，海风徐徐，这是个宜行大海的日子，驾艇司机说，今天的大海还算平静，浪高两米不到，但大家还是觉得艇摇晃得厉害。文友M兄不断给大家打气：晕船是心理反应，不是生理反应。大多数时候，我都捏紧前方把手，人稍微前倾，腾空站着，这样的姿势，可以使自己的腰部得到有效保护，否则，快艇从浪尖到浪谷，会突然腾腾腾地顿，稍不注意，就会损了老腰。有趣的是，从浪尖到浪谷，如果幅度大，人会不由自主地发出尖叫，似乎不用统一指挥，尖叫声整齐划一，如坐过山车那样。

一阵阵尖叫声，挟带着莫名的兴奋，浪花变成细雨滴，从微开的玻璃窗中不时闪进，茫茫大海，如一望无际的大草原，只是这大海深不可测，更让人敬畏，快艇如大草原上的骏马疾驰，蓝天上还不时有飞鸟跟着。

望着起伏的大海，与赵述岛有关联的历史，也如那飞溅的浪花纷纷袭来。

1279年二月初六傍晚，广东崖山海域，暗红的天幕将浑浊的海浪渐渐笼罩，陆秀夫双眼满噙泪水，背着八岁的小皇帝赵昺，决绝地向大海猛烈一跃，南宋正式宣告灭亡，十万浮尸，场景惨烈，崖山成了南宋遗民的深深之痛。

这同时也标志着华夏汉人政权第一次在东亚大陆的中断。汉朝以来，仰慕中华文明的东南亚诸国，因忌惮蒙元势力侵略自己而积极防御，同时也感叹中华文明的不幸，纷纷接纳南宋遗臣，或明或暗地支持他们恢复大宋江山的举动。

与陆秀夫同为执臣的陈宜中，崖山之战后，南走占城（今越南南部），企图借兵复宋。数年后，忽必烈穷追远征占城，陈宜中率部迎战失败，又遁走泰国，最终客死他乡。忽必烈三次征安南和一次征爪哇（今印尼）的前提就是，安南、爪哇诸国对南宋抱以同情，不与元朝合作，给他们一点颜色看看。

1368年，朱元璋建立大明王朝，东南亚和西洋诸国很多还不知中华已光复，部分使臣访华，居然还带着上大元皇帝的国书。朱元璋很生气，大明王朝的建立，消息要尽快向这些国家宣谕。

从1369年2月开始，朱元璋派出了一系列的人马诏谕南海诸国：

派遣吴用抚谕占城；派遣颜宗鲁诏谕爪哇；派遣吕宗俊诏谕暹罗斛国（今泰国）；派遣郭徵抚谕真腊（今柬埔寨）；派遣赵述出使三佛齐（今印尼苏门答腊地区）；派遣张敬之、沈轶诏谕浡泥（今文莱一带）。

三佛齐王国，按中国史籍的记载，它成立于公元七世纪左右，其首都为勃林邦（今印尼巨港，原称旧港）。唐宋两代，彼国多次朝贡。这一次，赵述出使三佛齐后，坦麻沙那阿国王就遣使随到明朝进贡。1397年，三佛齐旧王朝灭亡，汉人梁道明被推为首领，建立了新的三佛齐王国。1407年，明成祖颁旨，在旧港地区设立宣慰司，旧港正式成为明朝领土，这个机构，直至1470年三佛齐被灭国为止。

我们前方要去的小岛，赵述当年曾率船队经过，休息调整，于是被命名为赵述岛。晋卿岛的命名也是如此，明成祖年间，旧港宣慰使施晋卿，协助郑和航海，而被命名。

使者们的工作卓有成效，南海诸国响应纷纷，多于同年或次年随使入贡。大国外交，朱元璋毫不含糊，他坐在高高的龙椅上，以庄严而慈祥的神态亲切接见来使。大国风范，王者风度，必须礼尚往来，迅速遣使持诏往封各国国王，明朝与南海诸国间的宗藩关系，这就算正式缔结了。

约半小时，快艇就靠近了赵述岛的港池，几艘船在岸边泊着，晃来晃去，阳光热烈。我们上了岸，颇有点自豪：没有晕船，没有晕船！

这是一个只有0.291平方千米的沙洲岛，岛礁形状近似圆形，相当于28个足球场那么大。赵述岛目前的行政全称是：三沙市七连屿赵述社区。而七连屿，狭义是指西沙群岛中宣德群岛东北七个相连的岛洲：赵述岛、北岛、中岛、南岛、北沙洲、中沙洲、南沙洲；广义的七连屿是指赵述岛等所在的大礁盘的整体名称，还包括西沙洲、赵述岛、东新沙洲、西新沙洲及其附近礁盘。七连屿赵述社区，成立于2013年，前身是七连屿村，社区内居民均为来自琼海潭门镇或长坡镇的渔民，共计七十二户，两百多人。

我们往岛的左边行，那里有一条长长的堤坝伸向海面，堤坝的另一头，是一个亲水平台，随行的三沙市委宣传部负责人洪亮介绍，这叫同心桥，是党工委的干部们，利用建设中的一些边角料搭建起来的，这是个拍照的好地方。

抬头望前方，附近的海水呈透明的玻璃状，这就是人们常赞的南海玻璃海了。洪亮非常自豪地和我们说：西沙的海水颜色，因不同的深度与天气，会呈现出九到十二种颜色。我们惊叹，文友D指着前方的大海，认真地数了起来：一、二、三、四、五、六、七，只有七种呢！我夸赞她，一眼就能辨出七种颜色，好眼力。无色，无色也是色，玻璃海就是。还有，淡碧、翡翠色、茵绿、浅绿、墨绿。蓝是主色，但又可细分，淡蓝、湖蓝、翠蓝、蔚蓝、靛蓝、深蓝、墨蓝、天蓝、瓦蓝。哈，大家笑了，这样观察细分，用文学的描绘语言，九十种也不止！

七连屿党工委书记常晓忠，带着我们沿赵述岛行走。椰林掩映，植被茂盛，右前方居然还有一大片湿地，榄仁树为主，还有不少杂树。草滩、飞鸟，让人有些恍惚，要是再加几头牛什么的，那就是典型的江南了。常书记说，以前这赵述岛上，植物贫瘠得很，现在像个大花园，前方那些排屋就是渔民定居点，我们将它取名为"幸福苑"。以前社区缺水少电，垃圾满地，蝇虫乱飞，臭气熏天，现在岛上有海水淡化厂、污水处理厂、发电机房，干净整洁，已经变成人见人爱的大美海岛了。

两株枇杷树，树枝矮壮粗厚，叶子肥阔，将渔民合作社的门前遮成一片绿荫，我们在树下吃午饭，渔家乐。

白斩鸡，早上新杀，海南文昌鸡，全国知名，这鸡也是岛上渔民自家养的，有玩笑说是海岛上的"战斗鸡"。一大盘红口螺，螺的外壳有两种，直立形的、螺旋形的，先不吃，看着就让人欢喜，它们的外壳，一点也不亚于我书柜上的贝壳，一个一个吃完，堆在桌边，洗洗就可以带回家，极好的摆件。一盘大鲍鱼，个头巨大，是平常鲍鱼的数倍，都说从来没有吃过这么大这么新鲜的鲍鱼。螺与鲍鱼，都是渔民赶海新鲜捕捞到的，众人感叹，恐怕只有在这南海深处的小岛上才能吃得着。诺丽果炖排骨汤，能增强免疫力、降血压、助睡眠。前面已说到，诺丽果是海滨木巴戟上结的果实，西沙、南沙群岛上随处可见，一年四季不断地开花结果，如马铃薯大小。尝了尝汤，感觉不出什么独特味道，不过，凭着它能在海岛上如此顽强而繁盛地生长，我还是对它表示了尊重及好感。

黄瓜端上来了，番薯藤端上来了，都很亲切，端菜的渔民说，这些蔬菜都是自己种的，带着几分自豪。我知道，干旱及寒冷地区如沙漠、海岛、高原，植物生长都极度不易，用夸张的话来说，种活一棵树，简直比生一个孩子都难。南海诸岛上，绝大多数岛礁环境恶劣，缺土壤，缺淡水，高日照，多台风，但现在渔民居住集中的岛上都有淡水处理厂，有水就能种菜，赵述岛上的渔民，家家都有菜地，南瓜、黄瓜、葫芦瓜、蒜苗、青菜，基本可以自给。

鱼自然是必有的，马鲛鱼、鲳鱼、红石斑，大陆平时可以吃到，但绝对不会这么新鲜。数年前，我与友人曾在鸭公岛上吃过一条十来斤重的石斑鱼，而眼前这条红石斑，更加珍贵。大海深处，渔民赶海，很少用网，只能夜晚或凌晨深潜捕捉，须真正的浪里白条才有如此功夫。

红口螺还剩几颗，内心告诫自己，虽新鲜，但一次吃这么多，肠胃不一定受得了，打住打住。这一顿饭，大家都吃得大汗淋漓，没喝酒，却大呼过瘾。

午饭后，我们在图书室休息，社区工作人员拿来纸与墨，要大家留下墨宝，我涂鸦了"在赵述"三字，W兄看了后笑笑：这是文章的题目嘛。

六、"更路簿"

赵述岛中心，在海岸桐的掩映下，有几间珊瑚石屋，虽是老屋，却别有一番风味，这是岛上的微型博物馆，主要展示三沙渔民的生产生活历史。

《南海天书——"更路簿"文化展》吸引了我的目光，长久驻足。

以前海南岛的渔民如何出海航行捕捞？靠"更路簿"。一本薄薄的手抄手册，一张航海图，一个罗盘，一把计量尺，他们就靠这些，自由地航行在想要抵达的大海区域。

"更路簿"，又叫"南海更路径""西南沙更簿"等，"更"是夜间计时单位，"路"是里程、道路或途径，"更路簿"包括航海路线图、观天知识、气象与水文知识等，它是海南渔民在西沙、南沙等海域的航海手册，用生命与经验累积起来的。因是渔民自编自用，其间地名多用方言记载，且各种版本内容有较大的差异，难以解读，故被外界称为"南海天书"。

从图展上得知，海南大学周伟民、唐玲玲教授夫妇，对"更路簿"研究历经二十六年，终于撰写成了《南海天书》。

从永兴岛回杭州后，历经曲折，终于买到了电子版的《南海天书》。我几乎花了整整一周时间，每日都沉浸在855页的有关

"更路簿"的各个细节中。周伟民教授夫妇，以现存的24种"更路簿"为叙事主题，将西沙、南沙诸岛的海疆海域历史沿革与千余年来海南渔民的生产生活经验相融合，且有大量的曾经使用"更路簿"渔民的实例访谈，数十种完整"更路簿"的手抄影印，以此构建起一部中国航海史上独特的实用典籍。

有意思的章节太多，我特别关注"更路簿"中所保存的南海地名中的俗名。

据"更路簿"记载，西沙、南沙群岛中的140多处地名，几乎都有俗名。这些命名，可以说是南海诸岛最初的乳名。许多岛都有好几个叫法，比如永兴岛，竟然有六个俗名：巴注、猫驻、猫岛、猫住、琶注、巴岛；比如东岛有五个俗名：猫兴岛、巴兴、吧屿、琶兴、把兴；比如赵述岛，也有四个俗名：船暗岛、船晚岛、船岩岛、船坎岛。

再如（不一一举尽俗名）：七连岛（七连屿）、船暗尾（西沙洲）、长峙（北岛）、石峙（中岛）、三峙（南岛）、红草一（南沙洲）、红草二（中沙洲）、红草三（北沙洲）、园峙（甘泉岛）、大三脚岛（琼航岛）、三脚峙仔（广金岛）、干豆（北礁）。

我特别关注这些俗名的由来，学问不少，总起来说，海南渔民命名这些岛礁，按照自己的经验，用本地的俗语，约定俗成，五花八门，兹举数例趣说之。

有些是以吉祥寓意命名的，比如永兴岛的第一个俗名"巴注"。"巴"，意思是"一定能"；"注"，意思是"找得到"。这个俗名简单明了：永兴岛是西沙群岛最大的岛屿，找起来方便，且一定能找到。

有些是以地貌命名的，如"眼镜铲"（司令礁）：长形环礁，中有一沙洲露出，将潟湖一分为二，形似眼镜。这样的地名不少，形象易记：双帆、长峙、三角、三脚峙、裤裆、锅盖、鸟串等等，都是这一类。

有些是以水文命名的，比如"劳牛劳"（大现礁）：彼处水流湍急，流过礁石时，发出呼呼的响声，表面海水似"流不流"，谐音"劳牛劳"。再如"鬼喊线"（鬼喊礁）：浪涛汹涌，猛浪呼啸，令人心寒，犹如鬼哭。

有些是以岛上生长的植物命名，比如红草一、二、三系列就是，再如老粗峙（珊瑚岛）：灌木丛生，参差不齐，一眼望去，粗糙简单。

有些是以海产命名，比如"墨瓜线"（南屏礁），海南话"瓜"就是海参，"墨瓜"就是墨参，该礁附近多产墨参，故得名。"咸且"（咸舍屿）：海南话"咸健"之谐音，咸涩是吝啬的意思，得名原因是此处海产不丰。

这些俗名，蓄藏着丰富的智慧，凝结着勤劳的汗水。不少研究者认为，从产生到公认，它们经历了漫长时间，而且，这些公认俗名定名后，到今天存在的时间也长达六百年以上，因此，它们的地名学、历史学意义巨大。它们就像一幅幅历史画卷，乡土气、烟火气、鱼腥味十足，复活再现了广大渔民在南海诸岛上生活生产的生动场景。

七、兄弟庙

到达永兴岛的当晚，我与两位文友去海边散步。

海涛撞击岸坝的声音，清晰而又深闷，节奏感也很强烈，老远就能听见。灯塔边的水泥地，湿湿的，抬脚走过，哗，一声，浪头就撞上来了。伫立远眺，海天辽阔，夜幕低垂，大浪暗涌。伟大的自然，渺小的人类。在这南海的小岛上，如同身临高山的悬崖前，都让人有一种心理上的敬畏。

港湾边，西南岸，中心广场，矗立着一块三沙建市纪念碑，广场另一侧，正对纪念碑的方向，有一座巨大的白色母亲半身雕像，母亲面容慈祥，张开两臂，似乎在拥抱所有的孩子。在这茫茫大海上，有了母亲的庇护，就不会感到害怕。我在想，设计师的意图，应该还有一种隐喻，对于南海诸岛来说，祖国就是母亲，她张开臂膀，热情地迎接着辽阔疆域的每一个孩子。

母亲雕像的右侧，椰树下，路的上坡，有一间小屋，兄弟庙，当地渔民又称其为"孤魂庙"。庙极小，只是一简单的琉璃矮屋。弯腰走进小门，最多只能容两人进出，有兄弟俩塑像立着，像前供桌烛台上，香灰厚积，香烛静燃，墙边有个小功德箱，边上摆着不少香，我们先后进庙，各取了三支香，点燃，虔诚地朝兄弟像拜了三拜，然后退出。

神庙是岛屿的重要标志之一。西沙群岛的永兴岛、赵述岛、北岛、南岛、东岛、琛航岛、广金岛、珊瑚岛和甘泉岛等岛屿，就有古神庙遗址十四座。这些庙大多位于岛屿边缘，几乎都就地采用珊瑚石建造，庙结构简单，规模较小，庙门一律向海。渔民的船只，一般都会停泊在庙前的海上，渔民们居住的简易房，也依附着建设在庙旁，可以这样说，神庙就是渔民在岛上活动的中心地点。眼前的这兄弟庙，是为了纪念那些在海上丧生的渔民兄弟，2015年11月，它被海南省列为第三批文物保护单位。

关于这"兄弟庙"，三沙渔民中流传着这样一段古老的传说：明朝时，居住在海南岛的渔民经常到西沙、南沙捕鱼，而过去南海一带海盗猖獗，经常袭击渔船，潭门的108个渔民就结拜为兄弟，立下生死与共的誓言，时常组队一同出海。有一回，渔民在海上再次遇到海盗，危急关头，兄弟们将船紧紧连在一起，最终一起击退了凶猛的海盗。后来，108个兄弟出海时，在海上突遭暴风雨，他们选择共同进退，在滔天海浪中全部丧生。

这只是众多传说中之一种，法国人苏尔梦在《巴厘的海南人—— 一个鲜为人知的社群》一文中这样叙述这个故事：

"一百零八兄弟"，实际上是在安南做生意后返归中国途中的海南海上商人。他们在安南南方港市顺化海域，遭贪婪的越南海岸巡逻兵谋杀，他们的尸体被抛入大海。这些商人的灵魂升到天堂后，便担负起保护航海者安全的责任。1864至1868年间，在海南的铺前、清澜两个与南洋贸易频繁的港口，第一批纪念他们的神庙就建立了。这些庙后来遭到毁坏。海南人在越南、马来西亚和泰国沿岸地区，几乎所有能到达的地方，都建有兄弟公的寺庙祭祀他们。

"兄弟庙"又叫"孤魂庙"。三沙市委宣传部提供的资料表明，永兴岛上的兄弟庙，始建于明或清，原址在今天的三沙气象站前，是用珊瑚石垒成的长方形单间小屋，门口题有一副对联："兄弟感灵应，孤魂得恩深"。神龛上有一主牌，上书"昭应英烈一百零捌兄弟公"。1933年夏，海南渔民黄家标，在该庙加挂匾额"有求必应"；1937年8月，海南渔民符气忠、麦央尧，在该庙加挂匾额"海不扬波"。

同在永兴岛西南岸、兄弟庙北侧附近，还有一座古代渔民修建的"猫注娘娘庙"遗址。如前述，"猫注（峙）"是海南方言对永兴岛的俗命名，"娘娘"即指海洋女神妈祖。如此说来，从历史看，南海诸岛渔民的信仰，应该有两个，一为"兄弟庙"，一为"妈祖庙"。

说起"妈祖庙"，中国沿海的各个岛屿上就太多了。我去浙江海岛县洞头，全县有十几座妈祖庙，93个渔村的渔民，都普遍信仰妈祖，妈祖祭祀为洞头渔区信俗活动中的最大盛典。2011年，洞头妈祖祭典，还入选第三批国家级非遗名录。

永兴岛上的"兄弟庙"，隔三岔五就有人来上香，农历七月十五一定要来，出海，出岛，结婚，升学，做大事，也都要求庇护。大年初一的早晨，当地渔民的第一件事，就是到"兄弟庙"祭拜，虔诚点香，默念叩头，心灵上于是得到了某种慰藉。

举头三尺有神明。人总要有敬畏，这其实是告诫，无论国，无论家，无论官，无论民，有了敬畏，纷争自然会少许多。

八、关于大海

在永兴岛的清晨与夜晚，我都会绕岛行走，或伫立在海边的岩石上，看浩渺无际的碧波，思考与寻找着我们与这片大海的关系。

《论语·第五·公冶长》中，某天，孔老师的情绪似乎出了点小状况，他这样感叹：唉，我的理想没有机会实现了，我干脆坐着木筏到海外去算了。孔子出海不是去海上漂荡，而是去寻找某个合适的地方隐居。哈，我暗自笑了，孔老师要是漂到这南海诸岛上，不知会作何感想，除了感慨天地之大外，估计更多的是无奈。孔老师后来又产生了想去"九夷"隐居的新想法，"九夷"指东方的九种民族，指多个民族。有人不解：那种地方太简陋了，怎么能住呢？孔老师满不在乎：君子去住的话，怎么会简陋呢？是呀，境由情生，只要心胸宽阔，环境也会随之改变，都是天下王土嘛。

在庄子的《逍遥游》中，眼前这片大海，那就是一个天然的大池。北海那条叫作鲲的大鱼，体形庞大，不知有几千里。此鲲，变化成叫鹏的大鸟，大鸟的背部，宽阔无边，不知有几千里。此刻，大鸟要振翅高飞了，它张开的双翼如盖满天际的云朵一样，扶摇而上九万里，海风大作，水面激起三千里的波涛，大鸟要迁徙到南海去。庄子显然是在讲道，却不动声色：万物可以相互转化，主观时机与客观条件相配合，人也可以凭借修行成其大。《秋水》篇中，庄子虚构了河伯与北海之神海若的七次对话，层层递进，以舒缓说理的方式，完美阐述了万物各有其自身的价值的观点。确实，不比不知道，一比着实惭愧。望着暗绿的海面，我由衷敬佩那位河伯，非常明智呀，阔大与包容，互依互生。

庄子的奇思异想，让苏轼佩服得五体投地，苏辙在《亡兄子瞻端明墓志铭》一文中回忆苏轼读庄子时的情景：（苏轼）继而读《庄子》，喟然叹息曰：吾昔有见于中，口未能言，今见《庄子》，得吾心矣。庄子不一定浮过南海，但他借用鲲、鹏、河、海的各种形象，道出了一般人说不出的大道理、深道理。

眼前海中有各种大鱼，我知道，鱼们一定在深潜。

我读历代笔记，里面有大量的人鱼（鲛人）描写，晋代干宝的《搜神记》中有"水居如鱼，不废织绩，其眼泣则能出珠"；晋代张华的《博物志》中有"从水出，寓人家，积日卖绢。将去，从主人索一器，泣而成珠满盘，以与主人"；南朝任昉的《述异记》中有能织出入水不湿的龙纱的鲛人；清代李汝珍《镜花缘》中有灭火报恩的鲛人，太多了。中国古代的人鱼，规规矩矩做事，知礼感恩，还成为人的爱人和知己。

纷繁而杂乱的景象，一时竟不能停止。

哗，哗，哗，猛浪击石，有浪花溅到了我的脸上。大海是如此生动多姿，我自觉词穷，用再多的词，也无法穷尽其状态。忽然，眼前的浪花，又变成了粒粒泥土，这就是泥土呀，实实在在的国土，蓝色国土。于是，这满目的蓝色就变成了无限的辽阔。

在南海文献史料馆，我们看陈列的部分文献、史料、图片，郑资约的《南海诸岛地理志略》，1602年《坤舆万国全图》，大清万年一统地理全图，《见证》纪录片，中国自古以来的诸多典籍，将南海诸岛及附近海域收纳成帝国的点与线，一直珍贵地储藏着，中华民族先人的足迹遍布岛屿，人间烟火在南海的晴空中袅袅升起，鸥飞燕翔，渔获人欢。

赵述岛正中的"中国领海基点方位点"碑前，我留了影。我知道，这是计算领海、毗邻区、专属经济区的起始点，这是三沙这座中国最年轻城市对世界的主权宣示碑。

我试图寻找古今所有关于南海的一切，包括藏在暗流激涌中的灵魂。

九、尾章

三沙四日，我们还参观了海水净化厂、垃圾处理中心，看了两场电影，吃了一回火锅，去永兴社区赠了书。

海水净化，生产能力目前只需开一半，管道中接出的水，我饮了一小纸杯，无味，如矿泉水清淡。垃圾场中，袋箱井然分类陈列，没有闻到异味。电影可以随便看，不买票，前一场《长安三万里》，看了一小半；后一场《碟中碟7》，看完。岛上火锅店，新开不到一月，异常火爆，不预约绝对无座。

我赠了几本新近出版的书，其中一本是新出版的《水边的修辞》。我在当天发的微博中这样写着：从水边到水边，世界上所有的水都是相通的。

2023年8月27日三沙归来

10月8日改定

附部分参考书籍：

[1]《中国通史》1—22卷，白寿彝主编，上海人民出版社1999年3月；

[2]《南海诸岛三种》（包括民国陈天锡《西沙岛成案汇编》、民国郑资约《南海诸岛地理志略》、民国杨秀靖《海军进驻后之南海诸岛》），海南出版社2004年7月；

[3]《南海天书——海南渔民"更路簿"的文化诠释》，周伟民、唐玲玲编著，昆仑出版社2015年8月；

[4]《心住南海——一位亲历收复永兴岛老人的历史追忆》，潘健生执笔，人民交通出版社股份有限公司2014年6月；

[5]《西沙群岛常见植物图谱》，海南省生态环境检测中心编著，中国环境出版集团2020年7月；

[6]《西沙群岛七连屿珊瑚礁鱼类图谱》，王腾、刘永、李纯厚、陈作志主编，中国农业出版社2022年10月；

[7]《美丽的西沙群岛》，刘先平著，人民文学出版社2016年8月；

[8]《永兴岛植物虫害原色图谱》，陈青、伍春玲、梁晓等著，中国农业科学技术出版社2021年6月。

在拱宸桥上

我已经在拱宸桥畔的运河边住了整整二十年。

在拱宸桥上，我曾无数次伫立四望而遐想。今夜，月光如桥下的流水般明亮，万千条柔嫩柳枝轻撩着夜的河面，柳枝调皮地深入河的身体，河水则无声浸润着柳枝，它们默契得如三生三世的情侣，它们以时令为暗语，相偎相依。春风骀荡，轻拂我脸，浓郁的春香，让人心驰神迷。喧闹的人声已不能打扰我，此刻，我详细打量着拱宸桥的东西南北，二十年来，从来没有这般仔细。月光与流水默默作伴，我则要接天接地接时空，与拱宸桥作长长的对语。

1

朝南望，前方慢悠悠驶来一艘船，船头挺立着一位意气风发的年轻官人。

明万历六年（1578）四月，江南旺盛的春已近尾声，三十二岁的浙江临海读书人王士性，早已将一切行李收拾停当，即将北上任职。此前一年，他终于金榜题名，被授予河南确山县知县。对山水历史人文痴迷的王士性，从临海出发，经宁海、奉化，穿宁波，过绍兴，这就到了杭州，观景，吟诗，喝酒，待将欣赏杭州主要美景的瘾头过足，王士性便一身惬意从武林门上了船，沿运河一路向北而来，他将要一展宏图。

船过湖墅，他站立船头四望，运河两岸繁荣的场景让其感叹：

> 杭城北湖州市，南浙江驿，咸延袤十里，井屋鳞次，烟火数十万家，非独城中居民也。又如宁、绍人什七在外，不知何以生齿繁多如此。而河北郡邑乃有数十里无聚落，即一邑之众，尚不及杭城南北市驿之半者，岂天运地脉旋转有时，盛衰不能相一耶？

与自然地理学家徐霞客齐名的人文地理学家王士性，他的观察中，自然多了一分思考，杭州城北，湖墅这地方，方圆二十里，为什么如此繁荣呢？原来，这里是京杭大运河的终点，南宋时就称为湖州市或者湖市，杭州重要的商业区。南宋吴自牧《梦粱录》载，公私船只泊于城北众多，北关、半道红、湖墅、江涨桥等地，码头鳞次栉比。两岸居民屋舍稠叠，码头边市舶蚁聚，河中来往船只穿梭不停，王士性望着这满河满岸的喧闹，记忆深刻，将其写在《广志绎·卷四·江南诸省》的浙江篇章中。

三千里外一条水，这水就是杭州繁荣的运河。白居易、苏东坡、日本的成寻和尚、意大利的马可·波罗，这些古代中外名人是如何到杭州来的？一定是在运河船桨的欸乃声中坐船到达。

1072年四月，日本和尚成寻（1011—1081），渡过宽阔东海的惊涛骇浪到了北宋的明州，他要去天台山、五台山参圣，经越州抵萧山，停泊一夜。十三日下午未时前后，成寻他们的船，就泊在了杭州的码头：

> 津屋皆瓦茸，楼门相交。海面方叠石，高一丈许，长十余町许。及江口，河左右同前。大桥亘河，如日本宇治桥。卖买大小船，不知其数。回船入河十町许，桥下留船。河左右家皆瓦茸无隙，并造庄严。大船不可数尽。

杭州初次给成寻的印象是，城中尽是河，河中尽是大船，河中的船与岸上的屋皆华丽雄伟，真是一个国际大城市啊！成寻杭州所见，频频感叹。

其实，王士性看到的湖墅繁荣，已延续了近千年。繁荣因水而兴，它起始于隋朝凿通的大运河，千里大运河，直抵杭州城北，后又与钱塘江沟通，杭州就成了连通中国五大水系大运河的起点。

运河杭州段虽只有三十九千米，却使杭州成为东南名郡，而杭州城北的湖墅运河，短短的十二千米，却"南通闽粤，西跨豫章，北连吴会，为往来孔道"（清代《北新关志》）。在大运河的版图上，湖墅虽是一个小黑圆点，不过，如前述，我们不能小看这小圆点，南通，西跨，北连，四境之百货汇集于此，八方之商贾辐辏于此，能汇集，就能散发，这个圆点其实是中国版图上的一个重要枢纽。再打一个比方，大运河犹如一台精彩的大戏，杭州湖墅就是用来压轴的关键，最后的高潮收尾处。

回到南宋作家周密笔下繁华的杭州城。

1270年前后的杭州城，户籍人数达186330户，总数接近一百万，差不多是世界上最大的城市了。《武林旧事》中，清河郡王家高规格接待宋高宗的那一场盛大的宴会，让人瞠目。宴会不仅列举了席间的200多种菜肴，而且连上菜的顺序也记下来了。其中的41

道菜是用鱼、虾、蜗牛、猪肉、鹅、鸭、羊肉、鸽肉做成的，烹调手法则有煎、烤、炸、煮等。另有42道菜为水果和蜜饯，20道为蔬菜，9道菜为各种材料熬成的不同粥品，29道菜为干鱼，还有17种饮料，19种糕饼，59种点心。一个简单的问题是，这百万人口，吃的东西从哪里来？除了官家府第有俸米可食外，全城百姓每日需米不下两千石，这些苏、湖、常、秀、淮、广等处运来的米，都要到湖墅的各码头卸下，彼时，湖墅的米船，早晚不绝，米市桥至江涨桥一带，则全是米行。南宋杭州有谚：东门菜，西门水，南门柴，北门米。这北门米，就是繁盛的湖墅米市。

我开车去体育场路的报社上班，常走湖墅路这条线，信义坊、卖鱼桥、仓基新村、米市巷、半道红、密渡桥、富义仓，每当看见这些与运河有关的地名，脑子就会不由自主闪身到千年前繁忙的场景中去。

2

眼光再往历史的深处探望，我看到了陆游。

南宋的时候，临安城北的湖墅，统称北郭，也叫北关。

乾道六年（1170）闰五月十八，江南的六月天，酷暑的前奏，闷热交加，傍晚时分，陆游率着一大家子从山阴老家开始了漫漫的入蜀行程，他要去夔州任通判，第二日夜入住萧山县的梦笔驿。次日四更时分，船夫解开缆绳，船就往钱塘江的西兴渡口进发。天亮了，好天气，江平无波，顺利过江，到达京城临安。在仙林寺喝过茶，陆游直接从运河里坐船出北关，干吗呢？他急着去见大哥陆淞。

接下来的十天时间里，陆游一直在京城逗留，八年没来了，朋友也多，都需要走一走，会一会。在大哥家住了四天，叶梦锡侍郎请喝酒，国子监芮国器监官请喝酒，族兄陆仲高、著作郎詹道子、编修张叔潜陪同，和仲高同游西湖、逛寺庙，检正（宰官，督中书门下诸房吏人公事）沈持要请喝酒，太常寺少卿赵德庄陪同。

此后的数十年里，陆游几次到京城任职，北郭，是他常来的地方，有诗为证：

> 北郭那辞十里遥，上车且用慰无聊。
> 九衢浩浩市声合，四野酣酣雪意骄。
> 清镜新磨临绿浦，长虹横绝度朱桥。
> 归来熟睡明方起，卧听邻墙趁早朝。
>
> （《访客至北门抵暮乃归》，《剑南诗稿》卷五十二）

本诗作于嘉泰二年（1202）冬，陆游以七十八岁的高龄，最后一次到京城任史官。从诗句看，北郭，是能让他心安的地方，仅十里，实在不远，路上看会儿风景打个盹就到了。现实的不如意，他那久埋心中的复国抗金理想，几无实现的可能，而北郭这里，四季皆有好景，大雪过后的冬日，四野皆白，使他心旷神怡，或者，春风吹绿的三月，春意勃发，在运河的桥上徜徉，看熙熙攘攘的街市与行人，烦恼一时抛却。景看饱，话聊透，酒喝足，夜幕四合时才抵家，不过，年纪不饶人，真有些累了，睡得好啊，一夜到天明，年轻的小儿尚拥衾未起，在隔壁的呼噜声中，他已神清气爽前往上班的路上！

陆游初官时，他将自己狭长的屋子称为"烟艇"，好朋友周必大就住在他边上。这周必大，后来官做得挺大。周必大的一则日记说，乾道八年，"丙辰黎明——径北关，杭一苇，疾驰三十里，至赤岸、高（皋）亭峰，登岸百余步候馆——"（《乾道壬寅南归录》）。周必大这一大早，坐着小船（杭一苇）直接出了北关，赶三十里，到赤岸候馆，这个馆就是南宋接待外国使者的班荆馆，原来，他是有接待任务。彼时，辽、金、夏及海外日本诸国的使臣，要见皇帝，都要先来这里候着等预约。

时光荏苒，杭州北关如人身体上的重要动脉一样变得越来越重要。直隶、山东、河南、安徽、苏北的棉花、枣梨、豆货等要南下，江浙一带的丝绸、棉布、茶叶、瓷器、纸张、铁器等各种手工艺品要北上，这样的好地方，统治者自然关注了，他们要在此截金。明朝宣德四年（1429），户部在北新桥附近设立钞关，运河上过往运输船只，均收取料钞，因有北新桥，此关就称作北新关，为全国八大税关之一。来往的船只，给北新关带来的税金源源不断，万历后期已达税银五万两。至清康熙年间，税金超十万两，而且，北新关下还设若干分关，二十余处稽查分口，所征税额，在当时全国二十五个收税关口中高居第五。

北新关，现在是青莎公园，只能看到一块碑，但逝去的流水，可以见证它曾经的繁荣。光绪《杭州府志》载，清时，北新关除主持工作的主事外，共有管事、巡捕、经制书、稿房、缮册书单查数、总甲守栅、唱筹捞筹、更夫、防兵、巡役各类工作人员127名。我估摸着，这是一个很庞大的处级海关。

青莎公园。陈从周的故居也在这里。他是当代著名的古建筑学家、园林艺术家。这里原来叫青莎镇散花滩。散花滩，滩就是河边，那散花是什么？莫不是花的集合概念？春季，河畔各种野花竞相盛开，而秋季的运河边，河水拍岸，岸边芦苇随微风摇曳。我的猜想，是按现在看到青莎古镇生发出来的想象，不过，

1918年出生的陈从周，他自己的文章却是这样回忆：散花滩又名仓基上，可能南宋时为藏粮之处，四面环水，有三座桥通市上。原来的散花滩，却是运河边的一个小岛。少年的陈从周，伫立河边，看着汤汤远去的河水，他知道，他的祖父，当年从绍兴挑了一担土货，徒步到这里才安下了家。

北新关，散花滩，青莎公园，早已演变成了运河边大片青绿的公园。北新关遗址碑旁，是我每日走运河的折返点，和这里的花草、青树、石头打过招呼后，再看一眼运河水，我又朝着拱宸桥的方向，快速返回。

3

月光将我从幽暗的历史钩沉中拉回。

耳旁响起高跟鞋触到青石板的橐橐声，一下一下，沉重有力，我担心，穿那样的鞋行走拱宸桥，容易跌倒。我知道，桥上的青石板，都有饱经沧桑老人般宽大的胸怀，不会计较那些鞋的不礼貌敲击。现在，我从朝南方向转身，向北眺望。

右前方，杭州师范大学附属第二医院（简称市二），一个大大的院子，里面有三幢别致的红楼，从那三座楼，一直到我住的左岸花园，原浙江麻纺厂地段，皆有着沉痛的历史。

1894年9月17日下午的黄海大东沟海域，日本联合舰队与清政府花数百万两白银打造起来的北洋水师激烈交战，号称亚洲第一的北洋水师，遭受灭顶打击，清政府被迫签订了屈辱的《马关条约》。条约的第六款中有在"浙江省杭州府开设通商口岸"，杭州一时陷入了恐慌与愤怒，城北的拱宸桥一带随后就成了英、美、意等国的公共通商场与日租界，范围大致为：南自今日登云桥，北至瓦窑头河，西达运河，东抵红建河至湖州街，直三里，横约二里。

"杭州关税务司署"，时称"洋关"，就在市二院子中，它是日本人在拱宸桥附近运河边设立的检查机构，此关与其他口岸的海关一样，以税务司为首的洋员掌握了一切大权，重要职位全为洋员占据。洋关由A楼（税务司）、B楼（海关办事处）、C楼（帮办人员住宅）、D楼（码头检货厂）等组成，占地两千余平方米。我们现在能看到ABC三幢红颜色的楼，显眼得很，红楼好看，但一般人不知道这另类的建筑却饱含着民族的耻辱。从1896年5月设关开始，一直到1945年8月民国政府接收海关止，拱宸桥的日租界，实际存在时间长达整整五十年。

宇野哲人，近代日本新儒家学派代表人，汉学家，他年轻时曾游历中国两年，到过拱宸桥，留下这样的印象文字：

> 拱宸桥在杭州城北大略二里处，乃往来沪杭及苏杭船只之集散所。其内除中国街之外，有各国租界，而我日人专管租界在河之下游。同于苏州，此租界亦为二十七八年战役（中日甲午战争）后获得之成果。（宇野哲人《中国文明记》，中华书局2008年1月）

宇野哲人的描写虽平实，却不乏炫耀心态。

抗战烽火烧到江南。1937年11月22日，丰子恺开始了长达十年行跨十余省的艺术逃难。当夜，他携家人从老家石门湾坐船至拱宸桥下，无奈将心血之作《漫画日本侵华史》草稿扔进运河里。他在《艺术的逃难》中这样写道："似乎一拳打在我的心上，疼痛不已。我从来没有抛弃过自己的画稿。这曾经我几番的考证，几番的构图，几番的推敲，不知道堆积着多少心血，如今尽付东流了！但愿它顺流而东，流到我的故乡，生根在缘缘堂畔的木场桥边，一部分化作无数鱼雷，驱逐一切妖魔；一部分开作无数自由花，重新妆点江南的佳丽。"

我住了二十年的左岸花园，就在日租界的中心位置。

小区有东南西北四个出口，新冠疫情期间，除南大门外，只有北门开放，北门连着瓦窑头河，运河的支流，我和三岁的孙女瑞瑞常去瓦窑头河边看那只白鹭。大部分时间，那只白鹭都在河对岸脚的水边伫立，偶尔盯着河边，来往移几步，它的对面，每天都会有不少"垂纶者"（瑞瑞会背胡令能的诗，将钓鱼喊作垂纶），白鹭与"垂纶者"们，互不打扰，各自安详。

我们坐在椅子上，头上有新柳垂下，瑞瑞抬头，喊它"绿丝绦"。柳条一天天变粗，也变得越来越柔软，瑞瑞常要去抚摸，贺知章的《咏柳》，她很熟了，路边所有的新叶，她都叫"二月春风似剪刀"。经过一块牌子，瑞瑞问：这是什么？她问了，我就得解释，尽管她不懂，我说：这河叫瓦窑头河，这里原来是浙江麻纺厂的厂址。瑞瑞不再问了，我脑子里却想起这个"亚洲第一"的浙麻，二十世纪五十年代，浙麻上缴国家利税要占杭州财政的八分之一。浙麻地块2000年拍卖的时候，曾在杭州引起轰动，所以，左岸花园跟着浙麻就出了名。

这里的历史再往前想，不想了，它就是宇野哲人笔下的租界。瑞瑞，我们再向前走吧，走到红建河边湖州街口再折返。

4

这种回忆，让人心中有些发疼，脚心生凉。

忽听得拱宸桥东面广场，音乐骤响，数千人聚集，大伯大妈们广场舞的此起彼伏，迅速盖过了我的暗自悲伤。我又转身，面朝东，左边是拱墅区政府大楼，右前方为运河博物馆，底楼为大型生活超市，我常去。右边那座叫"荣华戏院"的戏楼，那里面传出高亢的唱腔，似乎要直抵云霄。

与香港的开埠一样，本以为有些荒凉的拱宸桥边，一下子拥进了许多淘金者。1895年，天仙茶园在众人瞩目的眼神中开张。十来年后，拱宸桥东已有了天仙、荣华、丹桂等著名茶园。1908年5月，江南渐热的天气中，英国人斯蒂文森来了，他一看这热闹的码头，来来往往的商船，立即决定，他也开一家茶园。他似乎谙熟中国文化，将茶楼取名"阳春外国茶园"。这斯氏，到底见过世面，脑子活络，茶楼开张时，动静颇大，留声机高声唱起来，本国美女艳舞跳起来，最关键的是，他将刚发明不久的电影引进，人在银幕上跑来跑去，活灵活现的影像。据说，杭州人竞相拥向拱宸桥，万人空了巷，阳春茶园因而成为浙江第一场电影的首映地。

说是茶楼，主要吸引人的却是唱戏，戏是茶楼的经济主命脉，各茶楼都使出浑身解数，邀请名角，名角的唱腔响起，茶客自然脚不点地跑来。

唱腔最先起自谭鑫培浑厚的高音。

谭鑫培的父亲是京剧老旦。艺名"小叫天"的少年谭，十一岁随父亲进京，十五岁开始出科。光绪十年（1884），谭自组同春班，六年后，被清廷选为内廷升平署民籍教习，在宫中演戏。至二十世纪初，谭已经成为京剧界最著名演员之一，时有"无腔不学谭""满城争说叫天儿"之美誉。光绪三十年（1904），谭大家到杭州献艺，地点就在拱宸桥畔的阳春茶园、天仙楼，《定军山》《空城计》《李陵碑》《秦琼卖马》，杭州人一场场戏看得过瘾，茶楼老板的银子如桥下的运河水不动声色汩汩而来。

拱宸桥边茶楼的好戏接连不断上演。

谭鑫培杭州献艺后的两年，"红生鼻祖"王鸿寿也来了。"红生"是谁？就是常以勾红脸为主角的演员。舞台上"红生"其实不多，关羽、赵匡胤、常遇春、徐达等都是，最著名的当然是关羽了，王鸿寿塑造的关公形象，英勇而儒雅，刚毅兼肃穆。某天，天仙茶园，王鸿寿演出空隙，看麒麟童周信芳的演出，一看就停不下来，到底是行家，眼光毒。在王鸿寿眼里，这小家伙不简单，功底扎实，是棵唱戏的好苗，立即有意收他为徒。这自然是佳事一桩，接着，王鸿寿与周信芳师徒俩的合作戏，在天仙茶园同台惊艳亮相。此后，师徒俩关系紧密，戏剧界都这样认为，麒麟童周信芳后来成为大师，与老师王鸿寿的指导是分不开的。

与谭鑫培、汪桂芬合称老生"新三杰"的著名京剧老生孙菊仙，梆子腔花旦鼻祖"十三旦"侯俊山，被称为"中国第一戏剧改良家""梨园编剧第一能手"的汪笑侬，越剧名角姚水娟、筱丹桂、袁雪芬等名家大角，都在拱宸桥畔天仙茶园、丹桂茶园的舞台耀眼登场过。

还有励志故事在茶园演绎。

有个叫张英杰的少年，十四岁时来天仙茶园唱戏。彼时，"小叫天"谭鑫培正在此被人捧着，张少年十分仰慕谭大家啊，他想，何不将自己的艺名取名"小小叫天"？没想到，这艺名被人讽刺得厉害。张少年极难过，但他哪里肯服输，大师就不可以超越吗？索性来个"盖叫天"！想来，没有金刚钻，不揽瓷器活，少年盖叫天在天仙茶园来了个惊艳的亮相，四天演四个完全不同的角色：第一日是《天水关》中的老生诸葛亮，第二日为《翠屏山》中的武生石秀，第三日乃《断太后》中的老旦李太后，第四日居然是《十八扯》中的花旦孔凤英。结果大家都知道的，盖叫天演技确实了得，十四岁的少年，一炮走红，后来被称为"江南第一武生"。盖叫天这四场演出，自然轰动了拱宸桥，谭大师很好奇，他认真观摩后这样评价张少年：除了唱功，盖叫天确实盖过了自己！

我去西湖风景区赵公堤旁，看燕南寄庐。燕南是张英杰的号，它是盖叫天故居，白墙青瓦内，盖叫天的艺术人生形象展示，燕北真好汉，江南活武松，对联中间是盖叫天演武松的艺术画，黄宾虹手书"学到老"作横批。田汉手赠盖叫天姓名嵌字楹联，对其艺术人生作了精准的概括：英名盖世三岔口，杰作惊天十字坡。徜徉在盖叫天故居，我似乎又看到了拱宸桥边舞台上那个英姿逼人的少年张英杰。

5

明月从高空似乎向桥上有些移动过来，东边广场上的人流渐渐少下去了，由南，到北，再往东，我的眼光从荣华戏院掠过，开始注视脚下的拱宸桥，这是一座什么样的桥呢？

这座杭州市现存最宏伟的古石拱桥，关于它的建筑年代有几种观点，皆各有依据：其一，明末商人夏木江倡建（康熙《杭州府志》）；其二，明末举人祝华封倡议并募资集建（康熙《钱塘县志》）；其三，张士诚开新运河至此，水流湍急，遂建桥以平缓水流（民间传说）。

不管什么人建的桥，总之，作为运河上的一座重要桥梁，"拱宸桥"这三个字在明崇祯四年（1631）开始出现了。它具体的寓意呢？"拱"即两手相拱呈弧形恭敬迎接，自然也有拱卫围绕之意，"宸"乃帝王宫殿，京杭大运河杭州终点的这一座石拱桥，随时恭迎圣驾，谁敢说不好？然而，名拱宸，命运却是多舛，它曾不停地毁建。顺治八年（1651），桥塌。康熙五十年（1711），浙江布政使段志熙倡议，僧慧辂募款重建，六年后竣工。不久，桥又出现裂缝，渐至坍塌。雍正四年（1726），浙江巡抚兼两浙盐政使李卫，率官员捐俸重建。次年，桥修成，刚升任浙江总督不久的李卫，还写下《重建拱宸桥记》加以说明。咸丰以后，历经战火的拱宸桥又坍毁。光绪十一年（1885），杭州人丁丙主持重建。

说起这个丁丙，又是一篇大文章。

浙江钱塘的丁氏家族多藏书，丁氏"八千卷楼"，为清末全国四大藏书楼之一，藏书二十万卷以上，宋元及明清刻本等善本就达两千多种。丁丙与兄丁申冒死救书的故事，令人感动。清咸丰十年（1860），太平军在杭州与清军激烈战斗，西湖文澜阁《四库全书》在战乱中散失，丁丙兄弟俩，将残存的一万多卷《四库全书》偷运至上海保管。二十年后，文澜阁重建，丁丙将所得之书送入珍藏，并多方搜集补抄，又八年后，文澜阁《四库全书》基本恢复原貌，丁丙作出重大贡献。丁丙不仅是藏书家，还是学者与诗人，他整理与刊印出版了杭州许多地方文献，比如《武林往哲遗著》96册，另外有笔记及诗作《庚辛泣杭录》《武林坊巷志》《于公祠墓录》《北郭诗帐》《北隅缀录》等，还与兄丁申合作编辑《武林掌故丛编》26集208册。

丁丙修桥，他自己留下的记录不多，我只知道，我现在每天走过的拱宸桥，就是他1885年主持修建的：桥长二十一丈四尺，广一丈三尺，桥下三洞，中洞广四丈六尺，左右洞广二丈六尺。

从桥东到桥西，七十几米长的桥，虽是拱桥，有一定的弧度，但走上走下，要不了两分钟，如果跑上跑下，一般人也会在十秒左右。几百年来，来来往往的人们，不太会去打探桥是如何建造起来的，拱宸桥只是他们脚下的过河工具，甚至工具也谈不上，只是平常的地与地的连接而已。四米多的桥面，首尾相接，也站不下十个人，如果现今行车，也只能是单行通道。桥上的人们，顶多伫立一会儿，朝南面看看，南来的行船钻过桥下的中洞，或者，再转个身，朝北面看看北来的行船钻过桥下的中洞。懵懂孩子有时会惊呼，因为他们发现了移动的船舷边，有黄狗仰头在和他们打招呼。

然而，正因为持久的平常，普通的拱宸桥才从交通要道、地理坐标，演变成了今日意义之博大与凝重。北郭，北关，湖墅；愤怒，悲伤，疼痛；热闹，繁荣，富庶。拱宸桥就是由无数个关键词垒叠铸就的大名词，响亮而丰厚。京杭大运河杭州终点标记拱宸桥，已经成为杭州城北千年历史总承载的重要印记。

6

这一夜，我和拱宸桥相看两不厌，上下古今，聊得好畅快。

夜已深，披着月色回家。

又是一个春草勃发的日子。我和瑞瑞站在运河边，大声诵读"暮春者，春服既成——咏而归"。柳枝随风婀娜拂动，白鹭时而横江。

前方就是拱宸桥，宸宸（杭州亚运会吉祥物）正在桥上四周腾跃举手，向来往行人热诚招呼。有大白游轮，穿过中洞，大鸣数声，长风破浪，向我们突突突而来。

热烈的涠洲岛

1

涠洲岛的热烈，从三万年前开始。

三万年前的某一天，北部湾海面，在几千万年数百次火山喷发逐渐堆积的基础上，再一次火山大喷发：数股暗红色岩浆，从海底如蛟龙样冒头蹿出，继而冲向天空，岩浆此起彼伏，毫无顾忌，似乎是在沉默的海底积聚已久，它们在发泄，向天空示威与发泄。

岩浆以暗红的颜色涌出，至空中最高点时，已经变成了黑色翻腾的云朵，云朵们互相积聚，要把天空遮黑，云朵太重，无法飘走，它们落下的动作要慢一些，开始挟带着灰烬。阳光熄灭，白天变成了黑夜，轮番上冲的岩浆则将黑夜撕裂成一道道的口子。等到岩浆上上下下折腾够了，这样热烈的日子也就结束了。

火山灰在海面隆起的地面上层层叠叠，叠叠层层，似乎要将一切覆盖，一个新岛慢慢形成了。新岛四周有广阔的水面包围，岛上还有内潟湖，与外海相通，这是产珍珠的好地方，人们曰新岛为涠洲。两千多年前，新岛被汉代人正式命名，并将其归属于合浦郡。

被人管理的涠洲岛与它成岛的史前史相比，短暂而又短暂。不过，北纬二十度的热带季风气候，已经铸就其热烈与热情的性格。

2

2022年6月28日，夏至过后，小暑之前，这一天，气温虽只有28度，但在北海，则表示一个热烈的季节已经开始，涠洲岛的太阳以它惯有的热情迎接我。

上午十点，火烧一般的太阳，不知为什么有这样的感觉，或许，是涠洲岛阔天阔地的火山岩，它们甚至都不用太阳炙烤，就会发出光热，它们带着千万年天生的热情，带着大地熔岩固有的热烈。一切生物，在这种热烈下，似乎都躺了下来，默不作声，只有蝉是例外，拼命在发声，也难怪，数年的黑暗生活，见了热烈的阳光，难免白天黑夜地拼命鸣叫。

北海作家庞白与戚泃，陪我上了涠洲岛。庞白说，半天时间游览，只能去南湾的鳄鱼山景区转转了。这鳄鱼山，大约是涠洲岛的精华所在了。果然，典型的海岛风光，年轻的火山地质遗迹，独特的海蚀微地貌景观，一一在烈日下呈现。

伫立岛顶，四下俯瞰，我向周围亿万微粒构成的海蚀地貌俯视，海浪有节奏地一浪一浪涌向自由组成的各种洞门，再哗啦一声碎成无数白花。虽目力不及，但我知道，前方就是西沙群岛，这东边，是雷州半岛，西面呢，则是越南。

我们坐在树荫下歇息，用扇子使劲地扇。一群大型海鸥，在正午烈日下掠过头顶，一边扇，一边想，眼前这个地方，曾经车水马龙，热闹得很。《北海市地名志》载，元朝至元三十一年

(1294)，元政府就开始设立涠洲巡检司。到了明代，防御与抗击倭寇日益重要，万历年间，涠洲岛的中心地带，城仔村，就是驻岛游击署的所在地。这差不多就是军事重镇了，几十艘战船，一千多官兵，这些驻军，守边防，也兼守着岛上的古珠池。

这个古珠池，说来话长。

晋人笔记开始盛行的时候，刘欣期的笔记《交州记》就如此记载：

> 去合浦八十里有涠洲，周回百里；合浦涠洲有石室，其里一石如鼓形，见榴杖倚着石壁，采珠人常祭之。

从刘欣期的描述中可以看出，涠洲岛面积还不小，岛上深池中有好珠，采珠人常去，不过极为小心，下水前都要祈祷。

到了唐代，刘恂的笔记《岭表录异》（卷上）则直接进入采珠及珠的细节描写：

> 廉州边海中有洲岛，岛上有大池。每年太守修贡，自监珠户入池，池在海上，疑其底与海通。又池水极深，莫测也。如豌豆大，常珠；如弹丸者，亦时有得；径寸照室，不可遇也。

这就是涠洲岛上名气最大的古珠池。可以断定的是，最迟至晋代，岛上采珠已经盛行，而到了唐代，大约是这里产的珠品质独特，个别难得的简直就如夜明珠。它毫无悬念成了贡品，而当地政府主要官员，为确保贡品的质量，已经将产品质量管理的关口大大前移。一个有趣的场景是，一群采珠户采珠，边上还有官员跟着，采珠户一个猛子扎下，太守则在池边提心吊胆观察，他满怀希望，最好一次能捞上几个大蚌、老蚌，那里面珠子的质量才有保证，珠运连着官运呢！

闪亮的珍珠，凝结着采珠人的血与泪。

曾任钦州教授的宋代笔记作家周去非，他的笔记《岭外代答》卷七，这样记载蜑民采珠的悲惨场景：合浦产珠之地，名曰断望地，在离岸十数里的海中孤岛下。采珠人从船上下到深池采蚌，用长绳将竹篮系住，篮子装满蚌，用力摇动长绳，船上的人就将采蚌人与篮子一起拉上来。但有的时候，采蚌人会经常遇到"恶鱼"，即便速度再快，采蚌人还是会被鱼吃掉，只有一缕血浮上水面，船上的人大哭。我猜，这"恶鱼"，极有可能是鳄鱼，也有可能是吃人的鲨鱼。不管周去非记录的是不是涸洲岛上的古珠池，都是悲剧。

涸洲岛上古珠池，自然吸引着各地来访者的目光，汤显祖也来了。

3

汤翁台。在强烈的阳光下，我见到了老朋友汤显祖。我在浙江遂昌见过他，那是他做过五年知县的地方；我在抚州临川见过他，那是他的出生与成长地；我在南昌的滕王阁也见到了他，那里见证他最辉煌的时刻，《牡丹亭》正式亮相。

此刻，他就端坐在涸洲岛的半山，大海边，目不斜视，万事不关心，他在日夜倾听着古老而又年轻的涛声。

明朝万历五年（1577），二十七岁的青年汤显祖，信心满满赴京城会试。这一次，以他的文名和才学，考取，应该有相当把握。显然，考试主官们也注意到了他的才学。首辅大学士张居正，此时正处一人之下万人之上的权势上，他的儿子，取功名如探囊中物，但又不想留下坏名声，于是，找几个成绩好的士子陪考。呵，你得第一，我得第二，我们是自己努力考上的，你们看看，这几个都是全国著名的才子呢！于是，青年汤显祖就成了其中之一的理想人选。

面对如此良机，汤显祖却想到了他家乡临川的玉茗花，这是什么行为？这种行为怎么配得上玉茗花的高洁呢？"吾不敢从处女子失身也"，他毫不犹豫地拒绝张居正的延揽。自然，考试结果，也充分证明了张居正的权力之大，同时被选中的沈懋学，高中首科，而汤显祖则毫无悬念名落孙山。

同样的情况，万历八年（1580），又发生了一次。张居正有六个儿子呢。如果几个儿子同时考中，即便万历皇帝不过问，他自己也觉得不好意思啊。张居正不死心，又派人游说汤，汤又拒绝，结果依旧。

张居正死去，张四维、申时行当政，拉拢汤显祖许诺以翰林做幕僚，也被汤拒绝。他不喜欢这种方式，更不认可这种行为，他要凭自己的实力。

三十四岁，青年汤变成了中年汤，这一年，他终于以极低的名次，三甲二百一十一名的名次考中了进士。然而，汤显祖似乎天生不适应官场。

有了进士资格，那就好好做官吧，不，他不安分，东提意见，西提建议，1591年，他上疏《论辅臣科臣疏》，弹劾邪恶，抨击弊政，口气严厉，措辞尖锐。不知怎么的，万历皇帝生气

了，他立即被贬，还被贬得远远的，去南粤广东徐闻县，一个听
都没听到过的小县，做添注典史，县领导中，排名第四，根本就
没有什么话语权。

汤显祖文才横溢，再加上他不阿权贵的胆气，被贬倒是不怕，
正好可以南下一路领略大好河山。有研究者这么认为，汤显祖彼时
名声已经很大，徐闻对于他的到来，大概对待的态度不亚于当年岭
南人之于坡翁，他以苏东坡自负，亦可谓当矣。确实如此，或许和
我到达涠洲岛的气候一样，酷热季节，汤显祖还没有到徐闻那儿报
到，而是一路游玩到海南，再从阳江入海，远抵北海的涠洲岛，他
要看看岛上的珠池。汤翁台边，刻着汤显祖的长诗，诗有长标题，
清楚地交代了缘由："阳江避热入海至涠洲夜看珠池作寄郭廉州"。
诗题比较长，没有背景解释，不太好理解，但这几句意思应该清
晰："日射涠洲郭，风斜别岛洋。交池悬宝藏，长夜发珠光。"

郭廉州是谁？他叫郭廷良，是汤显祖同年进士老朋友，此
时，他正任廉州知府。《廉州府志》记载：郭廷良"赋性刚方，
执法严肃，宽仁待下，清介自持"，在廉州，郭知府为官清廉自
守，做事公平公正，强力收回被豪强霸占的学校用地，为受冤枉
的百姓平反昭雪，政声斐然。

在一个大热天的深夜，海浪声声撞击岩石，汤显祖看了岛上
的珠池，却百感交集，除了感叹采珠人的不易，更借题抒发深埋
在心底的隐思：

"为映吴梅福，回看汉孟尝。弄绡殊有泣，盘露滴君裳"，这
四句却有四个典故，让人浮想联翩：不满王莽篡权而漂泊隐居的
县官梅福；不准滥捕乱采，创造"珠还合浦"可持续采蚌局面的
高洁清官孟尝太守；鲛人感于友人热情，泣泪成珠；为长生不

老，汉武帝用铜盘承露。梅福与孟尝，皆为当地人，与眼前的景有关；鲛人也是海边采珠人，更与眼前的珠池有联系。汤连用这些典故，想表达什么呢？无论为官或者求道，皆要好自为之，正直善良是本分，人生苦短，没有长生神药，我们各自珍重吧。

不是说职位不重要，就可以不干事的，虽在徐闻的时间极短，但汤显祖以他卓越的学识及热情，依然为徐闻做了许多事，特别是讲学、建书院，可谓后世影响极大。

幸好，不久，他就到了浙江遂昌，这个小县虽偏远，却是他人生走向顶峰的地方。遂昌县长，在遂昌，山高皇帝远，他可以说了算。

汤显祖将诺言带到了遂昌。在这里，他实现了一些人生理想，爱民勤政，兴办教育，劝农田耕，灭虎除害。自然，他人生最大的理想也将要开始付诸实施，他满腔的戏曲因子就要喷薄而出了。

4

在涠洲岛鳄鱼山景区，比较夸张的是那些火山石的造型。

听听名字，就能揣测出千姿百态的火山海蚀地貌了：猪仔岭，岩石一个一个如小猪一样，蹲着立着，憨态可掬；鳄鱼石，岩石一条一条如鳄鱼一样，卧着藏着，血盆大口张开，栩栩如生；滴水岩，泉水叮咚，泉水叮咚，泉水叮咚响。

这是中国最年轻的火山岛，这里也是国家火山地质公园，巨大火山岩壁上，那些丛丛叠叠的生命力旺盛的仙人掌，使我目光兴趣浓厚。

黑黑的岩石，看上去沉稳而宁静，看不到一点泥土。仙人掌们却生机勃勃，它们开着黄色细碎小花，抱团生长，枝蔓复杂相勾结，它们向人伸出夸张的玉刺，与海滩上张牙舞爪横行的蟹极相似，都是想保卫自己，不受侵犯。

涠洲岛初生，起初应该是极其贫瘠的，赤红壤，风沙土，滨海盐土，那些火山灰性质的薄层土类，都需要时间的改造，幸好，远古时代，远古的远古，大地有的是时间，且最有力量的就是时间，时间会将一个新岛打造成一个琳琅满目的博物学院。美国自然文学作家艾温·威·蒂尔曾这样向我们描述他的考察发现：一棵苹果树会向太阳伸出十万片叶子，一棵榆树，会有一百多万片叶子，一棵糖槭，会披上半英亩的簇叶。我看着涠洲岛上茂盛的树与繁密的草，幻想着，它们一片一片的树叶，一片一片的草叶，也都向着太阳，只要有太阳，不用多久，这些叶子就会铺满整个涠洲岛，甚至会伸向阔大的海面，一直延伸到北海那边的银滩大道。

耳听此起彼伏的鸟鸣，你会感觉，涠洲岛上的鸟类也数不清，简直就是候鸟博物馆。我看《涠洲岛志》，它告诉我，燕隼、红隼、雀鹰、灰脸鸶鹰、黑鹳，这些鸟都是常客。涠洲岛还是候鸟迁徙海南岛、西沙群岛、东南亚的重要中途驿站，每年的十月，群鸟聚集，它们会制造出异常喧闹的场景。这些鸟的快乐，我完全能从它们交流、翻飞的姿势上体会得到。

5

古老与年轻，坚硬与柔软，热烈与冷静，涠洲岛忽然如一个具有深邃思想的哲人一样，伫立在我眼前。他伸出手指，朝天朝地指了指：我的热烈，来自天空与大地，是它们赋予了我全部的骨骼与灵魂。

浔水之阳

浔阳，柴桑，琵琶亭，白鹿洞，浔阳楼，大江与大湖，九江给我的印象就是气势和深厚的历史底蕴。这一次行走，却又从悠久中感受到现代勃发的诗意。

1

陶渊明有一首《四时》诗是这样的：

春水满四泽，夏云多奇峰。

秋月扬明晖，冬岭秀寒松。

我喜欢陶诗，以前读陶诗，只是关注他的隐逸，归田园居，桃花源式的理想，及至中年，再读陶渊明，就感觉他是特意在天地间修行，那种修行，是完整的、有计划的，尽管生活常常无情捉弄，但他依然由着自己的心，潇潇洒洒地生活，他的精神始终高洁。即便是普通的写景，都深含着别种寓意。《四时》就是这样。又忽然发现，这诗似乎就是为我们兄妹三个写的，春水是我的笔名，我妹秋月，我弟夏云。有人开玩笑说，你妈要是再生一个就好了，凑齐春夏秋冬。玩笑了，先打住，我爸高小毕业，我问过他，他读书时根本不知道陶渊明这首诗。

陶宗仪在他的笔记《南村辍耕录》中，多次写到陶氏的谱系和世系。他中年后从台州移居松江的著名草堂叫南村，就来自陶渊明《归园田居》诗的"开荒南野际，守拙归园田""在昔闻南亩，当年竟未践"。陶宗仪晚年有诗云"南村差似浣花村，惭愧山中宰相孙。独抱遗经耕垄亩，病辞束币老丘园"，而且，陶的朋友们，也经常以陶渊明或陶弘景后裔来称赞他，赞美他的品德如先人，赞美他的诗文如先人。显然，陶宗仪是有意识地追陶、念陶。

壬寅秋日，一个晴朗的早晨，柴桑的陶渊明纪念馆尚未到开馆时间，文友就陪我进去参观了。虽第一次来，心里却已惦记他无数回了，他诗文勾画出的不少意象深刻在我脑海中，我相信，喜欢他诗文的人心中都有着自己的陶渊明。或许我是当天的第一位客人，讲解员积聚起的热情将陶诗念得激情四溢，听到"种豆南山下，草盛豆苗稀。晨兴理荒秽，带月荷锄归"时，内心忽然感叹起来，"草盛豆苗稀"这一句，我用QQ签名曾经十几年，管着单位的经营，体力智力都疲倦得很，即便这月业绩再好，一到下月初，报表全部归零，用力多，收获少，年年艰难，简直就是另一种陶渊明啊。

归来亭，书法长廊，菊圃，柳巷，纪念馆不大，却林深茂密，颇显幽静，看着眼前的景色，常会跳出他的一些诗句，我想，这算是对他最好的纪念了。陶靖节祠内，陶渊明立于正堂，头扎漉头巾，神情庄严，手握一卷《山海经》，他在思考什么？我以为，是在努力寻找他那个时代自己的生存法则，不苟且，不偷生，安贫乐道，自然不会为五斗米折腰，不过，存的酒已经喝完，明日的酒在哪里呢？这也是个大大的问题！

苍松环抱，层林叠翠，陶渊明墓就在馆后的山坡上。青石牌坊，几十个台阶，拾级而上，一座大大的墓陵，神道、碑亭及楹联齐全。讲解员说，原墓在别处，元末兵乱墓圯，明代重修，眼前墓是依原墓修建。我思忖，即便有墓，一千几百年的时光，也不会有什么东西留下了，陶渊明因贫困而死，简简单单，草草下葬，"死去何所道，托体同山阿"，他根本不在乎，他甚至都预估到了死亡的时间及坟茔的环境，"严霜九月中，送我出远郊。四面无人居，高坟正蕉峣。马为仰天鸣，风为自萧条"（《挽歌》）。荒郊野外，土坟可以堆得高大一些，听风接雨，再日日迎着阳光。穷困怕什么？一个人躺在天地间正好！嗯，陶渊明其实是不用碑的，他的墓志铭都在人们千古传诵的诗文中。

转了一大圈，没有发现菊花，原以为，陶渊明纪念馆应该是以菊花为基本底色的。匆匆赶来的馆长说，菊圃原来有种植，今年特别旱，重新规划了一大片，明年就可以采菊东篱下了。馆外有个大池塘，荷叶在晨阳下显得特别鲜亮，尽管绿叶与枯枝相交，依然生机动人。

2

长江边，登浔阳楼，在宋江题反诗的情景中热闹一番，倚楼远眺长江，喝酒喝茶听水浒，好地方。距浔阳楼不远，就是琵琶亭，亭台高耸，但亭外大栅栏紧闭，只能遥望。其实，登不登楼，看不看亭，都无所谓，反正，白乐天那晚"浔阳江头夜送客"的时候，一定没有楼，也不会有像样的亭台，它只是湓浦口的一个渡口而已。此亭，最早的历史也只能为宋代所建。

宋孝宗乾道六年（1170）闰五月十八日。江南的六月天，酷暑的前奏，闷热交加，傍晚时分，一只大船从山阴的鉴湖出发，陆游开始了漫漫的入蜀行程。此前，他已经做过镇江通判、隆兴通判，在家闲居五年，这次还是通判。夔州，他知道，五千里地以外，是偏僻的蛮荒之地。

过运河，入长江，两个半月后的八月初三，陆游的船到了琵琶亭。此地是江州，在这里，他收到了夔州寄来的文书。陆游在《入蜀记》中没有写文书的内容，应该是一般性公文，宋代官员的调任迎送，套路挺多，宋仁宗就下诏，对迎送的距离、人数、费用、等级都作了明确的规定。夔州的文书表明，来迎接陆游上任的差吏已经在出发的路上了。

浔阳这条江，真是太有名了，陆游的耳边似乎响起白乐天的叹息声。在江州，他拜见了知州、通判、发运使、发运使干办公事、察推诸官员，这是礼节。不过，他没有过多写白乐天，即便众官员在庾楼宴请他，他也没多写。或许，陆游心里，白乐天的诗，过于浪漫，尽管《琵琶行》极著名，他还是喜欢不起来。短暂被贬，只是小伤感嘛，而纵观白乐天的一生，也算是过得优雅，看看眼下自己颇为狼狈的生活，距离实在有点远。

陆游上庐山的四天，很充实，太平兴国宫、东林太平兴龙寺、慧远法师祠堂、神运殿、华岩罗汉阁、白公草堂、香炉峰、东林寺，连日游历，焚香，拜佛，看碑，看画，看山，看峰，听钟，听泉，听鸟，品泉，品茶，夜晚甚至拥炉。山中的寒，和船上的终日挥扇，完全两个季节。

陆游不太喜欢白居易，与心情有关，我还是挺崇拜白大诗人的。我有一个不常用的笔名叫"白乐天"，尽管没经大诗人许可，但也是字字有来历："白"是因为我老家的小村叫"白水"；

"乐"嘛，姓的谐音，我甚至还为自己的一个杂文选集取名为《乐腔》；"天"，我最早的笔名叫"陆地"，儿子出生后就给了他，自己再取"陆天"，邮箱的名字干脆就叫"landsky"，大地与天空。不是我野心大，只是不想受太多的约束而已，想做一只鸟，在天地间，自主遨游。

站在琵琶亭外，脑子自由飞翔了一会儿（应该是胡思乱想），起身要去庐山东南麓，藏在密林中的白鹿洞书院，还有将书院打造成千年品牌的朱熹，一起将我的脚步拉快。

3

从隆兴到乾道，再到淳熙，宋孝宗在位二十七年，共使用了三个年号。淳熙六年（1179），朱熹出任南康军知军，治所就在今天庐山脚下九江市星子县，他一到任便关注了曾经辉煌的白鹿洞书院。

这一年秋天，南康军大旱，朱熹深入乡间视察水利，顺便考察白鹿洞。当他站在白鹿洞书院的遗址前，面对残垣断壁、丛生荒草时，还是大吃一惊：这座始建于中唐、五代十国时期，南唐盛极一时的庐山国学院，怎会衰落到如此境地？朱熹环顾四周，这里四山环绕，林木葱翠，贯道溪汇集了两道溪流，穿流而过，远处五老峰之中峰，绵延数十里，如万马奔腾，正好是白鹿洞坚强的屏风，实在是一个读书讲学的好地方。朱熹知道，庐山一带，佛寺、道观密布，建了毁，毁了建，为什么眼前的书院不能重建呢？况且，这里还曾经有宋太宗所赐的经书。我不来这里任职也就罢了，来这里当领导，如果听任其荒废湮没，于国于民皆有所欠缺，白鹿洞书院必须重修，而且还要有制度保障。

大门、书堂、东西二斋、白鹿洞馆，二十余间小屋，勘书台上亭、贯道桥，书院的外围建筑，朱熹用他的智慧与人格魅力，在任期间与离任后，将书院修得有点规模了。三十多年后，朱熹之子朱在知南康军，他继承先父遗志，新建"前贤之祠、寓宾之馆、阁东之斋、趋洞之路"，扩建礼圣殿、直舍、大门，还修复了其他的旧有建筑。彼时的白鹿洞书院，规模宏大，远非其他州郡的学校所能及。

朱熹重修书院，目的就是为儒学正本清源。读儒家经典，科举考试并不是最终目的，而是要通过阅读与钻研经典，不断修身悟道。

朱熹亲自制定的白鹿洞规，我一条条仔细阅读：

五教之目：父子有亲、君臣有义、夫妇有别、长幼有序、朋友有信。

为学之序：博学之、审问之、慎思之、明辨之、笃行之。

修身之要：言忠信，行笃敬，惩忿窒欲，迁善改过。

处事之要：正其谊，不谋其利；明其道，不计其功。

接物之要：己所不欲，勿施于人；行有不得，反求诸己。

从学习方法，到为人处世，大道理，小细节，每一条，似乎都可以从孔圣人那里找到源头，苦口婆心，循循诱导，明理修身，然后推己及人。按照朱熹的设想，读书，修养，济世，这三者是可以达到完美统一的。

朱熹看着有些上规模的书院，眼前闪来"鹅湖之辩"的场景。彼时的朱熹，已经完成了四书集注，理学体系初步建立。对他来说，与陆九渊的这场辩论是必需的，只有通过大辩论，他的理学体系才能构建，学说影响才能扩大。他力图使经学、史学、哲学及文学，都能有机地融入理学中去，如果能将其他学派排斥，那就太理想了。不过，辩论归辩论，友谊归友谊，朱熹知道陆九渊的分量，眼下，白鹿洞书院修成，还需要名师来撑场，朱熹想到了陆九渊。接下来的场景是，朱熹热情相邀，陆九渊迅速来白鹿洞讲学。陆大师就《论语》中的"君子喻于义、小人喻于利"作了深入浅出的阐述，《白鹿洞书院论语讲义》名扬天下。陆大师在台上讲，朱大师在台下听，不断点头赞许。课讲完，朱熹高度评价，说陆九渊讲得恳切明白，并切中时弊。今天看来，朱陆的鹅湖之辩，观点其实不完全对立，而是互补，真理不辩不明。

朱熹亲自讲学的铿锵声，自然常在白鹿洞书院的上空回响。他耐心细致地讲述他的教义（《白鹿洞书堂策问》）。在离开南康的告别宴会上，他又语重心长地讲张载的《西铭》，并以刚刚发生的官宦子弟在南康城闹市骑马奔跑重伤穷人孩子为例，表达凡天下衰老病弱、各类残疾、鳏寡孤独者，皆是我同胞之深厚人文情怀，谆谆之情，悲悯之心，在座听众莫不深深触动。

朱熹、陆九渊之后，王阳明、湛若水、王畿等大家纷纷前往白鹿洞书院讲学，白鹿洞书院渐成中国古代最著名书院之一，但在书院的发展历史上，朱熹是一个里程碑式的人物。千年白鹿，朱子为最。

4

长江自唐古拉山脉汩汩而出，一路奔腾而来，行至九江段，古代称为浔阳江，县治就在浔水之阳（长江以北）。陶渊明、白居易、朱熹，他们都是九江重要的人文符号，都是闪古耀今的大书，我一一亲密接触，内心重新诠释。在浔水之阳的八里湖畔伫立，感受一望无际的壮阔，忽然觉得，以厚重文化历史为底蕴的九江山水文化，已经有了全新的融合。

长渠长

1

壬寅新夏，6月23日清晨六点，我伫立在襄阳南漳县城财苑宾馆的石栏旁看湖。湖心只有库底的碧绿安静躺在那儿，半库水都没有，我知道是汛期排空，没看到水，有点不甘心。出宾馆大门往右走，路其实就是山岗，这些山都属于荆山山脉，而南漳又是楚文化源头。边走边赏景，拐过一个弯，忽然，眼前出现一大片湖水，晨光中，湖面一直伸向远方，不见边际，除了偶尔几声鸟鸣，安静得很。

这两处湖面，都叫三道河水库，处于蛮河上游，河水在此积聚，碧波倒映着蓝天与山峦，在天地间养育起了数个大大的蓝宝贝，对"八山半水分半田"的南漳来说，弥足珍贵。

蛮河是汉江的主要支流之一，古名鄢水或夷水，有清凉河与三道河两支源头，两源在谢家台相汇后，形成一股越来越强大的力量，向汉水冲去。看着三道河水库那些沉静的湖水，我忽然想起，这水，要是给它一股推动前进的力量，给它一条道路，它就会奔涌向前，奋不顾身。

水利万物，也会变成猛兽。

公元前279年，秦军总司令（大良造）白起，奉秦昭王命令，攻击楚国。大军一路浩荡而来，横扫一切，破武关，直指楚国腹地——楚王故都鄢城（今湖北省宜成市郑集镇）。然而，偏偏楚军重兵把守，久攻不下。有人统计过，秦统一全国的过程中，共歼灭各国军队两百余万，其中一半，都是白起率领军队打下的。面对这样一个硬骨头，白起在详细察看地形后，想出了一个计谋：鄢城地势较低，而百里之外的谢家台，地势较高，这里又是蛮河的上游段，三百多年前，楚相孙叔敖曾经主导修筑过不少沟渠堰塘，虽有荒废，但只要稍加挖掘，联通，贯结，就可以形成一条长渠。在谢家台筑坝，让蛮河上游的水，变成英勇的兵卒，沿着长渠，奔涌一百里，去淹塌鄢城！

战局可想而知，白起引水破鄢，成了中国历史上数十起最著名以水淹城的重要战例之一，场景的惨烈与残酷，我不想多说。白起破了鄢城后，兵指楚王城，楚国元气大伤，屈夫子也愤懑郁积而投江。五十余年后，楚国就如韩、赵、魏一样，在不到二十年的时间里迅速灰飞烟灭了。

这条长渠，自此多了一个名词，白起渠。

2

车子出南漳县城，往武安镇方向奔驰，我们去谢家台看白起渠。

车子在阔大的田野里缓慢穿行，路边就是白起渠，渠不宽，窄的地方只有几米，但水量丰沛，安静地流着。渠两旁，大多是玉米地，玉米秆高大粗壮，叶子绽放出的油油绿意，饱满，苗壮，蓬勃，长渠滋养两岸的田地，如同南漳大地输送血液的重要经脉。

谢家台到了。这里是渠首，长渠遗址。

渠首的负责人告诉我，此地属襄阳市三道河水电工程管理局管辖，只有四个人，负责管理南漳段的渠道，放水，关闸，沿渠水的调配，什么事都要管。

白起渠灌区横跨南漳、宜城两县（市），谢家台是起点，渠水向东流了48千米后，在宜城市的赤湖进入汉江，号称百里长渠。白起渠以灌溉为主，还兼有防洪、城乡工业、城市环保等功能。

不大的院子中央，白起身披盔甲，右手握着一卷书，面向前方。这个雕像不大，也不是战神模样，秦军总司令不持剑而握书，颇让人思量。我猜测设计人员的心思，所有的过往虽都成了历史，但无论从哪个角度说，此渠总是因白起而来，塑像只是对历史的尊重。

看过一些碑阁碑文，我们进渠首闸看白起渠的历史沿革。自东汉以来，除了明代，历唐宋元清，白起渠经历过五次大修和七次局部修治。北宋时，曾任襄州州官的曾巩，在他所著《襄州宜城县长渠记》这样记载：

> 长渠至宋至和二年，久隳不治，而田数苦旱，川饮者无所取。令孙永曼叔率民田渠下者，理渠之坏塞，而去其浅隘，遂完故碣①，使水还渠中。自二月丙午始作，至三月癸未而毕，田之受渠水者，皆复其旧。曼叔又与民为约束，时其蓄泄，而止其侵争，民皆以为宜也。

① 碣（è）：堰。

公元1055年，孙永的这一次修渠，是历史上的第三次大修。长渠已经坏了很久，老百姓种地饮水颇受干旱之苦，孙县令指挥民众，举众力复之，只用了一个多月时间，就修复了长渠，他还亲自参与修渠，又制定了完善的用水管理制度。曾大作家到襄阳任职时，孙永早已经离职，但自长渠修复后的十余年时间里，长渠两岸的百姓足食而甘饮，纷纷赞美孙县令。曾巩写此文的当年秋天，当地又是大旱，只有长渠地区没受影响，曾巩于是有感而发。

1939年开始，抗日名将张自忠驻守宜城，积极倡修白起渠，次年5月16日，张将军英勇殉国。1943年9月，湖北省政府将长渠改名"荩忱（张自忠字荩忱）渠"，然而，因战事、经费、政治腐败等各种原因，1947年7月，长渠修复工程彻底停工。新中国成立后不久，1952年开始，宜城、南漳两县，共用1年4个月的时间，最终修复建成了新中国最早的灌溉渠、湖北省第一个大型工程。

我伫立渠首滚水坝旁看蛮河两岸，坝长120多米，坝高2.7米，坝底宽16.6米，坝下游，河道开阔，河对岸的草地上有牛在吃草，人在垂钓，还有不少人在河里游水嬉戏。宽阔的蛮河，我想象着它过往的辉煌。当地人都说，这蛮河，原来曾经通航，大船可以直达汉口。坝上游，河水已经贮满，形成湖面，渠首右夹角两端，蛮河主河道及长渠首，均有沉重而巨大的拦闸，闸的控制，完全智能化，随时根据水位调节。

陪同我们的庹先沮先生，南漳县的文史专家，虽年过七十，却精神矍铄，他是白起渠申遗（"世界灌溉工程遗产"）的主要成员之一。他告诉说，白起渠最大的特点为"长藤结瓜"式蓄水。这个比方其实很形象：渠道像瓜藤，渠两岸的水库、池塘像藤上的瓜。也就是说，目前的白起渠，大致由三部分组成：我们眼前，谢家台这边的渠首引水或蓄水工程；水由谢家台流出，输水、配水的渠道称之为藤；40多千米的长藤两旁，还连接着不少大小瓜（水库和池塘）。

查水利史，白起渠"长藤结瓜"式蓄水、引水灌溉工程模式，对后人特别是今天的启发巨大。这其实是一种智慧，水利万物，上善若水，就会造福于苍生，白起渠为南漳、宜城两地三十万亩农田的丰收提供了重大保障。

中国古老的水利工程，我看过不少，都江堰、郑国渠、坎儿井，我就住在京杭大运河杭州终点的拱宸桥旁，我还写过建于北魏时期丽水的通济堰。庹先生告诉我，这白起渠，也是中国现存历史最悠久的水利工程之一，它比都江堰早23年，比郑国渠早33年，迄今已有2300余年的历史了。

白起渠中水，汩汩向东，沉静而有力，这渠就好像一位历两千多岁而又重生的神奇人物，虽风雨沧桑，依然在天地间自由地生活着。与那些躺在博物馆中静静供人瞻仰的国家宝贝相比，同样是文物，静物只能代表某种文化，而眼前这条长渠，却仍然在滋养着万民。

3

我很好奇，这"长藤"上的"瓜"是如何串联起来的？它们如何发挥作用？说起这些，庹先生如数家珍。

《大元一统志》曾记载："长渠起水门四十六，通旧陂四十有九。"就是说，古时候的长渠灌区，共有49口堰塘与渠道相通，常年蓄水，忙时灌田。今人自然将这些"瓜"运用得更加科学。在古渠的基础上重新勘挖，渠首蛮河筑滚水坝，上游建设三道河水库等大中小型水库10余座，而小"瓜"，那些大大小小的堰塘，则有2671口。宜城段，还内设了4个大型节制闸，顺流而下，将灌区分为4段，关闭闸门即可抬高水位，就近供水。

怎么灌溉呢？我问。主要是"分时轮灌"，庹先生答我。

这项技术，源自古时，其间蕴藏着古人巨大的智慧，很有点像现今的计算机控制。庹先生详细举例：以9天（216个小时）为一轮，将各节制闸控制区域划分范围，分时轮灌。自上而下，一段节制闸以上供水48小时，二段节制闸以上56小时，三段节制闸以上50小时，四段节制闸以上54小时。为解决突出矛盾，还留有8个小时机动供水时间，供水时，沿线有专人负责管理。水不再是蛮横的兵卒，只能乖乖滋润庄稼。而两岸的大型水库，则随时可以补水。南漳、宜城两地的30.3万亩农田，因这白起长渠，变成了襄阳地区重要的丰裕粮仓。

南漳作家冯耀民老师，陪我去看长渠边"瓜"周围的农户。

谢家台村一组，种粮户徐自双家。徐今年四十五岁，一个儿子，儿子去年高中毕业参军，夫妻俩种着两百多亩田。问起长渠及使用水的情况，徐笑着说：没得长渠，就没得水田。我们种田，全靠长渠水灌溉，直接用水泵抽水到田里就行。从小麦收起整水田，那三个多月时间里，用水一直不歇。

安乐堰村，长渠在南漳境内的最后一站。全村5400余亩农田，旱地不到五百亩。村里长渠边有两个大"瓜"：安乐堰水库，安乐堰二库，都在长渠同侧，相距不远，库容比较大。前"瓜"离长渠有一两里地，二十世纪四十年代，村里一个叫张长春的乡绅出资修建。后"瓜"紧挨长渠，修建于二十世纪五六十年代。

种粮户朱自超家。朱今年六十一岁，老两口种田近两百亩。又问渠水与良田的关系，老朱回答得很干脆：即便再干旱，两个水库也能确保他的粮食丰收。种水稻有期限，没有水，就没指望。他举例，前年大旱，从小麦割起两个多月没下雨，不敢想象没有长渠的日子。

无须再多看，我从走访农户的笑容里，从长渠两旁农作物勃勃生机的长势中，已经读出了诸多信息，古老，智慧，佑护，自信，幸福，江汉平原上的这条古长渠，是渠两岸百姓的生命渠。

4

《易经》里出现的占验之辞，共有九个等级，从最好到最坏依次是：元吉、大吉、吉、无咎、悔、吝、厉、咎、凶。白起壅水为渠以灌鄢，是最坏的"凶"。然而，时间不同，空间不同，害变成了利。白起渠的"长藤结瓜"，给人们带来的都是吉与大吉，而现今长渠的乖顺，更是元吉，不仅有水利灌溉之大利，更有文化上的重大文物、文献价值。

长渠长，长渠清，润过南漳与宜城，直抵汉江。

龙游之谜

山峦起伏龙游来，春秋古城传奇多。

1

春秋时期，吴越的拉锯战已成胶着之势。鲁哀公十三年（前482）六月十一日，吴国都城郊外，两支越国军队的战舰队已经悄悄停在城西的太湖边，吴国都城岌岌可危，越军之一的总司令是越国大夫姑蔑首领畴无余，另一支则由古瓯越族首领讴阳率领。以太子友、王孙弥庸为主要指挥官的吴国大军很快就识破了越军的围城企图，他们率坚锐吴军与越军大战，二十日，畴、讴两司令不幸战败。不过，战情很快出现逆转，次日，越王勾践率大军、战舰赶到，气势如山，大败吴军，还俘虏了太子与王孙。

这场战斗，被详细记载在《左传·哀公十三年》中。战争的残酷与硝烟，不是我说的重点，我只说姑蔑。姑蔑在什么地方？《国语》上记载："勾践之地，南至于句无，北至于御儿，东至于鄞，西至于姑蔑。"据专家考证，"句无"在诸暨市南部，"御儿"为桐乡市西南，"鄞"即宁波市鄞州区，这"姑蔑"，就是今天衢州市的龙游县。

历史上的姑蔑，虽是越国的附属小国，却演绎着诸种传奇。吴越大战的两百六十多年后（前222），秦王嬴政灭了楚，在姑蔑设置了太末县，隶属会稽郡，这是浙江十三个最古老的县之一。我老家桐庐县，则要到四百余年后的三国时期才建县。时光荏苒，至唐贞观八年（634），太末县更名为龙丘县。又历三百余年，吴越王钱镠以为，这"丘"与"墓"意义相近，他不喜欢治下有这样不吉利的县名，这个姑蔑古城，丘陵起伏，如游龙一样，就改"龙游"吧。

钱镠喜欢龙游，大家喜欢龙游，我也喜欢龙游，龙游人更喜欢龙游。两千五百年前谜一样的姑蔑古城，虽已被历史与尘土湮灭，但我在姑蔑城生态园，看到的却是一片生机勃勃：森林公园，果园茶园，芳草地大草坪，嬉戏欢乐的人们，在古老文明的土地上尽情奔跑追逐。

从万年文明的荷花山遗址、青碓遗址，到两千多年前的龙游石窟、汉唐墓葬群，再到跻身中国十大商帮文化的明清龙游商帮，每一个千古名词，都散发出谜一样神奇的光。龙游皮纸、村落宗祠、砖雕、木雕、石雕、河西老街、龙游发糕、龙游徽戏，种种民俗文化，也历千年，浓郁的烟火气息时时弥散在我的周围。

2

龙游的谜，进入龙游石窟，让人叹为观止后便达到了高潮，你会被各种谜面不断撞击，"世界第九大奇迹"，果真名不虚传。

到目前为止，龙游石窟到底何人开凿？凿于何时？究竟干什么用？大致有九种观点影响最大：采石说，穴居说，宫殿说，陵寝说，仓库说，藏兵说，巨石文化说，道家福地说，外星人说。每一种说法，都有着各自长长的依据，言之凿凿，似乎都可以当作重要研究成果发表。然而，每一种说法，也都可以被人轻松驳倒。

1992 年 6 月，闷热的梅雨季开始不久，龙游小南海镇石岩背村，衢江与灵山江交汇处，当地吴姓农民联合其他三位村民，用四台抽水机同时在屋后的"无底塘"抽水，极大的好奇心支撑着他们坚持不懈，整整 17 个昼夜后，塘水终于被抽干，石窟出现，天下震惊。三十年后的又一个梅雨季节，供人参观的一号至五号洞窟，我们一一参观，四千五百余平方的空间，都是从岩石的肚子中间凿出来的，洞窟高度三十米左右，每洞都分布着数根鱼尾形石柱，目前已经探明，附近不大的地方内，就分布着 28 个大小洞窟。

灯光的幻影，精致的布局，石壁上精密而细致的凿纹，特别是接缝处，似乎只有现代技术才能达到，众人纷纷感叹，大家开始猜想。影影绰绰中，我眼前瞬时出现了范蠡，这个春秋时期的政治家、军事家，我更认可他著名经济学家、超级生意人的身份，范蠡会不会与这些石窟有关？反正是猜想，那就不妨猜想一下。

范蠡是越国相国，献策勾践灭了吴国后，传说他带着西施隐去。

隐去前，他还替勾践献了一策：姑蔑国城郊外，灵山江边，有大片红砂岩，此岩遇水软化，湿法开采即可，我的王啊，采出来的那些石头，顺着江，可以很方便运往我国各地的一些重要城市，加固城池，以利全国备战；那些开采的工人，我们可以从冬闲时的百姓中征集，以工代赋，干多少活即可以抵扣来年的赋税；或者，遇到荒年，我们征集民工，以工代赈。我的王啊，这项工程还有好处，石头开采完形成的空窟，我们可以用来藏兵、储物，要知道，这种设施是永久的，可以使用几百上千年。我的王啊，我是个道教徒，从我们修行的角度看，这样的空石窟，冬暖夏凉，隐蔽清静，还是个很好的道教祈福场所呢！我的王啊，我还要强调最重要的一条，我们这项工程，要国字号特别保密，不留任何文字记载，除了您我，不让任何人知晓我们的意图！

范蠡的计策，勾践百听百从，这一回，依然听从。经过十年的卧薪尝胆，他更加有体会，国家要长治久安，必须想一些常人想不到的点子，这个鬼才，这一回，又为我国立了大功。

果然，一切皆如范蠡设想的那样，越国的冶炼业已经相当发达，工人们技术精湛，那些先进的开凿工具，切石如泥。因为范相国事先有指示，且又常常到现场督查，工人们采石，逐层下剥，斜凿而进，且注意了洞窟的整体布局，这就是我们今天看到的场景。这位后来的陶朱公，三成巨富，又三散家财，他用过人的智慧，造福百姓。晚年他在陶地隐居的时候，脑子里常常想起灵山江边，姑蔑国采石叮叮当当热火朝天的场景，哈，那里有他一个大秘密呢。

3

我去罗家乡的陆村，那里也有一个大谜等着我。

《桐江陆氏宗谱》记载，桐庐陆姓的始祖是陆秀夫，就是南宋在崖山仗剑驱妻儿入海，然后抱着小皇帝奋勇跃海的那个忠义丞相。尽管有诸多疑问，我的内心，还是极为尊重这位本家宗亲先祖的。胡炜鹏几次对我说：陆村，生活着陆秀夫的不少后裔，那里还有陆氏宗祠，你必须去看一看。

我和徐剑、林那北兴致勃勃赶往陆村。车自龙游县城出发后，不久便往山里钻进去，自罗家乡政府地段往里，道路便越来越崎岖，路右边是山，左边即是河，当地人称桃源溪，溪不宽，溪水已浑黄作咆哮状，显然，这几日暴雨一直下的原因，我知道，要在平时，这些溪涧，一定是溪流潺潺，水特别温柔清澈。山路越来越窄，我们一路议论，看这地势，陆秀夫真有可能选择这样的地方隐居，崇山峻岭，往往是将身子与思想都隐藏起来的理想之所。

艰难上了一个陡坡，靠山有一户人家，车子在门口的空地上停了下来，陆村的村主任已经在此等候我们。村主任说：这屋的主人叫陆维增，他就是陆秀夫的后裔，他家有家谱。一阵寒暄，今年刚好七十岁的陆维增捧出了四册《桃源陆氏宗谱》。我们一本一本翻看，一边翻一边问。家谱显然不全，看仅存的家谱信息，陆秀夫后裔在此的生活轨迹是这样的：某年，陆秀夫被丞相贾似道打压，被迫辞官，南下途中，他带着大夫人杨氏、二夫人郭氏及长子礼一、次子礼二等家小一路行来。行至桃源溪畔铜钵山脚，此地山青水清，不停地走，一家大小已疲惫不堪，不如在此歇脚过日子，此地山水足够养活一家子人。眼前好山水，让陆秀夫为飘摇王朝一直担忧的心暂时得到舒缓。一年多后，一路南下逃跑中的朝廷又重新起用了陆秀夫。接到命令，陆秀夫带着夫人及次子离开赶赴新的战场，小夫人郭氏及长子礼一留在此地。这礼一就是桃源陆氏的始姐了。于是就有了今天的陆村。

我清楚地知道，陆秀夫的年谱上记载着，夫人姓赵，侧室姓倪，有繇、七郎、八郎、九郎四个儿子。然而，一个显见的事实是，这个村一直叫陆村，在此生活的大多数人都姓陆，他们有家谱，村前还有山叫尚书岭。我拿着家谱问陆维增是秀夫的第几代孙？他说不知道，按家谱上字的辈分，应当在二十四代左右。村主任补充说，村下边还有一座陆氏宗祠。我们于是去看宗祠。这宗祠应该是明清时期建设的，保存基本完好，大门虽锁着，但能判断出曾经的辉煌。村主任说：陆氏族人，每年都在此祭祀先祖的。

雨后的山特别清新，陆氏宗祠白灰色的墙面上爬满了薜荔藤，蓝天与白墙与翠竹，构成了山野别样的生机。

回杭后，我将《陆秀夫年谱》找出，再一一细查，我想找到他出仕后的一段空闲时间，这一段时间不用太长，半年一年即可，如此，他在陆村的后裔就可以得到某种比较合理的解释。但是遗憾，没有这样的空隙。然而又想，秀夫君的年谱也不一定准确，年谱可以否定他到陆村隐居过，但否定不了陆村及桃源陆氏宗谱几百上千年的存在，那么，就将它当作一个谜吧。陆秀夫三十九岁曾谪居潮州一段时间，他的长子繇就在那时和当地人结了婚，陆繇生有三子，或许，陆繇的后人北上寻宗（盐城）到过陆村？

青山绿水间的陆村，藏着一个不小的谜，这谜就让它保留着吧，这也是对秀夫君的一种念想。我以为，为国为家，陆秀夫都做到了问心无愧，陆村陆姓不会无缘无故以秀夫为祖，我坚信个中一定有着某种渊源。

山中这片海

1

夏至前一日傍晚，滂沱大雨过后，我站在汀南丝语客栈前的沙滩上静静地看海。海天同蓝，海平如镜，海面上有三艘间隔着的小船，平静地张着白帆。鸥鹭展翅交叉翻飞，远山青翠如洗，括仓山脉逶迤连绵。木栈道下方，一片金黄色的优质沙滩，长达千余米，沙粒柔软细腻，棕榈树、沙滩椅、帐篷、瞭望塔，有孩子在追逐嬉戏，家长们大声喊叫。

然而，这片海却生长在大山连绵的云和山中。我去过无数次大海边，山中看海却是第一次，特别新奇。这片狭长的海，其实是由一条江截流而成，江叫瓯江，浙江省第二大江。这片海平面，往上下游尽情铺展。瓯江一直缓缓向东流去，直至流入宽阔的东海。

云和地处瓯江上游，面积一千平方千米不到，森林覆盖面积却达百分之八十一点五，这基本上是一个藏在森林中的县，而紧水滩等三座水电站的建设，又将云和瓯江段截成数个庞大的天然湖，青山与碧湖，白云与梯田，云和向世人展示了她独特的金名片。眼前这片海，地处石塘镇长汀村，因1990年石塘水电站建设而成"十里云河"。

2

忽然，海面上，远山，云雾升腾起来了，没几分钟，迅速将海面和群山弥漫。

山水是云雾的生成之母，而突然变化的气温就是云雾的催生婆，特别是雨后，看云看雾，成了云和山中的日常，无论春夏秋冬，云雾随时随地生成。

云雾其实很难分辨。我虽看过英国人平尼写的《云彩收集者手册》，知道一点积云、层云、卷云，但面对眼前的云雾，只能基本判断为对流云，气流上升膨胀，充分冷却，一部分水蒸气会凝结成云，但依然不太看得出名堂。在我眼里，那些低层天空的云雾，自由散漫得很，忽隐忽现，常常不守规则。比如，第一缕云雾是如何产生的？即便你盯着云雾看，刚刚还碧空如洗，不知道什么地方突然钻出一缕云雾，薄薄的，淡淡的，似轻烟。不过，我依然认定这第一缕云雾，是这一山一海云雾的母亲，起先它会随空翻滚，几个转身，它就拉拢起一支强大的队伍，不一会儿，就满山满海，势不可挡。那种气势，就如明景泰元年（1450），云和坑根石寨银矿矿工王景参揭竿而起反对矿主压榨一样，他们怀着同样的不满与愤怒，迅速集结起数万矿工，王景参，就是起先的那一缕白云。

看云雾，我最欣赏的就是它们那种完成集结后的恣意。有时，它们将整个山头山谷箍住，如铁桶一般，或者索性让山头消失。有时，它们会如固执的男子，明明对方没意思，却仍满山缭绕追着跑，如飞鸟，如跃马，如苍狗，没有哪一团云雾会重复相像。云雾的形状，你可以想出无数个比方，但我知道，这都是主观强加于它们的，云雾们根本不在意人们怎么看它，它们以自己洁白的身姿，生活在这个世界上，想来就来，想走就走。昨天下午，我们上梯田景区索道，上去时晴空万里，下来时云雾钻进了我们坐的缆车箱中。前一晚，我住梯田景区的云逸院子，晨六时，起床写作，六点半前，晨光高照，六点半后，突然抬头，浓密的云雾已经扑到了我的窗前。站起身，朝山下的梯田望，包括眼前还在摇曳的花树，此刻一切迷茫，只有鸟鸣声依然清晰。

王景参起义后的两年，明朝政府析丽水县的浮云、元和两乡，另行设治管理，各取两乡名字之一字成"云和"。有云有和，云代表环境，和代表理想，自此，云和以一种童话仙境般的姿态，深藏在浙南山中。

追着云的步伐，我到了云和，到达时已华灯初上，在浮云大桥旁的一家旅店住下，迫不及待地出门看夜景。浮云桥下浮云溪，浮云溪坝发出巨大的瀑布声，两侧已成宽阔的绿道。陪同的云和宣传部林部长告诉我，云和十一万人口，百分之八十都居住在县城，许多高山村民被集中安置到功能齐全的社区，这里的木制玩具，占中国市场的百分之七十，村民大多进厂当了工人，这是个典型的小县大城。看来往穿梭健步的云和市民，脸上都带着微笑，我想，这应该就是云和之原意了，云彩祥和，所有的人，都向往这样的环境。

3

海面上泛着细碎的波光，夜幕下的长汀海滩，也开始热闹起来了。

一队人着节日盛装，吹吹打打而来，大小唢呐、二胡、板胡、锣、鼓、钹，刚劲奔放，鼓点紧密，节奏感极强。他们的身边，一下子围上了不少游人，这是一场特别的沙滩表演，原始，豪放，激越。

这表演的是什么？看我有点疑惑不解的样子，云和文友练云伟兄笑着解释：这是"汀州吹打"，是我们云和特有的一种器乐演奏形式，浙江省级非遗项目，它与闽西汀州有关。长汀村民的先辈，都来自清朝康熙年间的闽西汀州，因怀念故乡，他们将所迁居的村也叫作长汀。难怪，我一进长汀村，就感觉名字有点特别，似曾相识，以为和闽西的长汀是巧合，不想，还真和汀州有关。福建的长汀，一直是古汀州府的所在地，世界客家人的首府。长汀人移居云和大山，念念不忘故乡，汀州吹打，在长汀早已失传，不想，种子却在云和这边继续生长。

一边看表演，一边听介绍。云和汀州吹打，多在娶亲、丧葬及各类民间集会等场合演奏，它复杂且有系列。比如娶亲，就有《开场白》《杀牲调》《送担调》《入门调》《上宴调》《敬酒调》《下宴调》等一系列不同的曲调，曲目按娶亲不同的过程逐次展开，开场吹"过家溜"，杀牲吹"上山虎"，送担吹"鱼公乐"，入门吹"双义对"，上宴吹"到青林"，敬酒吹"状元敬酒"，下宴吹"一枝花"。看着眼前沙滩上的欢快场面，我完全能感受到娶亲复杂过程中的仪式感喜庆感，喧闹与活泼一直持续，宴会结束，参加婚宴的客人，出门时，每人手上拿着一枝山花，寓意简朴而美好。

长汀，瓯江边的村子，叫汀，完全合适。这里酒店客栈的名字，也全部带汀，汀海、漫长汀、汀水伊人，一种浓郁的思乡情结在水边漫延。

<h1 style="text-align:center">4</h1>

船帮博物馆，我看到了一张长汀村的老照片：在一块约两平方千米的长方形水边平地上，沿山脚皆为参差的泥墙瓦房，村边是墨绿色的草和树，再往下是一片宽阔的石沙滩，瓯江清澈，曲折流向前方。下游石塘电站建造后，长汀村原来的石沙滩全部被水淹没。

2015年，长汀村完成村庄整治，这座瓯江边的村庄，已经与原来完全不一样，干净整洁，古色古香，但村民们总觉得缺少一点什么，原来，缺的就是沙滩，沙滩上有村民们从小到大的美好记忆。村民们强烈的自发愿望，县镇的极力支持，精心科学的规划设计，村前那片狭长的空地，就还原成了像模像样的"阳光沙滩"。所有的细节都表明了长汀人的眼光：沿水边修建两千米长的路灯带，房屋外墙统一勾画，亮化夜景，音响配套。无论从哪个角度看，长汀沙滩，一点也不亚于海边的某处沙滩，甚至更好。脚下这些细沙，确实来自大海边，它们带着浓郁的大海气息。沙滩五一假期开放，三天时间，三万多游客的喧闹声，彻底将长汀寂静的夜空掀翻。

夏至日清晨，细雨一直下。我和客栈主人坐在檐廊下的石凳上聊天，他姓钱，小个子，黝黑的脸，显得精明。我笑着说：钱老板运气好，正宗的沙滩阳光房。他似乎很满足：是呀，村里的沙滩火了，他老婆与儿子就回村了，原来都在外面开店。客栈虽只有六个房间，不过，一般的时间订不到房，尤其是七八两月暑假，基本都是大人带着孩子来玩，玩水玩沙，还有负氧离子充足的空气与森林。没有看到服务员，老钱笑笑：规模不大，我们没雇外人，儿子总管，老婆做服务员，他兼厨师，鸡自己养，鱼自己抓，菜自己种。我笑问：一年能赚多少？几十万吧。

与钱姓老板一样，长汀村迅速发展起十几家不同类型的民宿，还有村民自主经营的各种摊位几十家，年接待游客已达四十多万，三百人口不到的小村，百分之八十以上的人都在从事旅游业。我走进村头的一家客栈，汀水肴，这家老板身份很特别，他不是长汀人，他来自北京。此家屋主以前在北京打工，租住的就是他家的房子，一来二去，大家都成了朋友。北京人来长汀游玩后，脚就挪不动步了，决定租下他原来租户的房子开客栈。真的是一桩美好的事情，我没有更多询问中间的细节。我想，撇开经营这个层面，仅从人与人的关系而言，北京人一定没少帮助过这位长汀人，至少他们的关系是相当和谐的，而长汀人的实诚与善良及眼前这片山水吸引了北京人，这才有了这段佳话。

5

天空间歇放晴，我又踱至海边，举目四望，沙滩与海面，远山与蓝天，均让人心情怡然。海在山的深处，今日夏至，山中这片海，夏至长汀，正合时宜。

松古几何

天高，地阔。长虹卧波，秋水正长。

1

公元979年，对北宋来说，是个有点特殊的年份。赵光义从哥哥那里承继了皇位，雄心大发，想再创伟业，兵收燕云十六州，不料契丹将他打了个落花流水，他只好坐着驴车落荒逃命。虽惨败，五代十国造成的乱局却随着南唐主李煜的死去而基本平定，大侄子赵德昭也被他的一句话吓得自杀，他已经没有后顾之忧。某一天，赵皇帝招来行达禅师吩咐道：你西行印度去吧，取一些经回来，保我大宋平安万代。

没有行达禅师的具体记载，但《松阳县志》上这样说：行达禅师奉旨西行，到了中印度，十年后，得佛经八部及舍利四十九粒以归，受到朝廷嘉赐，为此发愿建塔藏舍利。行达禅师选择瓯江的上游松阳及下游永嘉（今温州）建塔，上游塔于咸平二年（999）动工建设，三年后塔成，此塔就是今天松阳的延庆寺塔。下游的龙翔寺塔，今已无存。

《松阳县志》这段记载，有语焉不详之处，我还有更大疑问：

塔为什么修建在瓯江上下游？这有什么讲究？难道禅师是这一带地方的人？修在开封或者中原其他地方似乎更有理由，但不管怎么说，这延庆寺塔，今天就高高矗立在松阳城西的云龙山下，广袤的松古平原是它的南屏障。

这就引出了文章标题的前两个字，"松古"，松阳县与古市镇，这是两个地名的简称。松阳位于浙江省的西南部，浙江第二大河瓯江穿行而过，流域面积占县境百分之九十三，瓯江在松阳，叫作松阴溪，它是瓯江上游最长的支流。群山绵延中突显一大片广阔无垠的平地，被称为松古盆地。自古至今，因为松阴溪，松古盆地成了松古灌区，浙西南巨大的粮仓，古代松古灌区良田的面积约9万亩，现今，整个灌区的灌溉总面积约16.6万亩。

延庆寺塔与松古灌区有什么联系？宋太宗赵光义起初吩咐行达禅师西去取经的意思就是保邦安民，瓯江上下游，塔一立，水顺田丰，百姓生计就有保障。这塔就好比孙大圣的金箍棒呀，朝地上一戳，宝塔镇江龙，万世于是安康。

2

现在，我们要进入一千多年前的松古灌区，看松阳先民们如何利用智慧，将松阴溪的水浇灌出丰收的果实。

对于水，最好的治理方法或许就是导与引，即便围与堵，也是导引的另一种体现，大禹治水就深谙此理。松古灌区，先民们最常用的方法是依势筑堰建渠，分片开圳引水。《松阳县志》显示，灌溉面积在千亩以上的古堰，响石堰、青龙堰、金梁堰、白龙堰、芳溪堰、午羊堰、济众堰，现存共有14处，筑于清代以前的堰坝就有122处。

壬寅深秋的一个上午，我站在石门圩老桥上看午羊堰，看长长的白花花的堰坝。老桥已变身为廊桥，但与传统常见廊桥迥异，虽朴素，现代感却很强，来往行人不断，不时还有风驰而过的摩托。桥的上游十米处就是午羊堰，此堰始建于明朝，坝长246米，该堰是周边数村的重要生产与生活水源，灌溉着下游4500亩农田。伫立桥上，从容看堰。闪动着浪花的堰坝有三个层次：最上层，数十厘米高的扇面形石墙，水流激石，细帘如冬冰垂下；第二层，有一个宽阔的砌石带，上有方形石墩排列，从此到彼，供人行走；由此跌下的水流为第三层，层面也宽阔，高度目测至少半米以上。这样设计的堰坝，无论来什么样的大水，都可以得到有效缓冲。水流平静的时候，午羊堰则会显出各种姿态，坝上水平如镜，坝下瀑布如细白练，甚至还有绿色点睛，几丛水葫芦在一二层面的宽阔地带水淋淋地伏着，它们似乎想往石面上扎根，顽强得很。

走过石门圩廊桥，在堰坝的另一端，有一条渠，渠首一道闸门，随时控制着下游的用水。坝底边有一户农家乐，人进人出，整个松古灌区，绿道绕水，百花娇媚，游人穿梭，似乎都已成旅游景区。堰坝分割，不时见到深潭湖泊，各自成景，我们行走在河岸绿道上，经过一处生态湖滩，但见湖面上绿岛遍布，岸边水牛三五，白鹭点点，当地人称牛背鹭。白鹭是牛的帮手，它们配合默契，牛身上的各类虫虫就是白鹭们的美食。

松古灌区，以松阴溪为主干，其余呈几何形布状，不少圳、渠，都有明显的分级结构。如果说堰、塘、井是溪水的调控单元，那交错的圳、渠则为溪水的传送单元，灌溉体系完整，旱涝可控，造就了"处州粮仓"。

3

怎么建坝，如何引水，松阳水利博物馆向我们仔细展现了这种讲究。

松阳先民一般采取无坝引水和有坝引水两种方式取水灌溉。

无坝引水，如金梁堰，《重修京梁圳碑》记载："溯圳之所，始在元，则由七象鼻潭入水。至明洪武年间，改而下之，则由轭儿洞潭入水。"无坝引水也不是一点不筑坝，只是因为七象鼻潭、轭儿洞潭所处的地势较高，只要在边上开一渠，需要用水，随时引水。

青龙堰、白龙堰、芳溪堰，这些堰坝都是有坝引水，筑坝技术，基本因地制宜。松阳地处深山，竹木到处都是，将毛竹分瓢剖成几缕，根部或末梢连着，编成空笼，再以溪中卵石填入笼中，构成完整的筑坝构件，竹笼装卵石，可广泛用于筑坝、围堰、护岸、护坡。古代都江堰也基本都以竹笼、木桩、卵石为主要建筑材料。浙江和松阳的不少文献都记载，松阴溪支流，在北宋时期就改为砌石干流堰坝了，而干流干砌石坝并设巨闸，则要到明万历年间。

明万历二十五年（1597），著名作家屠隆到遂昌访汤显祖，近邻松阳县令周宗邠知道了，他盛邀屠隆及汤显祖到松阳观光。周县令应该带他们参观了松古灌区的渠堰，屠隆的《百仞堰记》有如此描述："长堰蜿蜒，龙堰虹卧，中为巨闸，启闭以时……"可以想见，周县令为松古灌区的水利建设成就而自豪。我甚至能想象出，屠隆、汤显祖等视察之后的感叹，甚至还有亲水戏水场景，撩一下清流，往天空一扬，这青山绿水间，民丰官闲，也是一件极惬意之事啊！

看着这欢乐的场景，周县令也开心了，但他心里清楚，要管理好这一河清流，其实是件挺不容易的事，想着办公桌上那一摞摞公文公案要处理，周县令忽然心情有点沉重起来。比如在百仞堰推行圳田制，堰渠的管理经费要落实，各村的分水轮灌方案还要进一步优化。刚到松阳的场景，周县令永远也忘不了：万历二十二年，他初任松阳令，就接到棘手的陈年旧案，众多百姓要求修复百仞堰，该堰被冲毁多年，两岸农田一片荒芜。为什么多任县令不修复？他去现场观察，终于找到症结所在：原堰址位于北岸的四都源下，如果筑堰，南岸虽可灌溉，但北岸乡民则会内涝。经过长期踏勘水脉，周县令决定，将坝基往西上迁数百米，新坝地势稍高，南可决水灌溉，北无漫流漂舍之患，南北两乡的旱涝问题迎刃而解。县丞前几日来报，说百仞堰那边立起了一块碑，碑高196厘米，碑宽84厘米，上书"周侯治水德碑"，嗯，百姓心里有杆秤，松阳百姓对他为治水所作的一些贡献还是认可的，一想到此，有点欣慰。而屠隆前面描写的场景，应该就是百仞堰修复后的盛况，屠隆后来将周县令的治水经验总结为：成功难哉，在权利害。利七害三则兴利，利三害七则避害，利害相半，与其有利，不若无害。这差不多就是定量分析的原则了，但它产生的基础应该是周县令的成功实践。

正如周县令想的那样，在松阴溪流淌的一千多年中，因水而发生的各类争斗为数实在不少，这有榜文与碑刻为证，兹举数例：

　　天顺元年（1457），榜文记载：金梁堰灌区，顽民强抄汴石，占夺水利。时任县令及时查验，发榜文重新分派水圳，要求按榜分水灌溉。

康熙二十七年（1688），榜文记载：时任县令认为，前任县令制定的力溪灌溉六日，再小五坦三日，末源口五日的轮灌方案有失公允。县令重新调查有效灌溉面积后，变更了水权。

康熙三十五年（1696），榜文记载：时任县令追究源口地方土豪强截霸灌、不遵水期的行为，灌区百姓水权行使权得到维护。

道光十四年（1834），龙石堰碑文记载：灌区河头村，百姓霸截圳水，时任知县汤景和公断此事，并形成分水灌溉规定。

光绪七年（1881），榜文记载：时任郑姓县令，依据史实及现实情况，变更有史以来的"十四日"轮灌为"十五日"轮灌。两年后，继任县令将前任判定的轮灌方案勒碑永示，告示灌区百姓不得再紊乱混争。

每一块榜文，每一方碑刻，都是一段治水历史的生动演绎。用水无小事，民生无小事，任意截流，如果处理不及时不适当，都会引起纷争，酿成血案。

4

千百年来，松古灌区的民众，探索出了许多简单有效的管理规则与方法，它们一点也不亚于所谓专家的那种深刻智慧，不时闪光。

牛背调水。金梁堰灌区，进水口附近溪中有形似牛犊的巨石，百姓就以此为水文观测，当石牛背露出水面，就迅速筑堰，将松阴溪水调入金梁圳。这种方法，自明洪武年间开始使用，一直到2011年下游建起固定的堰坝才终止。

这牛背调水，不失为就地取材观测水位的民间智慧。李冰在修都江堰时，在水边上立了三个石人，以石人身体的某个部位被淹，来衡量水位高低和水量大小。至北宋时，江河湖泊已普遍设立了"水则"碑，所谓"水则"，就是石碑竖在水涯，上刻尺度，用以测定和记录水位的变化，则，准则之意。南宋的宁波，设立"平"字水则，碑上有大大的"平"字，水淹没"平"字，即开沿江海各泄水闸放水，水位下降露出"平"字，关闭闸门。明万历年间，绍兴重修三江闸，立水则碑，上刻金木水火土五字，规定水淹某字，开闸若干孔放水。想着水则碑的事，我忽然这样想，那块牛背石，不是文物的文物，似乎也应该得到某种保护，它可是松阳先民测水的最好见证啊！

汴石分水。指在干渠进入支渠分水口或堰坝取水口，左右墙及底板，用一定宽度的石板，以铁板浇筑固定，以使分水均匀。

分片轮灌。指按照分水榜文、碑刻规定的水期，分片区定期轮流灌溉。用水期间，松古灌区人头攒动，那种日夜流动的热闹与繁忙，完全可以想象。

明清时期，松古灌区还普遍推行"堰董会""圳董会"，这已经是很前卫的股份制雏形了。值得注意的是，其中的堰长、圳长，并不是某个人，而是管理集体，类似于现今的董事会制度，这有诸多榜文及石刻为证。例如明嘉靖九年的榜文落款："堰首：孙闵璋、周延庆、周明理、周□、周□福、周□□、周全、周□、周□。"县宪批复："仰堰长会同该图里，克照田均贴工食修

筑，毋违。执照。"长长渠，众人管，集小智为大智，集小力为
大力。

圳田制。B地借圳给A地建堰，A受益灌区划拨田地（或堰
圳董事会购买田地）给B地，B地堰董事会获得田地后，又将田
地租给农户，收缴的租金，用以管理、维修堰圳。还有借地建
圳，给予合理回报，均是协作治水，唯此才能双赢。

水权制。水权以投资为原则，谁投资，谁受益。不过，水权
的获取、变更、交易、保障，皆由政府主导，也就是说，大资本
不是随便可以进入获利的。

以上种种，皆为长效管理手段，这或许就是松古灌区千年长
流的重要原因。

松古灌区的丰美，使得人口不断在河两岸集聚，同时，支
流、支流的支流，那些松阴溪的毛细血管边，但凡有水源的地
方，就有人去开荒拓土。"古典中国的县域样本""最后的江南秘
境"诸多美称，将深山里的松阳装扮得神秘无限。至目前，松阳
境内的中国传统村落，达78个，居全国前列。这些古村落的灌
溉用水体系，至今完好。

5

起源于秦汉，发展于宋元，成熟于明清，松古灌区以松阴溪
为长藤，以沿线随势布局的堰塘井渠为结瓜，这是中国古代完整
水利工程体系的典范。

2022年10月6日上午，澳大利亚的阿德莱德市，国际灌排
委员会第73届执行理事会召开，浙江省松阳松古灌区与四川省
通济堰、江苏省兴化垛田灌排工程体系、江西省崇义县上堡梯田

一起成为第九批世界灌溉工程遗产。让松阳人骄傲的还有，始建于南朝的丽水莲都通济堰，1963年以前也属松阳县，此前的八年，通济堰已经成为世界灌溉工程遗产。

伫立松古灌区阔大的田野中，忽地想腾空而起，如一只大鸟般在灌区上空翱翔一下，那么，我的脚下，延庆寺塔虽小，却如定海神针般坚定，穿境而过的长藤，连串的大小瓜分布，都会如几何图形般袭击我的双眼，让人目眩神摇。

又偶尔发现，"几何"一词，最早起源于希腊语，由"土地"与"测量"两个词合成而来。万物皆数。我想，这应该不是巧合，松古灌区的几何，就是土地与溪流的和谐相处，各种经验与教训的选择累积，这是一道松阳先民巧解了数千年的现实的几何大题，但我以为，梦的变幻有无数种可能，这道题的最佳极值，仍然需要松阳人民今后不断解析下去。

两千三百多年前，雅典近郊，四十岁的柏拉图站在其学院的大门口，指着牌子上的一行字警告众人：不懂几何者莫入。说这句话时，他是严肃而认真的。不过，松古灌区的几何，没有门槛，沉甸甸的稻穗，欢腾的溪流，随时欢迎你来！

雾溪飞歌

云雾锁山，溪泉静流。

雾溪畲族乡，位于浙西南的云和县，一个藏在深山里的秘境。

1

连绵逶迤的青山，是宽阔的远景，你们就站在一棵老松树下，头顶虬枝，透过枝丫，是无际的蓝天白云，脚底下，几百立方的巨大岩石，足以抵得过世界上任何一个大舞台。白云，群山，松竹，流泉，飞鸟，甚至那些无数的不知名的虫子，都是你们忠实的观众。开始放歌吧，你们的歌声从心底里迸出，一句接一句，如那雾溪的淙淙清泉，一直唱到星月露头，歌声穿越长长的黑夜，再将初阳从晨光中唱出。

你们，畲族的男女老少，从会说话起，就会唱歌。你们说，肚中无歌难出门，歌声就是你们民族的记忆。歌是山哈的传家宝，畲家唱歌几千年。

车子从云和县城出发，一直在密林中穿行，如绿宝镜的雾溪水库时隐时现，它是云和居民饮用水的水源地，雾溪于是差不多全乡都成了水源保护区。转过一个又一个的山弯，我到了你们唱歌的地方，坪垟岗，这三个字，两个土，一个山，足以表明你们村的特殊，群山深处，翠竹环抱，有平地，有山岭，嗯，真是天然的好舞台。

雷岗和蓝岗两个自然村，两条山沟之间架起了一座索桥，村民喊它凤凰桥，桥头两端，是对歌亭，你可以想象这里随时发生热烈的对歌场景。凤凰是畲族的图腾，吉祥意美，桥不仅方便行人，更联结人心。我从雷岗这边径直过桥，几十米高的索桥在空中摇摇晃晃，身后有人喊恐高恐高，颤抖声却也有趣。过桥便是一大片茶园，层层叠叠，茶树叶子在深秋的暖阳下泛着黄色的光，我知道，这是黄茶，茶叶中的珍品。

从茶园到达蓝岗，坪垟岗村中心所在，这里有游客中心、文化礼堂、乡贤馆、畲族民俗文物馆，它与桥另一头的畲族红色革命历史馆、革命树、藏枪洞等，组成了整个坪垟岗畲族风情文化村的核心内容。坪垟岗村，在云和，在丽水，甚至在浙江，皆大名鼎鼎，1959 年，村党支部书记雷陈高曾应邀至首都参加国庆典礼，2011 年，被中央文明办评为全国文明村。

2

海青瓷碗，茶汤绿而浓，我们在村文化礼堂，喝雾溪原生态老茶。这些茶的外形实在不起眼，山野粗制，但经过沸水激活后，却慢慢呈现出它原有的在山间活泼的样子，纯真，质朴，似乎每一片叶子都注满大山的气息，像极了那些世居在山里的畲民。

喝着清茶，聊着闲天，雾溪乡党委的艾委员，递给我一本刚刚编印出的《畲乡民歌》，蓝色封面上，金色凤凰高鸣，还有"秘境畲乡"红底白字方印。

　　迫不及待翻阅，我其实是想从歌词中寻找畲民族的历史记忆。感恩、婚俗、传统、时政、生活、历史六大类，三十七小类，九百多首。

　　我设想的歌唱场景，首先从凤凰桥边的对歌台上呈现。

　　对歌开始了。男的唱："酒对茶，田中锄头对犁耙；作田农夫对田土，六月禾肚对禾花。"女的对："板对桥，江水对船水上摇；桑叶对蚕来作茧，蚕丝彩带缚郎腰。"身边景，周遭事，全都信手拈来，田地、庄稼、桑叶，皆为畲民祖辈赖以生存的主要资源。在民俗馆，我看到那些长短不一图案各具的缤纷彩带，颇为精致，畲族女子从八九岁开始学习编织彩带，腰带背带，衣边装饰，定情信物，驱邪祝福，彩带使用广泛，当畲族女歌手一边唱，一边将彩带往情郎腰上缚的时候，心里一定乐开了花。

　　言及情，各少数民族的情歌纷至沓来，畲族情歌更是别具匠心："初一十五二十三，日日想你想到暗；连炊三夜甜酒崽，等娘未来酒退淡。"夸张而细腻的心理描绘，简洁而传神的场景动作，青年男子失望沮丧的感情宣泄，如跃纸上。"我孃养我一尺抱，出世落地赤条条；几多辛苦带我大，水巾背烂两三条。"儿是娘身上的肉，娘待儿是真亲，而儿子未必会这样理解，娘走了，这才想起娘的辛劳，从抱着到背着再到成人。其实，天下所有的娘都是含辛茹苦的，娘恩必须要谢，深谢。《谢孃歌》如泣如诉，哀意阵阵。

　　歌为心声，对畲民来说，几乎所有的场景都可以入歌。或许，有时看着似乎不经意，但恰恰是这种漫不经心的歌唱，使畲民的生活场景神态毕现。《十二时辰歌》，从子时鸡啼开始往前唱，每一时辰，都是一幅场景画，看戌时："戌时箸碗洗定当，贤娘点火入间房；女人又做针头誓（事），男人带儿去安床。"这个时间，是夜晚的七点到九点，日出而作，日入而息，晚饭后洗漱完毕，女人点灯做针线，男人带孩子睡觉。无论生活多艰难，这男耕女织的生活图，都充满着烟火味与温馨情。

　　独唱，对唱，齐唱，畲歌形式多样，内容博杂，广泛使用比兴手法，却也不乏幽默与俏皮。比如《畲族婚礼借锅歌》之一："借你铜镜老酒（油），又借海上白糖（盐）；借到甜酸辣味浆，又借珍珠白米粮。"畲族传统婚礼程序颇多，持续时间也长，旧时代，除非特别的富户，大部分民众都要靠相互借用各种东西，才能将婚礼顺利办完。借油借盐借各种调味品，还要借粮，能帮助别人是欢乐的，但欢乐中也夹杂着浓郁的辛酸。

3

　　这本《畲乡民歌》，主编是蓝观海，一位八十岁的老歌手，当地畲族群众心目中的歌王。

　　说起蓝观海，故事一箩筐。他的曾祖、祖父、伯父是当地优秀歌手，代代相传，耳濡目染，他自小就将畲歌唱得像模像样。小时候家里那些破旧的歌本，更是他走向搜集整理畲族文化道路的启蒙老师。蓝观海唱畲歌，写畲歌，他与妻子的爱情也收获自一场对歌会上，那一夜，他们越唱越来劲，直至天光大白。二十世纪八十年代开始，蓝观海走遍云和的每一个畲族村落，到处搜集整理畲族民歌，至今已达万余首，并创作新歌七百余首，整理成手写本三十七册。前文列举的《借锅歌》《谢嬢歌》就是蓝观海创作的精品。为使畲族民歌世代传承，他还在家门口设立了"民族文化兴趣学习班"，收徒八十余人教唱民歌。

《畲乡民歌》历史类中的第一小类"高皇歌",是一首长达五百余句的七言体史诗,歌颂的是畲族开创者盘瓠(本歌中称龙麒)的故事,包括创世因素、英雄事迹、迁徙内容。这是蓝观海篇幅最长的手抄本,歌本来自宣统二年(1910)所抄的《高皇歌》副本。民俗学专家,重庆工商大学孟令法博士,他在《畲族史诗〈高皇歌〉的程式语词和句法——基于云和县坪垟岗蓝氏手抄本的研究》的论文中这样赞扬蓝观海:他是国内为数不多的能够脱离抄本进行史诗演述的民间歌手,受过初中教育,且能主持宗教仪式活动(如做功德、传师学师等)的地方文化精英。

　　雾溪村:蓝先明　炳相　炳新　树松　兴根　根明　贤花　田玉　贤富　周翠　水英　少华　连水　必女　林辉　连根　富生　小英　坛土
　　坪垟岗村:蓝观海　福仁　陈昌　钟秀英　蓝细英　玉花　丽玉　雷水翠　雷春菊　雷正兴　晓玲　林花　蓝昌　蓝坤　必章　蓝水妹　仙根　雷英　仁梅　水连　陈菊　仁田　贤英　玉菊　玉连　树根　林菊　菊梅　必田　秀连　菊英　秀玉　必花　秀松　新英　贤玉

　　上面五十五位畲族歌手,列于刚刚编辑完成的《浙江省民族乡(镇)志》第十五卷《雾溪畲族乡志》,他们是歌者,雾溪畲族乡民歌的传唱人。

　　夜凉如水,雾溪岸畔,星星数颗天悬。"一树禾花百粒米,冬收割转谷满仓"(《茶郎歌》)。畲歌,高亮的音符,自雾溪的山谷间开始,又激情飞扬了。

寒江谣

心之忧矣，我歌且谣。

孤舟蓑笠翁，独钓寒江雪。

1

唐元和二年冬，大唐整个大地忽然都寒冷了起来。永州龙兴寺的西厢房，柳子厚肃立西轩窗前，心情沉重。寒气直逼，大雪漫天，雪花从天空急促地挤挤挨挨落下，远处逶迤的西山已经一片白茫茫，眼底日夜奔流的潇水似乎也冻住了。柳子厚在发愣，他严重怀疑自己的眼睛，眼前之雪莫不是幻影？这温暖之地，怎会雪花飞舞？这些大雪，难道是从长安的空中集体飞奔过来陪伴他的吗？

这场公元807年腊月的大雪，地点就在永州，柳子厚自己有文记载，且有一个相当有趣的细节："幸大雪，逾岭被南越中数州，数州之犬，皆苍黄吠噬狂走者累日，至无雪乃已。"（柳宗元《答韦中立论师道书》）不能怪那些狗狗，因为它们一辈子没见过雪，狗没见过雪，人也没见过雪，而此刻的永州大地，漫山遍野，上下皆白，狗狗们整日跑东颠西，扯着嗓子大叫，直至喑哑不能出声，直至白雪融入群山大地。

这场大雪是不是永州气象史上的唯一，我不敢说，但这场大雪给大唐文坛，给永州，留下了著名的诗歌典章《江雪》却是确凿无疑的。南宋诗论家高度评价这短短的四句二十个字："唐人五言四句，除柳子厚《钓雪》一诗之外，极少佳者。"（范晞文《对床夜语》）这差不多就是绝唱了，时代的绝唱。我的理解，柳子厚一生中大部分重要的诗、文、寓言几乎都与这场雪有关。

2

水汽在空中，被某种强大势力压迫，不得不凝结成雪降落，它的前提是寒冷。

子厚，柳宗元的字，在他心中，这眼前的雪，确实与前年长安的那一场革新有关。改革派拼命要振兴，反对派死命要抵抗，最终，反对派用冰水将对方刚燃烧起来的希望彻底浇灭，并用寒冷严实包裹。

熬了26年，太子李诵终于熬成了唐顺宗，此时，四十五岁的他，已经不幸中风，连话都说不出来了。不过，顺宗继位后，立即重用王叔文、王伾、刘禹锡、柳宗元等人进行改革，史称"永贞革新"，加强中央集权，反对藩镇割据，反对宦官专权，取消宫市、五坊使，取消进奉，打击贪官，免苛征，恤百姓等一系列的革新，中唐的天空，一时地动山摇。然而，186天过去，短短的半年时间，李诵就被宦官强制退位禅让给了皇太子李纯，唐顺宗变成了太上皇，李纯成了唐宪宗。

相比于极度内敛，一生小心谨慎的顺宗，甫一继位的宪宗，处罚人的手笔却是大刀阔斧，而那些扶植他的宦官，打击革新派更是绝不手软，往死里打，"二王八司马"成了大唐官场的著名事件。

礼部员外郎柳宗元，被贬邵州（今湖南邵阳）刺史。九月中旬的长安，寒风已经有些侵人了，但柳宗元的心更寒，我们都是为了国家的发展与美好呀，为什么要打击我们？然而，皇命就是天命，从长安到蓝田，经襄阳抵江陵，柳宗元带着一大家子，要从这里坐船。突然，一道更令人心寒的诏令追着他南下的脚步而至：改柳宗元邵州刺史为永州司马员外置同正员，不得延误！司马本身就已经是闲官了，还加个"员外置"，类似于编制外，幸亏，还有个"同正员"，司马的政治待遇没有，经济待遇总算给了。然而，没有官署，没有官舍，柳宗元只好寄住在了龙兴寺。

宪宗团伙，是制造寒雪的高手。继位时，宪宗大赦，却下诏赐死改革派领袖王叔文，且明确规定，"八司马"不在大赦之列。柳宗元得知消息后，内心一阵寒流撞过。次年六月，宪宗册立皇后又一次大赦，诏令依然明确写着：八司马"纵逢恩赦，不在量移之限"。就是说，好的地方，高的职务，你们想都别想，你们就给我老实待在原地吧！

大雪碾压永州的前两年底，柳宗元带着妻女、老娘、表弟等一大家子，顶着寒风，在潇水河畔的永州太平门码头缓缓靠岸。眼前这山水，又叫零陵，他是知道的。司马迁说此地是舜南巡时驾崩于九嶷山的死亡之地，埋葬之地，舜的两个妃子，娥皇、女英，南下寻夫，一步一跪，泪洒竹枝，仙化成斑竹。而此刻，美好的传说，清澈的河水，似乎一点也激不起他的兴致，他不知道要在这偏僻的地方待多久，他的理想，他的前程，都如这潇河水，深不可测。

3

大雪暴而烈，连下数日，柳宗元日日挺立西窗前看雪。

所有的山，都不见了，所有的鸟，都不见了，所有的人，也不见了，这雪真是幻境制造大师，天地间只留下白，纵有强力翅膀，如何在白色中飞翔？

园有桃，其实之肴。
心之忧矣，我歌且谣。

《诗经》中那位贤士的忧时伤世，破空而来：园内确实有棵桃树，桃子是可以当作佳肴的；但我内心的忧伤无处诉，我只能唱歌说歌谣。

柳宗元嘴中，不断反复吟诵着《园有桃》，幕天席地的白，冰封千里的白，寒莫过于心寒，哀莫过于心死。一个意象逐渐清晰起来。

江面上，寒气氤氲，四下茫茫，一叶小舟，如褐点，荡在寒江间。舟上有蓑衣人，孤坐船头，拿了竿子在垂钓，不会是年轻人，更不会是有钱人，极可能是老渔翁、隐士，此翁或许已经很老了，但他世事洞明，他在这江里打鱼几十年，他知道，寒江鱼伏，不可能钓到，但他就是要钓，知其不可为而为之。

看着自己塑造出来的寒江独钓老翁，柳宗元的眼睛模糊了，转而又异常清晰起来，那江面上，分明又多了一位屈夫子，他临风骨立，大声独吟：举世皆浊我独清，众人皆醉我独醒！哎，怎么又多了一位披裘渔翁？定睛一看，却是那富春江边富春山下不事刘秀的著名隐士严子陵。

　　　千山鸟飞绝，万径人踪灭。
　　　孤舟蓑笠翁，独钓寒江雪。

　　千、万、孤、独。老娘不幸去世，革新派死的死，贬的贬，自己又拖着一身的病体，希望在哪里？这孤独，比舜皇峰还高，比潇湘水还深，它不仅是柳宗元的，更是那些报国无门而惨遭迫害的各类志士的集体宣泄。

4

　　"投迹山水地，放情咏《离骚》"（柳宗元《南中荣橘柚》），这场雪，似乎就是清醒剂，也是大洗礼，他从此就变得从容不迫了。永州山水甚好，没有官舍，就住寺庙，龙兴寺大火，那就迁至法华寺，再到愚溪旁购地造屋定居，与农夫为邻，与山林为伴，好好生活下去吧。他要静观，他要等待，静观时局之变，等待报国的时机。

　　壬寅盛夏，我用半日时间，徜徉在柳宗元《永州八记》的实景里。虽蜻蜓点水，却也是一种深深的致敬。柳宗元在永州十年，留下了99首诗，占他诗歌总量的三分之二，还有近三十篇山水游记及寓言，在我看来，沉郁的骚怨，俊秀的山水，闲适的田园，这些诗文，都是他唱给永州大地的最美歌谣。

　　柳子庙中殿上的牌匾"八愚千古"，我似乎看到了柳子的笑容，我乃本朝第一大笨人啊！"八愚"，有八种愚吗？有，还有更多！苦笑，怪笑，智慧的笑，柳子的笑容瞬时转换。

从柳子庙出来，我直奔千古之"八愚"，在愚溪边伫立。

溪不宽，水流静淌，阳光从树缝中射下来，水绿得有些凝固。愚溪不大，名气却大。柳宗元结庐而居时，溪叫冉溪，也叫染溪，污染严重，水呈黑色。他见不得这种与环境极不协调的黑色，带领民众治溪，清理与疏浚并举，还在数十里河道上构筑数十座堤坝，就如同现今河道的堰坝，既蓄水，水质又好，治理后的染溪，河清如镜，游鱼嬉戏，百姓欢喜得不得了。但柳宗元却一反常态，将此溪命名为愚溪，还将溪边的泉井、池塘、山沟、山丘等，一律命名为愚泉、愚井、愚池、愚沟、愚堂、愚亭、愚岛，一共八愚。这反常的做法，一定是有寓意的，他自己没有明说，但一般的人都推测，八愚，不多不少，应该是纪念与他一起被贬的"八司马"。我自嘲，还不行吗？嗯，就是。永州百姓索性送他一个号，曰"柳愚溪"。

钴鉧潭，必须停下来。

这是愚溪上一个水流回转的小潭，钴鉧是什么？就是古人的熨斗。那么，这是个像熨斗一样的潭了。重点是钴鉧潭西边二十五步旁的那个小丘，丘不到一亩，上面却生长着竹子与树木，丘上之石头突出隆起，高然耸立，争奇斗怪，石头的形状，有像俯身喝水的牛马，有像山上攀登的棕熊。柳宗元喜欢得紧，仗着兜里还有几百文铜钱，就向小丘主人买了下来。游玩途中买到了好风景，索性整理装扮起来，铲杂草，伐杂树，点起大火将它们烧掉，呀哈，小丘原来天生丽质：嘉木立，美竹露，奇石显。再站到小丘中间观四周风景，则高高的山岭，飘浮的云朵，潺潺的溪流，遨游的鸟兽，它们似乎全部为小丘献礼来了。在小丘枕石而卧，将身心交与小丘，与天，与地，与周遭山水，一时灵通无限。

柳宗元是在写小丘吗？是，这是他游玩途中，兴之所至，花四百文钱买下来的，然而，他绝非闲着无聊，言外之意也极明白，如此小丘，是如何被埋没的？脚指头摸摸就想出来了。

从小丘再西行一百二十步，隔着竹林，就听到流水的声音，这水声极特别，就如人身上佩戴着珮环相互碰撞发出的叮当声。柳宗元的脚步迈不动了，我们更迈不动。这个著名的小石潭，水尤清冽，全石为底，潭中百许头鱼，皆像空中游泳，阳光照射到水底，鱼的影子映在石头上，呆呆的，又忽然全都动了起来，它们似乎与人在做快乐的游戏。

如此美的小石潭，不能一味赞美，在失意文人的笔下，终于也没能熬住，他坐在竹树环合的潭边，看了一会儿风景，就有些凄神寒骨，一股深深的忧伤，迅速在心中弥漫开来。

5

> 永州之野产异蛇，黑质而白章。触草木，尽死；以啮
> 人，无御之者。

我早年读《捕蛇者说》，总觉得有一股逼人的寒气。蒋氏捕蛇者要去捕那样的毒蛇，得冒多大的生命危险。然而，相较让人透不来气的重赋，百姓却宁愿冒险捕蛇。在柳宗元眼中，蒋氏三代人的命运，就是普通大众的命运。

他忧啊，愁啊，这种忧愁，透显出深深的无能为力，只能为之悲愤，为之歌谣。这种呐喊，是寒江雪的冰碴中挤压出来的，虽有人性之温暖，依然透着彻骨的寒。

寒江谣，永州长歌。永州山水的欢快旋律，柳宗元的孤独与悲壮，共同铸就了中唐文学璀璨而绚烂的荣光。

秋水长天

我登滕王阁，脑间不断有一个纠缠：是滕王李元婴成就了王勃（王子安），还是王勃成就了滕王阁？滕王其实不用王勃成就，这位李渊最小的儿子，生得好，活得好，且活得久，十一岁就封王，他二十五岁造阁时，小王才三岁，青年王去世后，他还活了八年。不过，确实是因为王子安的《滕王阁序》，我们今天才同时记住了李元婴。这个问题，或许就是蛋与鸡的悖论。这里，我想将滕王阁当作蛋，王子安的序当作鸡（你完全可以倒过来）比喻一下。

1

此蛋，蛋主滕王，一生纵情声色犬马，亦是特级文艺大家，工书画，妙音律，喜蝴蝶，选芳渚游，乘青雀舸，极亭榭歌舞之盛。比如，他画蝶，被尊为"滕派蝶画"之鼻祖。

第五层的西厅东壁，有一幅大大的磨漆画《百蝶百花图》。我细看，画的上半部分背景为金黄色，百蝶以各种姿态在空中飞翔，下半部分则是各种花卉，蝶恋花，花粘蝶，蝶儿离不开花，就如李元婴离不开声色一样，他常常在酒后，兴之所至，画中每一只飞翔的蝴蝶，都挟带着他的理想，他其实没多高的理想，人生不就是吃吃喝喝玩玩吗？二哥那皇帝做得多累呀！

公元649年，李世民去世，四年后，李元婴任洪州（南昌）都督，章江（赣江）边上就矗立起了这座高楼。滕王阁啊，我的阁！登临观赏的佳境，文人雅集的胜地，歌舞宴乐的殿堂。李元婴把酒临风，常常肆意地将空酒杯用力扔向江中，在他眼里，那就是一只自由飞翔的蝴蝶。

2

鸡来了，不雅，我将其称作"长鸣都尉"，或者"酉日将军"吧，这才配得上王子安，王才子。这位老王家的老三，六岁能文，九岁撰《指瑕》十卷，指摘颜师古《汉书》注文之失，十六岁科考及第。王神童，横扫唐初文坛，排"四杰"（杨炯、卢照邻、骆宾王）之首位。

然而，上苍在文学上给了王子安神力，却不给他好运气。高宗李治想：你文才这么好，授个朝散郎吧，如此年轻，去给六子沛王李贤做文学指导老师吧！就从此时起，王子安开始被坏运气招惹。小王老师认为，沛王与英王斗鸡（与我上文鸡的比喻无关），自己有文才，给小王子写篇《斗鸡檄》助助威。小菜一碟，手到擒来。毕竟还是少年呀，政治极度不成熟。不知道沛王有没有斗赢，反正，王子安惨了，文章是好文章，可经不住别样的解读呀。高宗知道后，大怒：歪才！歪才！二王斗鸡，王老师身为博士，不行诤谏，反作檄文，还有意虚构，夸大事态，这不是激发兄弟间的矛盾吗？绝对地不合时宜，对少年王子的人生成长极不利，罢去官职，逐出王府！

一进滕王阁大厅，正面就是一幅汉白玉浮雕，《时风送滕王阁》，青年王勃昂首挺立于船头，四周浪涌波翻，他正借神力日趋七百里赶赴洪都。王子安能做出惊天地的妙文，各种神奇附会便接踵而来。这幅图，故事来自明朝冯梦龙《醒世恒世》第四十回《马当神风送滕王阁》：唐，阎伯屿为洪州（南昌）都督，重修滕王阁，重阳节宴宾客于阁，欲夸其婿吴子章（一说孟学士）才，令宿构序。时王勃省父，乘船逆长江而上，船至马当山，突遇风浪，就地泊下。夜晚，水神托梦于王勃，我给你个成大名的机会吧，你去滕王阁写个序，会千古流传。滕王阁在洪州，此地离洪州虽有七百里，但我助你一帆风顺，即日可到彼地，正好赶上那个盛会。王勃之才惊鬼神，神都来助他，不出名都难。

这位"酉日将军"，再次一鸣惊人，他写序的一个多时辰，没必要再细叙，总之，王子安已经将公元675年这个重阳节，弄得天翻地覆。天地间有雄文诞生，这雄文，汪洋恣肆，极尽用典夸张比喻之修辞功能，为汉语留下了四十多个成语，开始不服的阎都督及女婿最终心服口服。

不少唐人笔记虚构了另外一个神奇故事。王序的结尾是一首诗，诗有八句，最后两句为：阁中帝子今何在？槛外长江（　）自流。众人当时被序所惊倒，少了一字，也没注意，发现时，王勃已经离开。有人说"水"，有人说"独"，皆觉太直、太白，都督急忙派人追上王勃，请求填补那个空白。王勃一脸诡谲地对使者两手一摊：一字千金。都督此时已经彻底被王折服，这留传后世的好文章不能缺字呀，应了他吧。等都督的人与银都追上王勃时，王却笑着说：何劳都督下问，我早已将字留在滕王阁了！对方一脸不解，王又笑着解释：空者，空也。阁中帝子今何在？槛外长江空自流！众人恍然，这千金，值！

3

二十六岁的王子安英年早逝，多少人读序叹息。建阁三十余年后，李元婴也离开了人世。其实，他们的离开，滕王阁的故事才真正开始。一千三百多年来，滕王阁历二十九次修缮，每一次修阁，都是一次历史的打捞，那些洋洋洒洒的诗文皆是明证。

唐元和十五年（820），滕王阁第四次重修后，王仲舒致信韩愈请求作序。彼时，韩正从潮州调任袁州（宜春）刺史不久，韩虽是大家，然而，这个邀请函，还是迅速激起了他的文思，虽没登过滕王阁，却一直仰慕王子安，少年时就知道这江南第一美景，瑰伟绝特，于是欣然命笔，一气呵成《新修滕王阁记》。

除了韩愈，历代无数文人墨客，杜牧、欧阳修、曾巩、王安石、苏辙、朱熹、辛弃疾、文天祥，都为滕王阁留下了诗文。我看一面《滕王阁序》书法墙，整面墙由16块黄铜制作而成，这幅书法来源于苏轼的《晚香堂苏帖》。我喜欢苏轼的小行楷，慢条斯理，从容不迫。我不清楚，他写这幅字的时间，十有八九是他人生的晚期，"时运不齐，命途多舛"，王勃序中所表现出的牢骚，任何被贬官员都适用，何况他为官三十年，被贬十七次？我想象着苏轼书写时的情景，端坐，脑中风云激荡，侧卧笔的姿势，扁平，稍肥，质朴，序文的字如一朵朵莲花次第盛开而来，这七百七十多个字的书法，苏轼的再创作，是他与王勃高度的精神交流。

第三层，中厅屏壁，我驻足，看《临川梦》壁画。前几日我去北海涠洲岛，岛上有汤显祖雕像，再一次让我记起这位多次写过的老朋友。汤因言辞触犯万历皇帝被贬雷州半岛的徐闻县做了一年典史，而涠洲岛就在徐闻的对面。一年后，他被任命为浙江遂昌知县，一干五年，又因不满朝廷官员的所作所为愤而辞官。
不过，汤显祖在遂昌任上，已经写作发表了《紫钗记》，还构思
了《牡丹亭》。辞官一年后，万历二十七年（1599）的重阳节，
著名戏剧家汤显祖的大戏《牡丹亭》在家乡的滕王阁隆重首演。
看着壁画，那些线条，仿佛都变成了四百多年前的热闹场景，隔
空袭来。或许，正是滕王阁的首演成功，才使《牡丹亭》开始向
中国戏剧史高峰的攀登迈开了坚实的步伐。

4

夜幕初启，滕王阁宛如一只凌波西飞的巨大鲲鹏，忽地披下
了七彩幕屏，大型情景剧《寻梦滕王阁》上演。梦中之阁，山河
之阁，社稷之阁，风雨之阁，情爱之阁，心印之阁，盛世之阁，
滕王阁一千三百多年的兴衰史一一展现。

梁思成首先出现在舞台上。这位著名的古建学家，他在叙述自
己的理想：伟大的文化瑰宝，不能一直埋没人世，他要将它重现。
1942年5月，梁思成与助手莫宗江，绘制成了《重建滕王阁计划草
图》。然而，一直到了1985年，才真正奠基，1989年的重阳节，毁
于1926年的滕王阁，再次以惊艳的姿态出现在世人的目光中。

我在滕王阁的顶层俯瞰。大江宽阔，有三两游船游弋，岸边
高楼林立，西南水天相接处，南昌大桥依稀可见，东引瓯越，西
控蛮荆，北宸高远，真是"压江"而"挹翠"，"襟江"而"带
湖"，王子安的序依然切题切景。

仰头看瓦当，勾头为"滕阁秋风"，滴水是"落霞与孤鹜"，
又觉沉沉的瓦当们忽地轻盈起来，腾空而去，化为秋水长天里的
落霞与孤鹜。

随郦道元访华山

秦岭山系北部，1.2亿年前的那场地壳运动，震天动地，一刹那的风云激荡，轰地拱出了一块高大无比的花岗岩，巨岩哗啦啦又碎成五座山峰，东南西北中，五峰像五个簇拥在一起的小花瓣。华山，远而望之，若花状。

1

上山前，郦道元（字善长）指着前方的华山对陆布衣说：布衣，先给你讲一讲山的来历吧。

陆布衣点头致谢。

布衣，你读过《国语》吧，那个左丘明，比孔夫子大几岁的著名史官，他虚构了一个神话故事。说华山与黄河对岸的中条山，本来是一座山，大山挡住了前行的黄河，河水到了山前，只好绕道流。这山长得不是地方嘛，它惹怒了河神巨灵，巨灵对着大山拳打脚踢，三两下就将山劈成两半，此后，黄河从中流过，快乐地奔向大海。

郦善长边说边将两手握成拳状在空中一阵挥舞，见布衣瞪圆双眼表情惊异，随即哈哈大笑：你不信啊，那干宝的《搜神记》

里说得更夸张，你自己去读读。待会儿我们上山，大岩石上还留着巨灵的掌痕和脚印呢！

巨灵掰山，布衣嘿嘿，表示半信半疑，内心里也闪过几行《山海经》上的文字：太华之山，就是一整块被造山运动削成四方形状的大花岗岩，高五千仞，广十里。除了目测没这么高，面积什么的大致应该不差。布衣嘀咕。

善长对布衣的疑问，也不解释，将背囊的带子整了整，右手向空中一挥：走，我们先去下庙看看！

善长话一说完，径自大步往前跨去，布衣脚一颠，也跟着小跑了过去。

2

下庙就是现今华山脚下的西岳庙。

华山最主要的宫观就是西岳庙。汉武帝元光初年（前134），喜好神仙之术的刘彻，在华山脚下的黄埔峪口，修建了集灵宫，祭祀华山神。华山神少昊，传说是黄帝的长子，母亲为嫘祖，是东夷部落的首领。东汉桓帝延熹八年（165），曾立有《西岳华山庙碑》，碑文记录了汉代的帝王祭山、修庙、祈雨等事件。

北魏兴光元年（454），文成帝拓跋濬祭祀时，见旧庙破烂不堪，便下旨在官道的北面兴建了新庙。郦道元的生卒年约为公元470—527，可以断定，他带陆布衣看的应该是新庙。此后，新庙一直延续至今。

眼前的西岳庙，是清乾隆四十二年（1777）修建后留下的，重城式六进结构，明清风格，皇家宫殿御苑式古建园林群落，占地达12万平方米，西北地区最大。人们也赞其为"陕西故宫"，无论建制还是面积，均堪称"五岳第一庙"。

"灝灵宫"，琉璃瓦单檐歇山顶建筑，坐落于宽广的凸字形月台之上，气势宏伟，是西岳庙的主殿，大殿正堂，供奉着少昊像。金幔帐中，少昊凝神，宽袍端坐，肩披黄衫，皇冠金身，双手交叉握着一块令牌，似乎随时要下达发布消除人间一切疾苦与不平的旨令。可以想见的场景是，历代来此祭祀的一百多位帝王，跪在少昊像前，叩头，上香，虔诚之至，尊敬有加。面对威严的山神，跪着的帝王若有所思，必须好好保护生民，否则，他老人家要生气了。唐开元元年（713），唐玄宗李隆基跪完后，下旨封少昊为"金天王"；宋大中祥符四年（1011），宋真宗赵恒跪完后，下旨封少昊为"金天顺圣帝"；至元二十八年（1291）春正月，元世祖忽必烈下旨，加封少昊为"西岳金天大利顺圣帝"。加封虽然夹杂着皇帝的私心，但也是一种敬畏，对天、对地、对眼前的山神，都要敬畏。

乾隆四十年前后的几年，陕西连年大旱，某天，巡抚毕沅率众官员到西岳庙祈雨，华山神少昊迅速发出了神功，龙王不得不降令向地上泼水，这大雨，一连下了三天三夜，旱情随即解除，与陕西相邻的几个省也均受益。毕沅上表乾隆，龙颜大喜。次年，毕沅再次上表：西岳华山神，如此灵验，惠及百姓，可神庙已破败不堪，请求修葺。六十六岁的乾隆，已经当了四十二年的皇帝，自然心领神会，这西岳庙，是皇帝祭祀华山神的地方，不要动国库银子，应该用私房钱来修，更虔诚，当即下令，准毕沅的奏报，从内务府拨银12.2万余两，敕修西岳庙！陆布衣围着乾隆四十二年"重修西岳庙碑"，上上下下，看了好几个来回。

西岳庙的轴线与华山主峰形成一线，坐北向南，长方形。主要建筑，都沿着南北轴线，左右对称。影壁、灏灵门、瓮城、五凤楼（午门）、棂星门、天威咫尺牌楼、金城门、金水桥、灏灵殿、寝宫、后宰门、望华桥、御书楼、万寿阁、游岳坊、冥王殿、灵官殿、御碑亭、八角攒尖亭等，陆布衣一一走过看过，亭台楼阁相错其间，苍松翠柏掩映其内，一庙穿越两千年。

善长一直跟在布衣的身后，听简单介绍，一边听，一边看，满脸都是惊奇。很明显嘛，这与他原先看到的那个简陋的庙，完全不一样，他无法知道身后事，后世的变化，实在正常。站在城墙的角楼上，面对着巍巍华山主峰，郦善长数声感叹，壮哉，壮哉！

3

考察完下庙，善长对布衣说：哎，这庙，真是个大博物馆，本来没打算看这么长时间，现在我们得抓紧上山了。

> 自下庙历列柏，南行十一里，东回三里，至中祠。又西南出五里，至南祠，谓之北君祠。诸欲升山者，至此皆祈请焉。从此南入谷七里，又届一祠，谓之石养父母，石龛木主存焉。又南出一里，至天井。
>
> （引自郦道元《水经注》卷四河水四，下皆同）

五里，十里，十五里，布衣脚不离地，快步紧跟善长。善长边喘气边解释：看看，这些茂密的柏树，好几百年了。中祠，我们吃个馍馍吧，喝口水，稍微打个尖。这里是南祠，汉文帝庙，可以看看碑，一般登山者都要去看一下。这里有好几块碑，汉代的镇远将军段煨所立，黄门侍郎张旭所书，魏文帝与钟繇都在碑上留有阴刻二十个字，字好得很，值得一看。布衣心里清楚，善长刚说的这些，在《太平寰宇记》中都写着的。前面就是石养父母祠，我们进去看看。善长布衣走到祠前，咦，就是个简陋的小房子嘛，闪身进祠，里面有石龛和木牌位。两人都知道，这里的山民都崇拜山神，这是自然崇拜。出了石养父母祠，善长带着布衣往南行，边走边吩咐：我们马上要爬天井，极险，布衣，你要打起十二分的精神来。

　　井裁容人，穴空，迂回顿曲而上，可高六丈余。山上又有微涓细水，流入井中，亦不甚沾。人上者，皆所由陟，更无别路。欲出井，望空视明，如在室窥窗也。

　　所谓井，实际上是一条陡峭的石镩，坡度大于70度，山幢壁直立，其间仅容二人上下穿行，两边悬挂垂直绳索，华山第一险，人们现在叫它"千尺幢"，370多个台阶均不满足宽。布衣跟在善长的身后，一脚一脚踩，小心翼翼，眼睛只能看见他的草鞋后跟在晃动，一会儿，布衣就觉得全身发热，气喘吁吁。忽然，天上落下丝丝细雨，雨滴沾在脸颊上，一阵沁心凉爽，布衣知道，那是山泉撞击岩石后的飞舞。十步九回头，快到顶端了，有一个石洞，仅容一人过，布衣仰望天空，头顶上一片蓝天，就如室内从窗户向外望一样明亮。咬咬牙，爬完最后一个台阶，上面是一个大平台，豁然开朗。伫立台上，左右四顾，华山如异常别致的山水大画，笔法完全不受常法羁绊，简直鬼斧神工。布衣两脚微微发颤，对着石刻的"太华咽喉"四字连连感叹。善长自言自语：好险，我要将今天的行程都写到书上去。

两人稍做休息。善长指着前方山岭说：我们只是过了第一险，接下来，还有更多的险境，你要有充分的心理准备。

出井东南行二里，峻坂斗上斗下。降此坂二里许，又复东上百丈崖，升降皆须扳绳挽葛而行矣。南上四里路，到石壁，缘傍稍进，迳百余步。自此西南出六里，又至一祠。名曰胡越寺，神像有童子之容。

两人出了天井，往东南方向慢行，这是险峻的山顶小道，忽上忽下。危岩绝壁，深壑幽谷，人只能捏着绳索，或者攀缘着葛藤，贴着崖壁一步步缓进，两人边行边向华山神祈祷。过百丈崖（也叫百尺峡），两壁欲合，头顶却有两块飞石撑开。两人过其下，布衣着实担心，飞石有随时掉下来的可能，善长却嘲笑布衣的胆小。终于到了胡越寺，善长对布衣道：我们在此小歇一会儿，进庙去拜几拜，据说极灵验，下一个夹岭更险。

胡越寺中的神像，脸庞像孩子笑起来的开心样子，它鼓舞了这两位登山者。

4

"夹岭"，就是现在的"苍龙岭"，它是通往东、南、中、西诸峰的唯一通道。布衣从北峰望过去，一细岭长插云天，细岭山脊呈青黑色，犹如苍龙腾空而起。

从祠南历夹岭，广裁三丈余，两箱悬崖数百仞，窥不见底。祀祠有感，则云与之平，然后敢度。犹须骑岭抽身，渐以就进，故世谓斯岭为"搁岭"矣。度此二里，便届山顶。

夹岭的山道仅三尺余宽，两边悬崖数万仞，俯视深不见底。布衣见此，不敢上，腿又开始不由自主打战。善长朝四下望了望，鼓劲道：别怕，别怕，等等看，说不定云就涌上来了，我们刚刚不是在胡越寺拜了神嘛。奇迹出现了，善长的话才讲完，四周就有薄雾飘过来，不一会儿，雾越聚越多，再过一会儿，山谷间几乎全塞满了云雾，见雾与路相平，郦善长大笑三声：陆布衣，快，我们爬夹岭！

布衣的犹豫不是没道理，他脑中出现了韩愈遇险的场景，发生地就在此处。

唐李肇的笔记《唐国史补》卷中，就有这个生动的细节：

韩愈很喜欢冒险。有一次和朋友一起去爬华山顶峰，到了苍龙岭这里，出了大问题，他估计返不回去了，就写了遗书，一边写一边痛哭，哭得极伤心，甚至有点歇斯底里。华阴县令得知韩愈遇险，组织营救，想了很多办法，百计千方，终于成功。

文人一般喜欢那些人迹罕至的地方，因为有无限的风光，用他的笔一描写，就成千古名章了。布衣将韩博士遇险的狼狈情景想了又想：又冷又饿，精疲力竭，到处都是万丈深崖。回不去了呀，我还年轻啊，我还有很多的文章要写啊，我还有很多的事要做啊，当然，还有老婆孩子一大堆。人不管多么伟大，在大自然面前，都渺小得很。

善长已经登上了数米高，他在浓雾中显出半个身子，见布衣仍在犹豫，大声鼓励：赶紧上来，上面就是山顶了，有好风景。布衣朝"韩退之投书处"瞄了一眼，手足并用，呼哧大喘，汗如浆出，歇歇停停，终于爬完了530余级台阶。

5

太华山顶，果然景色绝佳。

> 上方七里，灵泉二所，一名蒲池，西流注于涧；一名太
> 上泉，东注涧下。上宫神庙，近东北隅，其中塞实杂物，事
> 难详载。自上宫东北出四百五十步，有屈岭。东南望巨灵手
> 迹，惟见洪崖赤壁而已，都无山下上观之分均矣。

世界就这么神奇，山顶上居然有方圆七里的平坦之地。苍松
参天，烟云缭绕，两道清澈山泉，东西流向。一道泉名蒲池，往
西流入山涧；一道泉名太上泉，东流注入涧下。布衣问善长：这
泉名，有什么讲究吗？善长考察了那么多的山水，搔搔头：蒲
池，是不是泉边长满了蒲草？喏，这不是蒲草吗？太上泉嘛，用
意简单，应该是老子上来过，喝过这里的泉水。

布衣知道，群仙观的上方，就有"老君犁沟"。传说彼处原
本没有路，是老子驾青牛用铁犁犁开的沟。实际上，"老君犁沟"
是"老君离垢"之意，道教用来表示离开尘垢到达仙境。山下西
岳庙中有青牛树，北峰有老君挂犁处，还有看起来极像的卧牛
石，这一切，都足以证明，华山也是一座道教之山，这太上泉
嘛，自然可以如此解释。布衣点头，表示赞同。

两人一身轻松，有说有笑，往东北角的宫神庙走去。进得庙
去，只见庙中堆满了杂物，也没有人值守，具体情况一点也不知
道。到那边去看看，善长手指东北方向，布衣连忙跟着行，行了

约四百五十步，见有弯曲的石岭道向前延伸，石色苍黛，形态好似一条屈缩的巨龙，布衣知道，那是小苍龙岭。

四下望了望，又朝东南方向观，善长有些兴奋了，说话的声音高了十六度：布衣，看到没，开头我和你说那巨灵的手掌痕迹，就在那洪崖与赤壁上！布衣朝远方瞪眼看了一会儿，又使劲揉了揉，嘴里喃喃：好像是有印迹，但只有一点点影子。布衣内心根本不能确定，他是近视眼，看什么都有痕迹。

两人在太华山顶尽情观景，善长告诉布衣：下一站我要顺着黄河赶往潼关，还有很多地方要考察，天色将晚，我们要赶紧下山。布衣知道他在写《水经注》，要考察一千多条河流，江河湖泊，名岳峻峰，亭台楼阁，祠庙碑刻，道观精舍，这些他都关注，忙得很。布衣向善长拱手致谢：感谢善长兄的引领，祝兄早日大著完成。我已经乏力，我们从西峰索道坐缆车下山吧。

这回，是善长瞪圆眼睛：索道？

布衣肯定地说：对，索道，现在，你跟我走，二十分钟下到山脚！

西峰索道，跨山越涧，布衣与善长坐在缆车上，皆俯瞰华山，善长眼中更多的自然是惊奇，两人的神情都有些痴迷。这山，就是大型的山水画，除了画，没有更好的比喻了，它以水墨为重，以青绿为辅，群山如屏横列，片石如利剑出鞘，飞瀑鸣泉错杂，雄浑粗犷，险峻奇突，恍若神山仙境。

至山脚，陆布衣缓缓目送郦道元的身影远去，内心漾出一行文字：华山，大地上的花朵，这1.2亿年阳光雨露滋养着的五色莲花，百折不挠而日益芬芳。

丙卷——漫辞A

烂漫长醉

1

五十多只大缸，分六列排着，缸内盛满了掺红曲的糯米。它们刚从热气蒸腾的木桶中捞出，摊凉装缸，缸内早有清冽的山泉倾心相拥，红曲缤纷而至，它们是水与米的红娘，红曲与糯米亲密交缠。一个月后，这些糯米与红曲，将蜕变成诱人的精灵。

这是一个比较宽畅的空间，虽密闭，但空气自由流动，局面和谐。最初的一周，每天早晚两次搅拌，为的是让糯米、山泉、红曲无间融合。接下来的一周，一天一次，依然是搅拌，每一粒米都与红曲交锋后紧紧依偎。等确认缸内已经形成一个有机的整体后，酿酒人不再搭理它们，缸们进入了相对静默的时期。然而，缸们表面虽缄默，缸与缸之间，却似乎在较劲，它们都想先涨红脸孔，尽早从缸中抬头挺胸，完成自己的传奇。

我说的宽畅空间，是畲乡龙峰村的村办酒厂，全名叫杭州畲味莪山龙峰红曲酒有限公司，这是村书记雷天星去年组织办起来的集体酒厂。陈凤凤带着我们一缸一缸看过来，大部分缸内平静、干燥，毫无动静，有几缸却已红霞满天，缸四周淌着细白色的泡沫，缸中心已一片红色汪洋，有气泡汩汩冒出，犹如火山熔岩滚腾的前奏，俯身细闻，浓郁气息直入鼻腔。陈凤凤说，这一批糯米，是十几天前装缸的，发酵快的就是眼前这个样子，那些没有动静的，也很快，极可能明早起来就和眼前一样生龙活虎了。

多久才能出酒？我问。

一般来说，冬天酿酒，需要一个月的时间，夏天只要十几天，但不好保存，酒的质量也没有冬天好。陈凤凤答我。

2

畲乡的红曲酒属于米酒类。这米酒，我们叫甜酒，我妈也酿得不错。平常的日子，特别是过年过节，江南一带的乡村，许多人家都会酿米酒。糯米蒸熟，摊凉，拌上酒曲，酒曲大多买来，白色的丸子，碾碎，与糯米搅拌，再装盆，盆面用白细纱布罩着，中间再开一个小洞，既透气，又可以观察。夏天两三日，冬季一周或十天左右，甜酒就香喷诱人了。

甜酒的曲，也有人自己做，河边地边山中，辣蓼草，到处都是，绿叶细长，紫色细花，它们最适合做甜酒曲。但红曲酒所用的红曲不是，它们在我眼前呈现的是暗红色的碎米。

陈凤凤从家里拎出一大袋红曲，外面用锡纸包裹，有五十斤左右。

这些红曲怎么来的呢？陈凤凤很耐心地向我解释：夏至前十天至白露前这段时间，都可以做曲。先取上等优质红曲做曲娘，磨成粉（或碎成粒），将粳米或糯米煮成稀饭（干粥状），放在盆内晾凉，倒入曲粉（曲粒）搅拌成糊状，再放在小缸或木桶内发酵，头两三天，每天早晚搅拌一次，一周静置发酵。发酵时间需十天半月左右，温度控制在30℃上下。

　　我问，这就成红曲了。陈凤凤摇摇头：不是，这还是曲娘，用上年保存的曲娘来做今年需要的曲娘，要做成红曲，还要蒸饭、风冷、接种、再成曲，晒曲，然后就是眼前这个样子。每年做曲的第一坛，我们都留着下一年做曲娘用。

　　按我的理解，每年应该先采摘做曲娘的植物，然后制作成曲娘，但红曲酒不是，它的曲娘是代代相传，这似乎很神奇。雷天星说，畲乡的红曲娘，至少有五百多年历史了，谁也不清楚第一代红曲种娘是怎么制作出来的。制作曲娘的关键在温度控制，温度高了，曲味变质，以此为曲，做出来的酒就会酸；温度过低，曲质量差，出酒率就低。一坛曲的好坏，取决于曲娘的优劣，这技艺极有讲究。

　　雷天星指指陈凤凤，笑着说：她是我老婆，她妈是畲族人，她从十四岁开始就跟母亲学做红曲酒了，我们家做酒四十多年了。去年开始，我家已不做酒，我们专心做村里的酒厂，整个技术都由她把关，她是县级非遗传承人，技术好得很。

　　虽然夜幕已经将龙峰村完全笼罩，但我依然能觉出陈凤凤脸上的腼腆笑容。

3

　　桐庐的大山中，大大小小的山塘水库星散。如果从飞机上俯瞰，山中绿波就如躺在天地间的绿宝石，阳光下会发出耀眼的光芒。它们滋润着大山中的田地，也是山民们的衣食父母。

　　龙峰村海拔七百余米，常年云雾四绕，林中时有山泉细淌。这些山泉，就是山塘水库的主要水源。五十多年前，龙峰山上的守林人发现了一口山泉，流量比较大，但泉流无声，它只和守林人默默做伴。后来，守林人下山，山泉也只是白白流淌。

来龙峰的游人渐渐多了起来，雷天星想着，自己家的酒应该扩大规模，他突然想起了小时候守林人喝的那口泉。立即上山，山泉依旧汩汩，只是泉边荆棘与荒草丛生。雷天星将泉眼四周整理砌石，再做成一个能装二十余立方米水的泉池，接上水管，水行走一千多米后，他又在中途建了一个大蓄水池，用以净化沉淀。山高路远，山泉经过整整2800米的路程，轻松跃入他家的水缸。这水啊，不，应该是泉，清澈明亮，细品，竟有微甜味，特别是炎夏，舀出一碗泉，远比什么矿泉水解渴。

每逢年底，畲家都有做红曲酒的习惯。雷天星发现，自从引来山泉，他家做出来的红曲酒，酒的质量与往年大不一样，无论口感还是色泽，皆是上等，再加上陈凤凤的手艺，他家做的几万斤酒很快就脱销。

水是山泉水，那么做红曲酒的米从哪里来呢？

四周山峰逶迤，水田高低错落，雷天星指着村前那个大盆地：龙峰村有水田四百多亩，基本在那一块，我们辟出其中的六十多亩种糯米，糯米产量高，这些田，差不多能出五万多斤米。一般来说，一斤米，三斤酒，我们自己种的糯米，大约能出十五万斤酒。

我从小长在农村，知道一些关于糯谷种植的常识。糯谷的秆，比一般的稻子坚挺高大，糯谷的粒，也比一般的稻子结实饱满。金秋时节，那些长长的低着头的稻穗，就如人群中营养丰富的健壮少年，惹人爱怜。三四月份下种，八九月份收获，它们在田野间与天地交流，经风沐雨，这半年时间里，足以让它们的蛋白质、脂肪、糖类、维生素等各种营养素，得到足够的培养。

从糯稻秧苗下田那时起，只要有时间，雷天星就会去稻田转悠。看着不断来村里游玩的游客，他知道，那些逐渐茁壮的禾苗，与山上流淌下来的清泉，与日日为邻的大山，与头顶的日月星辰一样，都是能给畲民带来甜美日子的好伙伴。他在算时间，进入立冬以后，龙峰村最热闹的日子就要来了。

4

龙峰村畲家风情博物馆大门前的草坪上，挺立着一个近三米高的大酒坛，坛面上有表示畲族"平安幸福"之类的特殊图腾符号，醒目有趣。有时，表达意义并不用太多的语言，一个具体的象形物件胜过一切。哈，这个时候来畲乡，来龙峰，不就是为了一口红曲酒嘛！

11月19日，龙峰村口的大道上空，红灯笼、红色中国结高挂，红色棉布飘带在风中飞扬，龙峰用热烈装扮着自己，用热情迎接着四面八方的来客。陆续进村的人们，来这里的同一个目的，就是参加开酒节，一个月前装缸的红曲与糯米，它们已经化成了美酒的精灵，它们要与人们欢乐共舞。

好酒配佳肴。畲乡人聪明，他们将开酒节融入"长桌宴"中，将每年"三月三"的长桌宴延伸至丰收的秋季，持续欢乐。

"长桌宴"，畲语的发音是"琼多燕"，"琼"，不就是好酒嘛！八个人一桌，长长的条桌，畲乡传统十大碗上来了，我一一细数：畲家龙须、山哈和菜、龙峰黄花、糟腌鲈鱼、走油扣肉、白鲞扣鸡、酒糟带鱼、煎酿豆腐、腊肉笋干、菜心肉圆，哈，原汁原味，足斤足两，老底子的传统。比如这道腊肉笋干，也叫高节竹笋，在锅内倒入腊肉片，和笋干一起翻炒，再放入料酒、鸡汤、味精调味，最后放入杭椒和小米椒点缀，咸鲜的腊肉与爽脆可口的笋干搭配，互相入味，笋干嫩脆，腊肉也不腻，味蕾被深度触动，嘴巴根本停不下来。

雷天星自然是总指挥，看着来往穿梭的人群，他笑了：今天的长桌宴，一共一百桌，客人百分之八十是游客，我们早就和旅游公司商定了的，东南西北，味传四方，我们畲乡的文化会得到更有效的宣传，红曲酒也会卖得更好。

"高山流水"将长桌宴推向高潮，或许这是红曲酒最好的传播方式。

村民早早就从竹林里伐下数根翠竹，截成长短不一的数段，中间剖开，竹节打通，用泉水将竹子洗净，然后接成排就可以。姑娘们着畲族节日盛装，排着队，唱着畲歌，来到客人面前，她们双手托着竹节，竹子由高往低斜着，一节搭一节，游客在下端张开大嘴，上端的红曲酒缓缓倒入，红色的酒，迅速淌过几个竹节，快速流入游客嘴中，此谓"高山流水"。边上游客的助阵声，一浪高过一浪，而能将嘴巴伸到竹节下的，一般都是酒量比较好的，但即便酒量再好，也经不住几分钟的流动，不容你歇气，你得如夏日饮啤酒那样，大口大口地倒入才行。

山哈妹子的山歌永远停不下来，但你的嘴必须停下来了，此前，已经喝过三碗拦门酒的你，此刻又与红曲酒，不，应该是红泉狂欢了一阵，而当你挺直身子站立时，大地与天空都开始摇摇晃晃了，看景看物，两眼迷茫，耳边歌声不断扬起，你心里却清楚得很，在这样的日子里，在这样的地方，醉就醉了吧。

竹海碧波，莪溪淙淙，稻田泛金，富春山里的闲居。

红曲酒，黄金粽，黑鸡蛋，畲族乡民的馈赠。

山不见沟山醉了，水不见底水醉了，云也停脚云醉了。在桐庐畲乡，畲歌追云，烂漫长醉。

我们去翰邦

1

壬寅处暑后一日晚，我宿罗山村的淡竹山房，散文学会新成立的创作基地，几个文友涂鸦，畅聊，兴尽，一夜安睡。次日晨六时，推窗一看，眼底青山，望着缓动的云雾，迅速出门，沿河边行数十步，过桥，右转进山。道宽路平，左边道外有农田层递而进，道旁皆芒秆，芦苇花在晨风中轻摇，右边山沿，隔几十米就有一只蜂桶，将山挖出一个小洞，蜂桶半里半外，桶下填着石头，桶上盖着木板，有蜂飞进飞出。我知道，这种野蜜，市场上极难买到。追着云雾的方向走，耳旁只有秋虫声与脚步声，偶尔会有山鸟长鸣数声。

每次回老家，都觉得可以去除腔中不少浊气，晨走一小时，显然不过瘾，还应再去山里吸氧。早餐后，我们去翰坂，那里是杭州市的生态康养村。

翰坂是百江镇最西部的一个行政村，与淳安交界，与我家白水小村相距差不多有二十里地，不过，从小到现在，我也只去过一次。文友一直在问，翰坂，为什么有一个翰字？翰林之翰？翰墨之翰？我几十年也没弄清楚，大家一路上都在讨论这个翰字。

2

陪同我们的章锡灿副镇长提供给我一份《翰坂微村志》，有这样的文字：

> 翰坂村有潘冯项徐刘赵等数十个姓氏，潘冯两姓是已知最早的居民。据家谱记载，潘姓是五代后汉乾祐年间（947—950）节度使潘琼致仕后，由杭州隐居到此，潘姓迁入后，这里称潘家，到宋代，潘家出了一个翰林，后回乡建祠，把村名改为"翰邦"，意思是"出翰林的地方"，再后来谐音成今名"翰坂"。

翰邦，出翰林的地方，真是太有诗意与文化了，我喜欢，大家也喜欢。不过，我并不相信，两宋姓潘的翰林很少，分水县（621年建县，1958年11月并入桐庐县）的历史上也没有姓潘的翰林，但名称总有来历。既然村名与潘姓有关，我需要找到潘姓家谱。

翰坂村赵金峰书记，帮我找到了潘益林家所藏的《分阳柳柏蒿峰翰邦潘氏宗谱》，这家谱又名《潘坂潘氏宗谱》《荥阳潘氏宗谱》《潘氏宗谱》，有明代三元及第的商辂所撰序，始修于宋隆兴二年（1164），先后11次续谱，我看到的谱，共五册，修于民国二十五年（1936）。商辂名气大得很，淳安人，连中三元的翰林，翰坂与淳安交界，令人信服。翰坂潘氏家谱明确记载，他们来自荥阳，天下潘姓出荥阳，联合国前秘书长潘基文的祖宗也在那里。翰坂潘姓始祖潘琼，后汉乾祐年间节度使，潘琼字君玉，号翰邦。

原来，翰邦是潘琼的号。虽然查不到潘琼这个节度使，也不知道他为什么要来杭州隐居，但古人以名或号来命名一个地方，却也常见。范仲淹知睦州，睦州又称桐庐郡，范仲淹在任上写了很多关于桐庐郡的诗，于是被人亲切称为"范桐庐"；清代"萧山相国"朱凤标居住的那个村，以前叫坛里金，朱凤标考中榜眼，人们就将村名改为朱家坛村。

3

弄清楚了村名来历，就如掘到宝一样，一阵喜悦，不管怎么说，既便从潘翰邦开始算起，这村也有一千多年的历史了。望着满眼的青山与陡坡，觉得这个"坂"字，表意还是很准确的，但我心底还是认同"邦"字，翰邦，翰墨翰藻，文章文采，视野开阔，胸怀宽广，犹如一位千年文化老人。

翰邦属浙西山区，整个村落呈不规则条带状，零星分布于罗佛溪沿岸山垅中，村中古树多，柏树、红枫、香榧、山核桃树，到处都是，这里是桐庐县山核桃的主产区之一，全村有山核桃树四千余亩。

车子一直往深处山缝里钻，我们要去拜访的一棵古树，据说是千年银杏，就在红坑山自然村的山顶上。赵金峰一直在说刘秀避难千年银杏树洞的故事。说是刘秀被王莽追杀，一直避兵到这里的深山，追兵紧追至红坑山山顶，刘秀与随从只好钻进那棵大银杏树的树身洞内，追兵围着树转也没有发现。突然，银杏树高处有个大酒坛一样的东西引起了追兵们的注意，他们以为是什么秘密武器，连忙用箭射，结果，箭身带出了铺天纷飞的大马蜂，马蜂们将追兵螫得嗷嗷乱叫，抱头鼠窜，刘秀得以避过兵害。

古道蜿蜒而上，长在岩缝里的青冈树、莲香木，虬枝乱舞，粗壮顽强，除了赞叹还是赞叹。喘着粗气，大汗淋漓，在与淳安县临岐镇右源村交界的山岗上，终于见到了这棵千年银杏，雷击不倒，火烧不死，我绕树细观。树身确有大洞，好几个人可以钻进，得几个人才能合抱，底部树心，裸露出一大片干枯的树身，已呈木板状、古铜色，如受过伤的沧桑老人，然而，整株银杏青翠可掬，冲天而上，树叶间挂着无数的银杏果，生机与活力勃发于每一枝叶上。

树旁有银杏亭，伫立亭间，朝树身上望，大树底部至数十米高处又生两粗枝，粗枝早已成家立业变成主干，再旁逸生枝，枝又生细枝，它们在如此阔大的天地间，枝枝相交，枝枝相互，叶叶相挨，似乎没有什么可以阻挡它们的肆意伸展。

这树到底有多古？章副镇长提示我说树身上有一小牌牌，细看，上面写着林业部门的鉴定：二百七十年。我擦了擦眼，再看，它的树龄依然没有增加。千年银杏，我看过不少，山东日照莒县城西浮来山上那棵古银杏，中国最古老，据说已近四千年。科学必须相信，但传说也不是空穴来风，看着树底部又长出的新树，我心里想着，眼前这棵乾隆年间的树，如何能将刘秀的故事联系起来，两千年，不太可能，但眼前之树是老树的后生，应该可能：红坑山上的这棵古银杏，在潘翰邦来隐居之前就挺立于此了，几百年后的某一天，突遭雷击而烧毁，数百年后，风雨又唤醒了它的子孙，于是重新开始绽放，直到现在我的拜访。从这个角度说，称其千年银杏，也不为过。

树旁还有一个炭神庙遗址。伐薪烧炭南山中，山里有不少人以烧炭为营生，白乐天在《卖炭翁》里已经写得栩栩如生，虽没见"满面尘灰烟火色，两鬓苍苍十指黑"的烧炭翁，但我自小斫过柴，外公也烧过炭，那种艰辛，我能体验出。

边感慨边坐在树洞边乘凉，山风不时从背后吹拂，待湿衣渐渐干了后，我们起身，朝这位年轻的老树又看了看，转身下山，我要去山脚下看那座罗佛庙。

4

我家门前的罗佛溪，就发源在翰邦村最高的枝笔尖东坡，它自海拔九百多米高的山上汩汩流出，一路向东逶迤曲折而来，穿百江，冲进分水江，再奔腾向前，汇入富春江。

与潘翰邦们相比，罗佛庙的历史更悠久，它供奉的是唐朝的罗万象。

宋代大型道教丛书《云笈七签》上说，罗万象，不知何所人，有文学，明天文，尤精于《易》，节操奇特，惟布衣游天下。南宋金华人王象之编的《舆地纪胜》引晏殊的《类要》这样说：唐罗万象者分水县人也，隐于紫罗山，李德裕使人召之，闻之，更移入深山，依白云而居，终身不出。

长庆二年（822）九月，李德裕因牛李之争被外放为浙西观察使，他在这个任上差不多有四年时间，按此推算，罗万象大约生活于唐穆宗、敬宗时期。光绪《分水县志·仙释》载："罗万象，唐时官御史，有政声。后弃官隐于分水紫罗山，筑白云亭以居。"紫罗山，就在桐庐瑶琳镇与分水镇界上。《全唐诗外编》、《严陵集》卷二，均收有罗万象的一首名《白云亭》的诗：

一池荷花衣无尽，数树松花食有余。

刚被世人知住处，不如依旧再移居。

罗万象根本不想做官，他要做隐士，本来在白云亭住得好好的，不想又被李德裕们打扰，还得要移家，移往哪里呢？往西，一直往西，距紫罗山几十里的深山。《分水县志》上又说，罗万象移居到翰邦后就成仙了。五代十国时，吴越王钱镠为之建庙祭祀，谓罗真人庙，因此地深山多白云，又称其为白云真人。有一年，两浙大旱，有人发现庙里的白云真人像忽然汗如雨下，不多时，天降大雨。从那以后，分水一带只要遭遇大旱，便到庙里来求雨。《分水县志》还记载着嘉庆时期的洪县令，在嘉庆六年（1801）七月率人求雨而连降大雨的事。

一般说来，佛家的庙与道家的观，还是有区别的，但在中国民间，儒释道三家常常可以兼容，就如清末的敦煌，起初也是王道士在化缘修补佛像，所以，千百年来，罗真人就在罗佛庙中接受万人的祭祀。百姓祭拜罗真人，内心真诚，无论他是佛是神，只要能保他们平安就行。

我进罗佛庙看白云真人，他一脸慈祥，安详无限。这位以荷花为衣，以松花为食，只愿闲居的罗真人，在翰邦一住就是千年，山风不动白云低，云在庙门水在溪，翰邦真是好地方。

赵金峰告诉我，以前的翰邦，每逢六月初八，白云真人的生日，村里就会举行盛大的庙会，四乡八邻纷纷至。男女老少，皆着新衣新鞋，如同过年，村民们齐聚罗佛庙，焚香祭祀，祈求平安。庙会期间，还有多项活动举行，打花棍，扭秧歌，敲腰鼓，唱山歌，跳竹马，人欢人叫。大树下，舞台搭妥，三脚戏（睦剧）的锣鼓刚响亮敲起，台下已人头攒动，花旦悠长的唱腔在山谷间回荡，小生英武亮相，众人喝彩，滑稽小丑蹒跚而出，众人已笑得前俯后仰。

5

一群文友坐在罗佛庙边的翰墨山庄喝茶聊天。

我在细看"翰邦八景诗"，诗由清朝金镕撰，刘谦次韵，共两组十六首。这十六首八景诗，给我展示了一个阔大的想象空间。两位清人笔下的翰邦八景分别是：蒿峰书舍、东辉禅院、仙洞云深、鸡山雪积、双溪夜钓、五垅朝耕、雁塔秋声、龙潭春涨。

书舍、禅院、雁塔，早已烟尘散尽。仙洞、鸡山、双溪、龙潭，依然还在，今人不见古时月，今月曾经照古人。春夏秋冬，山水常在，只是多了一些现时的情景，五垅在哪里？翰邦村的六个自然村皆有可能是，农忙季节，天光微明，在布谷鸟的啼鸣中，农人与他心爱的黄牛早就在田野中劳作了。

这一次的翰邦行，匆匆而过。下一回，在山核桃丰收或者春草勃发的季节，我一定会再来翰邦，找个依山傍水的农家，住上一晚，躺在竹椅上，看蓝天，看流云，看繁星，什么也不想。罗佛庙传出的低缓梵音，沐过古银杏的和煦山风，入我耳，沐我脸，我酣然入眠。

你好，子久先生

2022年9月2日上午，我特地从杭州赶回桐庐，参加子久学校的新校落成暨开学典礼。红绸从校牌上被拉下的那一瞬间，内心一时思绪万千。

今年2月，桐庐两会期间，钟沁微一脸真诚地望着我：陆老师，帮我们的新学校取一个校名吧。我们在政协的同一个组，我知道她是培智学校的校长。她说，县里投资了近一个亿，新学校即将搬迁。她接着说理由，培智，还有身份烙印，我们想让这些特殊的孩子同正常的孩子一样，在普通的校园里读书生活。

一夜思考，黄大画家的身影占满了我的脑子。黄公望，字子久，号一峰，又号大痴，"大痴"，这个号的字面意思与培智学校几乎是一种暗合。次日，我对钟校长说：用子久命名吧，我取"桐庐县子久学校"。我的意思这样表达：学校位于美丽的富春江畔。子久为元代著名画家黄公望的字。以富春江及两岸的秀水奇山为主题的《富春山居图》举世闻名。黄公望还有号曰"大痴"，其实他是天地山水间的清醒者，洞察人生的智慧者。以黄公望的字来命名学校，无论本义或隐喻义，都饱含着对特殊学校学生的一种培养期望。

6 月份的一天，钟校长开心地发来县编办的批文，说县里已经同意学校更名。我也开心。更巧的是，学校边上就是"桐庐县文正小学"，这个我事先并不知道。那么正好，一个范仲淹，一个黄公望，与桐庐、与富春江有关的两个重要人物都有了一种极好的精神延续。范仲淹办义学建书院，开启了中国平民教育的新时代，黄公望以富春山水为大美，创造了中国画的旷世传奇。他们都是以不同的方式，向隐居在富春山下的著名高士严子陵深深地致敬。

所谓的开学典礼，极其简单，相关部门的领导、家长代表、学生代表、全体教师，共同揭牌见证子久学校的诞生。我特别注意，站在我前面一排学生的反应，他们，大大小小，小的只有七八岁，大的估计有十五六岁，无论男孩女孩，脸上都写满了与正常孩子不一般的稚气，双手拍掌，"V"形手势，甚至有比心的动作，他们知道，这个新学校，就是他们的新家。我仿佛又回到了三十多年前当老师时的情景，不过，那时，我面对的是一群智力甚至比自己都发达的皮孩子，完全不用操心，而眼前这些孩子，他们需要特别的关照。

目前的子久学校，有八十几位学生，三至十八岁的智障孩子，在这里接受学前教育、义务教育甚至职高教育，并全日制寄宿。校园占地一万五千多平方，建筑面积一万三千多平方，人均一百多平方，学习知识，运动康复，言语治疗，音乐游戏，劳技制作。钟校长说，学校的宗旨，就是通过这些特别的日常课程，让每一个特殊孩子都学会生活，学会做事。

我去看了几间教室。一间教室中，六套学生桌椅，两张教师办公桌，也就是说，两位老师，要全天候和这六个学生在一起，吃喝拉撒睡，一切都要管。一间教室中，陈列着一些学生的绘画作品，杭州亚运会的标志之一琮琮，正双臂张开，右脚踢起，充满着生机；圆圆的月亮，闪亮的星星，猫头鹰双目炯炯，正蹲在树枝上注视着你。或许，在孩子们的脑海里，夜空是他们比较喜欢进入的场景，他们才不管什么月明星稀，在广阔的夜空下，他们可以对月亮诉说心事，和星星作有趣的对话。另一些掐丝珐琅作品，茄子、苹果、白菜，也活泼水灵，显示出孩子的细心与耐心。

在子久学校宽阔的校园中徜徉，望着那些追逐奔跑的孩子，忽然想起了"木桶理论"。用木桶理论表示，这特殊教育，一般也被人认为是最短的那块，而能关注并重视这块短板，不能不说为政者的卓识与远见。

"你好，子久先生！"我还想对钟校长建议，将这一句问候，作为子久学校师生每日进校与课前的日常用语。公望富春，黄公望对这一片山水倾注的目光是深情的，我想他不会在意我的这一次命名，既然是上苍的赋予，那就让所有孩子的身上都披满温暖而灿烂的阳光吧。

你好，子久先生！ 清脆的问候，与富春江一样清澈，澄静无比。

山居图之外

这些年来，我时常进入黄公望的人生及绘画场景中。去年，原桐庐培智学校请我题新校名，我脑子里冒出的就是子久两字，黄公望有号曰大痴，却是人间少有的智者，富春江边的"桐庐县子久学校"，不正饱含着对特殊学校学生的特别期待吗？刚刚出版的以富春江为核心视角的长篇散文集《水边的修辞》，黄公望自然也是我重点抒写的人物之一。

有一天，我突然问自己，黄公望的资料确实不多，但对这位著名隐士，除了他原名叫陆坚，除了简单生平及几幅著名的画，你还了解多少？比如他的父辈，他的兄弟，他的子孙。我被自己问倒了，我似乎一无所知，这对喜欢刨根究底的我来说，实在有些不应该啊。不过，真要全方位去了解黄公望，却复杂无限，即便他的生卒年、居住地，也有各种各样的说法。

前几日去上海金山讲课，与蒋志明文友小聚，聊起黄公望的轶事，他提供的一些资料让我开了眼界。

志明兄为了写作《吕巷文脉》，对吕良佐及松江的吕巷（原名璜溪，因吕良佐，后人改称吕巷）名人都进行了系统研究，有不少还去现场走访调查。他专门去上海图书馆查看民国三十七年

（1948）刊印的仰贤堂《陆氏世谱》，上写：陆龟蒙第十一代裔孙陆霆龙，南宋咸淳年间乡贡进士，居松江华亭璜溪，有一子陆统，陆统从华亭迁居常熟。陆统有三子：德初，坚，德承。陆坚名下有注：出继永嘉黄氏，号一峰，自号大痴，居常熟。这样算起来，黄公望应该是唐代著名文学家陆龟蒙的第十三世孙。

志明兄还和我说了一个比较难以理解的事实：黄公望祖父陆霆龙的字为德孚，从祖父的字为德宏，黄公望的哥哥德初，弟弟德承，黄公望却为两个儿子取名德远、德宏，这不符合常规呀，为什么这样取名呢？蒋志明的疑问也是我的疑问，带着这个疑问，他去了常熟的黄公望出生地。当地黄公望研究会会长浦仲诚先生这样解释：黄公望自十二岁过继黄家，心中依然对自己的本姓充满感情。陆家的"德"与黄家的"德"已经没有关系，再用"德"字取名，表示不忘陆氏祖宗。

我读冯梦龙的《古今谭概》，里面有一则陆居仁的笑话，挺好玩：陆宅之善谐谑，每语人曰："吾甚爱东坡。"时有问之者曰："东坡有文，有赋，有诗，有字，有东坡巾，君所爱何居？"陆曰："吾甚爱一味东坡肉。"闻者大笑。

宅之，是陆居仁的字，这位先生，也是书法大家，他是黄公望的叔叔，不过年纪比黄公望小不少，陆居仁有号巢松翁，又号云松野褐，与杨维桢、钱维善一起被人誉称为"三高士"。1349年春天，璜溪因为杨维桢来讲学而热闹起来。次年七月，由吕良佐、陆居仁等操办的"应奎文会"雅集开始。东南一带七百多有文名的读书人，带着各自满意的作品，来璜溪参加"应奎文会"，他们都希望自己的作品能过文化大家的法眼。这个大会，杨维桢与陆居仁一起当主评官，他们选出了前四十位读书人的文章。因为这场文会，杨维桢的忘年交黄公望也来了。此时的黄公望早年已耄耋，但他仍然兴致勃勃，来见证这场盛会的高潮，士子们人头攒动，有的胸有成竹，有的焦急不安，被当代文学大家肯定，也算从文学上拿到混江湖的资格证了。

与杨维桢老友相逢，还有与小叔陆居仁的倾心交流，这一切都让黄公望很愉快，但他内心却很淡定。中年后的一系列波折，全真道人的半隐生活，唯有青山与书画能让他心安。在他心中，早已过了那种想出人头地的年纪，画与山水是他的生命。他的那幅山居图，前几年就开始起笔了，画画停停，还没有完工呢，他惦记着，心里思忖抓紧抓紧。

《富春山居图》跋文的最后一句是："大痴学人书于云间夏氏知止堂。"可以断定的是，此图开卷绘于富春山野居，收卷书于古称华亭别称云间的松江"夏氏知止堂"，这"知止堂"，是黄公望的同乡好友夏世泽的堂号。黄公望中年时因长官贪污案受牵连入狱在押时，夏世泽正好是监狱长，两人友谊颇深，夏还为黄公望冤案的事尽力奔走申冤。黄公望出狱后，夏世泽也感叹人生与世事的艰难，萌生退意，并将自己的"燕处斋堂"改为"知止堂"，意为适可而止，做一个达者智者。而此时，杨维桢们在璜溪举行盛大的"应奎文会"，夏世泽已不在人世，黄公望的画也将最后收笔。知止堂内，摊开卷轴，点墨屏息，又望一望老师赵孟頫题写的堂名，黄公望百感交集，于是题下如此画跋。再细读一遍，自己的意思已悄无声息地融进墨中：我用此画向好朋友夏世泽兄深深致敬！

我问黄公望的后人情况，志明兄告诉我，黄公望的长子德远，后代世居常熟小山，至今已经是二十七代了；次子德宏，是湖北武汉新洲黄茂地区黄氏的先祖。志明兄笑着和我说，黄公望晚年，次子应该陪伴生活在他身边，也就是说，黄公望临终时，不会孤苦一人。

黄公望或陆坚，姓氏已不重要，重要的是他给我们留下的《富春山居图》。陆子曰：一幅山居图，万千辛酸事。子久与大痴，唯有白云知。

等　待

　　我在富春庄醒来的时候，常常是天未明，窗外鸟儿叽叽喳喳就闹个不停，我甚至都能听见它们在院子里唰拉唰拉乱飞的声音，枫叶丛中，杨梅树上，喜树林前，它们就这么窜来窜去，毫无顾忌。

　　晨光大亮，出发早锻炼。我的路线一般有两条，往右，进山，大奇山，行十来分钟，前面就是大奇山国家森林公园门口了，立即往左转。曲折行几百米，豁然一个溪旁水库，伫立一会儿，看整库碧玉般的水，看山峦倒影碧波中，这个不细说，我专门写过《寨基里的大奇》，大奇山也叫寨基山。

　　我重点说另一条往左的路线。出停车场，正对着巴比松米勒庄园走数百米，至庄园口，左转上坡，也是往山里去，路左边的紫薇花、梨树、葡萄、水塘，陪伴着你一直上坡，一只大金牛正对着你，这就到金牛村地界了。转一个之字形的大弯，右边有一大片草地，路旁靠山有"遇见"两个大字竖着，草地遇见你，你遇见草地，都说得通。现在，我还不能停下，还得往里走，穿过桥洞，就是一个村，精致的屋舍，三三两两，在山边上错落，看标牌，有不少民宿，这是金牛村的岩下自然村。岩下，岩没见

（大奇山上应该有巨岩），各式古树倒是林立，礅头上那一棵大樟树，显然是岩下村有些年份的证明。

金牛村坐落在大奇山南麓，有童家、岩下、大塘、大元四个自然村，四百五十余户人家，它的历史都写在道旁右边的长廊中。长廊上说，这个村的张姓先辈，明朝正德年间就来此居住了。不过，我相信，大奇山这一带的人文历史其实更悠久，元朝诗人何骥之《咏金牛山绝句》有这样的诗句："奇峰探古寺，披雾上云程""人烟俯视小，禅宇仰观清。一饭同斋牛，时闻钟磬声"。云雾缭绕，古寺深藏，游人三五穿行，寺庙中，一干人正端碗举筷，忽然梵音阵阵，宕进耳中。

穿长廊，就到金牛公园。公园不大，几乎是微型，由一座小山包营建而成，小山脚，是几棵几百年的古樟，晨阳中，树身朝东的一面，虬枝以蓝天为背景，在天空中构建出一副强大的骨骼。往山上行，有数棵松树，精干巴瘦，那些松树的枝条却夸张，几乎不受约束，肆意伸向天空。山顶有一小亭，亭边有松丝落叶，看木栏起皮的座位，坐的人应该不多，我来过数次，没有碰见过其他人。

那边的知青馆，很想去看一看，只是，我每次来都是清晨，田野里有农人在菜地侍弄，但馆不会这么早开放。我看菜地里那些挥锄耕作的身影，立刻想到知青，那时的知青，就整个桐庐范围来说，有不少都下放在相当偏远的深山里，到金牛村插队的五十多位知青，从地理位置上说，应该幸运。

折回的路上，遇见"遇见"，这片阔大的草地，必须去打个招呼。

所谓的草，全是人工种植，草的学名叫"粉黛乱子草"，株高可达一米，花期在九至十一月，此草的花絮，会生云雾状的粉色，成片种植，可呈现出粉色云雾海洋的壮观景色。既然是草，一般都有花语，粉黛乱子草的花语为"等待"。哈，看出种植者的心思了，这里要营造的不是一般的"遇见"，而是爱情，等你，这是以爱情为主题的花园。

粉黛乱子草的田野，有几十亩大，有一对相邻的大稻草牛站着，金牛村嘛，必须要有牛，"牛"们屏息敛声，它们似乎也有等待。几个取景台的造型别出心裁，"520""1314"，大家都懂，我想象着，仲秋过后，要不了几天，这里就会人头攒动了。周杰伦在另一头的田边高歌：不要你离开，回忆划不开，欠你的宠爱，我在等待重来。

往回走到岩下村口，每次都看见路边停着一辆三轮车，车上挤着几只大桶，桶中有水、有肥，边上有一菜地，一位年轻的老年人（估摸七十岁），长衣长裤，头发半秃，正躬身菜地，有时除草，有时铲地，有时疏枝打杈，没见他歇手的时候。我知道，白菜、豆角、黄瓜、茄子、秋葵、萝卜苗，所有的菜都在等他培育，他也天天在等菜的成长。

一个多小时后，我回到富春庄，虽一身大汗，却全身通透。几只小松鼠正在C楼文学院门前的雪松上追逐跳跃。我不打搅它们，悄悄进厨房，煮一碗饺子。我将饺子端往D楼文学课堂门前的老樟墩子上，一边吃饺子，一边看树上玩耍的松鼠们，忽然，低头抬头间，它们一闪身，不知窜到哪棵树上去了。

小松鼠们能闻着粉黛乱子草的花味，去那片大草地玩吗？念头一上来，就暗自笑了，为什么不可能呢？乱子草苍苍，赤雾迷茫，所谓伊鼠，宛在山中央。

自然亭记

自然亭是我命名的，在富春庄的西面。富春庄也是我命名的，在自然亭的东面，但它们在高德地图上，你都找不到。我不是玩逻辑诡辩，事实就是这么个事实。别急，听我慢慢说来。

四年前的一个雨天，我去富春山健康城的郑家样村，为书院选址。这个村早就整体搬迁了，留下近五十幢完好的民居，健康城想改造成一个与康养文化有关的艺术村落。我们在村中心的大古樟树下站定，这两棵古樟有好几百年了，粗壮的枝丫在空中肆意横叉，树叶茂密，在树下都不用打伞。我喜欢老树的虬枝乱盖，有它们相伴，觉得安全，它们就如慈祥的世纪老人，会为你遮风挡雨，而事实上，它们就是这么活过来的。

离古樟群五十米左右，有个几幢房子的院子，院中不少杂树，一棵高大的雪松醒目，院前还有一口百来方的水塘，那棵造型优美的樟树，枝丫已经伸过半个水塘。塘的南边，一片高大的喜树林，我也喜欢中药材，一看这喜树，祛风，除湿，不就是替人排忧解难的老中医吗？塘的西边全是农家菜地，田野外的山林，如挺立的战士，一排排站着岗。

望着前方雨中朦胧的大奇山，当下就决定，就选这里吧。大山，农舍，杂树，田野，雨敲屋檐，虫声透窗，马克思对生活的向往，一下子又涌到了我眼前：上午种田，下午钓鱼，晚上看哲学。我看这里有实现这个理想的可能。

书院被我命名为富春庄。那个水塘，也动静很大地改造好了，成了景观池，太湖石层层叠叠，池中有管子可以喷水，夜间能发光生雾，池边居然还建了个木头亭子，亭盖茅草，四面穿风。这亭，必须要有个名字，我脑子里跳出"自然"两字，自然的本义是自己本来的样子，这里的山水，不就是它们自己嘛。至于两边的对联嘛，简单，将辛弃疾的《西江月》词改造了一下，也十分应景：书院天外七八个星，寨基山前两三点雨。大奇山又叫寨基山，明朝的时候就这样叫了。我倒喜欢寨基山这个名，山高树深，流泉飞瀑，寨门用石头垒叠，有旗帜在风中飘扬，忽地一声哨响，斜刺里就横杀出一队人马来。这场景，想想就好玩。

至此，自然亭虽小，也算有名有联了，作为一个亭子，我觉得对得起它了。

自然亭，自然要去坐坐的，不过，更多的时候，我是坐在书院文学课堂门前的遮阳伞下看亭，富春庄时有好鸟相鸣，卧看《老子》坐看云。

老子的"自然"，我们自然耳熟能详。人法地，地法天，天法道，道法自然。老子眼中，这是天地人乃至整个宇宙的深层运行规律，一层一层递进而上，最终的道也必须遵循自然。而在此前，老子就认真地和我们打了个比方：再大的狂风也刮不了一个早上，再大的暴雨也下不了一个整天，天地制造的狂风暴雨尚不能持久，何况是人？那就"希言自然"吧！少言或者不言，是符合自然之道的。谁"希言"？老子笑笑：就是那些管理者，你们要少发号施令，即便制定号令也要顺其自然。

自然，确实是天地之大道。

东汉班固的《白虎通义》上说：帝喾有天下，号高辛；颛顼有天下，号高阳；黄帝有天下，号自然。这个自然，是宏大道德的意思。我在想，如果是黄帝自己取的号，那重点就是借号自然，意在号召天下之人都以此为目标，做一个有大道德的好公民。嗯，在一个人人讲道德的社会中，你谦我让，春风骀荡，着实美妙。

亭前池子中，有数条游弋的金鱼，去年末，我们与陆地，都将家里养的小金鱼放养到了这个池中。那些金鱼长得极快，半年以后，我们就看到了不少如银针一样的小金鱼了。我们放养的金鱼虽没有标记，但我觉得它们一定快活。

最美妙的是，夜幕初临，亭前水池的喷管中，会喷发出层层的薄雾，极细极薄，连续不停，头顶星光灿烂，眼前阵雾翻涌，虽是电声光制造出来的仙境，远看近观，都有一种让人恍若隔世的感觉。

一天早晨，瑞瑞起床后，拿着小绘本，我们一起到自然亭"读书"，她认不了几个字，但会翻书看图，每次都会读半个小时以上。过了一会儿，瑞瑞朝我看看，又朝书院那边看看，飞鸟在水池上空横来横去地飞翔，鲜艳的晨光映着书院C、D楼的白墙面，小朋友忽然就感叹了一声：这地方真好啊！我一点也没有编造，她真这么感叹，我忍住笑。

我想，坐亭可以观天，读天下自然书，观天下自然事，写天下自然文。

夏日来了，如果朗月明照，我会端一个粗瓷茶碗，闲坐此亭。此时，墨青的碗中，茶汤中盛满了月光；或者，新月既成，寨基山间微风吹来两三点雨，星星就在夜空中扑闪双眼盯着你，你吹着口哨向他们问候，当然也可以与星星们谈谈心。这样自然的夜空下，你还会在意尘世间的得失吗？

　　如果自驾，杭新景高速桐庐收费站下，第一个口子左转进大奇山路，再左转行至陆春祥书院停车场，前方五十米的蒿草竹林间，自然亭在等你。

养蚕记

日出东方，桑叶茁壮。

秦罗敷轻盈出门，她去城南采桑。下担捋髭须，脱帽著帩头，耕者忘犁，锄者忘锄，对因她而造成诸多生产误工事件，罗敷只是含羞地笑笑，太难为情了，大家还是干活吧，我有啥好看的！

陆地拿回一些小粟米一样的蚕宝宝时，我脑中闪出的场景就是罗敷采桑。我们家里已经养了一只小乌龟，一只螃蟹，以前还养过蜗牛。养蚕宝宝，也是为了孙女小瑞瑞，但城市里去哪儿采桑呢？可以买呀，网上有，陆地说。妻笑笑，她少年时在生产队养过蚕，养蚕的一整套程序都会。

一个不大的纸盒，每天往里面放几张桑叶，没几天，小粟米就变成小米粒了。小米粒在桑叶上轻轻蠕动，但必须近距离才能看清。春蚕到死丝方尽，想着这小米粒向着死亡奔去，心中的悲哀大于期待。这是蚕的命，我不能改变，它们自己也不能改变，谁也不能改变。别想了，还是看它们静静地吃桑叶吧。

小米粒一天天在变长，如细绳那般，越来越长，一厘米，两厘米，差不多有三厘米了，腰也渐渐粗壮起来。瑞瑞每天踏进我家的第一件事，就是看蚕宝宝，她总是惊奇而略带夸张地喊着：

呀，宝宝又长大了，宝宝比我们家的长好多！陆地他们也养了一些蚕宝宝，不过，从瑞瑞的表情中，我们断定，他们家的蚕宝宝没有我们家的生长迅速。

某天，我回家，妻有些遗憾地告诉说：今天犯了一个错，蚕宝宝只剩下三条，其他都死掉。原来，她去外面寻桑叶，见公园边有几株桑树，茂叶肥厚，青葱欲滴，就摘了几张。她说她是看见远处有个背着喷雾器的园丁身影，但也没多想，现在看来，那些桑叶是被喷了药，或者桑叶上有药物残留，蚕宝宝娇嫩金贵，经不起药的折腾，纷纷毙命。我看了看剩下的三条，说可惜可惜。这三条，看神态，神情木讷，有些懒洋洋，我判定，它们似乎也吃了几口，只不过，它们吃得少，或者生命力顽强。不知道它们能不能挺过来，妻又用略带忧愁的口吻自责。我安慰：一定能挺过来！

几天后，又有两条死去，我将最后那一条称作"蚕坚强"。"蚕坚强"似乎并不惦记它那些兄弟，也没有悲哀，每天生活如常，胃口也大，生长迅速。五一期间，我们回白水老家专门摘了一些桑叶，摘之前，吸取教训，问了又问，这山里的桑叶应该上等，瑞瑞也抢着摘，她也知道那些死去的蚕宝宝。

又过了一周，妻说，按时间推算，"蚕坚强"可能要结茧了。过后三天的一个早上，"蚕坚强"已经变成白色椭圆形的茧了，我知道，前一个夜晚，它在夜幕的掩盖下悄悄完成了这个伟大的转化。或许，它一边吐丝，一边快乐结茧，因为吐丝的昆虫多，但结茧的却只有蚕。茧身有些细，不是想象中的那种滚圆饱满（估计与吃了药有关），我依然惊喜。拿起茧，轻轻地摇了摇，妻连忙阻止：里面是蛹，别动它，过几天它会变成蛾钻出来。按蚕农养蚕的步骤，接下来几天，茧站收茧后，会将其烘干，那些蛹则会在高温中死去，然后再送到缫丝厂处理。干茧经高温蒸煮，可以抽出近千米的生丝（丝绸专家叶文兄说这个数字时我着实惊呆），最后脱落的蚕蛹，依然在鞠躬尽瘁：高蛋白的蚕蛹，可以供人佐餐，可以做成鱼饵，还可以做成饲料。而抽出来的丝，则会做成角装丝，一捆一捆的，直接送往丝织厂，再接下去的步骤，一般人都知道了，那些丝会被织成人们穿在身上各种耀眼的五彩的绫罗绸缎。而我眼前"蚕坚强"里面的蛹，则要幸运得多，它不会遭遇高温，它不会死去，它会重生。

一天早上，那个椭圆形的茧破了一个洞，茧洞边上淌着黄黄的液体，一只全身白色的蛾，躺在地上，"蚕坚强"羽化重生为"蛾坚强"了，它肚子鼓鼓的，翅膀异常安静，细观，头部微微在动。

理论上，蚕蛾经过交配后，雌蛾会产卵，一个晚上，它就可以产几百个卵。从卵开始，这就又回到了蚕的最初生命阶段。但是，"蛾坚强"单身，即便是雌性产卵，那些卵也无法成活。它只有静静地死去。妻又找了个空盒子，将它放在阳台一角，我吩咐，看它能活几天。这一次，"蛾坚强"至少活了十来天，其间我掀盖看过几次，每次都是无精打采的。

从蚕卵、蚁蚕、茧、蛹、蛾，五十天左右时间，蚕的一个生命周期就结束了。小瑞瑞见证了这个过程，虽然，过几天，她就忘记了那只蚕，我却有了新的感悟。蚕所需的只是桑叶，还有短暂的时间，除了产卵，结茧似乎就是它唯一的重要使命。用心做一只蚕，方向明确，专心致志，心无旁骛，直到目标达成。

或许，秦罗敷早就知道，她的美丽，还有那"缃绮为下裙，紫绮为上襦"（浅黄色花纹的丝绸下裙，紫色的绫子短袄）的功劳，衣服的功劳也就是蚕的功劳。嗯，你们大家别看我了，赶紧地，采桑采桑，我家蚕宝宝吃得欢！

桂花令

　　中秋节后，每天起床的第一件事，就是到阳台上问桂花：你今年还来不来呀？桂花常常静默，有时会轻摇着身子，柔柔地细答：来呀，肯定来，我知道全杭州的人都在惦念我！嗯，你知道就好。我转身洗漱去了。小区的桂花基本肃立，运河边也是，我默默走过，甚至不敢看它，怕给它们压力。我知道，想桂花的人急，桂花自己也急，它们并没有故意睡着，但急归急，桂花还是迟迟不来。

　　十月十四日下午三时，日光朗照，我在百江广王桥的水边，百水居旁，闻到了今年的第一缕桂香，它依旧热烈主动，一下车，就迫不及待地沁入你的鼻腔。桥下，水波静卧，河水并没有满溪，两只墨色小野鸭却在芦苇间嬉戏。我在一株桂花下站定，伸着头，贴近，看那些紧密的细碎与金黄，然后再闭起眼。启文兄见状调侃：边上还有一株，小心醉了。遂移步另一株桂下尽情闻香。随后，山坡、陈仓、伍斌、袁敏、华诚等一干人都兴奋起来：我们在你的老家桥头，迎接了今年的第一缕桂香。

　　秋天的重要使者，杭州市民代表，迟迟不至，一定出了什么问题。尽管专家不断出来解释，普通百姓却依然执拗：往年这个时候，满城尽飘桂香，是不是大自然借桂花来惩罚我们呀。桂花虽软语淡淡却饱含坚强：我们的花朵需要积聚，香气也需要积累，天气确实打乱了我们的节奏，不过，我们没那么脆弱！

事实上，这几十年来，我们已被反季节弄得麻木，时令不再敏感，夏赖着不肯走，秋拖着不愿来，霜降无霜，大雪不雪，大寒不寒，节气似乎只是写在纸上。感谢迟到的桂花，是它又让我们记起了春天的笋、夏天的瓜、秋天的果，这些时光的精华，它们才是天地间真正健康的使者。

子钓而不纲，弋不射宿。

钓和弋，古代男子极普通的休闲活动，但孔老师只钓鱼，不用网绳捕；孔老师射鸟，不射在巢中休息的鸟。满满的仁爱之心，洋溢在生活的细节中。

两千五百年前的中国大地，南北生态均佳，鱼与鸟，应该都比人多，多得多，适当的围猎，有助于生态平衡，但密网不能用，巢中休息或哺育的鸟绝对不碰。有人统计，《诗经》中，歌咏到的植物有一百五十多种，动物也有一百余种，比较著名的动物有：关雎、黄鸟、鹿、燕、马，鸟就有四十来种。这还只是有文字的记录，这些动物应该常陪伴先民，先民们也用它们赋比兴，就如他们的亲人一样。

现在的大江大河大海，一般都禁渔，鱼类产卵生殖期，每年三个月，让它们休养生息。长江索性十年禁。即便捕捞期，对渔网的大小都有规定，太小了，一网打尽，断子绝孙，违法。

我写作时，麻雀们偶尔会飞来我窗前，略站一会儿就扑地走了。看着它们小小的背影，我慨叹，全民打麻雀都过去几十年了，它们还这么胆小！

就品质讲，时间的长与短，与质量的优与劣，并没有绝对的对等关系，但如果是同等时间下的努力，一定会比出优劣。除了四季桂，桂花基本上是一年来一次，与反季产品相比，显然是少了，然而，正是这个少，才让人如此牵挂，我们会惦念四十天就成熟的白羽鸡吗？

昨日，一朋友来信说，他在给将要出版的书校对时，越看越不满意，大部分文章读来都不满意，问我怎么办。我答：显然是写作水平在提高，好事。另外，扎实写好每一篇文章，那样的集子，你肯定满意，为了一本书，匆匆而成，和白羽鸡没什么区别，要做桂花，一年香一次，狠狠地香，浪浪地香，让人系念。

辛丑年迟来的桂花，实在让人联想多多。

我们的要求是不是高了一点？假如这个自然的使者今年真的爽约呢？

脑子立即闪现了下面的场景。

鲁哀公向孔子的学生有若请教：今年收成欠佳，钱不够用，怎么办？

有若答：为什么不抽十分之一的税呢？

哀公嘟哝着嘴：十分之二还不够用呢，怎么可能抽十分之一！

有若一针见血指出：如果百姓够用，您怎么会不够用呢？如果百姓不够用，您怎么可能够用呢？

哈，天一句，地一句，东一句，西一句，顾左右而言他，我是被窗外浓郁的桂花熏晕了头，成此《桂花令》，抱歉。

哎，又突然记起，我奶奶名叫江桂凤，或许，她就生于一百一十年前富春江边金秋桂月的桂令时刻。

草木集

　　王维的"辋川"，杜甫的草堂，陆游的三山别业，托尔斯泰的雅斯纳亚大庄园，福克纳的罗望山庄，狄更斯的盖茨山庄，杰克·伦敦的"狼窝"，这些都是著名作家们的安居地，写作，休闲，出大著。

　　我只是一个平常的写作者，但梦想没有限制，我也梦想有一个庄，一个舍，一个堂。我的庄就叫富春庄，我还为此写下四句打油诗作为主旨："富春山下富春江，富春江对富春庄。高山流水择邻地，我在庄里写文章。"主旨很明确，有山，有江，有著名隐士严光陪伴，在庄里写文章，应该惬意。

　　富春庄开始建设后，我又将那四句打油诗，发给著名文豪李敬泽先生，请他帮我写成书法：敬泽兄啊，打扰您了，这四句诗，是本庄的眼睛啊，我要用老红樱桃木刻起来，挂在进门的照壁上，人一进庄，抬头见诗。随后，我特意交代蓝银坤："富春庄"的门头，要找老旧一点的红橡木做。另外，李敬泽的书法，要刻在上好的红樱桃木上，木也要老，质量要好！还要裱成大镜框，屋里再挂起来。

　　现在进庄，照壁上就是李敬泽的字，它被分割成五条悬挂，四句诗，一句一条，落款单一条。一律的原色老木，字呈草绿色，银坤说，选用这个绿，就是为了暗喻富春江的绿、富春山的绿。"我在庄里写文章"这一条，已经被垂下来的月季激情拥抱，饱满的花朵，紧贴着字，它们似乎也要写文章，颇显急迫。

过照壁转弯，上三个台阶，两边各一个小花岛，以罗汉松为主人翁，佛甲草镶岛边，杂以月季、杜鹃、丁香、朱顶红、六月雪等，边上，就是一面大手模墙。

墙上方主标题为：我们将整个世界视为自己的花园。

小说家、诗人、散文家、报告文学作家、文学评论家，这些作家，有的已入耄耋，有的则刚过不惑，手模有大有小，按得有浅有深。经常有参观者这样对我说：看这位作家的手模，手指关节硬，粗大有力，应该是工人或者农民出身；看那位作家的手模，手指细小，浅纹单薄，应该是个没有劳动过的知识分子。我往往惊叹，谁说不是呢，手模不就是作家的人生嘛。五十五位作家的铜手模，在正午的阳光下，会发出耀眼的光芒，看模糊了，再看，那些手模，竟然如灿烂的花朵一样。

我以为，这个主标就是对我那四句打油诗的另一种诠释，所有的优秀写作者，不都是将整个世界视为自己的花园吗？

话说回来，既然是花园了，那还不得草木茂盛？

现在富春庄，建筑面积一千多平方，花园也有一千多平方。

我曾经给戴靖布置过一个大作业，将庄里及院墙周围的植物，无论大小，分地域悉数统计一下，结果，大吃一惊：怎么会有这么多植物？它们就像挤挤挨挨的人群，只是默默无语罢了。除前面提到的一些外，还有山茶花、红花檵木、椰榆、海棠、红梅、鸡爪槭、枸骨、竹子、青艾、芍药、六道木、菖蒲等。比如我住的A幢旁边计有：海桐、枸骨等灌木，月季花、杜鹃，墙角的溲疏、六月雪、绣球花、萱草，一棵大杨梅树，萼距花、菊花、迷迭香、南天竹、石竹、黄金菊、水鬼蕉、朱蕉等，林林总总，竟然有百余种。如果有时间，我真的很想写一本《富春庄植物志》，在此，它们都是大山的孩子。

春夏季节，草木们似乎都在比赛，赛它们的各种身姿。那些花们，熬过秋冬，在春天争艳的劲头，绝对超过小姑娘们春天赛美时与别人的暗中较劲，而四季常青的雪松、冬青、枸骨们，则显得极冷静，它们就如村中那些见惯世面的长者，默默地看着身边的幼稚，时而会抚须微笑一下。时光慢慢入秋，前院后院那些鸡爪槭，我叫它们枫树，则逐渐显现出它们独特而无限的秋意，细碎的红，犹如一把把大伞撑开，那些春季里曾开出过傲慢花朵的低矮植物，此时都被完全遮蔽。其实，鸡爪槭们春天绽放出铜钱般的细叶，也令我无限欢喜。

无论是花的热烈、浓香，抑或是树的成熟、伟岸，草木们其实都寂然无声，有时经过树下，一张叶子会轻轻搭上你的肩头，那也是悄无声息的。不过，我眼中，每一种植物，都有蓬勃与盎然的生命，它们既是我的陪伴者，也是我的观察对象，我知道，它们都有独特的生命演化史，也有自己的生存与交流语言，虽非常隐晦，或许人类根本观察不到，我却认为一定是意味深长的。

淳熙十一年秋，退休后的陆游在家乡山阴满地跑，那些与他相视而笑的植物，不少被他收入诗囊中。比如《剑南诗稿》卷十六的《山园草木四绝句》：紫薇（钟鼓楼前官样花，谁令流落到天涯）、黄蜀葵（开时闲淡敛时愁）、拒霜（木芙蓉，何事独蒙青女力，墙头催放数苞红）、蓼花（数枝红蓼醉清秋）。一路行，一路观，既借植物抒感情，也言志向，信手拈来。

今日清晨，经过小门边，忽然发现，围墙上的月季太张扬了，花朵怒放，铺天盖地，想霸占周围一切领地。我立即戴上手套，收拾它一下，我只是想让被遮盖的绣球花们，呼吸顺畅一些。我希望庄里的植物们，与天与地与伙伴，都能默契，共生共长。

采果集

　　富春庄当初设计的时候，我就和年轻的设计师佳妮强调：庄中的空地上，除了一些常见的花木外，还要种几棵樱桃树、杨梅树。花园中，还有随着季节到来的时令水果，一定会让人赏心悦目，那种感觉，先不说。

　　果树就以Ａ楼为中心种吧。后院，种三棵樱桃树。装修的时候，我特别向施工方提出，就用百江双坞的樱桃树种，要成年树，次年就能尝鲜。我去过双坞多次，那一千多亩樱桃林，就在紫燕山脚村中河道两旁，山风轻拂，它们列队，热烈欢迎我的拜访。

　　2020年冬，三棵老樱桃树带着厚厚的泥土，落户到富春庄Ａ楼的后院，刚种下，次年春就给人大大的惊喜：三棵树，竟然收获了几十斤的樱桃。2021年4月22日，世界读书日前夜，浙江省散文学会在庄里开常务理事会，桌上摆了不少红樱桃，看着那红红的果子，看着文友们脸上洋溢出来的喜悦，我觉得这果树种对了，它的意义实在和平时吃到的不一样，就如自己的作品获了某个奖一样开心。

　　2022年春季，樱桃上市前一周，我就住到书院了，这一次，我要近距离充分领略它们鲜艳水翠的妖娆。雨后的清晨，草木散发着阵阵清香，樱桃树的叶子翠绿，樱桃红果令人垂涎欲滴。我就在树底下静静地站着，我知道，边上那些鸟儿也时刻觊觎着这些红果。似乎听到了白居易的高声赞叹，他在赏过吴地的樱桃后，诗兴大发：

> 含桃最说出东吴，香色鲜秾气味殊。
> 洽恰举头千万颗，婆娑拂面两三株。
> 鸟偷飞处衔将火，人摘争时踏破珠。
> 可惜风吹兼雨打，明朝后日即应无。（《吴樱桃》）

白诗的关键句为第五六两句，那些樱桃说话了：我被鸟儿偷吃叼走，鸟儿在空中飞过的身影为什么会有衔着火的视觉？因为我红似火焰！人们争相采摘，我不幸掉落地上，如破碎的珍珠。想到这儿，又朝那些叽叽喳喳的鸟儿看了看，管家说过，这些樱桃，有一半是被鸟儿们吃掉的。

眼前似乎又出现了苏东坡，他这一天大概多喝了两杯，酒醒后绕着樱桃树摘果解酒：

> 独绕樱桃树，酒醒喉肺干。
> 莫除枝上露，从向口中传。（《樱桃》）

这果子实在让人馋，或许是刚刚春雨过后，苏东坡左手扶着樱桃枝，右手摘一粒，往嘴中丢一粒，摘一粒，丢一粒，口干舌燥，他摘吃的时候，甚至连樱桃上的细水珠也一并丢进了嘴中去。

我也顾不了那么多，看着那红果，小心摘下几粒，顺手丢进嘴中，鲜甜、柔滑、清凉，沁入心脾。正当我沉醉时，瑞瑞从楼上喊了：爷爷，你怎么不叫我呀，我也要摘樱桃！

院子边门处及A楼前的绿岛右边，各有一棵杨梅树。我事先也有交代，要桐庐本地的杨梅，个头不一定大，但要好吃。杨梅与樱桃，如果打个比方，我觉得樱桃就是女子，而杨梅则像个男生，大个子，慢性子。当我们都在为樱桃惊喜的时候，那一年的杨梅，只是开了一些花，那些杨梅花，不时飘落在人行道的地砖上，碎碎的，细细的，但就是不见果子。

第三年，樱桃依旧给我们带来惊喜，杨梅则开始显示出了它强悍的一面，两棵杨梅树，均挂满了果子。杨梅是江南特有的佳果，季节短，如果遇上雨天，许多都会烂在树下，若是连晴数日，杨梅产地便会迎来盛大的节日。而摘杨梅，并非一件轻松的活，大部分时间，得攀上枝头才行。管家内行，他弄来结实的网兜，并套上长长的柄，爬上树，朝那些红了的果子套去，一套一个准，摘满一小篮，递下树来，当我接上那篮子时，脑子里又闪出陆游摘杨梅的镜头。

淳熙十二年初夏，江南的杨梅正上市，陆游去了六峰山与项里山，那里有溪，有树，居民居住密集，他竟一连数日都在山中逗留：

> 绿荫翳翳连山市，丹实累累照路隅。
> 未爱满盘堆火齐，先惊探颌得骊珠。
> 斜插宝髻看游舫，细织筠笼入上都。
> 醉里自矜豪气在，欲乘风露摘千珠。
>
> （《剑南诗稿》卷十七《六峰项里看采杨梅连日留山中》）

想来，陆游是被那种场景感染了，绿叶下的红果，好像是龙王的骊珠，丰收与喜悦写满果农的脸。从诗句看，这里的杨梅质量好，有许多都直接卖到了京城，山阴至临安京城，如果加急，也就一日路程，精致的竹篮，上面盖着几张鲜蕨叶，京城里的吃客，打开竹篮，口水会瞬间淌下。

杨梅还可以浸酒，书院的厨房里，就藏有五十斤装的杨梅酒，那是有一次去萧山采风，好客的朋友送的，朋友说，你作家朋友多，让他们尝尝。杨梅酒可以存放多年，炎热的暑季，人身上要是哪里有点不舒服，十有八九与闷热的天气有关，打开杨梅酒坛，拣出几颗杨梅吃下，顿时神清气爽。

有一日，瑞瑞站在阳台上，拿着一盒蓝莓在吃，她用牙签戳着，点一颗，吃一下，点一颗，吃一下，很是享受，忽然，她发问了：爷爷，这个蓝莓，这么好吃，我们能种吗？我朝她看了看，又朝院子里看了看，不确定地说：我也不知道能不能种呢？

瑞瑞奶奶随后就从网上买了三株蓝莓苗来，种在A楼院子罗汉松的边上。这蓝莓苗，看起来，与普通的花草没有多大区别，株矮，小绿叶，一般人认不出。正是炎暑季节，那蓝莓苗，虽说是成熟株，却也经不起这么晒的，于是，隔一天，就得给它们浇水。瑞瑞浇水自然也很起劲，她想吃蓝莓，她心中盼望着，眼前这小树，明年可以生出蓝莓的。

不过，我还是联系了百江老家的种蓝莓专业户，请他们来帮忙。他们实地察看后，对我说，蓝莓对土壤什么的要求比较高，建议用最先进的盆栽。我说好。

富春庄里，那些蓝莓树，它们挤在草木边，自成一道别样的风景。我的理想是，当夏日蝉鸣庄静时，盆栽蓝莓树上一粒粒微带白霜的蓝色小果却生动鲜活起来，瑞瑞挎着个小篮，戴顶遮阳帽，蹲在蓝莓树旁摘果。我最想听的是，晴空的晨阳中，她不断发出的惊喜尖叫声。

飞鸟集

　　癸卯夏至凌晨，突然被一阵激烈的鸟声吵醒，窗外还是灰灰的，不过，我没有怪鸟们，富春庄里的这些群鸟，就是好动喜鸣，似乎一刻也静不下来。

　　据鸟们在庄里的生活规律，我将这些鸟群大致分成几个行动小队。

　　麻雀队，规模最大，常常是数十只几十只，好几群，霍的一声，从红花檵木，突然钻到围墙边的桂花树间，或者从高大的雪松枝条上直飞进池塘边的樟树里，那樟树也有些年纪，树高叶茂，虬枝乱伸，麻雀们喜欢开玩笑，钻进密密的树枝间，有个一两分钟，不发声，你想找它们的身影，无影无踪。有一天，我和瑞瑞仔细观察后，找到了原因，它们将自己变成了树叶，难怪看不见。

　　麻雀们还喜欢一两个单兵活动。伫立A楼二楼的阳台，盯着前面D楼文学课堂的后门看，有一只麻雀，个头极小，小到似乎有点似蜂鸟的形状，它从盆栽红梅树枝顶飞到草地上，两米高的空中，它是螺旋而下的，翅膀如直升机启动时那样快速地转动，好不容易停泊到草地上，刚跳了几步，另一个伙伴，霍地飞来，与它一起觅食，几分钟后，双双飞往另一边的一株红枫上，不知道它们是不是一对，不过，实在辨不出来。

普通翠鸟队。个头与麻雀差不了多少，头背深蓝，胸及下体橙黄，数量也多，富春庄前的田野中，有两口半亩水塘，想必是它们常觅食的地方。它们成群从富春庄里进出，叫声嘀嘀嘀，连续发声，不过它们在庄里停留的时间并不长。

家燕队。上体深蓝色，胸有点偏红，腹白，尾分叉，它们喜欢黄昏时分，成群聚集在文学课堂前喜树林边的枝干上，富春庄的建筑基本都是徽式，白墙，有屋檐，但不像农村泥房那样，容易筑窝。去年冬天，我在庄中前前后后观察，终于看到三个小鸟窝，但肯定不是家燕们的，家燕筑窝喜欢衔泥，那窝只是树枝间的普通草窝。至目前为止，还没有家燕在富春庄的屋檐下筑窝。

乌鸫队。三四只，五六只，小规模，鸣声清脆响亮，无论颜色或者声音，辨别度都特别高。杭州小区里乌鸫特别多，我也写过不少，不多说，只是，富春庄大小只有五幢建筑，与城市中密集的小区还是有区别的，在这里，它们往往从高大的喜树林上俯冲过来，在我的书房窗口鸣叫几声，转身就飞过文学课堂的屋顶，直接扑向更深更密的山中去了。

喜鹊队。一般人都喜欢听喜鹊的叫声，即便没什么喜事，心理上总是能得到安慰，我走运河的时候，常常听到喜鹊叫，我以为喜鹊喜欢水。富春庄里也常有喜鹊光顾，它们来的时候，成双成对，也是热闹的，切切切，切切切，高调得很，似乎要向我宣布什么喜事。

布谷鸟队。我在文学课堂前的樟树墩子旁，一边喝茶，一边看喜树林里的布谷鸟，咕咕咕，咕咕咕，在这广深的山野间，布谷鸟的叫声不稀奇，奇的是，它们在林子里在我面前竟然如此慢悠悠地寻食。我不能大声，怕吓着它们。两只大的，几只小的，大的在林子两头踱步，小的在中间地带拱着碎叶，它们的脚步小心地踩在枯枝叶上，嘴中不时地发声咕咕。我早晨吃完苹果，曾将果核扔进林子里，不知道它们找着没有。

清明过后，富春庄的微信群里突然发出一张图：紧挨围墙边的一株月季中间，有一个鸟窝，织得精致，底部竟然用了一片塑料袋，这是什么鸟，具有防雨意识吗？过了两天，他们又发现窝里有三颗蛋，从蛋的形状上看，也辨不出什么鸟，我曾连续三年观察乌鸫下蛋孵鸟，好像也不是乌鸫。过了几天，他们终于拍到了鸟孵蛋的场景，原来是白头翁。我们于是满心欢喜，静静地等待即将从富春庄中诞生的新生命。才过几日，惨案发生，鸟窝被严重损坏，蛋也没了，大家连连叹息，但都猜是松鼠或者黄鼠狼干的。

富春庄的松鼠，不是成群，但至少有几个别动队，在我书房前面杨梅树上常蹿上蹿下，餐厅的屋顶上，也常见它们蹿下来。有次一袋垃圾放在餐厅前门边，次日晨我去厨房，发现垃圾被翻得乱七八糟，狗进不来，只能是从空中或者夹缝中蹿进来的松鼠。还有黄鼠狼，也是庄里的常客，但它们来无踪，去无影，移动迅速，力气又大，那鸟窝里的蛋，十有八九是它们偷走的。

A楼的后院有三棵樱桃树，今年都是大年，至少几十斤吧，不过，有一大半，是被鸟吃掉的。A楼的右前方，有两棵杨梅树，今年第一年挂果，也是大年，如果完整计算，不会少于百斤。六月初来时，我是坐等杨梅红；夏至前一周，我到富春庄，杨梅只剩三分之一，且每日急剧减少，就是说，昨天还是青的，次日上午就红了，如果不摘下，下午就掉果。撇除人为因素，有不少杨梅，就是鸟与松鼠吃掉的，各种鸟，它们似乎都要吃，专拣枝头红的吃，笃笃笃咬几口，杨梅就掉下来了。

飞鸟飞到了我的窗前，又飞去了。它们集于树、树顶、树间、树梢、树洞。它们来来回回地飞，小鸟飞成了大鸟，大鸟飞成了老鸟，直至某一天突然倒地。它们乐此不疲地叫，多声部，几重调，舒缓与急促，自由与散漫，完全任性。

天新雨，答答答不停，鸟们在树叶间缩着身子，它们将声音也藏起来，偶尔间鸣几嗓，鸣声如同空谷中传来般清脆。

山花集

富春庄四周，都是山花，随便走走，都能让人心迷神醉。

七月的大部分清晨，我行走的固定路线都是去巴比松，那一大片花海，每日都想睹一睹它们的芳容。醉蝶花、秋英、波斯菊、大波斯菊、百日菊、矢车菊，数千平方，挤挤挨挨，微风一吹，一朵花就会推动着另一朵花摇曳起来。

花们完全不将一个陌生闯入者放在眼里，它们知道，它们的使命就是开放。清晨的初阳中，蜻蜓也不怕人，在花海上空繁忙穿梭，它们的飞行就如夜间富春江两岸的射灯，射过来，射过去，低而近，迅速下降，迅速抬升。

花地边沿，我蹲下看，细细看这些妖娆的花骨朵。

醉蝶花，花瓣倒卵形，有长爪，似蝴蝶。它的花语为"神秘"，究竟神秘在哪儿？看不出，只是觉得好看，或许，它有极强的吸污能力，能洁净人间的空气。这秋英，粉红，鲜嫩，看起来有点像樱花，此花，日语里就叫秋樱。矢车菊，花如箭一样向四面射出，花的形状又像车轮辐射，哈，不要小看这花，德国选它当国花，说象征着幸福。波斯菊，原产墨西哥，楚楚动人，植物学家也极喜欢它，给它命名的意思里头加进了宇宙、和谐、秩序等。或许，它的迁徙过程复杂，哥伦布先将它们带到欧洲，又由欧洲传播到亚洲。现在，满世界的郊野、山林，都有它们的婆娑身影。有了花，就有了美好，人心向着美好，全世界都是一个大花园，那什么秩序、和谐，都有了。

百日菊这边，显然更加热闹。紫、红、黄、白、深红，我从没见过一种花能迸发出如此多的鲜艳色彩。细看，还有惊喜，它的第一朵花开在顶端，然后侧枝开出更高的花，难怪人们喊它"步步高"，这名字，喜庆，就如听到广东音乐《步步高》，你会不由自主打拍子，脚配合抖动一样。还有，红花的花蕊是黄色，紫花的花蕊也是黄色，莫不是花蕊大多是黄色？植物学知识浅薄，我只能先惊叹。美似乎也会让人疲惫，盯着花看久了，眼睛有些累，忽然，有些花好像浮动飞行起来了，揉揉眼，原来是白蝴蝶，蝶恋花嘛，标配，那些白蝴蝶，本身就是花朵，在百日菊间扑闪扑闪的，是花还是蝴蝶，一时分辨不清。

徜徉花海，心旷神怡。不过，因是山野之地，花海中，野花野草，其中夹杂不少。垂序商陆，少年时只知道这种植物，山地间特别多，枝叶茂盛，籽成熟后，我们将它踩在脚下，会爆出紫色的浆水，可不可以当涂料，我们没试过。后来才知晓，此植物并不简单，它与"加拿大一枝黄花"一样，都是外来入侵物种，在中国山地中野生横长。

再往花海深处走去。花海中，偶尔矗立着几棵孤零零的树，松、柏、樟，还有棕榈树，从风景角度看，这样的配置，都是好构图。那里，栖息着数百只白鹭。不要只以为白鹭都在水边，山野里也不少，草地花海中的虫虫，肥而嫩，不比河海中的鲜味差。从山到水，白鹭们强有力的翅膀，飞来飞去，只是一种锻炼而已。

白鹭们三三两两，蹲在草地上，遥看像一个个圆圆的逗号，我知道，草地花海就是一张硕大的好稿纸，它们在抒发着清晨的惬意。我不能近距离观察，怕吓飞它们，躲在远处，手机录像，一个三十秒，两个三十秒，它们点头啄食，偶尔腾空，哗哗扑棱翅膀，随即落下，它们也以群聚。

花海边上的松林里，传来了几只鸟的叫声，有鸟飞上飞下，声音大得有些惊人，我的第一反应是鸟们在打架，站在远处看了一会儿，大致弄明白了，这应该是大鸟在训练小鸟的飞行。不像是乌鸦，大乌鸦带小鸟飞我看见过。这鸟个头有些大，身材修长，对着幼鸟大声疾呼。我感叹，父母的心情，人与鸟大致一样，孩子啊，你要努力练习，快快飞翔。有几群麻雀，几只白头翁，还有乌鸦，横七竖八地飞来飞去，它们应该是助阵训练的观众。

有一天，我忽然看到美国著名版画家戈登·莫特森的画，大开眼界。他的画如水彩，颜色极其丰富，据说多达六十四种颜色；他的颜色还是分层的，有手工雕刻般的纹理，画面细腻，明亮清新。莫特森的画，繁花似锦，山花漫野，像极了我天天看的巴比松花海。次日，我再去看花海，感觉就有些不一样，脑中想着莫特森的画，眼前比较着花海。我知道，莫特森是创作，是生活的提炼，他将无数山花集于一画，而我眼前的花海是活的，花骨朵们都在呼吸，它们饱含感情，清晨的阳光，阳光下的露珠，让花们更妩媚，更让人感觉到一种生命的跃动。

癸卯中秋，我回富春庄，发现后院那几株老樟树身上缠满了薜荔藤，粗大，茂密，藤上结了不少果子，夏日它们盛开花朵，花太小，没注意，现在，它挂满了果子。我知道，这果子，是极好的中药，祛风、利湿、活血、解毒，也是人们制作凉粉的好材料。

路转溪斜，岸柳藏鹊，听，屈夫子在江那边吟诵《九歌·山鬼》了："若有人兮山之阿，被薜荔兮带女萝。"山角那边，有个美女的身影，忽隐忽现，走近一看，美女身披薜荔藤叶，腰束女萝，好一个清纯无邪的标致山野女子呀！或许，一场旷世奇恋就要诞生了。

在我眼里，那些不同身姿的山花，皆为清纯无邪的山野女子。

流萤集

萤，不指萤火虫，只指代昆虫，流萤自然也不是飞行的萤火虫了。流，逝去，也就是死了。整个夏日，布衣大多猫在富春庄中。每日晨光初显，即从富春庄出发，往周边村庄走去。耳朵里听书听音乐，双眼只做一件事，就是寻找流逝的昆虫，一个多小时，晨遇昆虫的尸体，计有：螳螂、蜘蛛、蚯蚓、蝴蝶、蜻蜓、蜈蚣、蝉、蜗牛等等，还有几次看到鸟的羽毛。

这些虫虫，死因不明，布衣猜测大致有以下几种原因：寿命已达，撞到疾驰而过的汽车玻璃上，被另一种动物袭击致命，喊累了从树上不幸跌落致命，等等。

两只螳螂，一只青色，僵卧在两块水泥板的缝隙间；一只横身，四脚朝天，身体已经有点枯萎。布衣伫立十秒叹息：你们是捕蝗高手，你们死得实在有些不明不白。唉，说不定你们就是挡车了，或者被野猫一爪子拍碎的。野猫大多夜行，是天生的夜间猎手，视力非凡。晚餐没吃饱，嘴里也寡淡，咬一口尝个味。还有蜘蛛，你结个什么网，挡住我的路了，野猫愤愤地说。

富春庄中的花丛里，偶尔也见小白蝴蝶飞来飞去。我和瑞瑞说，蝴蝶是会飞的花朵。瑞瑞见了花蝴蝶，常常惊喜地追，嘴里还不时念念有词：好看的花，好看的花。看过一本外国书，书名忘了，说人们平时极少目睹蝴蝶之死，因为它们会在寿命将近之时，飞入蝴蝶公墓等待死亡降临。这只蝴蝶，你为什么会死于清晨呢？布衣也认不出它是雌还是雄，是三天前交配过了，还是三天前产卵过了？想过这些，布衣又定睛看了它三眼，现在，就认定你是雌的，你是产卵后而亡。布衣接着感叹，许多如你们一样的昆虫，死于生命的传承，实在是一种壮烈！

一看见蝉的尸体，心即生出些许怜悯。这几只是成虫，布衣猜大致是寿命到期，整日整夜在树上高鸣，声嘶力竭，突然就从树上坠下而亡。但这两只，你们是幼虫啊，你们还未"金蝉脱壳"，你们的美好生活还没有开始呢！运河边的夏日，常见捕蝉人，他们说煎炒都有营养。不少地方都有吃知了的习俗，皆谓高蛋白。面对如此美食，布衣常常推辞，你们吃，你们吃。

蚯蚓，你在地底下活得好好的，为什么要钻出地面来呢？是不是这几天气压低，空气潮湿，泥土中氧气含量不足，出来透透气？唉，这么热的天，紫外线又烈，太阳一出来就会晒死你们的！

蜗牛，布衣知道，你们出来的原因，与蚯蚓类似，且喜欢雨天的夜间出来散步，喜欢黄昏至第二天清晨露水未干的时候活动。难道你们不知道自己的身体基本是由水组成的吗？别以为它是夏日清晨的阳光就柔和，它一出来可是热情似火，你们身上的水分会迅速蒸发，脱水而死。

头被碾压得扁平的蜻蜓，一副惨相。唉，自由的小精灵，诗文中常常歌颂你们。你们喜欢水面，喜欢尖尖小荷，你们飞来飞去，突然俯冲而下，却就是为了点一下水，是调皮吗？应该不是，据说你们是产卵，在完成生命的传承。静静地躺在水泥地上的你，一定死于谋杀，烈日上升，你很快就会被烤焦。布衣想，如果你常活动于水边，会不会危险少一些呢？

　　一个阴天的早晨，走着走着，坡道上一只癞蛤蟆的尸体让人有些恶心。头部完整，身体却被劈成两半，血肉模糊。布衣不知道你殒于昨晚上的哪个时间，或者，清晨即将来临，你刚刚与另一只癞蛤蟆约会返回，美好的时光，还未来得及回味，正当你一跳一跳要往前方池塘快乐地沐浴，洗去昨晚的汗渍，不想，横祸飞来，一辆早起赶路的轿车，后轮碾压到了你，差点身首异处，但你已经彻底昏迷过去，然后就是眼前见到的状态了。

　　某天清晨，一出庄门，路边竹林下，一根粗黑的鸟羽毛牵引住了布衣的目光。细看，宽羽，黑间白，羽枝顶端沾染着血迹。布衣又猜，这应该是翅膀上的一根主羽，为什么会落在这里？是常来富春庄栖息的鸟吗？是被猫头鹰偷袭吗？皆有可能，富春山的生态超好，树木与花草都自由疯长，是鸟与昆虫的天堂。庄里也曾发生过黄鼠狼偷吃鸟蛋的惨案。次日，布衣在二楼的阳台上，一直关注那些飞来飞去的鸟，看有没有明显受伤、飞行不稳的鸟。很遗憾，鸟们都很快活。布衣只好内心安慰自己，那只失去大羽的鸟，一定躺在哪棵高树上的窝里疗伤吧。

　　又一个晨光熹微的日子，布衣往巴比松的深处走去。水库边的坡道上，一只金黄而粗壮的长蜈蚣，从面前从容爬过，它一弓一弓地横行着，似乎是抬起头，朝布衣对视的样子，不慌不忙，往边上的草丛里慢慢地滑进去。

　　那些夜晚被谋杀的昆虫，很快会被次日的烈日晒干，或者被午后的暴雨冲刷，不会留下任何痕迹，但布衣觉得，它们来到这个世界上，不只是简单走了一趟而已，它们也来之不易，它们在昆虫界也要一路奋斗。回到富春庄，在樟树墩子边坐定喝茶，一队行进着的蚂蚁，正起劲地抬着半根蚯蚓的尸体往地板的缝隙下去。布衣自问，晨遇的流萤，它们只是流萤吗？

丁卷——漫辞 B

读书堆及其他

因写笔记大家陶宗仪与蒋志明兄结缘。每次与他聊天时，除陶宗仪、杨维桢外，他念念不忘的便是顾野王，他送我大著《江东孔子顾野王》，仔细读完，眼界大开。癸卯春末，应志明兄邀请，往金山区亭林他老家一访，他带我去的第一个点便是顾野王的"读书堆"。

1

顾野王（519—581），南北朝梁陈间著名的地理学家、文字学家、史学家。其实老家在苏州吴江。自秦至唐以前，亭林都属海盐县，任过海盐县监的顾野王，晚年就随着顾氏先祖的脚步，到先祖的亭林祖宅定居，宅旁有土山，顾野王曾在彼处读书，后人遂称其为读书堆。

江南水乡，河港遍布，不少地方有隆起的土堆，这土堆有专用名词叫"埭"，它的本义是堵水的土坝。亭林地处长江口的水边，也有不少这样的"埭"，顾野王的读书堆，其实就是比较大的"埭"，只不过，沧海桑田，时间让这些"埭"变成了土堆，变成了小山。

顾野王居住亭林而被人称为"顾亭林"，亭林也因顾野王的居住与读书写作，成了江南名镇。王安石曾有《顾林亭》一诗，记录下彼时真实的亭林：

> 寥寥湖上亭，不见野王居。平林岂旧物，岁晚空扶疏。
> 自古圣贤人，邑国皆丘墟。不朽在名德，千秋想其余。

亭林有湖有山，虽然顾野王的房子没有了，但顾野王的品德，他创造的文化精神却一直指引着后人。明清两代的《松江府志》记载，"读书堆"在亭林的宝云寺后，"高数丈，横亘数十亩，林樾苍然"。我们沿着"读书堆"外围墙下的路，绕着圈审视，眼前的"读书堆"，高度、宽度、景色皆符合府志的描写，特别是那些树木，樟树、柏树、水杉，绿叶高荫，与低处的海棠、女贞、红叶石楠，还有麦冬及杂草，几堵断砖墙，也都相映成景。山上有亭隐约，那一定是顾野王读书坐过的，我笑着和志明兄说。

再转到宝云寺。宝云寺是几个僧人于唐大中三年（849）在顾野王的居住地旧址上建起来的。宋代《云间志》载：寺成，有二僧梦见顾野王，顾对和尚说，此吾之故宅，今你们造佛立寺，也请立一尊我的像吧，我会保护此寺的。所以，宝云寺内，一直立有顾野王的伽蓝像。宝云寺最有名的当是元大德十一年（1307）腊八日，由赵孟頫书写的《松江宝云寺记》，又称"子昂碑""松雪碑"，自然，寺在清咸丰年间毁于兵火。在路右的一幢房子边上，志明兄指着几截高高的残石对我说，这是宝云寺的旗杆石，宝云寺的山门应该在这里。

松雪碑之碑文共953字，记述宝云寺重修事宜，现在只剩碑帽及极少量的碑文残块被镇政府保存。虽有叹息，不过，文物被时间淹没乃是时间的法则，任何事物皆逃不过，唯有先贤创造的文化精神才会永流传。

2

"读书堆"的左侧，是顾公广场。

顾野王的正面铜雕像高立，宽袍长袖，右手下指尖搭着一叠书，左手捏着一本摊开的书卷，目视前方，雕像迎着正午的阳光，发出柔和的光，广场后方及左侧，是一些赞美顾野王的诗词书法碑。广场不大，但精致，一位与书打交道的著名学者，一个著名学者读书的地方，一处让后代读书人景仰的精神高地，广场与"读书堆"的气质很吻合。

在顾野王纪念馆，我们看顾野王的主要成就：《舆地志》及《玉篇》。

《舆地志》是全国性的地理总志，共三十卷，它与《汉书·地理志》一样，皆为中国古代开地学体例的重要巨著。据史料载，一直到北宋，《舆地志》仍是重要的方志佳作，后渐渐散佚，至清代，学者王谟才从《太平御览》等书中辑出散佚的《舆地志》一卷，有三百余条。顾野王的后裔，当代船舶专家顾恒一，从一百三十余种古籍中辑文一千四百余条次，出版《舆地志辑注》一书，汇总为七百一十条。志明兄手指"读书堆"方向，加重语气和我说，顾野王三十卷的《舆地志》厚重博大，差不多用了二十年时间写成，而写作地点，就在"读书堆"！

《玉篇》是按部首编排的大字典。此典编撰于南朝梁大同九年（543），彼时，顾野王是梁朝的黄门侍郎兼太学博士。《玉篇》共收16917字，与早四百年前许慎的《说文解字》相比，《玉篇》多了7000多字，两书的用途不完全相同，故而价值也不一样，据顾野王自序中说的意思，他是想综合众多的字书，辨别形体意义上的异同，网罗训释，以成一家之言。

　　一千五百多年前，顾野王编撰《玉书》时的那种孜孜以求，现代科技可以瞬间形象展示。我们在一台字体显示器前站定，随便输入一个汉字，它的字根字源字义都会立即显示。就输"陆"吧，手指划几下，"陆"字的前世今生都出来了。我知道，这是一个会意字，耳朵这边，"从阜"，表示地形地势，右半边，"从坴"，表示土块很大，《说文》这么说，顾野王也这么说。接下来，举例就让人眼界开阔了，《易·渐卦》有：鸿渐于陆。嗯，太熟悉了，顾野王编完《玉篇》后的三百年，唐朝复州竟陵（湖北天门）有个被和尚收养的孩子，就取名陆鸿渐。"陆"大部分时间都很安静地作名词用，但也可以活跃奔腾起来作动词，它们作动词时基本是通假，比如，通"踛"（lù），《庄子》外篇《马蹄第九》有这样的描写："龁草饮水，翘足而陆，此马之真性也。"马的本质就是跳跃嘛。见我对字这么感兴趣，志明兄开我玩笑：专家，专家！我笑答：我曾很长一段时间研究过语法与修辞，喜欢追究汉字的前生今世。从汉字的流变看，有的字会出现莫名其妙的变化，但每种变化其实都深藏着一段历史，只是鲜为人知而已。说到通假，"陆"字还可以通假成"碌"，"陆陆"，就是"碌碌"，很平凡的样子。

　　《玉篇》，顾野王为什么以此为书名？有人说是受道家思想影响，我觉得更重要的因素是他对这些中华文化之宝贵载体寄予着的一种厚望。

3

　　《亭林镇志》上有杨维桢、陶宗仪等的介绍，陶宗仪条下有这么几句："元末兵乱，避乱隐居亭林（后陶宅为同善堂，今为复兴东路106号古松园），家境清寒，以教授自给。陶与杨维桢比邻而居，切磋诗文，交往甚密。"而我在网上淘到一本1986年版上海市松江县地方史志编纂委员会编的内部杂志《松江风物》，杂志说陶宗仪初居亭林的时间应该在1340年前后。我相信这个时间，因为这个时候，陶爸在此任职，陶宗仪极有可能跟着居住于此，不过，还不算隐居。

从亭林志上可知，陶家老宅，就是今天的古松园，顾野王的后裔清代举人顾澜曾在此建造同善堂。这就是说，陶宗仪隐居南村，还是后来的事，先前是住在他自己的家里，亭林离南村也就几十里，陶爸在州政府任职，完全有可能买地建房。

元末明初，松江一带，因为杨维桢、陶宗仪等名流的到来，文学风气开始浓厚，志明兄送我的另一本书《吕巷文脉》就这么认为：元末，浙西出现了一批地方豪富，崇尚儒雅，延师训子，居住在松江府华亭县吕巷的"璜溪吕氏"即是其中一个代表。吕氏家族中，有"淞上田文"之称的吕良佐，曾以重金聘请杨维桢等私塾教授，并出资举办"应奎文会"，以振兴日益颓废的文风。而明朝松江人何良俊的笔记《四友斋丛说》卷一六《史》中有如此佐证："吾松不但文物之盛，可与苏州府并称，富繁也不减苏。胜国（元）时，吕巷吕璜溪家，祥张有张家，干巷有侯家。吕璜溪，即开应奎文会者是也，走金帛聘四方能诗之士，请杨维桢为主考，试毕，铁崖第甲乙。一时文士毕至，倾动三吴。"

"应奎文会"，这"奎"，是二十八星宿之一的奎星，主文章、文字、文运，这样高水准的征文大赛，就在吕良佐家里进行，一时吸引全国众多名家参与，收到700余篇文章，杨维桢是主评委，评出40余篇优秀作品。吕巷就在亭林的边上，这样的活动，陶宗仪肯定喜欢。而因为共同的志向和爱好，杨维桢和陶宗仪经常在一起聚会，合情合理。于是，在杨维桢六十岁生日的时候，大家酒足饭饱后，在陶家院子里栽罗汉松纪念，寓年长寿，坚贞。

这棵罗汉松，现在已是上海市的古树名木，它就在古松园内。

古松园1986年建成开放，占地面积525平方米，内有曲廊、望松亭、松风草堂、假山，主角自然是古松了，主角北侧，还有一棵顾澜当年栽下的厚壳树，厚壳树身淡土黄，树干粗圆，枝干挺拔，树叶可做茶饮，有清热解毒功效。这罗汉松因杨维桢的号又叫铁崖松。面前的铁崖松，与厚壳树一起，都是古树了，它们都用石栏围砌。我们围着松转了几圈，杨维桢的仙风道骨形象不断浮现，虽经六百多年的风霜雨雪，只剩半株树干，但依然挺拔，它以四季的郁郁葱葱，证明着自己和杨维桢一样，活力蓬勃。

4

从亭林出发，四十分钟车程，就到了浙江平湖市新埭镇的泖口古镇。这里与亭林一样，原来都属秦汉时的海盐县管理。顾野王曾在这里教书读书，这里干脆就叫"顾书堵"，"水月湾西一径深，旧来书堵杳难寻"（元张世昌《题顾野王读书处》诗），只是水月湾的波依旧平静而缓流，但顾书堵同样只留在诗文中了。

我与平优良、詹政伟、金卫其诸友，在水月湾前看景，此湾为多条河流汇集而成，水面宽阔，水波微动，明月皓白时，水光接天，这些水，最终会流入黄浦江，再汇入东海。"读书堆"在亭林的小山上，"顾书堵"在新埭泖口的水边，顾野王读书，也真会选地方。

顾野王有不少学生，其中同乡陆士季就是优秀者。陆随老师学习时间长达二十多年，他后裔中的一支就选择泖口居住，除唐朝的宰相陆贽外，比较有名的当数清初著名理学家陆陇其。陆字稼书，因其极廉洁自律，被人们誉为天下第一清官。此前，政伟兄已帮我寻到一整套十三册的《陆陇其文集》，且卫其兄就是长年研究陆稼书的专家，来平湖前，我对陆稼书已有一些认识，特别感兴趣是他的《战国策去毒》，这书读得刁钻。此次到泖口，主要是看陆家的"三鱼堂"。

"三鱼堂"来自陆稼书先祖陆溥运粮途中发生的一个故事。陆溥从上海县丞调任江西丰城任职，某天深夜，行船至鄱阳湖时，忽风雨大作，船底触礁后不断进水。危急之下，陆溥向上苍跪着祈祷："舟中若有一钱非法，愿葬江鱼腹。"说也奇怪，头刚叩完，船漏即止。安全到达丰城后，清舱时，船工发现，有三条鱼咬着水草堵住了船底的破洞口。鱼是常见的"昂刺鱼"，头扁平，嘴阔尖，皮色花黄，鱼头两侧还有一对尖刺。虽是巧合，但陆溥感念这三条鱼的相救，陆家从此不吃昂刺鱼，陆溥还将自己的堂号命名为"三鱼堂"，其子移居泖口后，仍以"三鱼堂"为名。陆稼书是陆溥的七世孙，不仅堂号仍用，且他将自己的不少著作，都冠之以名，比如《三鱼堂文集》《三鱼堂日记》《三鱼堂剩言》等。

陆稼书纪念馆，中堂"三鱼堂"两边挂着一副对联："有官贫过无官日，去任荣于到任时。"难怪他会成为著名廉吏，不仅有家风传承，更有十分清醒的自省与自律，这对联，如警世大钟，不断撞击着人们的内心。

"读书堆""顾书堵"，以及陶宗仪、杨维桢、陆稼书们的成就，皆离不开读书。对一个写作者来说，我想得最多的自然就是"行"与"读"，这两字无边无涯。《舆地志》指引着读书的方向，《玉篇》检验着读书的功效，师古而不袭古，笔下光景就可以常新。

隔离记

书房窗口微微颤动的树叶，像婴儿的手指，触动着我的心（泰戈尔诗意），飞鸟偶尔倏忽掠过，天空湛蓝，我文字花园里的花朵，也正透过窗外，它想成为一朵飘逸的云，一只飞翔的鸟。

——题记

1. 无题

似乎是诗，却是散笔，一些想到哪儿写到哪儿的无主题文字。

此刻，庚子年正月初七上午十点，阳光明媚，可我却像大部分人一样，响应政府号召，居家自我隔离，为的是防备一种叫"新型冠状肺炎"的病毒。就在今天凌晨，世卫组织宣布中国此次疫情为"国际关注的突发卫生公共事件"，感染人数已经超过十七年前的SARS。

SARS肆虐的时候，我在《每日商报》做新闻部主任，同时兼着评论版的主编，一天要谈四次版，策划选题，采访，编稿，写稿，约稿，旺盛的精力，我自己都佩服。所以，这次疫情，我特别关注那些来自一线的重点深度有观点的报道，可惜的是，自媒体时代，信息虽来势凶猛，却是泥沙俱下，每天的辟谣倒成了关注点，这个是谣，那个也是谣，本地有谣，武汉更有谣，一时无语。

我书房窗前，有几棵不大不小的树，左边的樟树，是各种鸟类的天堂，它们自清晨四五点钟就叽叽喳喳，开始是一只鸟偶尔试探喊一声，过了会儿，再喊几声，然后就会有另外的鸟呼应，不断地呼应，然后就越来越热烈，类似我以往在报社做新闻时的"谈版"，大家各执一见，都想说服对方。我多次试图录下鸟儿们开会时的声音，请鸟专家帮我辨别哪些鸟，可是至今未录。我以为，城市的鸟儿们和我一样，睡眠质量很是一般，否则这么早醒干吗？我早醒可以读历代笔记，它们早醒只有开会，至于它们商量什么事情，只有鸟知道了。窗子右边前方，有棵高高的构树，冬季早早地脱了叶子，光光的树杈上，去年多了一个大鸟窝，一对花尾巴喜鹊成天飞进飞出秀恩爱，这个鸟报喜呀，左邻右舍都喜欢。它们经常在我窗前喊喊喊大叫，还上下翻飞表演高难度动作。我表扬过几次就不再表扬了，我以为，为人民服务是它们的本分。

说到鸟，我就有点停不下来了。我家后阳台上，养了一棵俗话叫"发财树"的树，虽然没发什么财，树却长得特别茂密，陆地妈妈还删了好几回枝，我很不高兴：发财树你删什么枝呀。去年这个时候，两只乌鸫看上了我家的发财树，其实，它们前年就看上了，筑好了窝，也下了四个蛋，可看了它们几回，它们就将蛋衔走了，至于怎么弄走的，我们都不知道。鉴于此，这一回，我们不再关注它们，只是隔着玻璃远远地看看动向，这回它们又下了四个蛋，终于孵出了四只小乌鸫。我和陆地说，你弄个摄像头来，将它们的生活场景录下来。陆地嫌烦，说网上多的是，乌鸦鸟经常在人家的阳台上筑窝下蛋，它们报复性很强，别去动它。我们还是关注，并且关心小鸟的成长。有天，陆地妈妈买菜回来说，路边看到一只大乌鸦鸟在用尖嘴翻泥，它应该是在寻找蚯蚓，不知道是不是我们阳台上那四只小乌鸦们的爹娘。乌鸦的警惕性确实高，母亲在喂食时，父亲就蹲在窗外的银杏树上观察着。大约二十天后，乌鸦爹娘带着它们的孩子静悄悄地飞走了，它们去了哪里？它们还会回来筑窝吗？现在还没有答案。上年四月中旬，去缙云采风，我和鲍尔吉·原野、裘山山、韩小惠、王必胜说起这个鸟事，原野兄就笑着对我说：春祥，乌鸦是瑞典国鸟，你们家保护乌鸦，你可以写封信给瑞典国王通报一声。我们大笑。

　　写下一千多字，我得起来走几步。这一周来，我的微信运动步数，差不多都只有六千来步，我平时都要走一万步以上的，运河边桥东桥西绕一圈就足够了。现在只能在几个房间和走廊里转圈，屋子里转来转去，一点也找不到走路的成就感，幸好阳台上能看到京杭大运河，运河水一直向着通州流，感觉总算有远方的存在。从"问为斋"书房走出，经过走廊到客厅餐厅，我和围着黑围巾的思想者鲁迅先生（赵延年签名木刻复印画）、披着红斗篷的沉思者达摩禅师（蔡志忠先生赠画），每天要见几百次的面。九个月的孙女小瑞瑞也认识两位大师了，她还会对"一念疏忽是错起头，一念决裂是错到底"条幅中的两个"一"笑，"头"也笑，头还是个繁体字，左边豆右边页，她笑，只是重复的作用，并不知道表示什么，等她大起来我慢慢给她讲，看看眼前，疏忽和错就在一念中啊。

　　忍不住又看了一下微信。作协的微信群里发通知了，号召全体作家，逆行而上，讴歌为抗击疫情而战斗的人们。自然，诗人们最迅速，诗情如清泉不断奔涌，紧接着，我又读到不少报告文学作品，朗诵家们朗诵，书法家们书写，十七年前的场景，再一次熟悉出现。你不是一个人，我们在你背后，我们读得懂你们的眼睛，众志而成城，大约就是说的这种状态。面对疫情，那些自己不写，又对人家说三道四的人，其实让人讨厌。

　　按常规，疫情过后，照例要总结和反思，要表彰各类先进，也要处理各类渎职者（昨日已火线处理了湖北的一个卫健委主任），工作和生活，总要回归正常。我最关注反思，非典时、非典后我们都在反思，那时有一个愿景，非典至少会改变我们现有的一些生活方式，如分餐制度、不食野生动物、垃圾科学处理什么的，现在看，有些做得还不错，但有不少做了却没有坚持。一个简单的道理，任何恶习，会给自己带来灾难，也会连累别人。因此，整治人类各种恶习，安顿好自己的环境，和大自然和谐相处，应该是今后的重点，否则，人类还是难逃大自然的各种报复。

　　政府刚刚说，拐点还没有出现，大家至少还要隔离一周。我不知道明天会发生些什么，不过，我比较乐观的是，大多数人，无论身体或精神，总是有些疼痛感的，长点记性，比什么都强。

2. 帽子一样的病毒

　　这个病毒实在不一般，戴着新型皇冠，如太阳帽子般炽热，己亥末庚子春，它向欢天喜地过节的人们发起了猛烈的攻击。

　　居家自我隔离第九天了，今日正月十一，立春，我要研究一下这顶帽子，这是一顶什么样的帽子？当被对手击晕后，醒来的第一件事，我得清楚，对手是谁？什么样的对手能有这样的力量？

　　我有问题都问《辞海》，我的"问为斋"中有四个版本的《辞海》，这个应该权威，我逐一解读。1979、1999版的《辞海》，只有"病毒"条，它的词条比较长，我摘要一些：一类没有细胞结构但有遗传、复制等生命特征，主要由核酸和蛋白质组成的有机体。一般能通过细菌滤器，故过去称"滤过性病毒"。多数要用电子显微镜才能观察到。各种病毒具有不同的大小、结构和形态，但没有独自的代谢系统。病毒能引起人和动植物的病害，如麻疹、流行性感冒、病毒性肝炎和鸡瘟、蚕脓病、烟草花叶病、水稻矮缩病等，某些病毒能引起动物的肿瘤。

　　我不翻辞典也粗略知道，病毒的历史，一定长于人类的生长史，只是人类要到有显微镜的时候才有发现病毒的可能。古人一般生病，甚至都不称"病"这个字，说"疾"，齐宣王对孟子坦承：寡人有疾，好货好色。贪财好色，肯定是一种病，许多人都患，但少有人像齐宣王那样敢说出来。疾厉害了，于是称病，郑玄解释：疾甚曰病。也就是说，古人要到重病时才称病。从词条上看，病毒的危害，不仅是人，动植物也要受侵害，动物死了，植物病了，人类不知道，动植物自己也不知道，只有病毒们知道。

　　2010年第六版的《辞海》，"病毒"条目下，内容有了增加，它告诉我们，引起疾病的种类还有：艾滋病、狂犬病、脊髓灰质炎；另外结尾还有两句：有些病毒可用于害虫和病原菌的防治，有些种类是基因工程操作中的外源DNA载体。结尾前一句我简单理解，有些病毒是有益的，这一类病毒可以发掘和利用，至于哪些有益，我说不出。结尾后一句，是不是说，病毒可以根据人类基因特征人为制造生产，用于生物战争？完全有这个可能。这种战争打起来，虽无炮火硝烟，却会使对手哀鸿遍野，一招致命。

　　上面都说病毒，那么，眼面前的"冠状病毒"呢？这个词条，我查了，第六版前的《辞海》都没有，第六版这样描述："套式病毒目，冠状病毒科。球状，直径80—220纳米，有包膜和棒状刺突，其上含有血凝素酯酶。核衣壳呈螺旋状对称，核心为线状单链RNA。是人和猪、牛、犬、鼠、火鸡等胃肠道、呼吸道或肝脏等传染病的病原体。2003年的SARS就是冠状病毒的一个新变种引起的。"词条前半部分虽然有点专业，却是一种形象描绘，现代医学就是根据这种描绘画出它们的分子图，大众这才知道，它们的结构如皇帝的帽子一样漂亮，也像太阳的帽子，光芒万丈。而且，本次来袭的冠状病毒，不是老面孔，到目前为止，专家们只知道它们是新型，至于怎么新，是哪一种，依然没有明确。因此，新型冠状病毒，皇冠一样的病毒依然还是病毒，漂亮只是外表。

　　今日晨起，我发了条微博，是两幅涂鸦的书法，一幅是"春风心"，词出我这段时间读南宋周密的诗词而来，他有两句诗：谁云冰雪姿，中有春风心。另一幅为"和春住"，句出北宋王观送他的朋友鲍浩然去浙东：若到江南赶上春，千万和春住。此时的北方大地，许多地方冰雪覆盖，但立春来了，春天应该不会远了。此时的南方大地，许多地方早已春意盎然，春气动，草萌芽，不管什么帽子，即便如皇帝帽子、太阳帽子，都有望脱下，接下来就是，三月蚕桑，六月收瓜，生活回归日常。

　　然而，戴着漂亮帽子的病毒，却是个来自外星球的深邃哲学家，且功力极其强大，它深知人类的致命弱点，明天，明天的明天，它还会以什么样的形式出现呢？月亮的帽子？土星的帽子？自然间的帽子形状，可是层出不穷啊。西哲罗素又谆谆告诫我，小灾难来自偏执，大灾难来自狂妄。人类的狂妄和眼前的隐形帽子，有什么关联吗?!

3. "疫"这个鬼

立春过后，我开始在脑中捉"疫"，此"疫"究竟是个什么样的鬼呢?

《山海经》中有六七十种稀奇古怪的鸟，其中有两种鸟，它一出现，就意味着，人间要有疫了。

一只鸟叫絜钩，这絜钩长得像野鸭子，还长着老鼠一样的尾巴，特别擅长攀爬树木，它在哪里出现，那里就容易发生瘟疫。这个"絜"字，通"洁"，清洁，清白，是个好字呀，为什么要带疫来呢? 另一只叫跂踵，它的状态好像呼号长鸣的鸟，能用脚尖跟踪人，它一出现，其地域必然发生疫情。也有人说，这个疫是通假字，通役，劳役的意思。我宁愿它通假。

顺便说一下，此次疫情，我们都将罪魁祸首对准蝙蝠，说它携带一百多种病毒，可是，《山海经》中，有一种叫"寓"的鸟，这寓就是蝙蝠，状如鼠而有鸟翼，其音如羊，可以御兵。它似鼠一样在空中窜来窜去，像鸟一样在洞中覆蔽，叫声和祥，有刀伤的人吃了还会痊愈。如此说来，蝙蝠倒是个好鸟，还有音为"福"，这蝙蝠长久以来居然都是人们眼中的福鸟，然而，它确实是躲在阴暗角落里的不怀好意者，我们要相信科学，它们惹不得，惹不起。

因治疗水平所限，历朝历代，名目不同的疫，是脾气极为暴烈的瘟神，它们打击人类快速而精准，常常弄得家破人亡、城破人亡，甚至国破人亡。《后汉书》中，记载东汉时期的大疫流行就有二十二次，疾疫史料达四十五条，特别是在汉末，公元38年到

217年，瘟疫极其频繁，死者数百万。据《五行志》《灾异志》记载，清代，从公元1644年至1893年，大疫流行至少八十七次。

中国如此，外国也如此，全球流行的黑死病（鼠疫），两千年来，约有三亿人死亡。对疫这个鬼，不仅没办法，认识也不足，人们常常用祷告的方法请求上帝上苍帮忙。没想到，传染病就怕人接触，空气也传，本来没病，人多一聚集，反而成片传染。

自从神农尝百草后，华夏的中药事业迅速发展。晋代张华的《博物志》中，载有草药六十余种；唐代段成式的《酉阳杂俎》中，载有草药八十余种；现以宋代周去非的《岭外代答》百余种草药为例，作一简述。

卷八，花木门；卷九，禽兽门；卷十，虫鱼门，三卷中都有大量的草药。看花木门中的"百子"条所列：

> 罗晃子、木竹子、人面子、五稜子、黎朦子、橹罟子、搓擦子、地蚕子、火炭子、山韶子、部蹄子、木赖子、黏子、千岁子、赤枣子、藤韶子、古米子、壳子、藤核子、木莲子、萝蒙子、特乃子、不纳子、羊矢子、日头子、秋风子、黄皮子、朱圆子、粉骨子、搭骨子、布衲子、黄肚子、蒲奈子、水泡子、水翁子、巾斗子、沐浣子、牛粘子、天威子、石胡桃、平婆果、木馒头。

宋代周辉的笔记《清波别志》卷二也有记述：广南有七十二子，皆果实也。蜜汁致远，人多不识。尝有类为《七十二子谱》行于世。

由此可见，这七十二子，虽然大部分人不识，名气却不小，有人还专门写了本书。作为果类的七十二子，大部分都可作药物。比如，"地蚕子"，就是"甘露子"，祛风清热，活血散瘀，利湿。比如，"赤枣子"，就是"山楂果"，开胃消食，降血脂血压。再如最后一子"木馒头"：

> 木馒头，在中州蔓生枝叶间，可以充药物；在南州则木生，不生于枝叶，而缀生于本身，可以为果实。二物其形相类，但蔓者肉薄多子，未熟先落；木生者肉厚，中有饴蜜，当其红熟，亦颇可口。深广难得佳果。公筵多用以备数。

可以食用，可以作药防疫，如前述，中国许多东西都是食药同源。

在特效药研究出来之前，本次陆续出院治愈的病人，基本都是中西医结合的功劳，今天公布的防御手册上这样明确指出：本病属于中医疫病范畴，病因为感受疫疠之气，病位在肺，基本病机特点为"湿、热、毒、瘀"，各地可根据病情、当地气候特点以及不同体质等情况，参照推荐方案进行辨证论治。是的，那些金银花、黄连之类的，对肺康复，都极有好处。

款冬花，被封以"赦肺侯"，唐朝诗人张籍有《款冬花》诗："僧房逢着款冬花，出寺吟行日已斜。十二街中春雪遍，马蹄今去入谁家？"老僧告诉张诗人，这款冬花，是止咳嗽的良药。若干年后，张诗人患咳嗽，好久不愈，偶然想起这个款冬花，立即服用，很快灵验。款侯爷驾到，疑难问题手到病除。

忽然看到一篇无厘头文章，说苏东坡也是因感染新型冠状病毒而逝的。笑过之后，脑子里立即想起一段笔记，清代陆以湉的

《冷庐医话》这样记载了苏轼的病状："苏文忠公事，可惋叹焉。建中靖国元年，公自海外归，年六十六——发热不可言，齿间出血如蚯蚓者无数，迨晓乃止，困惫之甚。细察病状，专是热毒根源不浅——二十七日上燥下寒，气不能支，二十八日公薨。"苏轼逝前，一直高烧，还喘不过气来，肺肯定出了问题。他为什么得病？苏的诗作《闻子由瘦》成了那篇文章的重要佐证："五日一见花猪肉，十日一遇黄鸡粥。土人顿顿食薯芋，荐以薰鼠烧蝙蝠。"困顿中的苏东坡，什么都吃，吃了鼠，也吃了蝙蝠，确实有染病的可能。但据陆以湉的描述，苏轼是因为自己懂点医，高烧发热，本应开清凉方，他却开了人参、茯苓、麦门冬等煮浓汤喝，药不对病，以致伤命。苏轼和沈括留有《苏沈良方》，救了好多人的命，却死于自己的药方。

看来，疫这个鬼，变化无常，今天用此药可以对付，明天就不灵，万般小心才是。

4. 转圈的方法

以前听过一个段子，说退休的人，第一个十年是国内外漫游，第二个十年省内游，第三个十年开始只能在客厅里游。我虽还没退休，那种客厅里游的日子，却提前到来。

第一节里略微写到了在家里转圈，现在我仔细展开一下。

我搬到现在的小区，已经整整十六年，除了装修的时候，从未像今天这样关注过自己的房子。136平方的空间，我住着挺满足，前后阳台都可以看到运河，跨出小区就能"走运"（运河边走路），主卧、次卧、书房，中间有长走廊连着客厅和饭厅，主卧前有十平方左右的阳台，客厅后的阳台堆满东西无法走，我的运动，就在这些空间进行。每天六千步的步数，是这样走出来的。从饭厅的窗下，到次卧书架下，直线距离30步，次卧15步，主卧20步，书房直线9步，都是单趟，客厅一圈30步，只要手机在身上，不用管它转几圈，步数自然会准确显示。

走运的时候，我都在听各类有声讲座，一个多小时，沿途还有不少人和事及风景，不知不觉就走完了一万步，而在家里转圈，转来转去，还担心碰到这撞到那，只有小心。一圈，一圈，一圈，又一圈，又一圈，不时地看看手机的步数，一圈，一圈，一圈，再一圈，再一圈，心里盘算着，应该有多少步数了，一看，超过了不少，竟然有小小的窃喜。有几天，我不断检阅着"问为斋"里的各排书籍，像个司令官，进书房时说战士们好，再进书房的时候说大家辛苦了，那些排着的书，就是我的兵，我基本知道它们是怎么来的。它们默默看着我，一声也不答，有些估计对我有意见，你看过我一次之后，再也不管我了，或者将我放进柜里后再也没看过。是呀是呀，我的兵越来越多，关心不过来嘛，不过，那些经典，相当于我的老兵，我很看重的。

转来转去，竟然也适应了，于是想，走路确实是我最好的运动方式。

说起这个运动，我一向自卑。我们单位有标准游泳池，胸卡一刷即可下水，可我只会狗刨，游不了多久，气喘吁吁。蒋子龙建议我游泳，他和我说，他五十岁前，因为长期伏案，身体很差，直到游泳后才神清气爽，他就一直坚持，几乎每天游。我和他在一起参加文学活动，看他健步如飞，食量也比我大得多，而他却是我母亲的同龄人，但我只有羡慕，至今仍不喜欢游泳，方法不对，太累。杭州到处都是平坦如砥的绿道，从白天到夜晚，跑步的人很多，而我不行，前年冠状痉挛突发后，做平板测试，医生警告我不要剧烈运动。足球、篮球、羽毛球、网球、乒乓球，各种各样的球，人们玩得也挺欢，而我一样也不会，大学里的体育成绩，勉强及格，你问我怎么过关的？说起来好笑。比如篮球投篮，一分钟投进几个球，我根本投不进。退伍兵班长朱建民指点我，斜角投，反复练习就可以。于是，夜里找个球，在浙师大五号宿舍楼边的球场篮下不断投，就一个斜角，竟然顺利过关。还有长跑，三千米根本跑不动，只有下决心早晨起来练，练了差不多两个月，然后，考试时，就盯着比我快一点点的方立昌跑，跑完一掐时间，竟然也合格。体育中的课目，现在想起来，好像只有引体向上、双杠，没有惧怕过，估计平时干过不少农活，手力还行，像跳马、跳高，我都怵，跳远没有爆发力，标枪常常丢得头不着地。陆地同学在杭二中运动会上拿到了标枪冠军，我心里那个高兴呀，总算不像他爹。他读书，我只叮嘱他三门课要好：体育、外语、数学，这三门我都弱，尤其前两门。这下，你知道了吧，我只会走路，迫不得已的选择。转了一圈又一圈，挖出内心那点点自卑，六千步到了。

身体渐热，脑子想得也停不下来，再转几圈吧，反正闲着也是闲着。

真有巧事。

去年末的一天，我接到一位先生的陌生电话，他说他叫蒋开发，是绍兴王勇的老师，王是我大学另一个班的同学，他要向《浙江散文》杂志投稿。我说蒋老师，好的好的，先加上微信，再联系再联系。蒋老师发来不少画和文章，他写的都是身边事，语言朴实，内容挺感人。他是位书画家，在一所大学里教艺术。

看他的简历，忽然发现，他曾有浙师大体育教师的经历，教的就是我们这一届。我脑中那个瘦高个年轻体育老师的形象就鲜活起来了，我最怕上体育课，最怕见到他，虽然他不曾歧视过我，可我自卑呀。现在，他称我为会长，要向我投稿，自卑的学生于是向高大的体育老师真诚地回了信，心里也敬佩他。当初他北京体育学院毕业教我们体育，现在是美院博士，书画家，不简单。蒋老师说要找几个同学聚一下，我也想见见这位高大的体育老师，快了吧，这疫情总要过去的。

自正月初八开始，我转圈的步数又增加了两千步，每日八千以上。昨日开始，我又增加了两千步，终于达到一万，其中的一千步，是这样完成的：主卧的阳台上，我看着小区院子里的树，看那些偶尔飞过的鸟，我在跳绳，自然，你知道的，我没有绳，用了绳，我会立即绊住自己的脚，但我可以模仿着跳呀，挺直身子，手里捏着手机，脚跐着地，如跳绳般地快速度，每次跳两三百下，一千个，就在双脚的颤动下完成。掩耳细听，对面楼里也传出了脚擦地的声音，一下一下，稳重有力。

从另一角度观察，人类发展进化的历史也足以证明，大自然会利用各种手段（包括疫情）不断考验着人类，弱者汰，强者存，今年会发生疫情，以后照样还会发生。

强行者有志！2500多年前，老聃先生，捋着长须，微笑着向我们发出了这样的勉励。

我在等待明天的朝阳。

庚子年正月十三下午四点，窗外有细雨的影子
杭州问为斋

如 莲

1

1814年，日本俳句大师小林一茶，或许正沉浸在新婚的快乐里。五十二岁的一茶，与二十八岁的年轻女子菊结了婚，居住在海拔七百余米的信州柏原山村。

一茶一生信佛，在不少的俳句中，都呈示了这种宗教的信念，他常"在清晨的露珠中练习谒见净土"，并常将自然万物与念佛之事结合。因了柏原村的地势，村中景物时常被云雾缭绕，这一日清晨，一茶见到了如下的情景：

> 晨雾
> 从大佛的鼻孔
> 出来——

春或者秋，万物勃发或者硕果累累，晨雾浓郁，满山满村，人与物皆时隐时现，一茶如往常一样去山顶礼佛。寺庙空旷，大佛俨然坐立，半闭半合，一茶低头专心念佛，蓦然抬头，几缕云雾从佛的鼻孔中钻出，一茶一时惊呆，这是佛的复活吗？悠悠吐纳，大地山川，俯仰之间，静观人世。

壬寅秋的一个清晨，我在无锡灵山景区的一张禅床上醒来后，简单梳洗，即去早锻炼。灵山景区树木幽深，我只在外围行走，远望八十八米高的灵山大佛，佛的铜身，在蓝天晨光中异常亮丽。大佛背靠小灵山，北踏青峰，南面太湖，左牵青龙（山），右擎白虎（山），虽安静地伫立，气势却恢宏无比，蓝天上流动的白云，似乎就从大佛的身上漫过，小林一茶的见佛俳句，瞬间就飘到了我眼前。

我就在远处，静静地注视着大佛。大佛的双眼，似开似闭，转瞬之间，众生万物，一切皆在眼底。

2

眼前看着大佛，我的思绪又回到了几年前去的敦煌，想起了佛的前身，九色鹿拯救溺人的佛经故事。那是一组画，由敦煌研究院的第二任院长段文杰先生临摹，原作比较小，隐在弥勒佛的左下角墙角边，不容易被发现，但故事生动曲折，是一则极好的寓言，一点也不亚于《格林童话》或者《安徒生童话》。

一人溺于水（我们称其为"溺人"吧），几没于顶，他在极力挣扎呼救，九色鹿闻声而至，迅速跳进水中，驮起了溺人。溺人跪地感谢，表示愿意做鹿的奴仆，终身服侍它，鹿说：不用感谢，你只需要做一件事，千万不能泄露我的住处！溺人发誓：我若泄露，全身长疮而死！故事接着朝另一个方向发展。溺人所在国的王后，夜晚做了一个梦，她梦见一只漂亮的鹿，身上的毛有九种颜色，双角如银。次日，王后即向国王提出，要求他派人去捕鹿，用鹿皮做衣裙。国王随即发布告，称有捕得九色鹿者，愿将国家财产的一半作为赏赐。溺人一看告示，立即见利忘义，向国王告密。国王带人进山捕鹿时，九色鹿毫无知觉，它正在高山上睡大觉呢。鹿的好友乌鸦向它发出长长的警报，试图唤醒它，但当九色鹿从蒙眬中醒来，已经被国王和部队紧紧包围了。面对告密的溺人，九色鹿向国王控告了溺人不讲信义，贪图富贵，出卖救命恩人的罪行。国王是个明白人，下令放鹿归山，并告示全国不准捕猎九色鹿。而此时，那无良溺人，疮满全身，倒地而亡。

"溺人"之死是报应吗？是的，这报应说白了就是人类间都要遵守的一种道德规范，是一种奖惩，还是一种规律，告诫人们不要随意去打破。

在敦煌研究院，我怀着极度的虔诚，将九色鹿勾画好，白色的鹿身，就让它白色吧，我喜欢洁白，干净简洁，头、角、嘴、脚上的花纹，我用了九种颜色画出了心中的九色鹿。我知道，这只拯救溺人的鹿，是一个象征，其实整个故事都是一个极好的比喻，做人要救人困苦，做人也要讲诚信，见利忘义，最终的结果是自食恶果。这和儒家倡导的仁义，没有什么区别，都是一种救世哲学，都是一种修养准则。

数千年前的那个荒漠绝谷，我仿佛看见了九色鹿在窟前的那片绿洲中悠闲地吃草，流水潺潺，林木葱郁，鹿在桦树林中的小溪中沐浴，前有长河，波映重阁，天留下了日月，佛也留下了经。九色鹿的身体里有敦煌，有莫高窟，我将九色鹿小心翼翼地装进硬纸盒，带回了杭州。

再抬头，仰望灵山大佛。

佛一手曲臂上伸，我知道，那是"施无畏印"，寓意解除众生痛苦，给予众生力量。佛的另一手，自然下垂，掌心向外，那叫"与愿印"，众生的愿望与需求，他一一满足。

3

广场中央。一座巨大的莲花铜雕，顶天立地，含苞待放。

大分贝的音乐声响起，立体而振荡，庄严而隆重，满山满谷皆回绕着这种宏音。莲花缓缓旋转，渐次张开花瓣，六瓣，五分钟后，在众人仰视的目光中，金色的太子佛迎风挺立，太子佛七点二米高，右手食指微竖，双眼低垂，瞬间，周围九条龙的嘴中喷出巨大的水柱，九龙在为太子佛沐浴。此"九龙灌浴"，展现的是悉达多刚出生时的情景。佛经说：乔达摩·悉达多一诞生，就能说话走路，他向东南西北四个方向各走了七步，每走一步，地上就开出一朵莲花。他一手指天，一手指地说："天上天下，唯吾独尊。"这时，天空中出现九条巨龙，吐出水柱，为他沐浴净身。

两千五百多年前，中国山东曲阜，诞生了大哲孔子，而与此同时（约前565—485），在尼泊尔的蓝毗尼，释迦牟尼也诞生了。尼泊尔近年发掘了蓝毗尼遗址，摩耶夫人祠内，有夫人诞子浮雕。故事这样说：某天，夫人正在花园中看一棵大树，大树枝繁叶茂，鲜花盛开，夫人就举起右手想摘一朵花。这时，释氏就慢慢从夫人的右胁降生了。此时，天突然降下一个长方形的水池，里面长满了莲花，夫人就在池中为儿子沐浴净身。

东晋僧人、净土宗始祖慧远，率数十弟子，自山西南下至江西庐山，隐居东林寺长达三十多年，直到去世。他创立了白莲社，影响一直到宋元时期。为什么要结白莲社？大约有三方面的原因可以解释：东林寺中多植白莲；佛陀从莲花中降生；白莲品格高超，不为名利所污，出淤泥而洁白不染。

如此说来，灵山以莲为主题，确实是深谙佛教个中三昧。

我们走菩提大道。道两旁的银杏树已经开始泛出金色，道中有石刻浮雕莲花，一朵，一朵，一朵，一共七朵，喻佛陀出生七步成莲。佛陀诞后，每走一步，地下就会涌出一朵莲花，这类似乎魔幻的场景，使人顿觉神奇。

听着讲解员的介绍，我想象着下一个即将到来的"佛诞节"。每年的农历四月初八，各方信众和游客，都会会聚到九龙灌浴广场，隆重纪念佛诞。前一晚，祥符寺就准备好了用鲜花、檀香等各种名贵香料煎煮的香汤，每人都有机会上前用此香汤沐浴微缩版的小太子佛像。信众们虔诚替佛陀沐浴洗涤，其实，洗涤的也是自己的内心。

4

梵宫广场。

梵宫上的五个金色塔顶，冲天而上，陪同人员解释说叫"华塔"。这种建筑形式起源于北宋，命名华塔，是因为它的形状巨大而丰满，层层向上，就像有着千层莲花瓣的莲花苞，代表着圆满智慧。为什么是五个？分别代表"五方五佛"——中央毗卢遮那佛、东方阿閦佛、南方宝生佛、西方阿弥陀佛、北方不空成就佛。灵山大佛，正居东方。

正面走进这依山而建的梵宫。高大恢宏，精致无比，令人叹为观止。总建筑面积达七万多平方米的梵宫，中国佛教的石窟艺术，中华传统的经典建筑元素，东阳木雕，扬州漆器，油画史卷，琉璃巨制，在这里汇集成了世界佛教三大语系建筑的精华，堪称中国当代佛教艺术的殿堂。

现在，我们就站在塔厅的中央。

塔厅高达65米，上下贯通，分为三层。听着讲解员的解说，一层一层，从下往上细看：第一层的佛龛彩绘，八个佛教故事，描述了众生平等、和乐的美好场景；第二层的木刻，著名的佛经故事生动展现，让人感受无私奉献的菩萨精神，周边上方塑有飞天伎乐，欢喜环绕。这些飞天，或脚踏祥云，徐徐降落；或手捧香果，献于佛前；或轻吹箫管，余音缭绕——所有的场景，都让人感觉吉祥、欢乐、优美。最高层的穹顶，仿佛深蓝色的夜空，明星闪烁，宁静、圣洁。对着那深蓝色的穹顶，讲解员加重了语气：佛教常说"智慧如海"，这代表众生本具的纯净自性；点点的星光，如同人类心灵的智慧与慈悲之光在闪耀。

又是莲花。

廊厅的两侧，我看到了景德镇青花粉彩莲花缸，一只只排列，共有十四只。它们是景德镇众多艺术陶瓷工艺大师的杰作，制作难度极高，因为此缸的成品率很低且无法复制。每一个莲花缸上，都绘着一则禅宗小故事，自然，故事里都蕴含着丰富的人生哲理，虽简简单单，却忽然有拨云见日之悟。

前面就是梵宫的镇宫之宝——莲花藏世界。

这个世界，存在于佛教典籍《华严经》中，喻为像莲花般清净、美好、和谐。

这其实是一幅大琉璃画。画面中央的主佛是毗卢遮那佛，也称"大日如来"，寓意为光明照遍一切众生。主佛的肌肤，采用老北京工艺錾活，从佛像背后使用榔头一点一点手工敲打而成，整尊佛像，饱满，圆润，威严。

这琉璃幕墙，总面积一百平方，由156块琉璃相拼而成，璀璨，通透，光影随时变幻。赞叹声中，我们同样也看到了制作工匠的专注及精湛的技艺。琉璃极难烧制，一般超过15厘米，烧制过程中就很容易会断裂，我们平时生活当中看到的琉璃都不会很大件，面前的这幅琉璃作品，在中国琉璃界非常罕见。

一抬头，华藏世界的上方，是赵朴初先生书写的"妙应无穷"，韵味含义无尽。种善因，自然会得善果，平时多行善，以善行美德庄严自己，自然拥有无穷的福报。在我眼中，佛教不少教理也都深蕴哲学道理，凡教人向上向善，皆为良善。

5

妙音堂，我们看《吉祥颂》。

这是一个巨大的环形剧场。一千五百人的座位，二百七十度的帷幕，具有大地旷野般的开阔。抬头仰望，28层莲花，组合而成妙音堂的穹顶，1344瓣莲花，每瓣背后，都装有一盏独立的LED数字灯光系统，根据需求，灯光色彩可以无穷变换。这也是目前亚洲最大的LED灯光组，曾与国家体育馆（鸟巢）一起获得第四届中国照明工程设计奖（室内）最高奖。

这是一场大型的情景剧，此剧与我以往看过的所有剧都不一样。张艺谋在全国各地著名景点打造的印象系列，基本上都是山水的呈现，而《吉祥颂》，演绎的却是悉达多太子成佛陀的故事。人生历程异常传奇，从困惑到觉醒，从烦恼的此岸，到达解脱、自在的彼岸，这是悉达多的觉悟之路。

我读黑塞的中篇小说《悉达多》。

德国作家黑塞，1946年获诺贝尔文学奖。《悉达多》是黑塞

第九部作品，1922年在德国出版。佛陀的故事听了不少，我更喜欢黑塞讲的这一个，真实，生动，简约，哲理味浓厚。悉达多是一个禀赋非凡的年轻人，背井离乡，只身到尘世间流浪，体味人世的苦乐艰辛，品尝生活的酸甜苦辣，求得认识生命的本质和人生的意义。黑塞将悉达多的成长、发展、成熟，毕生探索及发现，直至垂暮之年，终于实现自己的理想的漫长过程，浓缩在不长的几万字中。我个人以为，黑塞的高明之处在于，他写佛陀的苦修证悟之路，其实是在写所有的人，探索个人如何在有限的生命中追求无限的、永恒的人生境界问题。

眼前的舞台，突然缓缓升起，悉达多就坐在我面前。菩提树下，他一直在闭眼参省，大家知道的，七天以后，他突然顿悟。而在黑塞笔下，悉达多却是坐在河边最终悟道的：河水流啊流啊，一个劲儿地流啊，却总是在那里，总跟原来一模一样，然而又每时每刻都是新的！

6

日本僧人鸭长明的名作《方丈记》有如此句："鱼不厌水，若非鱼，不知鱼心；鸟喜投林，若非鸟，不知鸟心。"今日在灵山，观佛礼佛，得仿句如下：佛陀爱众生，若非佛，不知佛心。佛心在佛，佛心亦在己。

太湖之滨，天空湛蓝，小灵山翠青，大佛稳立莲花座上，俯视人间，他的身边，鸽子的白色羽翼，繁花般在人们头顶上空展翅。

如莲，即便冬夜月光寒。

谢灵运的胡子

谢灵运的胡子有什么特别吗？和他的人生一样，潇洒随性，命运多舛。

谢灵运的才，显示在他的诗文上，也抖落在他的嘴巴中，喝下几碗酒后，他这样自夸：魏晋以来，天下文才共有一石，曹植独占八斗，我得一斗，你们其他人共分一斗。口无遮拦的牛皮吹完，众人皆大笑，他自己也捋须得意大笑。

山水诗鼻祖谢灵运，吹牛是有资格的，如果没才，李白会追着他"一夜飞渡镜湖月"，还穿着"谢公屐"豪情万丈地登天姥山吗？山水就是谢灵运的命，为了山水，他可以弃官不做，硬要他做官，他也对政务不管不顾，山水间一徜徉就是十天半月。为了山水，他竟然带着数百人，从他家的始宁别墅开始，一路往临海方向砍山伐树，要开出一条方便行走的游道，弄得临海太守还以为是山贼聚集造反呢！

如此率性，山水容他，可官场上的一些人却不会容他，贬官，下狱，直至在广州以谋反罪被杀。

谢灵运的胡子接着来了。

唐朝李冗的笔记《独异志》记载说："谢灵运临刑，剪其须施广州佛寺。须长三尺，今存焉。"谢灵运的胡子有多长？至少一米。段成式的《酉阳杂俎》则称其"须垂至地"，按照正常身高算，谢灵运的胡子估计要超过一米五。我看谢灵运的画像，方阔大脸，浓须紧密，须根粗壮，自双耳以下连腮，关羽一样的美髯公。关键是，谢灵运从小就笃信佛教，而广州正好有一座叫祇洹寺的佛寺，寺中的维摩诘菩萨像就是个大胡子，谢灵运想让自己的胡子与他的诗文一样流传下去，心生一计：我死后将长胡子捐献给祇洹寺，做维摩诘塑像的胡须吧。

名流的胡子，自然也会为佛寺增光添色。果然，谢灵运的美须得到了寺僧的精心保护与照料，几百年来，一直安然无恙。唐朝初年有传说，一小偷曾溜进寺，想剪走谢灵运的胡子，不想却从佛像上跌下来，摔断了腿，一定是维摩诘和谢灵运显灵，祇洹寺再次名声大振，香火不绝。不过，谢灵运胡子的厄运也同时来到了。

唐朝刘𫗧的笔记《隋唐嘉话》卷下，记载了谢胡子的厄运：中宗朝，安乐公主五日斗百草，欲广其物色，令驰驿取之。又恐为他人所得，因剪弃其余，遂绝。

原来是被安乐公主派人剪走，当作独门秘器，参加斗草比赛了。为彻底赢得胜利，防止别人也采用此法，他们遂将剩余胡子全部剪下，一把火烧光。

斗百草是什么性质的比赛？这种游戏，在中国极古老，春秋战国时人们就开始玩了。留传下来的资料表明，斗百草五日一回，分文斗和武斗两类：文斗就是比谁收集的草多，你亮一种，我晒一种，我晒一种，你亮一种，谁多谁赢；武斗就是比草的拉伸力，你的草套住我的草，两人互相拉扯，谁断谁输。

　　或许是谢灵运的胡子粗壮得如龙须草一样，安乐公主才不惜派人从长安赶到广州剪去比赛，真是天不怕地不怕的皇家公主，想象力如此丰富。悄悄剪几根不行吗？干吗要毁掉全部？李世民不是也将《兰亭集序》带进坟墓吗？好东西就是不想与别人分享！娇狠的安乐公主这样想。

　　谢灵运的胡子，与他的诗文相比，自然只是一种象征，但要是不被安乐公主毁掉，李白说不定就会赶往广州凭吊，他有的是时间与精力，何况是去见终生崇拜的偶像？见须如见人，偶像的美须啊，我爱您！

　　"石浅水潺潺，日落山照曜"（谢灵运《七里濑》）。傍晚时分，谢灵运的船经过富春山下的富春江七里濑段，他被贬，要去任永嘉太守，经过桐庐，眼前江流平缓，清流中石头都看得很清晰，水流得也缓慢，那太阳落下去的柔光，照得满山生辉。贬谪的诗人，触景伤怀。不过，他已经悟出了人与自然和谐相处的微妙道理，他根本不在乎别人如何看他，这严子陵，就是他学习的榜样。看着富春清江，谢灵运挺立船头，波平如镜，一阵山风拂动他那大胡子飞扬，谢灵运的胡子在夕阳的余光下，如杂草般茁壮生动。

　　大量的考古证明，人类的胡子与毛发一样，应该可以永久保存。假如谢灵运的胡子不被毁掉，那么，今天一定是国家一级文物，我们也极有可能见到。当然，我们见到的不仅仅是他的胡子，而是两晋时代王谢风流的余晖！

斫一个轮子

做一个木轮子，或者，制造一个木车轮，当今没有多少人会干这个，即便会做，手艺也绝对比不上轮扁。

二千六百多年前的一天，阳光晴好，齐桓公正坐在堂上读书，而轮扁师傅呢，就在堂下埋头做车轮。君民无间，这是一幅多么和谐的画面啊，就如小时候，我们家请一个箍桶匠箍桶，而我正坐在边上的小方桌上做作业。不过，那时候，我并不知道轮扁和齐桓公。

许是工作久了，这轮扁要抽袋烟休息一下，不过，他没抽烟，他见桓公看书那么认真，就很好奇上堂去问了：敢问大王，您这读的是什么书呢？桓公抬起头，看了轮扁一眼：圣人的书。轮扁明知故问：圣人还活着吗？这回，桓公头也不抬了：早死了！轮扁自顾自很肯定地判断道：那么，大王您所读的书，不过是古人的糟粕罢了。桓公一听，火一下冒上来：我读书，你一个做轮子的怎么可以随便议论！刚才的话，你给我说清楚，说得出理由就算了，要是说不出理由，我就判你死罪！

气氛一下子紧张起来，我都有点替轮扁捏一把汗。

轮扁却不慌不忙，显然，他是有准备的，这个话，他已经在心里藏很久了，今天终于可以说出：我没有更多的理由，我只是从我自身的经验出发。我做这轮子，下手慢了，做出来的轮子就会松动而不牢固；下手快了，做出来的轮子就会紧涩而镶嵌不进。要不慢不快，得之于手而应之于心。我是有口也说不出，但我知道，个中一定是有奥妙技术的。我不能传授给我儿子，我儿子也不能从我这里继承下去，所以，我七十岁了，还在做轮子。古人与他们不可传授的心得都已经消失了，那么，大王您所读的，不过是古人的糟粕罢了。

这应该是个寓言，庄子在《庄子·天道》章中讲这个寓言的时候，讲到轮扁说完理由后就结束了，并没有记叙齐桓公接下来的反应。不过，从效果看，桓公是听进去了，不仅听进去，还将这一段故事讲给别人听，所以，轮扁斫轮就成了千年经典。

庄子是个寓言高手，但他不会随便就讲一个供我等茶余饭后插科打诨，他的寓言，都有理论根据，都有契合的场景，他是要人们能更通俗地理解他的意思。

庄子认为，道是靠语言记载人们才得以知晓的。

世人认为道可贵，是因为书本的记载，书本不过是语言而已，所以语言是可贵的。语言的可贵之处在于意义，意义有它的根据。但意义的根据不能靠谈论来传递，而世人却因为重视言论而传述成书。形状和颜色，凭眼睛可以看见，名称和声音，靠耳朵可以听见，世人以为，靠这些就可以掌握意义的真实根据了，其实，还远远不够。所以，懂的人是不说的，说的人好多是不懂，那么，世人要从何处去认清这一点呢？

于是，庄子就给我们讲了轮扁斫轮的故事。

理论有点深奥，寓言却是浅显的，梳理一下，庄子讲轮扁斫

轮,其实是在讲读书和悟道,有两点极其重要:

其一,阅读一定要去其糟粕而得其精华。那些形状和颜色,名称和声音,都是表面的,犹如肤浅的语言,只有透过表面,才有可能领悟原始的意义根据。在轮扁看来,圣人已死,他可以传授的经验也就消失了,而靠文字记载的圣人之言,极为靠不住,即便是圣人所说,也都是垃圾。

其二,人生的经验和心得,连父子也无法继承,只有靠自身的摸索和体验。轮扁的叹息和担忧,也许来自轮扁的父亲,或者父亲的父亲,他们知道,即便用精准的度量衡,也难以斫出一个心目中的好轮子。只有经历一次次失败,一点点积累,才有可能达到比较完美的境地。

庄子是在贬低读书吗?没有,他是在告诫我们,千万不可迷信书本。

斫一个轮子,用心斫一个轮子,就如轮扁。

读一本书,并听得进别人的意见,就如桓公。

好的轮子,依然可以滚向远方,很远的远方。

(附注:公元前643年10月7日,春秋五霸之首的齐桓公逝世,本小文2018年10月7日上午写就,纯属巧合,权当可怜一下晚年昏庸的公子小白。)

北京的哥

我很喜欢和出租车司机聊天，在我看来，他们是城市运行的情报员，什么事也瞒不过他们，各种稀奇事特别多，我喜欢听。

2021年12月18日，上午8点30分，北京湖南大厦，我坐上了毛姓师傅的网约专车去首都国际机场，因为是预约，所以看得见司机的姓。一上车，就聊上了，我妈我弟都姓毛呀，看到毛姓，觉着亲切，说不定就是一个谱系的。

毛师傅戴着口罩，不太辨得出年纪，但说话斯文，他有些腼腆地问：老师，您是来参加明星大会的吧，恕我眼拙，我不知道您是哪位明星呀。显然，他信息灵通，本次文代会、作代会，规格高，动静挺大，而且住地都是闭环管理，会议一结束，各代表团都朝全国各地散去，他猜，从宾馆里出来的，一般都是会议代表。我笑笑：我不是明星，我只是个写作的作家。

平常聊的都是社会新闻，这一回，四十多分钟的车程，我和毛师傅聊的却是他这些年来的经历。毛师傅经历的主要信息，大致如下：

我是1986年出生的，老家在甘肃庆阳农村，干旱贫困。我有一个哥哥，一个妹妹，十来岁时，家里穷，父亲要将我送给别人家，我趁机逃跑，一路讨饭生活。后来，我碰到一个卖面包的小摊主，他收留了我，我帮他干活，吃住全包，每月还给我九十块钱工资。再后来，小摊主不卖面包了，他介绍我去一家面粉厂扛包，管吃住，每月有两百块钱收入。过了几年，面粉厂倒闭，我又到一家烧烤店洗碗，管吃住，每月有九百块钱工资。但好景不长，某天，烧烤店老板扔下一堆债务跑路了。我们几个伙计没地方去，直到房东来赶我们才离开。流浪的日子，生活与工作都没有保障，但我不偷不抢，我只靠自己的双手，这一下就四五年过去了。有一天，哥哥突然找到了我，只好跟着他回了家。不过，我身上已经有两万来块钱了，这是我省吃俭用存起来的。哥嫂打工，一直做服装行业。一个偶然的机会，他们和一个浙江老板合作，我也参与了，浙江老板负责资金、设计、市场，我们负责招工生产。合作第一年，我分到了十万来块钱。我跑过很多地方，我媳妇和我是打工认识的，她是廊坊人，再后来，我们就回到媳妇老家廊坊买了房子。我们有一个男孩，今年已经十岁，读小学三年级。我是前年到北京来开网约专车的，别人一天开八小时，我一天要开十二个小时，一个月下来差不多有两万来块钱的收入。

　　毛师傅在叙述自己的经历时，两眼始终盯着前方，语调平静，他说他不喝酒，不抽烟，拼命工作，有空就学习。我不时加以表扬，年轻人不容易不容易。我知道，这样奋斗的年轻人挺多，他们为生存，为养家，万般辛苦。随后，他深深地叹了一口气：老师，我没有读过书。轻轻的一句，彻底将我惊倒。我随即问：真的没有读过书吗？一天都没有读过？嗯，是的，因为家里穷。毛师傅确定地答道。1986年出生，这个年纪，他只比我儿子大一岁，却没有读过书，我一下子觉得有点心疼，悲从中来，这是一个长辈为晚辈不由自主生发出的，为毛师傅，也为他这个年纪同样没读过书而我不知道的青年。

此时，我用另一种眼光打量眼前的毛师傅，再次表扬他不简单，他依然专心开着车，语气却坚定：我一定要让儿子好好读书。嗯，我赞同地答道。忽然想起，今天我飞深圳，是去领一个叫"奋斗杯"散文大赛奖项的，心里立即决定，夜晚的颁奖晚会上，我一定要讲一讲毛师傅这位北京的哥的故事。一个人的出生无法选择，命运改变只能靠自己，这虽是一个极普通的奋斗者，没有大富大贵，但他凭自己的吃苦耐劳，不怨不艾，在社会这所大学里表现优异，他为自己赢得了人生的尊严。而神州大地上，正是因为有了无数个毛师傅这样的拼搏因子在跃动奔跑，才生机无限的。

到达机场，车停稳，毛师傅下车，迅速打开后备厢，将行李交给我：谢谢您使用网约专车。老师，祝您一路平安。嗯，谢谢你，北京的哥，年轻的毛师傅，你也给我上了一课！我转身朝安检门走去，眼眶里似乎有泪要盈出的样子。

她说她叫儒雅洋

1

我要去的地方，是宁波象山县的西周。西周是个镇，和三千多年前的西周王朝却没有一丁点关系，只是原先姓周的人住在这个镇子的西边，就起名叫了西周。儒雅洋是西周镇所属的行政村，不过，我选择去儒雅洋，就是好奇她的名字，名字虽只是表面，也会给人错觉，但我断定名字里往往有不少故事。

盘山公路曲曲折折，两山夹峙间，是个大水库，一湾碧波的尽头，却有一座石桥露出水面。桥不长，二十来米，有三孔。我站在公路上朝它俯视，露出水面的桥孔与水面的距离，有点像新月的画面。桥叫欧阳桥，枯水季节会露出全部，涨水时只能看到桥面，或者桥面也都被水淹没。此桥身陷水泽，知名度却高。

这是进入儒雅洋的必经之路，此桥离村只有两三里地。以前到儒雅洋，一定要经过欧阳桥，后来造了水库，原来的路就成了人们怀念的景观了。桥两边早已没有了凉亭，只有裸露出水面的浅山，还有通往远处已被荒草久覆的村道。

这一天是 2023 年 12 月 17 日，前几天一直温暖，然而，这天早上，气温却一下子跌进了零度。站在路上看桥，移步看景，我裹紧外衣，依然感觉冷。我在想，要是暖和一点，我肯定会多站一会儿，甚至会下到桥上走走。从桥名获悉，这桥不简单：桥的原址在现今桥的上游四百步，旧称儒雅洋桥。明朝成化年间，同知欧阳懋署象山县事，因桥塌，遂决定移至下游重建，百姓感其德而改名。中国的老百姓就是善良，官员做了他应该做的事，却将功劳全记在他身上，欧阳桥就这么被记载在历史上了。

水库边的欧阳桥，寒冷的风，这是我即将进入儒雅洋的简单印象。她像一个被面纱笼罩的长者，接下来，我将深入抚摸她的褶皱，倾听她那久长的故事。

2

她说，她原先叫树下洋。

洋是什么？宽阔的平地，树下洋，就是树林荫翳下的大片平地。汉语词汇的神奇，往往体现在具体的运用上。洋，本来就有多的意思，洋溢，多了才会满出来嘛，而此地，绿树成荫，土地肥沃，阡陌交通，极宜人居，树下洋，真是一个好地方呀。四面八方的山货、鱼鲜、土产、日用品等都来此集散，每逢四、九设市，至今未变。此地还是陆上去象山西乡和宁海、台州的必经之地，村下边的缘溪，大而且阔，水势平缓，终年不枯，山民砍下山上所产毛竹，编成竹排，顺溪流而下，可以直通出海。

树下洋，什么时候变成儒雅洋了呢？她说，她也不记得了，此地唐时就有人居住，至宋代，已经有人叫她儒雅洋了。

我问，可不可以这么认为：各方姓氏都奔着这人居兴旺之地而来，人口越聚越多，文化也随之兴盛。某天，有文化的某先生，在修家谱时，嘴中念念有词，树下洋（象山土话），树下洋，树下洋，突然，他脑袋猛地一拍，笔下随即写上"儒雅洋"，中国传统文化的本质，不就是教人儒雅吗？一个富足而且有文化素质的地方，耕读传家，儒生雅士辈出，那该是多么令人向往啊！树下洋，就是儒雅洋！

她点头表示同意，这或许就是谐音而来。其实，树下洋，不仅象山土话，用一般的吴方言念，大多也能念出"儒雅洋"来。果然，在明代的志书中，已经出现"儒雅洋"的地名了，后来，人们大多叫她儒雅洋。

儒雅洋，四周被群山簇拥，处于小盆地西北的一侧，背依后山，面东南，濒临缘溪长潭，村子有点像船形布局，中间较宽，两端略窄。四百多户人家，一千多口人，大多居住在传统建筑间，其建筑时代显示出自清早期至二十世纪六十年代的连续性，以清中期至民国时期为大宗。这些传统建筑，绝大部分连片存在，村落原有形态基本完整呈现。

儒雅洋有三十几个姓，但何姓建筑，是村落的主体，有何恭房、友二房、新大份、承志堂、友五房、友六房等，建筑年代虽有不同，但格局大致相似，四合院木雕精细，且雕纹绝少雷同。何姓的辉煌，也成就了儒雅洋。明朝洪武初年，何姓祖先仁六公，自墙头迁居至此，象山地方志书上说：仁六公见儒雅洋"山接蒙顶，水绕圣溪，土地旷厚，林木荫翳，足以立家室而长子孙，爱其地移家焉"。此后，何家一直恪守耕读传家的世风，重世德不重世禄。经过数代人努力，至乾隆年间，何氏家族发展到鼎盛，家财丰盛，人丁兴旺，他们于是纂修了第一部家谱，家谱的版心下方都写着"儒雅堂"。清末至民国，何家发展依然是高潮，洪彬公有子二，大曰源、小曰涵，即友房和恭房。恭房单传，友房六个儿子，俨然成村中大族。

我们去村东首的何恭房，也叫承志堂，这里原是何家小儿子何涵造的何家宗祠。它是清光绪后期的建筑，总体平面布局为长方形，占地约二十五亩。沿纵轴线为门楼、正堂、两侧厢房，西厢外另有藏书楼，外筑围墙。

门前有一荷池，池边有碎冰，池中荷的枯叶在寒风中哆嗦着。池边有几株古柏木，都有些年纪了，我猜应该与宗祠同年。大门不大，左右墙上的泥雕与石刻倒是精致，可惜已经被岁月的痕迹模糊。庭院宽敞，现在的建筑，被用来作非遗作品展览，恰好显现出儒雅洋的文化与古老。正堂的檐柱、雀替、斗拱，透雕装饰，虽是损坏后的补修，却依然探得出它们原来的精美。这五开间的藏书楼，是宗祠中的亮色，檐廊地面以大青方砖铺砌，楼上是走马廊，卷篷式顶，据说和原貌完全一样。1941年，日军侵占象山，象山国民政府曾一度迁入此藏书楼办公。1945年7月，象山县立初级中学（象山中学前身）也曾自宁海和平岙迁此办学。

我看何涵的简介，觉得与我是挺有意思的巧合：清同治年间，何涵登副贡（乡试录取名额外列入备选的副榜贡生），选授桐庐县教谕。我没有查到他在我老家做了多长时间的教育局长，但从他后面的经历中，我相信，他一定为彼时我家乡的教育做出过一些贡献的。或许是他家境优渥，再加上不断接受新思想，何涵对所谓的官场心生厌倦，于是辞职回乡。让人特别敬佩的是，这样一位老先生，1912年却破天荒地建了一所"广志女校"：他亲自到宁波参观，请来工匠，在宅西南建造洋房三幢、面积约一百五十平方米的礼堂，另建宿舍、炊事房和校园，并引入河水做花园水池。何涵除了请县内饱学之士当教师外，还从杭州邀请体育、音乐教员来教学。除了邀请儒雅洋村里的适龄女童来学习，他还邀请外村亲友家的女孩来读书，最大的有二十四岁的学生。

而对学生，何涵一律免收学费。

儒雅洋除了广志女校外，还有何氏箬岭书房、后山书房、崇本堂等，它们都办过私塾。儒雅洋人觉得，教育与生产一样，同等重要。

这是一百多年前的旧中国，晴阳下的操场，诸多女孩子在奔跑，我似乎听到了孩子们叽叽喳喳的嬉笑打闹声，而操场边，一位慈祥的老人，正津津有味地看着孩子们，不时地在和教师交流着什么。这样的场景是活泼的，也恰好是儒雅洋的生动注解。

3

承志堂门口，有一段保存完好的鹅卵石路面，用玻璃罩起来，旁有一石碑，上书"千年古驿道"，记载的文字表达了这样一些信息：此条千年古道，宋时就存在，南宋嘉定十六年（1223），沿途均修建驿道，过石门岭，可通台州、宁海、越州、新昌。噢，这条路，原来还是古驿道，是去台州、越州的必经之路。

我对古驿站、古驿道，向来感兴趣，是因为通过对它们的触摸，可以感受到那个时代的脉搏。人来车往，人欢马嘶，各自匆匆，都在奔向自己的目的地。间有惆怅的诗人，多灌了几杯，寒灯下思绪狂舞，那就又多了一道风景。人困马乏时，众人在树下洋，或者儒雅洋歇脚住夜，不仅带来了流动的金银，也会带来各地的文明，说不定，北地的哪一种习俗，就会通过此地，流传开去。

而路口的古碉楼、团练房，正好再一次佐证儒雅洋处于要道的重要性。

碉楼在村子西南角，登高望远，村子的各条主要道路一览无余，岗哨四周转悠，一旦强盗进村，即可拉响警报。团练房在村子东北角，距离何氏宗祠不远，15间房子，整溜一排，是武装团练居住的地方，楼下拴马，楼上居住，紧急时可以扼守村口。碉楼与团练房，它们就是村民安居乐业的定心丸。对外人而言，儒雅洋，不仅仅是个温文尔雅的地方，更显示出她强悍与震慑的另一面。

当我用"强悍"与"震慑"这两个词形容儒雅洋时，她笑了，有点害羞，一个温婉的女子，似乎不应该显现出那样一种彪悍的形态，但她神态却坚毅而果敢。我知道，这是一位历经沧桑的女子成熟魅力的自然流露。

细雨过后，寒冷的空气似乎更加清新，我在主干道弘儒路上徜徉，鹅卵石路面中的数块圆石已经有些闪光发亮，我知道，那是时间打磨而成的，每一颗石子都承载着一段历史。街巷两旁的院子里，时有树木花草探头与我招呼，我常会回以不经意的微笑，似乎这是我与它们的约定。有时，盯着某条巷子的深处发一会儿呆，我在想，这房屋与这地理，都是极度的相配和谐。这样的家乡，自然吸引着每一位在外的游子。何志浩先生就在远方的台岛《思家》了：新月上帘钩，思家怕倚楼。白云正孤远，何以慰乡愁？

我翻《何氏宗谱》，这是乾隆五十三年编撰的，《世藻篇》中载录有"儒雅八景"咏物诗，为乾隆四十九年宁海诗人魏登龙所写。"儒雅山城"中这么写他的所见：随时可睹神仙宅，到处都成风月湾。雉堞不须堆锦石，层城只在白云间。

神仙宅，风月湾，浙东象山，这一个叫儒雅洋的古村，千年时间打造出的质朴与儒雅，依然深藏在天台山余脉的丘陵上。我在寒冬里与她相遇，她给我以满怀的温暖。离别时，再一次回眸，她又对我嫣然一笑，她要我记住她的名字，她说她叫儒雅洋。

红黄蓝

红即红树林，黄为萤火虫，蓝乃蓝眼泪。

在沙巴州的孟河流域，某个温暖的下午至夜晚，我们经历了一场有意思的颜色之旅。下午出发，先看红树林，这是铺垫，晚上看萤火虫与蓝眼泪才是主题，因为要碰运气，天气不好，萤火虫、蓝眼泪都看不到。

红树林，不陌生，数十年前看过北海的红树林，后来又看深圳的红树林，还有不少海湾的滩涂边，也有零星的红树林，它们只在潮间带生长，潮涨潮落，海水周期性浸淹，砍伐后会氧化变成红色。但其实，红树林不红，反而是葱郁的青绿色，它们是大海边特别的景致。

孟河水深平均十余米，几十米宽，水质清冽。与我看过的大多矮丛红树不同的是，这里的红树，长得高大，目测皆有数十米，那些高的甚至超过二十米。红树林茂密，似乎是红树墙一样，密得几乎钻不进人，偶尔有一些间歇，几丝阳光照射进林子，但都深幽得神秘。那里面有什么动物吗？导游说，只有生活在树上的长尾猴，还有白鹭、蜥蜴等野生动物，其他动物几乎不能生存。

　　在一个宽敞处，船停了下来，导游站在船头，手里捏着一袋吃食，大声招呼着。我们起先都没看见什么，一会儿，就见树上钻出了几十只猴子，尾巴与手臂都长长的，它们接过吃食，吧唧吧唧吃起来，有些猴子则挂着树枝随意荡来荡去。瑞瑞极兴奋，不时地发出尖叫，这活生生的画面与动画片上毕竟不一样。我相信，如果船靠得太近，它们肯定会跳上船来。或许猴子也选择树生活，那些有猴子的地方，红树都长得特别高大。细细观察，红树的气根，粗壮发达，树身上还有不少悬挂着小棒状的东西，我知道，那是红树的胚轴。红树与其他植物不一样，它们的种子在还没有离开母体时就已经萌发，随后成长为棒状的胚轴，最后从母体掉落到潮间带的淤泥中，或者随水漂走。在孟河入海口的海滩上，我就捡到了好几支红树胚轴，细细的，外表青绿色，四五十厘米长，两头尖，中间圆，我猜里面就是红树种子。随手将两支插进海滩边上的软土中，不知道它会不会生长出来，但我知道种子力量的顽强。

　　孟河河岸，有几处红树林，树上挂着不少布条，各种颜色的都有。我们好奇，导游解释说，那里面是巴瑶人的墓地。"巴瑶"，马来语的意思就是"海上之民"。在孟河流域及沙巴州的西海岸，有不少连片的房屋，多的地方有数百幢以上，那就是巴瑶人的住房，他们捕鱼为生，他们是东南亚的少数民族，被人称为最后的海洋游牧民族。我们船的司机，就是一个年轻的巴瑶人，短裤、赤脚、黑且瘦，小伙只能听懂几句汉语，我们问他话，大多是导游回答，他只是腼腆地笑笑。

　　除了红树林中的猴子，瑞瑞对红树林倒没有表现出多大的兴趣，但萤火虫则对她有极大的诱惑力。还是孟河，还是红树林。

夜晚行船，船也不打灯，默默地行进，天上的新月已经变粗，水面泛着光，一行人似乎都十分神秘。我则是另一种好奇，小时候在家乡，天晴的时候，几乎天天晚上可以在家门口的田野上看到，不知从什么时候起，看萤火虫就成了一件很奢侈的事情。有一年去大理，说有萤火虫可看，但告诉我是人工培养而成的，我就兴趣索然。今夜也一样，我只是陪客，陪着小朋友看看而已。

到了一个狭窄的水湾处，船停了下来，导游拿出手电，用手半遮，散碎的光，朝几棵高大的红树上来回晃动，不一会儿，就有萤火虫闪闪点点朝我们船上飘来，一只一只，一只一只，它们在空中上下飘浮着，越来越多，用手轻拢，手心里就有一只。瑞瑞也拢到了一只，她激动得声音都有些颤抖了，别捏紧，别捏紧！瑞瑞小心地轻拢拳头，让它在手心里闪亮数下，再张开手掌，萤火虫就慢慢地飘走了。这一次看萤火虫，实际上是与萤火虫互动，它们是被导游的光给骗过来的。而我们现在关注萤火虫，其实是关注生态，因为它对生活环境有着极高的要求，水质污染、空气污染、气候变化无常、城市化与工业化的加速，这些都影响萤火虫的生长。

带着兴奋，船开始往回开。导游又发给我们每人一个小网兜，正疑惑间，导游告诉说：用小网兜往水下捞，看看能捞上来什么？所有的灯都关掉了，水中的小网兜，在模糊的月光下，闪闪发亮，那发亮的就是"蓝眼泪"。瑞瑞自然兴奋，又如发现新大陆一样，还说回去要与幼儿班的同学分享。所谓"蓝眼泪"，它是微小生物夜光藻产生的自然现象，这些微生物受到摩擦或冲击，比如海浪或者划水时，它们就会发出蓝色的荧光。

沙巴州的蓝眼泪应该著名，不过，台湾的马祖、福建的平潭也有，当我和人津津乐道地说起"蓝眼泪"的时候，有文友向我描述他在浙江大陈岛也见过的"蓝眼泪"：站在亲水栈道的一处观景平台看，漆黑的海面上闪烁出一道道璀璨的蓝色荧光，随着海浪拍打岸边的礁石，荧光的蓝色就愈发密集，愈发浓厚，宛若无数蓝宝石纷纷坠落。我能想象他的叙述，海岸边不断翻滚起的"蓝眼泪"，在满天星光下显示出的神奇与诡秘，它们也是有生命的蓝色小精灵。

在我看来，红黄蓝，甚至，赤橙黄绿青蓝紫，它们皆各从其类，都有自己独特的传奇。对人类来说，它们也是象征，象征着生命、机遇、活力、希望。

邂逅大王花

　　车子出沙巴城，我们往京那巴鲁神山方向去，此山海拔四千零九十五米，我们当然不是去攀登，只是去那一带走走罢了。马来西亚沙巴州的旧称全名叫哥打京那巴鲁，司机兼导游说，哥打意为都市，京那巴鲁就是神山的意思。都市里的神山，马来语，想来也有诗意。这条公路，不敢恭维，起伏得厉害。瑞瑞用新学到的一个词不断嚷嚷，颠簸，颠簸，又颠簸了！一个半小时的车程，她一连说了十几个颠簸，这路的感觉，你于是可以想象出来了。

　　三十几公里后，车子已经往山上爬去，盘旋与转弯，波浪起伏，两边的车辆，无论来往，速度至少都在六十迈以上，这山路，要是我开，至多只能四十。司机安慰我们别担心，他开此路，每天一个来回，哪里有转弯，哪里有陡坡，都在心里面。突然，远处一阵阵的雾涌上来了，雾浓厚且密，似乎瞬间就将车与路淹灭，然而阳光一照射，又忽然明亮起来，山峦与大树，皆新鲜清亮。

　　京那巴鲁神山脚下，有一个观景台，在此观神山，据说是最佳角度。这里已经形成了一个小集镇，我们迅速逛了一圈，最多的就是水果摊位，各式水果皆为当地产。买了两串小香蕉，十块钱（马来西亚币）一串，味道都极好。山竹五块钱一斤，榴莲十二块钱一个，这样的价格和杭州比起来，简直是白菜价，但一时又吃不了那么多。还有当地特有的沙巴果，吃起来也甜带微酸，爽口。在观景台来回溜达，逗留了约四十分钟，神山的上半身，始终披着浓浓密密的面纱，不肯见人。这种感觉，与我某次去长白山看天池，感觉一样，待了一个小时，天池终不肯露面，且细雨密集，鞋子里全都是水，那一天是 8 月 29 日，我清楚地记得，突然下起雪来。当地人说，上半年的雪刚不久才停，又下雪，只间隔了二十一天。留点遗憾吧，这看山看水，也得看老天的眼色，天气就是天意啊，尊重它。

见我们有些沮丧，导游说带我们去看大王花，并一再强调说很难很难看到的。

车子在一个马来西亚原住民的果林边停下，看花要交钱，每人三十元，瑞瑞免费。交了钱，林主带我们去看大王花，说只有一朵，这一朵今天已经是第四天了，明天来，你们就看不到花了。迈过坑坑洼洼，钻进钻出，果树间的小道右边，藏着一朵大王花。我们眼前的大王花，确实有点大，胖胖的五星形，星上布满了略呈白色的粗斑点，五星间有个大圆，像个广口坛子，圆心内有细花蕊，整个五星，在密密的树荫间，呈暗红色，极为别致，像一枚天地间的大勋章。除了这朵还算盛开着的大花，林主又指着另一堆黑乎乎的东西说，这一朵，大约一周后，就可以盛开。再转到另一边，他指着一小堆黑东西说，这一朵，要等半年以后才会开。大王花一生只开一次，每次四天时间，花期积累却长达九个月以上。

看完大王花，林主指着周边的一些树木说，这些都是果树，芒果树、可可树、榴莲树，还有如柿子树一样的山竹树。这山竹树我是第一次见，如果不告诉我，绝对想不到。树倒不是太高，树叶青绿宽大，茂密的树叶间，藏着大大小小的青色果子，它的外表看起来有点像油桐果，中国南方山区常见的用来榨桐油的油桐果。林主肤色黑黝，壮实，典型的马来人。与林主闲聊了一会儿，他说他是沙巴的原住民，这一片果树，有十二公顷，是他的祖产，林子里有十几种水果，水果生长季，采下来的果子，大多卖给当地的管理站，都只有几块钱一斤。我翻了一下来林间看大王花人的记录，一天有十余人。

大王花，原来还是世界上最大的花，只在印尼、马来西亚、泰国才有，花径最大可达1.4米，它属肉质寄生草本植物，极为罕见，已经濒危。我是第一次听说，也第一次见到。远远地看，那鲜红而微胖的大花朵，有如织锦一般精致。

有长就有短，自然界的植物也遵循着辩证法。一生只开一次的花，其实不仅仅是大王花，还有龙舌兰、空气凤梨等，如果要说花期，小麦花、昙花、吊兰花等也都短，小麦花甚至只能维持5至30分钟，用"昙花一现"形容短似乎不是最准确了。不过，龙舌兰这些花还是常见，而眼前这大王花，要看到它还真是要撞日。导游笑笑说，你们运气好。

虽与大王花只是短暂邂逅，但内心还是感慨许久。一生只开一次，每次只开四天。时间虽短暂，然而，它每次的盛开却给人留下了烙印般的印象。这极像人生的某种暗喻，生命不在长短，只要有过曾经的辉煌，那就是天地留痕了。

诗 外

——《烂漫长醉》后记

1

"近怜李杜无检束,烂漫长醉多文辞。"这是韩愈《感春四首》其二中的句子,意思就是他喜欢李白杜甫的无拘无束,他们天真烂漫,终年沉醉,美好的诗作却如泉水一样肆意流淌。

我有个阅读习惯,凡是看到能特别触动我的词句,我一般会记下来,以备写作时用,做标题,做书名,写书法,都可以借鉴。于是,我记下了"烂漫长醉",内心直觉,这是一个可以写酒的文章标题。去过多地的酒厂,但一直舍不得用,想着,要将它留给桐庐。因为桐庐畲乡有红曲酒,虽然我酒量不好,没能长醉,但终究还是用上了。

要将近些年的文章结集时,看来看去,想来想去,还是觉着"烂漫长醉"合适。无论写山写水写人写事,都是有了触动以后才下的笔,换言之,我见青山多妩媚,料青山见我应如是。这不就是醉嘛,互醉,醉多了,长醉。

"烂"字有多义,其中之一为明亮、光明,色彩绚丽,如《诗经》中有"明星有烂";《楚辞》中有"烂昭昭兮未央"。"漫"

字也有多义，其中之一为随便、随意，最典型的句为杜甫的"漫卷诗书喜欲狂"。鉴于此，我将《烂漫长醉》分成"山水有烂"两卷与"漫辞"两卷。每卷内容与形式各有侧重，"山水有烂"A卷，写人写物写风物的长卷；B卷，重点写与水有关联的人事与风物。"漫辞"A卷，以富春江两岸为核心视角的自我思想与身体的漫步；B卷，侧重抒发行走山水中的点滴领悟。努力抒写时代中的个人独特经验，并通过个人经验表达时代的一些见识，这是我近年来散文写作的总追求。

我常说，写散文从做学问开始，因此，我的不少散文都写得比较辛苦，比如《三沙九章》。2023年7月，我和王跃文、葛水平、江子、沈念等一行人，受海南省作协与三沙市人民政府之邀，考察三沙。回杭州后，我就着手寻找关于南海及三沙的相关诸多资料，在大量阅读与研究之后，结合自己在三沙的深度体验，从历史与现实几个角度抒写了中国数千年来对南海的主权拥有及大量无可辩驳的事实。在我眼中，那些无法穷尽其状态的南海其实就是实实在在的蓝色国土，那满目的蓝色，变成了无限辽阔的疆域。这篇文章长达一万七千余字，首发在2024年第1期的《当代》杂志上，花了我两个多月的时间，我就是试图寻找古今所有关于南海的一切，包括藏在暗流流涌中的灵魂。

除了内容挖掘，形式表达也至关重要。我在《周柏第一章》文后附了个小创作谈，表明的用意是，每一篇文章，无论长短，都要花心思。历史或者事实，已经永远定格，不会变，但写作者，却随时可以有新的发现角度，前提是仔细观察以及各种经验的有效打通。

2

嘉定元年（1208）秋，陆游看着常陪伴在身边的小儿子遹，想着自己还有那么多不满意的作品，于是写下了著名的《示子遹》诗，其中有两句经典告诫：汝果欲学诗，工夫在诗外。

这是一个老人写给儿子的经验之谈，也是一个老师写给学生的谆谆教诲。写诗实在是一种综合的功夫显现，来不得半点小聪明。你真的想学诗，一切工夫都在诗外。工夫在诗外，是陆游写了海量诗歌后得出的生命体验，也是破除格式化写作的秘器之一，至少可从三个层面理解。

其一，建立起具有鲜明个性的阅读坐标。就陆游个人的阅读史看，不同的时期，他都有不同的喜欢对象，陶渊明、李白、杜甫、王维，每一个都深深地影响着他，然而，这仅仅是诗歌，陆游还沉浸在大量经史子集及道学佛学典籍的阅读中，也就是说，他的儒释道是圆融相通的，既深入研究，又能互相结合。

其二，到火热而真实的生活中去。阅读依然还是停留在纸上，而"绝知此事"，却一定要"躬行"。诗文都讲究作者的亲身体验，到不到现场感受，结局完全不一样。生活实践中，有诸多料想不到的生动细节，那些细节常常让虚构缺乏想象，可以这样说，大海有多宽，生活就有多宽。

其三，生命经验的积累与打通。夔州是陆游诗风发生改变的重要节点，年轻时喜欢杜甫，然而，只有到了杜甫的夔州，他才真正进入了杜甫内心丰富而驳杂的世界，而杜甫在夔州的那种困苦和煎熬，与陆游自身的艰难处境，一触即燃。如果不是为了生计，这个鸡肋似的通判，不当也罢。更痛苦的是，他的政治理想，一直得不到有效的实现。而南郑前线短短的八个月，则让他澎湃的诗情一直持续到终生。

话说回来，工夫在诗外，其实，依然在诗内。三方面有机融合，如茧一样缠绕我们写作者的格式化难题，才有可能被冒犯与突破，文学史上的不朽才有可能诞生。

儿子都已经生了两个的子遹，听了"工夫在诗外"，似乎懂了。虽然数年后，他踏着老爹的脚步到严州做知府，但他的文学成就，却远不及老爹。他没有老爹那种阔大而激情的天地情怀及人生曲折悲伤的体验。

陆子遹不及陆游，陆春祥更不及陆游，陆春祥只有整理完《烂漫长醉》后坐在富春庄里的一点小感叹：没有神仙皇帝，只有写作者自己救自己。

甲辰夏至
富春庄

图书在版编目（CIP）数据

烂漫长醉 / 陆春祥著 . -- 北京：作家出版社，2025.
1. -- ISBN 978-7-5212-3220-2

Ⅰ. I267

中国国家版本馆 CIP 数据核字第 2024LP7551 号

烂漫长醉

作　　者：陆春祥
责任编辑：兴　安　赵文文
装帧设计：🖋+牛依河
出版发行：作家出版社有限公司
社　　址：北京农展馆南里10号　　邮　　编：100125
电话传真：86-10-65067186（发行中心）
　　　　　　86-10-65004079（总编室）
E-mail:zuojia@zuojia.net.cn
http://www.zuojiachubanshe.com
印　　刷：河北京平诚乾印刷有限公司
成品尺寸：145×210
字　　数：249千
印　　张：11.5
版　　次：2025年1月第1版
印　　次：2025年1月第1次印刷
ISBN　978-7-5212-3220-2
定　　价：68.00元